Cyw Melyn y Fall

CYW MELYN
Y FALL

Gwen Parrott

Gomer

Cyhoeddwyd yn 2012 gan
Wasg Gomer, Llandysul, Ceredigion SA44 4JL

ISBN 978 1 84851 418 8

Dymuna'r cyhoeddwyr gydnabod cymorth
Cyngor Llyfrau Cymru.

Argraffwyd a rhwymwyd yng Nghymru gan
Wasg Gomer, Llandysul, Ceredigion

I Mam, am gofio'r manylion

Pennod 1

PWYSODD DELA yn erbyn drws tŷ bach y merched yng ngorsaf rheilffordd Nant-yr-eithin a gwrando. Teimlai'r chwys yn rhedeg i lawr ei chefn, ac edrychodd ar ei hadlewyrchiad yn y drych craciog uwchben y sinc. Tynnodd wyneb hyll arno mewn rhwystredigaeth. Am ba hyd y byddai'n rhaid iddi aros yma er mwyn osgoi'r diawl Aneurin 'na? Gwyddai y byddai'r trên yn cyrraedd ymhen dim. Y peth diwethaf roedd hi ei eisiau oedd sgwrs arall gydag Aneurin Plisman. Roedd eu sgwrs ddiwethaf, y tu allan i siop Ceinwen a Iori, fel clywed cân rydych wedi hen ddiflasu arni. Clywai ei lais yn atsain yn ei phen.

'*Wen i lan yn Abertawe, ch'weld, yn aros i siarad â'r Inspector, a gofynnon nhw wrtha i a licen i weld post mortem. Wen i ddim isie, ond wen nhw 'di bod mor groesawgar . . .*'

Doedd Dela ddim eisiau gofyn iddo pwy oedd testun y post mortem, gan yr ofnai y byddai'n clywed y manylion ynghylch ei chyn-lojar, Lena. Canfuwyd hi wedi'i llofruddio ar lain o dir wedi'i fomio ger dociau Abertawe dris mis yn ôl. Hon oedd y weithred anllad olaf mewn cadwyn hir a fu bron â'i lladd hithau, ond roedd y cyfan ar ben nawr. Credai ei bod yn gwybod beth ddigwyddodd, ac na fyddai modd i'r heddlu ddwyn achos yn erbyn neb. Gallai weld Aneurin nawr yn llygad ei meddwl, yn rhedeg ei fys o dan ei goler wrth i'r haul guro'n ddidostur ar eu pennau. Corff rhyw fachgen oedd yn cael ei archwilio, nid Lena, ond roedd Aneurin wedi mynnu sibrwd yr erchyllterau yn ei chlust. '*Dwi'n dal i ddihuno'n y nos yn clywed sŵn llifio. Odd 'i groen e mor wyn. Dim marc arno hyd y gallen i 'i weld. Wedd e wedi mynd i nofio mewn rhyw bwll 'da'i ffrindie achos y gwres, a boddi. O'ch chi'n gwbod 'u bod nhw'n pwyso'r galon a'r afu? Cyn y diwedd, wedd 'i bwdins e ym mhob man. A'r drewdod . . .* !'*

Teimlai Dela'n sâl wrth feddwl am y peth, ond ei bai hi oedd hynny am chwarae rhan mor dyngedfennol yn yr holl drybini gwreiddiol. Ers misoedd bellach roedd Aneurin wedi'i thrin hi fel clust i wrando ar ei theorïau a'i syniadau ac roedd hi wedi cael hen ddigon. Gweld Aneurin yn gwthio'i feic yn araf i gyfeiriad y bwffe oedd y sbardun a yrrodd Dela ar ras wyllt i guddio yn y tŷ bach. Yn ôl ei harfer, roedd hi wedi gadael Tŷ'r Ysgol ddeng munud yn rhy hwyr i'w galluogi i gerdded yn hamddenol i lawr i'r orsaf. Bu'n haf crasboeth, a doedd dim sôn am law. Ni sylweddolodd cymaint o waith cymoni a chloi oedd ynghlwm wrth fynd ar wyliau am fis, ac ar ben hynny, roedd ganddi nifer o fagiau trwm. Gwyddai y byddai'n rhaid iddi fentro allan i'r platfform rywbryd. Gyda lwc, byddai Aneurin yn rhy brysur yn stwffio te a bisgedi yn y bwffe i sylwi arni, ond nid oedd Dela'n credu mewn lwc. Yn hytrach, roedd yn amau bod Aneurin wedi clywed ei bod ar fin gadael ac wedi achub ar y cyfle i gael sgwrs arall â hi. Dechreuodd Dela feddwl ei fod yn ei dilyn o fan i fan yn bwrpasol. Nid oedd ei ymdrechion trwsgl i droi'r pwnc bob tro i gyfeirio at dristwch marwolaeth Lena'n ei thwyllo am funud.

Agorodd y drws i'r platfform yn ofalus a phipo allan. Doedd dim golwg o Aneurin, ac yn y pellter, uwchben y coed ger y tro yn y lein, codai pluen o ager. Penderfynodd aros i'r trên gyrraedd, yna byddai'n rhuthro am y cerbyd agosaf. Roedd y gorsaf-feistr yn aros hefyd, gan edrych ar ei wats boced. Tynnodd Dela'n ôl yn sydyn wrth glywed gwichian olwyn beic yn dynesu. Cerddodd Aneurin heibio i'r drws gan godi llaw, a meddyliodd Dela ei fod wedi'i gweld, ond cyfarch y gorsaf-feistr oedd e.

'Mae'n dwymach na wedd hi dŵe, hyd 'noed!' oedd y geiriau a glywodd Dela o'i chuddfan.

Cytunodd y gorsaf-feistr, a mentrodd Dela agor y drws fymryn yn lletach. Gallai glywed y trên nawr, yn pwffian yn flinderus tuag atynt. Pan ddaeth yr injan fawr ddu i'r golwg ac aros bron gyferbyn â hi, rhedodd am y drws agosaf a dringo i awyrgylch sidêt y cerbyd Dosbarth Cyntaf. Ymlaen â hi ar hyd y coridor nes cyrraedd y cerbydau Ail Ddosbarth. Dewisodd un gwag a gwthio'r drws ynghau y tu ôl iddi. Eisteddodd, gydag ochenaid o ryddhad, yn y sedd ger y ffenestr yn wynebu'r injan. Gobeithiai na fyddai Aneurin yn gallu ei gweld o'r fan hon, ond tynnodd y llen ar draws y gwydr er mwyn bod yn siŵr. Roedd drysau'n cau'n glep ymhellach i lawr y trên, a chaeodd Dela ei llygaid i geisio distewi'r pwyo yn ei phen. Dechreuodd y trên symud, a chan feddwl ei bod yn ddiogel o'r diwedd, tynnodd Dela'r llen yn ôl rhyw fodfedd ac edrych allan. Safai Aneurin ar y platfform, gan bwyso ar ei feic, a syllai'n syth at ei cherbyd hi. Gwasgodd Dela'i hun yn erbyn cefn y sedd ac aros yno fel delw nes bod holl adeiladau'r orsaf wedi hen ddiflannu, a dim byd i'w weld ond caeau melyn yn crasu yn haul mis Awst.

Hyd yn oed a'r paneli gwydr bach ar dop y ffenestr wedi'u hagor led y pen, ychydig o awyr iach a ddeuai i mewn i'r cerbyd. Roedd y brethyn crafog dros y seddi eisoes yn cosi cefn ei choesau. Gadawodd y llen yn ei lle i'w chysgodi rhag yr haul, a meddwl mor braf fyddai cael cerbyd iddi hi ei hun yr holl ffordd i Gwm y Glo. Gwyddai fod hynny'n amhosibl. Gyda phetrol yn dal wedi'i ddogni, doedd gan bobl ddim dewis ond defnyddio'r trên i deithio'n bell. Roedd y sefyllfa wedi gwaethygu ers diwedd y rhyfel, ddwy flynedd ynghynt; defnyddid y rheilffordd i'r eithaf drwy'r cyfnod du hwnnw, a heb arian i adnewyddu stoc, torrai'r hen injans blinedig i lawr yn rheolaidd nawr. Roedd teithio heb orfod oedi'n hir yn beth prin, ond doedd Dela ddim yn hidio am hynny, gymaint oedd ei rhyddhad wrth ddianc oddi wrth Aneurin Plisman a Nant-yr-eithin. Dychmygodd y croeso a gâi gan Tudful a Nest yn y Mans yng Nghwm y Glo; bu'r ddau'n fath o rieni mabwysiedig iddi, yn enwedig ar ôl i'w mab, Eifion, dyweddi Dela, gael ei ladd yn y Dwyrain Pell adeg y rhyfel.

Agorodd y bag bwyd a gwneud yn siŵr bod y pwys o fenyn hallt a'r dwsin o wyau heb doddi na thorri. O'u gweld wedi'u lapio mor ofalus, teimlai Dela'n euog. Eurig Rees Clawdd Coch roddodd y menyn iddi, ac roedd Norman – un o'i chyn-ddisgyblion bellach – wedi ymddangos wrth y drws yn hwyr y noson cynt yn dal y blwch yn llawn wyau.

'Nanti halodd fi, achos bod gormod 'da ni,' meddai'n gelwyddog, gan wenu ei wên fawr, gam.

'Diolchwch i'ch modryb drosta i,' atebodd hithau. 'Mae'r ffowls newydd yn dodwy'n dda, 'te, Norman.'

'Dylen nhw. Rhode Island Reds yw nhw,' meddai yntau, gan ddiflannu i'r gwyll.

10

Gobeithiai Dela fod digon o awel i gadw'r tymheredd i lawr rhyw fymrym. Roedd ganddi ddwy gwningen gan Eurig yn ogystal, wedi'u lapio mewn parsel papur brown cryf o dan yr wyau a'r menyn. Gosododd y bag wrth ei thraed, gan feddwl mai yno roedd y fan oeraf, a phwyso'n ôl. Doedd ganddi ddim chwant dechrau darllen y llyfr a roddwyd iddi gan Huw Richards, y gweinidog. A dweud y gwir, doedd hi ddim am feddwl amdano fe o gwbl ar ôl eu cweryl y prynhawn cynt. Camgymeriad mawr ar ei rhan hi oedd cytuno i dderbyn gwersi gyrru ganddo – dylai fod wedi sylweddoli hynny cyn dringo i sedd y gyrrwr am y tro cyntaf. A pham oedd e wedi prynu car nawr, er mwyn popeth? Dim ond sefyll yn segur wnâi hwnnw am wythnosau bwygilydd, oherwydd doedd dim modd cael cwponau petrol. Byddai wedi bod yn gallach iddi ofyn i Eurig a gâi hi yrru ei fan ef ar lonydd y fferm cyn mentro ar y ffordd fawr. Efallai, pe bai hi wedi cael cyfle i ymgynefino â'r gêrs, na fyddai wedi mynd i'r ffos wrth geisio gadael i'r lorri laeth fynd heibio ar y lôn gul. Ac efallai na fyddai hi a Huw wedi ffraeo'n gacwn dan lygaid syn y pentrefwyr ar y sgwâr wedi iddynt gyrraedd Tŷ'r Capel. Roedd hynny'n destun cywilydd ac yn rhywbeth arall i'r trigolion glecan yn ei gylch. Gwyddai Dela nad y gwres oedd yr unig reswm am fod ei bochau'n goch – bryd hynny nac yn awr.

Ewyllysiodd ei hun i ymlacio i geisio lleddfu'r cur yn ei phen, ond mynnai ei meddwl ddychwelyd at yr olygfa ar y sgwâr – Iori'r Siop yn sefyll yn gegrwth wrth y pympiau petrol, ac yn waeth fyth, wyneb Ceinwen, ei wraig sbeitlyd, yn syllu arnynt drwy'r ffenestr fach. Ac roedd yn rhaid i Hetty, howscipar Huw, fod yn sefyll ar drothwy Tŷ'r Capel yr eiliad hwnnw. Mewn gwirionedd, doedd dim angen i neb heblaw Ceinwen fod yno er mwyn i'r gymdogaeth gyfan gael gwybod am eu cweryl. Byddai ei hymadawiad ar wyliau i Gwm y Glo – er bod hwnnw wedi'i gynllunio ers wythnosau – yn newid i fod yn frodwaith cymhleth o ddianc, a rhedeg bant, a gadael am byth wrth i'r hanes fynd ar led. Pan ddychwelai, byddai pawb yn synnu o'i gweld.

Newidiodd sŵn y trên, a phwysodd Dela ymlaen gan boeni bod yr injan ar fin torri i lawr, ond na, dim ond rhedeg dros y pwyntiau oedden nhw. Golygai hynny fod yr orsaf fach nesaf heb fod ymhell, felly caeodd ei llygaid unwaith eto a chwtsio'n agosach at y ffenestr. Roedd hi eisoes yn hanner cysgu wrth i'r trên arafu, ac er iddi glywed drysau'n cau'n glep a llais y giard yn galw, ni wnaeth ddim ond symud ei phen i safle mwy cysurus ar gefn y sedd.

*

Dihunodd yn sydyn wrth deimlo rhyw symudiad yn agos ati. Roedd y cerbyd yn llawn dieithriaid, a haul y prynhawn crasboeth eisoes yn isel ar y gorwel. Edrychodd o'i hamgylch yn wyllt, a gweld wynebau chwilfrydig yn syllu arni.

'Ble'r ydyn ni?' gofynnodd yn ffwndrus.

'Newydd adael Llanelli. Wi'n shiffto'ch bag chi er mwyn i fi allu iste,' meddai rhyw lais swrth uwch ei phen. Gan ei bod yn poeni eu bod wedi mynd heibio i orsaf Cwm y Glo, ni theimlai Dela ddim ond rhyddhad. Eisteddodd y siaradwr yn ei hymyl, a gosod ei het ar ei ben-glin. Gallai Dela weld bod pobl yn sefyll yn y

12

coridor. Edrychodd ar ei wats. Teirawr i gyrraedd Llanelli? Rhaid bod y trên wedi aros yn hir yn rhywle.

'Cysgoch chi drw'r cyfan,' meddai dynes dew gyferbyn â hi gan wenu. 'Buoch chi'n lwcus.'

Amneidiodd un neu ddau o'r lleill mewn cytundeb llwyr. Ni ddywedodd y dyn yn ei hymyl air, dim ond codi ei het a'i defnyddio i ffanio'i wyneb. Pipodd Dela arno o gornel ei llygad. Dyn tenau, canol oed ydoedd, a'i wallt yn teneuo, ac er gwaethaf y gwres roedd blaen ei drwyn hir yn binc, fel pe bai annwyd arno. Tisiodd yn sydyn, a chwilio am hances. Chwythodd ei drwyn yn swnllyd, ac yna defnyddio'r un hances i sychu'r chwys oddi ar ei dalcen. Daeth golwg boenus dros wyneb y ddynes dew wrth weld hyn a syllodd Dela'n fwriadol drwy'r ffenestr. Roedd ei cheg yn grimp, ac estynnodd am ei bag er mwyn cael paned o'r fflasg a baratodd ar gyfer y daith.

Ysgogwyd y teithwyr eraill i dynnu fflasgiau a brechdanau o'u bagiau hefyd. Gwyddai'r teithwyr rheolaidd fod perygl i chi golli'ch sedd pe byddech yn ei gadael i fynd i'r cerbyd bwffe, felly gwenodd pawb a chynnig llymaid i'r rhai a oedd yn llai cyfarwydd â'r ddefod. Am ryw reswm, ni chynigiodd neb baned i'r dyn â'r trwyn pinc, ac fel pe bai'n sylweddoli hynny, cododd yn sydyn a thrwsgl ar ei draed, gan achosi i'r ddynes dew golli te dros ei drowsus. Er iddi ymddiheuro'n ddiffuant ni ddywedodd y dyn air, a gadawodd y cerbyd yn ddig gan gau'r drws yn glep ar ei ôl.

''Sdim isie bod fel 'na, oes e? Fe oedd ar fai, ta beth,' meddai dan ei hanadl gan wenu'n ddi-hid ar Dela.

'Gallwch chi dynnu'ch bag lawr o'r rhwyd nawr, os y'ch chi moyn,' meddai dyn oedrannus o'r gornel ger y drws. 'Welwn ni ddim o fe 'to. Bydd e'n lwcus i gyrradd y bwffe cyn i ni stopo yn Abertawe. Allwch chi ddim symud mas 'na.'

Yn wir, cododd hwyliau pawb yn rhyfeddol am fod y dyn wedi mynd. Gwyddai Dela ei bod wedi cysgu trwy ryw ddrama fawr.

'Doedd e ddim yn berson serchog, oedd e?' mentrodd.

Rhochiodd yr hen ŵr yn ddiamynedd. 'Weloch chi ddim hanner beth wnaeth e,' meddai. 'O'dd crwtyn ysgol bach yn iste nesa atoch chi, yn cymryd dim mwy o le na llygoten, a dyma hwnco'n martsio miwn 'ma a gweud wrtho fe am fynd i sefyll.'

'Galle fe fod wedi gofyn yn neis,' meddai'r ddynes dew, 'yn lle arthio ar y plentyn.'

Dyna oedd barn y teithwyr eraill hefyd, yn ôl eu hymateb.

'Beth o'dd y garden 'na ddangosodd e i'r crwtyn?' gofynnodd yr hen ŵr.

Ysgydwodd y ddynes ei phen. 'Weles i ddim beth oedd arni. Rhywbeth swyddogol, gallwch chi fentro. Falle 'i fod e'n gweithio i'r cwmni rheilffordd.'

Pwy bynnag oedd y dyn, roedd ei ymddygiad wedi rhoi pwnc trafod toreithiog i bawb yn y cerbyd. Gadawodd Dela iddynt siarad a gwylio'r tirwedd yn araf dreiglo heibio. Ymhen hanner awr deuai cyrion Cwm y Glo i'r golwg; yr argloddiau uchel a arweiniai at y twnnel, ac yna'r orsaf. Oni bai ei fod eisoes wedi syrffedu ar aros, byddai Tudful yno ar y platfform i'w chyfarfod. Os nad oedd e yno, gallai gerdded trwy'r dre at y Mans ar ei phen ei hun. Byddai'r golau wedi'i gynnau yn yr ystafell ffrynt, a Nest yn sefyll wrth y ffenestr yn ei ffedog. Byddent yn cael rhywbeth i'w fwyta a sgwrs, ac yna câi

fynd i gysgu yn ei hen ystafell. Drannoeth, roedd Dela'n
bwriadu picio draw i Abertawe i siopa. Doedd dim brys
arni. Roedd ganddi bedair wythnos i fwrw'i blinder a
gwneud dim byd ond adfer ei nerth a cheisio anghofio.

Yn fuan wedi i'r trên adael yr orsaf olaf cyn Cwm y
Glo, cododd Dela ar ei thraed a dechrau casglu'i phethau.
Gan ei bod mor llwythog, dymunai fod yn agos at y
drws mewn da bryd.

'Oes rhaid i chi fynd?' gofynnodd yr hen ŵr, gan ei
gwylio'n pipo allan i'r coridor. "Smo ni moyn hwnco'n ôl
'ma, ch'wel.'

Ond wrth i Dela agor y drws, llithrodd dynes i
mewn yn ddiolchgar ac roedd hi eisoes wedi eistedd yn
sedd Dela cyn iddi gau'r drws ar ei hôl.

Ar yr olwg gyntaf, ofnai Dela na fyddai fyth yn
cyrraedd pen draw'r coridor. Safai dwsinau o bobl a'u
cesys rhyngddi hi a'r allanfa. Yn boenus o araf, a chan
ymddiheuro'n ddi-baid, gwasgodd Dela ei ffordd drwy'r
dorf amyneddgar. Gallai weld y drws o'r diwedd, a
gobeithiai ei bod yn ddigon agos ato i fedru dianc pan
stopiai'r trên. Roedd llanc a merch wedi agor y ffenestr
yn y drws, a phwysent allan ohoni gan chwerthin ar ben
ei gilydd a mwynhau'r awel.

'Watsiwch eich penne, bois bach,' meddai rhywun y
tu ôl iddynt. "Smo ni drw'r twnnel 'to, ac ma' fe'n gul.'

Roedd yr un peth wedi croesi meddwl Dela.
Camodd y llanc yn ôl yn ufudd, ond daliai'r ferch i syllu
i lawr y lein, gyda'r gwynt yn codi cudynnau pert ei
gwallt cyrliog. Wrth feddwl am hyn, oriau lawer yn
ddiweddarach, ni allai Dela benderfynu p'un ddaeth
gyntaf – sgrech annaearol y ferch, neu'r brêcs yn ysgwyd
fel daeargryn. Cyfunodd y sgrech â sŵn metel yn

rhygnu, ambell waedd, sŵn pethau trymion yn disgyn, a phobl yn cwympo'n ôl fel rhes o ddominos. Gafaelodd rhyw ddyn mawr ym mhenelin Dela wrth iddi gael ei hyrddio yn ei erbyn, a theimlodd ei thraed yn llithro odani. Ond roedd y dyn wedi'i angori'i hun yn sownd, a llwyddodd i'w cadw ar eu sefyll. Ymlaen ac ymlaen aeth y trên, gyda gwreichion yn tasgu o'r olwynion gan lenwi'r coridor ag aroglau poeth a mwg. Teimlai Dela fod amser – os nad y trên – yn arafu, a thros fraich y dyn, gwelodd wynebau llwyd a llygaid llawn braw, dwylo'n cydio'n dynn mewn unrhyw beth cyfleus, merch fach ar y llawr yn igian wylo gan afael yng nghoes yr oedolyn agosaf, bagiau a chesys yn cwympo'n bendramwnwgl, ac ofn, fel rhywbeth byw a gweladwy, yn hofran dros bawb a phopeth.

Daliodd Dela'i hanadl. A oedd y brêcs wedi methu? A fyddai'r trên yn dod oddi ar y cledrau a dymchwel yn llwyr? Roedd tywyllwch a gwyrddni'n dynesu, a throdd Dela'n wyllt i weld a oedd y pâr ifanc yn dal i fod yn y coridor. Am eiliad ofnadwy ni allai eu gweld, ond yna sylweddolodd eu bod ar y llawr yn y gornel, gyda'r ferch yn eistedd â'i chefn at y pared a'r bachgen yn cyrcydu drosti. Gwelodd hi'n dweud rhywbeth wrtho, ac er na allai glywed ei llais darllenodd ei gwefusau: 'Plentyn ar y lein'. Gwelwodd y bachgen, a chlywodd Dela'r dyn a ddaliai ei afael mor dynn ynddi'n ochneidio'n dawel yn ddwfn yn ei frest. Syllodd i fyny arno gan wybod ei fod yntau wedi gweld a deall y geiriau. Gwyrodd ei ben y mymryn lleiaf.

'Dim gair nawr, cofiwch,' meddai, er na welodd ei wefusau'n symud. Efallai na ddywedodd air, ac mai hi a ddychmygodd y cyfan.

Gan rygnu'n frawychus, stopiodd y trên a disgynnodd tawelwch llawn rhyddhad ac ansicrwydd dros bawb. Codai arglawdd uchel y tu allan, a gwyddai Dela eu bod prin ganllath o enau'r twnnel i orsaf Cwm y Glo. Cyn i neb arall feddwl am symud gafaelodd yn ei bagiau, a chan ddiolch yn dawel i'r dyn mawr, dechreuodd symud at y drws. Nid chwilfrydedd yn hollol oedd ei chymhelliad, er bod hynny'n rhan o'r peth. Camodd yn ofalus dros goesau a chesys a gwthio'i phen allan i weld beth oedd o'i blaen. Clywai leisiau'n gweiddi a sŵn traed yn rhedeg, ac wrth edrych i'r cyfeiriad arall, gwelodd nad hi oedd yr unig un â'i phen drwy'r ffenestr. Hi oedd agosaf at yr injan, fodd bynnag, a heb oedi mwy agorodd y drws a dringo i lawr, gan neidio'r droedfedd olaf i'r cerrig mân islaw. Suai awel gynnes drwy'r gweiriau a dyfai dros yr arglawdd, ac ar y brig ymestynnai ffens dila am gannoedd o lathenni. Teimlai fod rhywun yn syllu arni, a throdd i weld y dyn mawr yn sefyll yn yr adwy. Nawr bod ganddi amser i sylwi arno, roedd e'n hŷn nag a dybiodd i ddechrau, yn ei chwedegau efallai. Edrychai fel pe bai gwaith caled, corfforol wedi bod yn rhan o'i fywyd erioed.

'Chi'n siŵr eich bod chi eisiau gweld?' meddai'r dyn, fel pe bai'n ei rhybuddio.

'O'n i'n aelod o Ambiwlans Sant Ioan yn y rhyfel,' atebodd hithau, a chan sylweddoli bod hynny'n swnio'n hunan-bwysig, ychwanegodd: 'Falle fod rhywbeth y galla i 'i wneud. Mae'n rhaid i fi gynnig, on'd oes e?'

Amneidiodd y dyn cyn rhythu'n sydyn dros ben Dela. Caeodd ei lygaid am eiliad, ac yna'u hagor a'u culhau. Pan drodd Dela'i phen yn reddfol i weld beth oedd wedi tynnu'i sylw, doedd dim byd anarferol i'w weld. Roedd nifer o bobl wedi disgyn o'r trên a dechrau dringo'r arglawdd. Hwyrach eu bod yn byw yr ochr hon i'r orsaf ac yn teimlo bod cystal iddynt gerdded gweddill y ffordd adref. Gwelodd famau a phlant, pâr oedrannus ond heini, a dyn mewn het Panama a oedd eisoes wedi cyrraedd y brig, ble safai gan syllu draw ar y tyle coediog a godai'r ochr arall. Gwelodd y dyn yn troi a cherdded ymaith, a phan drodd yn ôl roedd ffenestr y trên yn wag. Brysiodd Dela i lawr at flaen yr injan, lle safai grŵp o weithwyr rheilffordd. Camodd un ohonynt ymlaen wrth iddi nesáu. Meddyliodd Dela'n syth ei fod am ei hanfon yn ôl, ond er syndod iddi, gofynnodd:

'Nyrs, ife?'

'Athrawes,' atebodd Dela. 'Ond dwi'n gyfarwydd â chynnig cymorth cyntaf.'

'Dewch, 'te,' meddai'r dyn. 'Falle allwch chi neud rhwbeth â'r cythrel bach. Ma' fe'n drech na ni.'

Roedd ei eiriau mor annisgwyl fel bod Dela wedi'i ddilyn yn dawel heibio i ochr yr anghenfil o beiriant, a safai fel rhyw chwilen ddu ffyrnig gan hisian yn fygythiol bob nawr ac yn y man. Y peth cyntaf a welodd oedd dyn â gwallt llwyd yn eistedd yn y clawdd, ei ben yn ei ddwylo crynedig, a dyn iau yn plygu drosto gan gynnig llymaid o ddŵr iddo mewn mwg enamel.

'Gyrrwr y trên,' sibrydodd y giard, ei thywysydd. 'Yffarn o sh'gwdad iddo fe.' Cododd ei lais yn sydyn. ''Co ni, Gwynfor. Ma'r ledi hon yn gwpod am gymorth cyntaf. Bydd hi gyta ti nawr, unwaith i ni gwpla 'da Meilord man 'yn.'

Cyraeddasant ben blaen yr injan lle safai nifer o ddynion, eu dwylo yn eu pocedi, yn syllu i lawr ar blentyn oedd yn eistedd ar y trac. Bachgen bach brwnt ydoedd, tua pedair oed, yn gwisgo dillad a edrychai fel pe baent yn eiddo i rywun llawer mwy o faint nag e. Am eiliad ni allai Dela ddeall pam na chodwyd ef o'r fan, ond yna gwelodd ei fod wedi'i ddal gerfydd ei droed noeth, a wthiwyd rhywsut i'r bwlch cul rhwng diwedd un rheilen a dechrau'r un nesaf. Aeth ias oer drwyddi o sylweddoli bod y trên wedi llwyddo i stopio lai na phum llath oddi wrtho. Er bod y bachgen yn wyn fel y galchen, ac yn crynu fel deilen, nid oedd deigryn i'w weld.

Trodd Dela at y giard. 'Oes rhywfaint o saim neu olew gyda chi?' gofynnodd.

'Digon i lanw sosban tsips,' atebodd, 'ond chewn ni ddim rhoi llaw ar y crwt. Bydden ni weti'i ryddhau fe 'mhell cyn hyn, ond 'smo fe'n gatel ni'n agos. Ma' fe 'di sgramo Wil isiws, a dim ond cynnig losin iddo fe o'dd e!'

'Galwch y bois 'nôl,' meddai Dela'n dawel. 'Falle bydd y crwt yn llai ofnus wrth weld menyw ar ei phen ei hunan.'

'Ma' fe'n cnoi 'ed, cofiwch,' atebodd y giard yn rhybuddiol, ond cymerodd ei chyngor, a symudodd y dynion i ochr y lein.

Gosododd Dela ei bag ar lawr a thynnu pecyn o fenyn allan ohono. Cerddodd yn hamddenol at y bychan ac agor y pecyn. Yna eisteddodd ar y rheilen yn ei ymyl a chymryd darn bach o fenyn rhwng bys a bawd. Heb edrych arno, bwytaodd Dela y menyn hallt a chymryd darn arall. Synhwyrodd fod y bachgen yn troi ei ben a syllu arni. Rhoddodd Dela'r menyn i lawr ar y cerrig mân a syllu at y coed a dyfai ar y llethr gyferbyn. Roedd rhywbeth yn symud yn y cysgod yno – yn dawnsio a chuddio bob yn ail ymhlith y boncyffion a'r mieri. Pan gamodd y cysgod i'r golau, gwelodd Dela taw plentyn arall oedd yno, merch y tro hwn, a barnu o'r gwallt hir golau a ddisgleiriai fel metel gwerthfawr, goleuach nag aur. Pan edrychodd i lawr eto, roedd llaw'r bychan yn cripian at y menyn.

'Wyt ti'n iawn?' gofynnodd Dela, yn arwynebol ddi-hid.

Gwgodd y plentyn yn ddrwgdybus, ond wrth glywed sŵn y papur yn siffrwd, gwyddai Dela ei fod wedi cyrraedd y menyn.

'Moyn mwy?' gofynnodd.

Ysgydwodd y plentyn ei ben yn bendant. Gwenodd Dela heb ddal ei lygad. 'Dwi'n gwbod,' meddai, 'Ma' fe'n rhy hallt, on'd yw e? Ond mae e'n dda at rywbeth arall hefyd, heblaw 'i fyta.'

'Beth?' meddai'n anfodlon.

'Tynnu pethe'n rhydd. Gallet ti roi peth ar dy droed.'

Gwingodd y bachgen a chrynu eto. Sylwodd nad oedd yn edrych ar ei droed o gwbl, a bod honno wedi chwyddo a chochi.

'Bydd e'n 'nafu fi!' meddai'n heriol.

Rhwbiodd Dela rywfaint o'r menyn dros gefn ei llaw a dangos yr haen o saim iddo.

'Na fydd. Dim ond menyn yw e, t'weld.' Llyfodd ei llaw i bwysleisio hyn.

Er na ddywedodd y plentyn air am sbel, roedd yn amlwg ei fod yn ystyried y peth.

''Newch chi fe 'te,' meddai'n sydyn, fel pe bai'n gwneud ffafr anferth â hi. 'Ond os 'nafwch chi fi, bydda i'n sgramo chi fel y jiawl!'

Trwy bob cam o'r broses o iro'r droed ac annog y bachgen i dynnu, gallai Dela deimlo llygaid yn ei gwylio o bob tu – gweithwyr y rheilffordd, y gyrrwr a'i ffrind yn eistedd yn y clawdd, a'r ferch yn y coed uwch ei phen. Pan ddechreuodd y droed fach symud o'r diwedd, mentrodd Dela afael yn ei bigwrn, gan hanner disgwyl y byddai'r crwt yn ei chrafu yn unol â'i addewid, ond gydag un plwc olaf llithrodd ei droed yn rhydd. Edrychodd y ddau ar ei gilydd yn fuddugoliaethus.

Daeth gwaedd o rywle, a sŵn llithro. Trodd y bychan ei ben a dilynodd Dela ei olygon. Roedd haid o blant, gyda chrwt tal yn eu harwain, yn llifo tuag atynt dros a thrwy'r ffens uwchben y clawdd. Chymerodd yr un ohonynt y sylw lleiaf o leisiau'r dynion a geisiai eu gwahardd rhag gwneud, ond safasant yn stond wrth weld Dela'n codi ar ei thraed.

'Be chi 'di neud iddo fe, Musus?' galwodd y crwt tal yn fygythiol.

Arbedwyd Dela rhag gorfod ateb gan lais y giard.

''Sech chi 'di gofalu amdano fe'n well, fydde dim angen iddi neud dim! Ma' fe'n lwcus fod e'n fyw! O'dd e'n sownd yn y trac a'r trên yn dod. Ble o'ch chi i gyd?'

Os mai gobeithio codi cywilydd arnynt oedd y giard, ni lwyddodd, ond gyda'r gweithwyr eraill yn amenio'n frwd roedd y crwt tal yn ddigon call i beidio â brygowthan rhagor. Camodd yn gyflym at y plentyn a'i godi'n drwsgl yn ei freichiau.

'Chi'n perthyn iddo, on'd y'ch chi?' meddai Dela'n dawel.

''Mrawd i,' atebodd y crwt tal rhwng ei ddannedd. Am eiliad syllodd i lawr yn dyner ar y bychan a rhwbio'i ên yn erbyn ei wallt. Sychodd yntau ei drwyn ar grys ei frawd hŷn.

'Odych chi moyn i fi ddod i'r tŷ gyda chi?' gofynnodd Dela. 'Bydd angen golchi a rhwymo'i droed e. 'Smo i'n credu 'i fod e wedi torri asgwrn, ond bydd yn boenus am sbel fach.'

Ysgydwodd y crwt ei ben yn bendant. 'Na, byddwn ni'n iawn.' Bu saib hir. 'Diolch,' meddai o'r diwedd.

Gwyliodd Dela'r criw yn dringo'r clawdd, gan sibrwd a thaflu cipolygon dirmygus yn ôl at yr oedolion. Ond, serch hynny, codwyd y plentyn clwyfus yn ofalus dros y ffens cyn iddynt ddiflannu o'r golwg.

Pennod 2

"Smo nhw damed gwell na mwncïod, na 'dyn wir!'

Roedd y giard yn aros amdani a'i bagiau wrth ei draed. Ysgydwodd Dela'i phen yn bryderus.

'Ydych chi'n credu bydd y crwt bach yn iawn? Gyniges fynd gyda fe a'i frawd, ond doedd 'na ddim croeso i fi.'

"Smo i'n synnu dim. Dylech chi weld shwd ma'n nhw'n byw. Tincer o Wyddel yw 'u tad nhw, er 'sdim sôn 'di bod amdano fe ers sbel. Bydd y crwt hyna 'na'n bennu yn y jâl, o beth dwi'n 'i glywed. Ma'n nhw'n broblem – wastod ar y lein. Ac yn ewn, gredech chi fyth! Dwi 'di blino ar gwyno bod angen ffens deidi rhwng yr ale gefen a'r lein. Buon ni'n lwcus tro hyn, ond beth am tro nesa?'

Cydymdeimlai Dela ag ef, ond os nad oedd digon o arian i drwsio'r injans, pa obaith oedd am ffens newydd? Taflodd y giard olwg dros ei ysgwydd. 'Tra o'ch chi'n whare Florence Nightingale, da'th rhywun i'ch mofyn chi,' meddai.

Sylweddolodd Dela fod rhywun cyfarwydd wedi ymuno â'r ddau ddyn arall. Safai Tudful â'i gefn ati, ac wrth iddi agosáu ato, gallai glywed ei lais dwfn yn ceisio cysuro'r gyrrwr.

"Dach chi'n gwbod, Gwynfor, eich bod chi wedi gneud rhwbath mawr hiddiw? Mi rydach chi wedi achub bywyd yr hogyn bach trwy eich gallu a'ch profiad. Chi a neb arall. Cofiwch hynny.'

Porthodd y dyn iau'n frwdfrydig. 'Ma' fe'n gweud y gwir, 'chan.'

Gwenodd Dela'n ddiolchgar wrth weld y gyrrwr yn amneidio'n araf, fel na bai wedi sylweddoli'r fath beth cyn hynny. Dechreuodd y lliw ddychwelyd i'w wyneb. Cododd ar ei draed a brwsio gweiriach oddi ar ei drowsus, a chyda'r dyn iau'n hofran wrth ei benelin cerddodd i lawr yn ôl at ei waith. Trodd Tudful ati. 'Hwyr fel arfar,' meddai, ond roedd yn gwenu'n garedig. 'Tyd â dy gês i mi.'

Am lathenni o'u blaenau, roedd gweithwyr y rheilffordd yn bugeilio teithwyr yn ôl trwy ddrysau agored y trên, er bod dwsinau ohonynt yn dringo'r arglawdd erbyn hyn. Dechreuodd Tudful frasgamu i fyny drwy'r tyfiant gwyrdd gyda Dela'n ei ddilyn, yn falch ei bod wedi gwisgo'i hen sandalau.

*

'Beth wnaeth i chi ddod draw 'ma o'r orsaf?' gofynnodd Dela pan gyrhaeddodd hi a Tudful y ffordd fawr. Yn wahanol i'r plant, cerddasant hyd at ddiwedd y ffens, a gallai Dela weld cefnau llwm y tai yr holl ffordd. Roedd drewdod y tai bach cymunedol yn llenwi'r awyr.

'Dwn i'm, wir. Glywis i sïon ar y platfform fod 'na ddamwain wedi digwydd yr ochor draw i'r twnnel, ac r'on i'n ama y byddat ti yn 'i chanol hi rhywsut. A beth bynnag, ro'n i wedi hen flino ar aros. Mi ddo i â matras efo fi'r tro nesa.'

Edrychodd yn gellweirus arni o gornel ei lygad, ond ni lyncodd Dela'r abwyd ac aethant yn eu blaenau mewn distawrwydd cytûn am funud neu ddwy. Yna, cyn cyrraedd y tro a arweiniai at y Mans, tynnodd Tudful ddarn bach o bapur newydd o'i boced a'i estyn iddi. Dim ond cip ar y pennawd oedd ei angen arni. Gwnaeth geg gam.

'Dyna'r newyddion diweddaraf ynghylch dy lojar di,' meddai Tudful yn dawel. 'Tydan nhw ddim callach, mae'n debyg. Trueni amdani hi, ynte?'

Ameniodd Dela. Wrth weld pa mor fychan oedd y darn yn y papur, edrychai fel pe bai'r heddlu wedi rhoi'r ffidil yn y to.

'Mae gweddill yr erthyglau gin i yn y stydi. Dwi'm yn sôn wrth Nest amdanyn nhw. Chysgodd hi'r un winc y noson ar ôl i ni glywed am farwolaeth Lena. Roedd ganddi hi ryw syniad dy fod ti mewn perygl.' Edrychodd arni'n graff. 'Dim gair, felly.'

*

'Brensiach y bratia! Cnoi a chrafu'r rhai oedd yn gneud 'u gorau i'w helpu fo! Be haru fo, dudwch?'

Gorffennodd Dela ei brechdan cyn ateb. Safai Nest yn y ffenestr yn aros amdanynt fel yr oedd Dela wedi rhagweld, ond roedd ei hwyneb yn llawn pryder na chiliodd yn llwyr nes iddi gael gwybod yr holl fanylion. Amheuai Dela fod sibrydion ynghylch y ddamwain wedi cyrraedd y Mans ymhell cyn iddi hi a Tudful ymddangos ar ben y stryd.

'Dim ond rhyw bedair oed oedd e,' atebodd. 'Ac yn ôl pob sôn, roedd e wedi dysgu i beidio ag ymddiried mewn pobl sy'n gwisgo iwnifform. Rhaid i fi gyfaddef 'mod i'n edmygu ei hunan-feddiant. Bydde'r rhan fwyaf o bobl wedi llewygu.'

Arllwysodd Nest gwpanaid arall o de i Tudful a gwenu am y tro cyntaf. 'Ella na wnaeth o sylweddoli'n iawn pa mor beryg oedd hi,' meddai. 'Ond mi fydd gyrrwr y trên yn cael hunllefa am fisoedd lawar . . .'

'Mi ges i dipyn o sioc pan gododd o a mynd 'nôl at ei waith, rhaid cyfadda,' cytunodd Tudful.

'Chi oedd yn gyfrifol am hynny,' meddai Dela. 'Fe ddewisoch chi'ch geiriau'n ddoeth dros ben.'

'Be ddeudodd o?' gofynnodd Nest, mewn llais annisgwyl o siarp. 'Deud wrtho fo am beidio â bod yn hen fabi?'

Gwingodd Tudful yn anesmwyth. Synhwyrodd Dela fod rhyw hen ddadl y tu ôl i ymateb Nest, felly brysiodd i esbonio.

'Nage, wir. Tudful wnaeth iddo sylweddoli mai fe oedd yr arwr. Pan weles i'r gyrrwr yn eistedd yn y clawdd, ro'n i'n meddwl y bydde'n rhaid i ni alw am ambiwlans. Roedd mwy o angen cymorth cyntaf arno fe na'r bachgen bach, a minne'n pryderu 'mod i'n canolbwyntio ar y person anghywir. Ond camodd Tudful i'r bwlch drosta i, diolch byth.'

Sugnodd Tudful ar ei getyn am eiliad cyn ateb yn sychlyd. 'Dim ond meddwl o'n i y basa'n drueni mawr iddo fo golli'i bensiwn – chwe mis sy gynno fo ar ôl cyn ymddeol. Ella 'i fod o wedi llwyddo i oresgyn y sioc hiddiw, ond mi fydd angen i'r hogia gadw llygad arno o hyn ymlaen. Fedrwch chi'm fforddio i yrrwr trên fynd i banics wrth ei waith.'

Canodd y ffôn yn y stydi, a chododd Tudful i'w ateb. Roedd gan Dela deimlad annifyr ei fod yn falch o gael yr esgus i'w gadael, ond wrth i'r drws gau y tu ôl iddo roedd Nest eisoes ar ei thraed ac yn cario'r llestri i'r gegin gefn. Erbyn i Dela ymuno â hi a gafael mewn lliain sychu, roedd hi wrthi'n brysur yn eu golchi.

Sylwodd Nest fod Dela'n edrych arni'n syn.

'Croeso da, 'de?' meddai, gan ysgwyd ei phen. 'Mae o'n medru bod yn rhyfeddol o galad, 'sti.'

'Fyddech chi ddim wedi dweud hynny wrth ei glywed e'n cysuro'r gyrrwr,' atebodd Dela, gan obeithio tawelu'r dyfroedd.

'Tybed be fasa fo wedi'i ddeud tasa'r gyrrwr heb stopio mewn pryd, a'r hogyn bach yn ddarna ar hyd y lein? Fasa fo wedi'i annog o i fynd 'nôl i'w waith ac anghofio am y peth?'

Roedd ei dicter yn ddigamsyniol. Beth ar y ddaear oedd wrth wraidd y fath ymateb?

'Dwi'm yn credu,' meddai Dela'n ofalus, 'y bydde gan unrhyw un eiriau addas pe bai hynny wedi digwydd.'

Sgwriodd Nest waelod y fowlen enamel cyn ei gollwng i'r sinc â chlec swnllyd.

'Ond mae o wedi digwydd, yn tydi? I filoedd o bobl, a dwsinau ohonyn nhw yn y dre hon.'

Am eiliad wyllt meddyliodd Dela fod rhywbeth erchyll wedi digwydd yng Nghwm y Glo heb iddi glywed amdano, ond nid oedd Nest wedi gorffen.

'Dydi'r rhyfal ddim drosodd, wsti,' meddai. 'Ddim i ni a'n tebyg sy wedi colli anwyliaid. Ond 'dan ni i gyd i fod i gau'n cega ac ymhyfrydu yn eu haberth, am mai ni enillodd. Ennill?' Chwarddodd yn chwerw. 'Pa fam neu wraig neu chwaer fasa ddim yn falch o fyw dan lach y Natsïaid yn gyfnewid am gael y rhai a gollwyd yn ôl yn fyw ac yn iach? Rydan ni'n dal i waedu. A wiw i ni awgrymu nad ydy'r briw'n gwella oherwydd bod 'na wenwyn ynddo fo. Wsti be 'di'r gwenwyn hwnnw?'

Ysgydwodd Dela'i phen yn fud yn wyneb taerineb dieithr y ddynes dawel hon.

'Gwenwyn distawrwydd. Mae o'n ein byta ni'n fyw. ''Sgynnon ni'm hawl deud gair. Taw piau hi, yndê. 'Nôl i'r gwaith â chi! Mae popeth yn iawn rŵan! Ond dydi "taw piau hi" ddim yn ddigon. Mae'n rhaid i rywun neud rhwbath i ollwng rhywfaint o'r gwenwyn o'r briw. Tydi diflannu i'r stydi bob munud ddim yn mynd i helpu neb, nac'di? Yn enwedig fo'i hun.'

Llenwodd Nest y tegell mawr a'i osod i ferwi. Ni allai Dela feddwl am unrhyw beth addas i'w ddweud. Roedd newid mawr wedi digwydd yn y Mans ers ei hymweliad diwethaf. Bryd hynny, roedd y ddau ohonynt yn awyddus i'w helpu i ddatrys y dirgelwch yn Nant-yr-eithin. Calonogwyd hi gan hyn, fel arwydd eu bod yn dygymod o'r diwedd â cholli Eifion, eu mab.

'Oes rhywbeth wedi digwydd ers o'n i yma'r tro diwethaf?' gofynnodd.

'Oes,' cyfaddefodd Nest ymhen sbel. 'Wyt ti'n cofio Jên, merch y Gaffar Haliar yn y pwll? Cafodd ei gŵr ei ladd yn Dunkirk a'i gadael hithau'n weddw efo dau o blant.'

Oedd, roedd gan Dela frith gof ohoni. Cofiai'r merched bach yn yr Ysgol Sul.

'Wel, un bora rhyw ddeufis yn ôl, ar ôl anfon y genod i'r ysgol fel arfar, llyncodd Jên lond potal o dabledi, gorwedd ar ei gwely a marw.'

'Oedd hi wedi bod yn arbennig o isel ei hysbryd?'

Cododd Nest ei hysgwyddau. 'Os oedd hi, ddudodd hi'r un gair wrth neb.'

'Mae'n rhaid bod ei theulu'n hollol stwn.'

'Hwyrach eu bod nhw. Dwi'n gynddeiriog.'

Crychodd Dela ei thalcen mewn ymdrech i ddeall yr ymateb hwn.

'Nid efo hi,' eglurodd Nest yn frysiog. 'Efo fi fy hun. Efo'r holl wlad. Efo pobl sy'n deud: "Mae saith mlynedd yn amsar hir i alaru." Wel, yndi, tasa hi wedi cael galaru. Ond chafodd hi ddim, naddo? Ac mae 'na lwythi o bobol yn yr un sefyllfa.' Tynnodd anadl ddofn. 'Felly, rydw i wedi dechra cynnal cyfarfodydd bach yma ar gyfar y rheiny sy wedi colli rhywun annwyl. Rhywle lle medran nhw ddeud 'u deud yn agored, a chrio a gweiddi os mynnan nhw.'

'Ac ydyn nhw?' Ceisiodd Dela ddychmygu'r olygfa. Doedd dim syndod, felly, fod Tudful yn cuddio yn ei stydi. Rhaid bod ei geiriau wedi cyfleu hyn i Nest rhywfodd, oherwydd gwenodd.

'Mae 'na gryn dipyn o grio, oes, ond does neb 'di gweiddi hyd yma. Ella bydd raid i mi wneud hynny rhyw dro fel esiampl iddyn nhw. Fydda fo ddim yn anodd.'

*

Yn yr ardd yn hwyr y noson honno, eisteddodd Dela a phendroni. Ni allai weld sut i gadw'r ddysgl yn wastad rhwng rhagdybiaeth Nest y byddai hi'n falch o'r cyfle i fynychu'r cyfarfodydd hyn ac arllwys ei baich, oherwydd iddi hithau golli ei dyweddi, ac ymateb tebygol Tudful i hynny. Yn ôl Nest, credai ef fod y cyfarfodydd yn ddim mwy nag esgus i ymdrybaeddu mewn emosiwn dilywodraeth. Beth bynnag wnâi Dela, roedd hi'n siŵr o siomi un o'r ddau. Ar ben hyn, yn ei chyflwr blinedig ac anesmwyth presennol, ni chredai ei bod hi'n ddigon cryf i wrando ar bobl yn arllwys eu dioddefaint di-ben-draw.

Teimlai'n euog am hynny ac, yn dawel fach, yn chwerw. Doedd pawb ddim yr un fath. Roedd meddwl am wylo'n gyhoeddus dros Eifion yn ddigon i anfon ias oer drwyddi, ond byddai Nest yn ei gweld yn rhyfedd iawn pe bai'n eistedd yno fel delw. O ran ei hanian naturiol, amheuai Dela ei bod yn debycach i Tudful. Eto, er y gwyddai mai ei pherswadio'i hun a wnaeth ei bod hi'n caru Eifion, rhaid bod ei ddau riant wedi dioddef ergyd ddirdynnol o'i golli. Efallai mai Nest oedd yn iawn, a bod Tudful yn ei wenwyno'i hun trwy beidio â chydnabod gwir ddyfnder ei brofedigaeth. Ond roedd yn hollol bosibl, yn ogystal, mai dyna'n union a wnâi am oriau bwygilydd ym mhreifatrwydd ei loches, gan sugno'i getyn a syllu'n ddall ar y mur o'i flaen.

Diffoddwyd y golau yn ffenestr y stydi wrth i Tudful baratoi i fynd i'w wely. Ni welodd y merched olwg ohono ar ôl swper, er bod Nest wedi curo ar y drws i ddweud wrtho ei bod hi am ei throi hi, a bod Dela'n mynd i'r ardd. Cododd Dela, rhag ofn iddo gloi'r drws cefn, ond pan welodd olau yn ffenestr y landin, gwyddai nad oedd e wedi gwneud. Penderfynodd hi gerdded i waelod yr ardd cyn mynd i'r llofft. Gobeithiai y medrai gysgu yn y gwres, ac ar ôl y napyn hir gafodd hi ar y trên. Yng ngolau'r lleuad gallai weld gardd lysiau Nest, a chwythai awel fendithiol trwy ganghennau deiliog y goeden fawr a bendiliai dros y ffens a'r feidr a redai ar hyd cefnau'r tai. Safodd ar flaenau'i thraed a syllu i'r düwch yr ochr arall i'r ffens. Clywodd sŵn traed yn dynesu ar ras, a dowciodd 'nôl yn reddfol. Rhuthrodd rhywun tal heibio iddi, a chlywodd Dela gliced y drws i ardd y tŷ drws nesaf yn gwichian.

Roedd golau'n dal i dywynnu yng nghegin Agnes

John, cymdoges Tudful a Nest. Mae'n debyg mai Harri, mab Agnes, oedd yn cyrraedd adref yn hwyr eto, heblaw fod gan Agnes sboner dirgel, ac roedd hynny'n chwerthinllyd o annhebygol. Nid oedd lle ym mywyd Agnes i unrhyw ddyn heblaw Harri. Ef oedd dechrau a diwedd pob sgwrs, a phan ddaeth Dela i Gwm y Glo gyda'r efaciwîs ar ddechrau'r rhyfel, un o brif bryderon ei fam oedd y byddai'r newydd-ddyfodiaid yn halogi perffeithrwydd ei mab annwyl gyda'u budreddi a'u tueddiadau troseddol. Buan y gwelodd Dela y gallai Harri roi gwersi mewn drygioni i blant slyms Llundain. Doedd Harri a hithau erioed wedi gallu cyd-dynnu. Oddi wrth bwy oedd e'n rhedeg heno, tybed? Symudodd yn llechwraidd at y ffens a wahanai'r ddwy ardd, a phan welodd heddwas ifanc yn sefyll ar drothwy'r drws agored, ni allai atal ei hun rhag gwenu. Roedd yr heddlu ar ei ôl, felly. Ond yna gwelodd Agnes yn ei gofleidio, a chaewyd y drws gan adael Dela'n rhythu mewn rhyfeddod. Nefoedd wen, oedd Harri John bellach yn blisman? Trodd yn ôl at y tŷ gan ysgwyd ei phen. Gallech fentro bod Agnes wedi lobïo'n ddiflino ar ran ei mab. Fel teilwres, rhaid bod ganddi gwsmeriaid ymhlith gwragedd yr heddlu lleol, ac os oedd Agnes wedi penderfynu mai yn yr heddlu y dylai Harri fod, byddai'n fodlon symud môr a mynydd er mwyn gwireddu ei breuddwyd. Tybed ai ceisio sicrhau na fyddai'n rhaid iddo wneud Gwasanaeth Cenedlaethol yr oedd hi?

Agorodd Dela ddrws y gegin yn dawel a'i gau y tu ôl iddi. Clodd y drws yn ofalus, gan feddwl ei bod yn eironig tu hwnt mai dwylo blewog Harri fu'n gyfrifol am gychwyn y ddefod honno flynyddoedd ynghynt. Dringodd y grisiau'n flinedig a chripian heibio i ddrws ystafell wely Tudful a Nest i'r ystafell ymolchi. Ymolchodd ei hwyneb a syllu'n ddigalon arni'i hun yn y drych. Roedd golwg bell arni, ond ni wyddai ai'r gwres ynteu straen y misoedd diwethaf oedd yn gyfrifol. Yn sicr, roedd ei bochau wedi teneuo, a byddai'n rhaid iddi roi'r gorau i grychu'i thalcen rhag i'r llinellau waethygu. O leiaf gallai wneud rhywbeth ynghylch ei gwallt nawr bod Abertawe o fewn cyrraedd. Roedd e'n dal yn dywyll, ond roedd yn rhy hir o lawer, ac roedd hi wedi hen ddiflasu ar ei osod mewn rholiau oddi ar ei thalcen a'i harleisiau – steil a oedd angen amynedd Job i'w gyflawni bob bore.

Yfory, byddai'n mynd i Abertawe i chwilio am driniwr gwallt medrus; byddai'n prynu ffrogiau haf newydd hefyd – rhai ffasiynol, gyda sgert laes, lawn a gwasg dynn. Glanhaodd ei dannedd gan gyfri ei chwponau dillad yn ei meddwl. Erbyn iddi fatryd ac eistedd ar y gwely er mwyn rhoi rhacs yn ei gwallt, daeth i'r casgliad fod ganddi ddigon i gael pâr o sandalau smart yn ogystal, os prynai ddefnydd cotwm a phatrwm yn lle ffrogiau wedi'u gwneud. Gofynnai i Agnes wnïo'r ffrogiau iddi. Hi oedd y deilwres orau am filltiroedd, a byddai'n werth y boendod o wrando arni'n ymffrostio am Harri. Clymodd y rhacsyn olaf a gorwedd yn ôl, gan feddwl mor braf fyddai peidio â gorfod trafferthu cyrlio'i gwallt fel hyn bob nos. Cofiodd yn sydyn nad oedd wedi rhoi'r *cold cream* arferol ar ei hwyneb. Dyna hen drafferth arall, yn arbennig yn y gwres, ond cododd serch hynny a rhoi peth ar ei thalcen. Efallai y gallai gael steil gwallt a ffrogiau newydd, ond byddai'n rhaid iddi fyw gyda'i hen wep fel yr oedd.

Pennod 3

SBECIODD DELA o dan ei hamrannau ar y criw bach a
eisteddai â'u llygaid ynghau ym mharlwr y Mans y bore
canlynol, wrth i Nest ddweud gair o weddi. Roedd hi'n
adnabod dwy ohonynt o ran eu gweld – Dora, ffrind
Nest, a gollodd ei mab, Arwel, a Mrs Lloyd, gwraig y
pobydd, a gollodd ei brawd iau – ond dieithriaid oedd y
lleill. Daeth dwy fenyw gymharol ifanc at y drws wrth
iddi ddod i lawr y grisiau ar ras wyllt am hanner awr
wedi deg, ac yn ôl ymateb Nest, deallodd mai newydd-
ddyfodiaid oedden nhw. Roedd dyn yno hefyd, ac o
weld y we boenus o greithiau ar ei wyneb a'i ddwylo,
tybiodd mai cyn-filwr ydoedd. Clywodd Nest yn dweud
'Amen' ac agorodd ei llygaid. Gan ei bod wedi cysgu'n
hwyr ni chafodd gyfle i fwyta brecwast, a gobeithiai y
gallai gynnig gwneud y te a dianc i'r gegin i lyncu
rhywbeth cyn bo hir. Byddai'n rhaid iddi ddewis yr
eiliad cywir.

Wedi esbonio pwrpas y cyfarfod i'r ymwelwyr
newydd, a eisteddai'n nerfus gyda'i gilydd ar y soffa,
trodd Nest at y dyn. 'Richard,' meddai, 'sut aeth y
driniaeth roeddech chi ar fin ei chael yn yr ysbyty y tro
diwetha wnaethon ni gwrdd?'

Ysgydwodd y dyn ei ben. Tynnai ei groen clwyfus un
gornel o'i geg i fyny'n barhaol gan roi argraff ei fod yn
gwenu drwy'r amser.

'Doedd hi ddim mor boenus ag o'n i weti dishgwl,'

meddai mewn llais cryg. 'O'ch chi'n iawn i ddweud 'mod i'n neud pethe'n waeth i fi fy hunan trwy bryderu cymint amdani ymlaen llaw.'

'A falle fod y llosgiadau'n gwella o'r diwedd a chithe'n cryfhau?' awgrymodd Mrs Lloyd. Plygodd ymlaen a gosod ei llaw'n ysgafn ar ei fraich, ac er i'r dyn wingo'r mymryn lleiaf, gallai Dela weld ei fod yn gwerthfawrogi'r cyffyrddiad. Sylweddolodd yn sydyn fod presenoldeb Richard a'i glwyfau'n werthfawr dros ben i'r cyfarfod. Gobeithiai ei fod yntau'n cael budd o fod yno.

Symudodd Nest o un i'r llall, a holi pawb am yr wythnos a aeth heibio. Sylwodd Dela mor ofalus oedd hi. Os nad oedd gan rywun unrhyw beth penodol i'w adrodd, nid oedd yn gwasgu arnynt. Gwelai Dela hyn fel arwydd da – ond, ar y llaw arall, deuai ei thro hithau ymhen dim ac nid oedd ganddi'r syniad lleiaf beth i'w ddweud. Roedd yn ffodus, felly, fod yno bobl newydd eraill, a phan drodd Nest at y ddwy fenyw ar y soffa, agorwyd y llifddorau am hanner awr. Cadwai Dela un llygad ar y cloc, yn eu hewyllysio i ddal ati tan ddiwedd y cyfarfod, a synnwyd hi braidd pan drodd Nest ati yng nghanol y dagrau.

'Fyddai ots gin ti neud y te i mi hiddiw?' sibrydodd. 'Ddrwg gin i ofyn ond . . .'

Allan yn y gegin, roedd Tudful yn pilo tato wrth y bwrdd. Edrychodd i fyny arni a gwneud ceg gam.

'Crio?' gofynnodd.

'Fel y glaw,' atebodd Dela a brysio i ailferwi'r tegell.

Roedd yr hambwrdd mawr eisoes yn llawn llestri. Tra oedd y tegell yn berwi, torrodd Dela dafell o fara menyn iddi'i hun a'i bwyta'n sefyll o flaen y ffenestr agored.

'Beth yw hanes Richard a'i losgiadau?' gofynnodd.

Meddyliodd Tudful am eiliad cyn ateb. 'Gyrru tanc oedd o, yn yr anialwch. Gafon nhw'u bomio gan awyren, o be dwi'n ddallt. Lladdwyd pawb arall ond y fo. Yn ôl Nest, mae gynno fo nifer o broblemau rhwng yr anafiadau a'r atgofion o weld ei ffrindiau'n llosgi i farwolaeth. Ac ar ben hynny, mae o'n teimlo'n euog ei fod o'n fyw.'

Taflodd y daten olaf i sosban llawn dŵr. Nid oedd modd dirnad o'i wyneb p'un ai oedd yn cydymdeimlo ai peidio.

'Mae e'n gaffaeliad i'r grŵp, ta p'un,' meddai Dela.

'Oherwydd ei fod o'n tynnu'u meddylia nhw oddi ar 'u teimlada nhw'u hunain?' gofynnodd Tudful yn sychlyd.

'Yn rhannol, falle. Ond mae e'n rhoi rhyw fath o berspectif hefyd, on'd yw e? Mae e'n fyw, ond yn dal i ddioddef yn ofnadwy, ac yn debygol o wneud hynny am weddill ei oes.'

Dechreuodd y tegell ffrwtian a throdd Dela ato. Pan siaradodd Tudful eto roedd wedi codi ar ei draed ac yn sefyll wrth y drws i'r ardd.

'Roedd Richard ar fin priodi pan gafodd ei losgi,' meddai, gan edrych yn ddwys ar y cetyn yn ei law. 'Ond fedrai'r hogan ddim dygymod efo'i wyneb newydd o.' Nid arhosodd iddi gynnig sylw. 'Wyt ti'n gweld bai arni hi, Dela?'

*

Beth oedd Tudful yn ei ofyn mewn gwirionedd? Ar y trên i Abertawe y prynhawn hwnnw, mynnodd ei gwestiwn ddod yn ôl i feddwl Dela, gan wthio'i chynlluniau o'r neilltu. Ai gofyn ei barn oedd e, neu'n hytrach gofyn sut y byddai hi wedi ymateb pe bai Eifion wedi cael ei losgi fel Richard? Yr ateb syml oedd nad oedd hi'n gwybod. A fyddai dyletswydd a thrueni wedi atgyfnerthu ei chariad, ynteu ei ddiffodd yn llwyr? Roedd yna fath o ddewrder yn ymateb dyweddi Richard, er ei bod yn ymddangos yn hunanol ar yr olwg gyntaf. Roedd y ferch wedi'i wrthod yn wyneb holl bwysau cymdeithas. Hwyrach y byddai ei deulu ef wedi ei galw'n bob enw, ond oni fyddai ei theulu hi, gan siglo'u pennau'n drist at ei hymddygiad didostur, wedi rhoi ochenaid fach breifat o ryddhad?

Gwelodd yr arwydd mawr am orsaf Abertawe a chodi ar ei thraed. Roedd ganddi brynhawn prysur o'i blaen. Y peth cyntaf i'w wneud oedd mynd at ei deintydd i weld a fedrai lyfnhau'r dant siarp a rwbiai yn erbyn ei thafod. Yna byddai'n chwilio am siop trin gwallt, ac ar ôl cael cwpanaid o de, bwriadai dreulio awr neu ddwy yn y siopau dillad a sgidiau. Cododd ei chalon wrth feddwl am hyn, a chamodd yn sionc at ddrws y trên.

*

Erbyn pedwar o'r gloch, eisteddai Dela wrth ffenestr caffi bach, gyda nifer o barseli a bagiau o'i chwmpas. Ceisiai wrthsefyll y demtasiwn i ddiosg ei sandalau o dan y bwrdd. Yr unig awel yn y lle oedd yr un a ddeuai i mewn bob tro yr agorid y drws, ac edrychai'r gweinyddesau'n flinedig o boeth. Tu ôl i'r cownter, chwythai'r bwyler dŵr ei ager i'r nenfwd lle'r arhosai'n gwmwl gwlyb. Roedd Dela wedi bwyta dwy deisen blaen ac yfed cynnwys y tebot i'r gwaelod. A'r lle dan ei sang, gwyddai na fyddai croeso iddi aros yno tan hanner awr

36

wedi pump, pan oedd ganddi apwyntiad gyda'r deintydd. Dylai fynd i chwilio am flwch ffôn a rhoi gwybod i Nest y byddai'n hwyr yn cyrraedd adref.

Gwnaeth gamgymeriad arall y prynhawn hwnnw trwy ganiatáu iddi'i hun brynu defnydd a sgidiau cyn mynd i chwilio am y siop trin gwallt. Golygai hynny ei bod wedi gorfod cario pentwr o fagiau i bob man. Nid oedd llawer o ddewis ar gael, ond serch hynny, roedd hi wedi llwyddo i brynu defnydd cotwm, patrwm, botymau ac edau wnïo. Agorodd y bag perthnasol ac edrych ar y cotwm lliwgar i sicrhau nad oedd wedi twyllo'i hun ynghylch y lliw. Dylent fod yn ffrogiau syfrdanol o brydferth o ystyried eu bod wedi llyncu cynifer o gwponau.

Agorodd drws y caffi unwaith eto ac erbyn hyn roedd rhyw ddwsin o bobl yn aros am le i eistedd. Ochneidiodd Dela'n dawel a galw'r weinyddes ati i ofyn am y bil.

Ar y stryd, ceisiodd feddwl i ble y gallai fynd. Roedd parc Singleton, heb sôn am lan y môr, yn rhy bell i gerdded yn y gwres. Gallai fynd i'r sinema, ond roedd hi'n gyndyn i dalu am docyn i weld llai na hanner ffilm. Doedd dim amdani felly ond crwydro yma ac acw, gan syllu mewn ffenestri siopau. Mor araf oedd y broses o adfywio ac ailadeiladu ar ôl y bomio, meddyliodd. Nid oedd hi wedi sylweddoli hyn o'r blaen. Efallai fod chwe mis mewn lle na chafodd mo'i fomio wedi agor ei llygaid o'r newydd i'r dinistr yma. Oedodd yn hir wrth y pentwr anferth o rwbel – gweddillion siop aml-lawr Ben Evans. Bu'r siop yn fagned iddi hi a'i ffrindiau yn eu harddegau, er na allent fforddio prynu fawr ddim yno, ond bellach nid oedd yn ddim ond atgof o brynhawniau Sadwrn yn edmygu'r dillad a'r poteli persawr.

Cerddodd ymlaen gan bendroni ynghylch ei phenderfyniad i gael pyrmio'i gwallt. Nid oedd wedi bwriadu gwneud y fath beth. Edrychai pwy bynnag a gawsai'r driniaeth dan y peiriant a'i geblau trwchus fel pe bai octopws wedi disgyn o'r nenfwd a gafael ynddynt gerfydd eu gwallt. Ymddangosai'n beth arswydus i gael eich plygio i mewn i'r cyflenwad trydan, a chlywsai lu o straeon am y rholeri metel yn cyffwrdd yn ddamweiniol â chroen pennau pobl a'u llosgi. Fodd bynnag, dywedodd y groten yn siop Madam Freda wrthi y byddai'n rhaid iddi gael pyrm os oedd gobaith iddi gadw cyrlen yn ei gwallt ar ôl ei dorri'n fyr. Awgrymodd rywbeth newydd sbon o Lundain o'r enw *cold perm*, sef proses o roi cemegolion gwahanol ar y gwallt, heb ddefnyddio trydan. Nid oedd Dela wedi'i hargyhoeddi o gwbl tan i'r groten ddangos menyw oedd yng nghanol y broses iddi. Gan nad oedd honno'n sgrechian mewn poen, ac fel petai'n darllen ei chylchgrawn yn hapus, cytunodd Dela i wneud apwyntiad ymhen rhyw dridiau. Nawr, roedd hi'n dechrau ailfeddwl.

Wedi'r cyfan, meddyliodd, ni welodd ganlyniad y broses. Roedd pen y fenyw a ddangoswyd iddi wedi'i lapio dan orchudd tywel mawr. Gallai fod yn foel fel wy ar y diwedd. Syllodd yn ddig ar ffrog briodas yn ffenestr Lewis Lewis am bris echrydus o £16 7s 6c a saith cwpon – oedd hi wedi ei gwneud o aur pur, tybed? Roedd Dela ar fin troi'n ôl i'r siop trin gwallt a chanslo'r apwyntiad pan aeth bws heibio'r tu ôl iddi gan dywyllu popeth, a gwelodd ei hadlewyrchiad yn glir am eiliad fer. Edrychai mor siabi. Roedd lliwiau ei ffrog haf wedi pylu ar ôl ei golchi ganwaith, a gorweddai ei gwallt yn farwaidd dros ei hysgwyddau. Ni châi unrhyw gysur o'r ffaith fod pawb arall yr un mor ddi-nod yr olwg, ac ni wyddai pam roedd hi'n teimlo fel hyn nawr, gan nad oedd erioed wedi poeni rhyw lawer am ei delwedd. Ni allai ddeall pam roedd merched yn treulio oesoedd yn trin eu gwallt a dewis lipstic. Ac o gofio'r prynhawniau Sadwrn yn siop Ben Evans erstalwm, dilyn ei ffrindiau megis o bellter yr oedd hi, am eu bod nhw'n ymddiddori gymaint yn y nwyddau. Rhyfedd fel roedd yr atgof wedi mynd yn un annwyl. Hwyrach ei bod wedi datblygu'n rhy araf, gan fyw'n ormodol yn ei phen ac ym myd llyfrau. Roedd ei ffrindiau ysgol wedi deall y gêm yn gynharach o lawer na hi, er nad aeth yr un ohonynt i'r coleg. Erbyn hyn, efallai fod ei ffrindiau'n difaru esgeuluso'u haddysg yn yr un modd ag roedd hithau'n difaru esgeuluso'i hun. Cysurwyd hi i ryw raddau gan hyn, oherwydd yn gymysg â chyffro'r posibilrwydd o edrych yn bertach, roedd yna deimlad o euogrwydd, fel pe bai'n bradychu'i hegwyddorion. Gwenodd yn gam. Y gwir oedd ei bod wedi troi rhyw argyhoeddiad cynnar na allai fod yn bert yn fath o rinwedd uchel-ael.

Pan ddyweddïodd ag Eifion, nid oedd cyflwr ei gwallt na'i dillad wedi croesi'i meddwl, a bellach roedd hyn yn pigo'i chydwybod. Oni fyddai unrhyw ferch arall wedi gwneud rhyw ymdrech bryd hynny? Cofiodd y botel o bersawr Soir de Paris a roddodd Eifion iddi. Awgrymai'r anrheg fod Eifion yn credu y dylai hi ymbincio, er na chofiai ef yn cynnig sylw erioed ynghylch ei gwisg na dim byd felly. Meddyliodd yn drist mai'r rheswm mwyaf tebygol oedd fod ei gyd-filwyr yn prynu'r math yna o beth i'w cariadon a'u gwragedd nhw. Serch hynny, trysorai'r botel fach las. Gwgodd yn ffyrnig arni hi ei hun. Wedi blino yr oedd hi, dyna i gyd – blino ar undonedd bywyd a'i ddiffyg lliw. Fel y dywedodd Nest, doedd y rhyfel ddim ar ben, a daliai i daflu'i gysgod hir, llwyd dros bopeth. Roedd hi'n hen bryd troi dalen newydd. Penderfynodd Dela y byddai'n dychwelyd i Nant-yr-eithin ar ddiwedd y gwyliau'n edrych yn gyfareddol, ac wfft i bawb os oedden nhw'n clecan am hynny.

Cerddodd ymaith o ffenestr y siop, yn benderfynol o gael y pyrm wedi'r cwbl. Dychmygodd yr olwg fyddai ar wyneb Ceinwen ac eraill wrth ei gweld, a gwenodd. Cododd dyn dieithr ei het iddi'n sydyn ar gornel y stryd a brysiodd Dela ymlaen gan wrido. Suddodd ei chalon pan sylweddolodd ei fod, am eiliad, wedi'i hatgoffa o Huw Richards. Nid oedd wedi ystyried y byddai mynd yn ôl i Nant-yr-eithin ar ei newydd wedd yn anfon neges iddo yntau'n ogystal. A pha neges fyddai honno? Un o gyflwyno'i hun yn bwrpasol fel rhywun deniadol? Un a wnâi iddo feddwl am y wraig ifanc, dlos a gollodd? Camodd ymlaen i lawr y tyle, rhwng dau feddwl unwaith eto. Trodd ei difaterwch am glecs y gymdogaeth yn anesmwythder. Byddai pawb arall yn meddwl mai ei harddu ei hun ar ei gyfer e oedd diben y cyfan, a byddent yn amneidio a chwincio'n ddoeth. Ni wyddai a allai ddioddef hynny. Ond doedd Huw ddim yn ymateb fel pawb arall. Hwyrach y byddai'n meddwl ei bod yn edrych yn goman a phenchwiban; roedd hynny'n rheswm da dros roi ei chynlluniau ar waith, ac efallai mentro damaid ymhellach, hyd yn oed. Lipstic coch, meddyliodd, gan gofio bod siop fferyllydd nid nepell i ffwrdd.

Ar drothwy'r siop, ychydig funudau'n ddiweddarach, a'i harf newydd gorwych yn ddiogel yn ei bag llaw, edrychodd Dela ar ei wats. Roedd tri chwarter awr arall ganddi i'w wastraffu cyn gweld y deintydd. Wrth ddewis y lipstic, dan lygad stwn y ddynes ddifrifol y tu ôl i'r cownter – a awgrymai nad dyma'r math o beth y disgwyliai i rywun parchus ei brynu – daeth wyneb peintiedig Lena i'w meddwl. Er iddi gymryd y fath ofal o'i phryd a'i gwedd, ni wnaeth hynny ddim lles iddi hi. Syllodd Dela i lawr i gyfeiriad y dociau. Tybed a oedd unrhyw arwydd ar ôl o'r fan lle daethpwyd o hyd i Lena?

Chwythodd mymryn o awel o'r môr wrth iddi droedio'r palmant a sychu'r chwys ar ei hwyneb. Safodd a syllu dros y llain anferth o dir diffaith. Chwaraeai plant yma ac acw, yn procio'r pridd â ffyn, neu'n rasio a neidio dros bentyrrau o rwbel a oedd yn diflannu'n raddol wrth i'r chwyn dyfu drostynt. Eisteddodd ar wal isel gerllaw. Ni hoffai'r syniad mai plentyn ddaeth o hyd i gorff Lena, ond roedd y mannau agored a adawyd ar ôl y tair noson fawr o fomio yn 1941 yn ddeniadol iawn i blant fel parciau answyddogol. Doedd neb yma i ddweud wrthynt am beidio â cherdded ar y glaswellt ac roedd yna wastad bosibilrwydd cyffrous y byddent yn dod o hyd i ryw ddarn o shrapnel. Ceisiodd gofio pa adeilad oedd yno cyn y bomio, ond yn ofer, er y cofiai orffwylltra'r cyfnod hwnnw'n dda – y drewdod a'r gwres o'r adeiladau a losgai, a'r cyrff wedi'u gosod yn rhesi taclus, pathetig. Beth oedd un corff o'i gymharu â hynny? Nid oedd unman amlwg lle gallai Lena fod wedi cael ei gadael, ac ni theimlai Dela unrhyw awydd i fentro draw ac edrych. Efallai nad plant ddaeth o hyd iddi wedi'r cwbl. Byddai'r plant hyn i gyd yn yr ysgol ym mis Mai.

Cododd Dela'n flinedig ac ymlwybro'n ôl i'r ddeintyddfa, gan deimlo min y dant siarp â'i thafod a gobeithio na fyddai'r driniaeth yn boenus.

Pennod 4

PAN AGORODD Dela ddrws y Mans beth amser yn ddiweddarach, roedd y cloc mawr yng nghornel y cyntedd yn taro saith yn gyhuddgar. Roedd wedi anghofio ffonio i ddweud y byddai'n hwyr, a byddai Nest wedi paratoi swper erbyn chwech. Safai drws y stydi ar agor, ac nid oedd sôn am neb yn yr ystafell fyw. Gadawodd Dela ei bagiau ar waelod y grisiau a mynd i'r gegin, ond heblaw am un sosban, a'r tegell yn mudferwi'n dawel, nid oedd unrhyw dystiolaeth weladwy fod coginio ar y gweill. Agorodd y drws o'r ardd yn sydyn, a daeth Nest i'r golwg yn cario powlen llawn cynhwysion salad.

'Un adra ac un heb ddŵad,' meddai gyda gwên. 'Gest ti unrhyw lwc?'

Ymddiheurodd Dela ei bod yn hwyr, ac esbonio am y deintydd.

'Call iawn. Mi faswn i 'di bod yn ddoethach taswn i 'di gofalu am fy nannadd yn d'oed di. Ges i warad ar y cyfan cyn 'mod i'n ddeg ar hugain.' Symudodd draw at y sinc a rhedeg y tap. 'Dwyt ti ddim yn hwyr iawn, a dim ond pryd oer ydi o, 'blaw am y tatws. Dwi wedi mynd yn reit ddiog ynghylch gneud bwyd poeth yr haf 'ma. Gei di osod y bwrdd rŵan os leici di. Fydd Tudful ddim yn hir. Bydd o'n picio draw i weld aelod sy'n sâl unwaith yr wythnos.'

Wedi trefnu'r cyllyll a'r ffyrc a disgrifio'r hyn a brynodd, aeth Dela i'r pantri oer i mofyn menyn. Roedd

Nest wedi rhoi'r cyfan ar blât anferth a thaenu mwslin drosto. Yn y gwres hwn, byddai angen iddi feddwl am rywffordd i'w ddefnyddio. Ni ellid mo'i fwyta ar ei ben ei hun, am ei fod wedi'i wneud yn rhy hallt yn fwriadol er mwyn iddo gadw'n well. Byddai'n rhaid ei gymysgu â'r marjarîn diflas o'r *rations* cyn ei daenu ar fara. Gorweddai'r cwningod hefyd ar ddysgl lydan, ac osgôdd Dela edrych arnynt.

'Beth ydych chi'n bwriadu'i wneud â'r menyn?' gofynnodd.

Pwffiodd Nest a meddwl. 'Teisenni sbynj bach, mwn,' meddai. 'Neu ella teisen sinsir? Gin i ryw focs bach o hwnnw a thun o driog heb ei agor. A chryn dipyn o siwgwr hefyd, ers i Tudful roi'r gorau i'w gymryd yn ei de. Tasa modd cael gafael ar ffrwythau sych bydda teisen ffrwytha'n ddelfrydol, ond dim ond dyrnaid o syltanas sydd ar ôl.'

'Teisenni sbynj bach a theisen sinsir amdani 'te,' meddai Dela, a chan deimlo y dylai wneud yn iawn am fod yn hwyr, ychwanegodd, 'gallen i fynd ati heno i'w gwneud nhw.'

*

Clywsant y drws ffrynt yn agor, ond yn wahanol i'w arfer nid aeth Tudful i'w stydi. Daeth yn syth i'r gegin a mynd at y sinc, gan ddadbacio dwy neu dair bowlen o'r fasged a gariai. Yna tynnodd ei siaced ysgafn a rholio llewys ei grys yn benderfynol. Roedd Dela ar fin cynnig golchi'r llestri drosto, ond roedd Nest eisoes yn codi'r tegell oddi ar y stôf.

'Ydi o'n ddigon poeth?' gofynnodd Tudful, gan siarad am y tro cyntaf.

Arllwysodd Nest y dŵr berwedig i'r bowlen enamel fel ateb ac estynnodd Tudful glwtyn glân o'r drôr. Aeth ati i olchi'r bowlenni gan hisian rhwng ei ddannedd wrth i'w fysedd gyffwrdd â'r dŵr chwilboeth. Ni siaradodd Nest drwy gydol y broses, ond aeth i mofyn lliain sychu llestri glân iddo hefyd, er bod un sych eisoes yn hongian o'r bachyn. Gwyliodd Dela wrth i Tudful sychu'r bowlenni'n ofalus a'u rhoi'n ôl yn y fasged. Yna sychodd ddolen y fasged yr un mor drylwyr cyn ei rhoi ar lawr y pantri.

'Sut mae petha?' mentrodd Nest o'r diwedd.

'Dim gwell. Gwaeth os rhwbath,' atebodd ei gŵr.

Gafaelodd yn y ddau glwtyn roedd wedi'u defnyddio a'u gollwng i sosban fawr a gadwai Nest ar gyfer berwi dillad isaf, cyn ei llenwi â dŵr a'i gosod ar y stôf gyda sebon a soda. Erbyn hyn, roedd Nest wedi mynd i'r pantri i nôl y sleisys brôn, a chododd Dela er mwyn draenio'r tato.

'Aros eiliad, 'merch i,' meddai Tudful, gan roi caead ar y sosban. Croesodd draw at y sinc a phlymio'i freichiau hyd y benelin i mewn i'r dŵr. Safodd Dela'n gegrwth wrth iddo sgyrnygu'i ddannedd. O'r diwedd, camodd Tudful yn ôl ac ysgwyd ei ddwylo. Roeddent yn boenus o goch, ond yn hytrach na gafael mewn tywel, cododd Tudful y fowlen, agor y drws cefn a thaflu'r dŵr i lawr y draen, cyn rhoi'r fowlen i sefyll yn erbyn wal y tŷ. Yna camodd allan gan dynnu'i getyn o'i boced, a gwelodd Dela ef yn dilyn y llwybr i waelod yr ardd.

'Rho bum munud iddo fo,' meddai llais Nest yn ei chlust.

Edrychodd Dela'n ymholgar arni a chododd hithau ael. 'Fel hyn y mae o bob tro,' sibrydodd, er nad oedd modd i Tudful ei chlywed. 'Fo 'di'r unig un sy'n mynd yno erbyn hyn. Mae gormod o ofn yr haint ar bobl.'

'Pa haint?' gofynnodd Dela, mewn braw.

Ni roddodd Nest ateb uniongyrchol iddi.

'Dydi o'm yn fodlon i mi drwyno'r lle, na chyffwrdd â'r llestri wedyn. A deud y gwir, dwi'm yn gwbod pa fwyd arall sy'n cyrraedd y tŷ.' Crychodd ei thalcen. 'Ella bod rhai siopau'n fodlon gadael nwyddau ar y rhiniog. Gobeithio'n wir, yndê?'

*

Nid oedd Dela wedi sylweddoli faint o amser a gymerai'r deisen sinsir i'w phobi. Edrychai'r gymysgedd dywyll fel llaid gwlyb, ond gobeithiai am y gorau ac eistedd yn y gadair siglo yn y gegin er mwyn cadw llygad arni. Meddyliodd y gallai wau tipyn, ond roedd gwres y gwlân ar ei phenliniau'n ormesol a rhoddodd y gorau iddi toc. Bu'r swper hwyr yn boenus o ddistaw, gyda meddwl Tudful bant ymhell. Sylwodd na wnaeth Nest unrhyw ymdrech i'w gynnwys yn y sgwrs ysbeidiol, felly ni ddysgodd ddim mwy am ei ymweliad. Safai'r teisenni sbynj bach ar y bwrdd yn oeri ers amser ond bob tro'r agorai ddrws y ffwrn, syllai'r llaid sinsir yn y tun yn swrth arni, a dechreuodd feddwl ei bod wedi camddarllen y risêt.

Pan ymddangosodd Nest wrth y drws a dweud ei bod am fynd i'r gwely, roedd hi eisoes yn tynnu am un ar ddeg o'r gloch. Heb sŵn y weiarles, dim ond tipian y cloc mawr yn y cyntedd oedd i'w glywed er bod Tudful yn dal yn y stydi. Teimlodd Dela ei hamrannau'n trymhau a phenderfynodd fynd allan i'r ardd am sbel, gan sefyll yno'n mwynhau'r oerni cymharol.

Neidiodd pan ganodd cloch y drws yn aflafar, ond erbyn iddi gyrraedd y cyntedd roedd Tudful eisoes yn camu i'w agor. Arhosodd Dela wrth ddrws y gegin a gwrando. Nid oedd ymweliadau hwyr yn beth newydd yn y Mans, o bell ffordd. Clywodd symudiad ar y landin uwch ei phen, a gweld blaenau sliperi Nest rhwng pyst y canllaw. Roedd pwy bynnag oedd wedi canu'r gloch yn siarad yn isel a thaer, a Tudful yn cydsynio.

'Wrth gwrs y do i,' clywodd ef yn dweud. Cododd ei law ar yr ymwelydd a chau'r drws.

A barnu wrth yr olwg ar ei wyneb, nid oedd wedi disgwyl gweld cynulleidfa.

'Be sy?' galwodd Nest o'r llofft.

Am eiliad ni atebodd Tudful. 'Hogan bach 'di diflannu o'i gwely,' meddai o'r diwedd, gan gnoi'i wefus. 'Ma' isio pobol i fynd i chwilio amdani.'

Brysiodd Nest i lawr y grisiau gan glymu gwregys ei gŵn wisgo. 'O ble?' gofynnodd.

'Stryd Ernest.'

Nid oedd Dela'n gyfarwydd â'r enw, ond roedd yn amlwg yn golygu rhywbeth i Nest. Aeth cryndod bach drwyddi ond ni ddywedodd air. Agorodd Tudful ddrws y cwpwrdd cotiau ac ymbalfalu ynddo.

'Oes 'ma dortsh?' gofynnodd.

'Mae 'da fi ddwy,' atebodd Dela. 'Gewch chi fenthyg un. Bydd angen y llall arna i. Dwi'n dod gyda chi.'

*

46

'Fydd 'na'm llawar o groeso i chdi,' meddai Tudful wrth iddynt gamu'n frysiog ar hyd y strydoedd tywyll. Er ei bod yn hwyr, roedd pobl i'w gweld yma ac acw a gellid clywed sŵn siarad fel mwmial gwenyn o ambell i ardd gefn.

Ochneidiodd Dela'n dawel. Credodd iddo roi'r gorau i geisio'i chymell i aros gartref gyda Nest. Bu'n ddigon anodd perswadio honno bod yn rhaid i rywun aros gyda'r deisen sinsir.

'Pam felly?' gofynnodd yn fwriadol lletchwith.

'Oherwydd bydd pobl yn teimlo'i fod o'n beth anaddas i hogan ei wneud. Fel yr angladdau "dynion yn unig" di-ben-draw 'ma.' Trodd Tudful tuag ati a gwenu'n ddi-hiwmor. 'Dwi'n sicr na chei di fynd i chwilio yn y coed. Rhag ofn i ti ladro dy sanau sidan.'

'Neilon,' meddai Dela. 'Ry'ch chi ar ôl yr oes, Tudful. Peidiwch â phoeni, fydda i ddim yn niwsans.'

Pesychodd Tudful yn anghrediniol. 'Mae tro cyntaf i bopeth, felly,' meddai.

*

Er syndod i Dela, sylweddolodd eu bod yn anelu am y rheilffordd. Clywodd drên yn mynd heibio yn rhywle i lawr ar y dde, ac yn arafu cyn mynd trwy'r twnnel. Sylwodd Tudful arni'n troi'i phen.

'Ia,' meddai, fel pe bai'n darllen ei meddwl. 'Aethon ni heibio i gefnau tai Stryd Ernest neithiwr. Fyddwn ni yno 'mhen dim.'

Safai dau neu dri o ddynion yn y cysgodion ar y gornel, yn eu bresys a'u crysau gwlanen, yn cael mwgyn. Camodd un ohonynt ymlaen wrth eu gweld.

'Be 'di'r newyddion, Wilff?' holodd Tudful yn dawel.

Cododd y dyn ei ysgwyddau. 'Anodd gwpod, Mr Owen. Necyn nhw 'di trefnu parti whilo 'to, ond mae Sarjant Williams 'ma, a'r crwt 'na.' Taflodd gipolwg i lawr y stryd at y fan lle safai grŵp o ddynion o flaen un o'r tai. Adnabyddodd Dela Harri John, a safai y tu ôl i ddyn hŷn, tewach. 'Shwd glywoch chi, 'te?'

'Daeth Dai'r Felin heibio. Pryd sylweddolwyd fod yr hogan fach ar goll?'

'Ar ôl i'r tad a'r brawd hyna bennu'u stem.' Trodd ei gefn at y stryd a gostwng ei lais. 'Chi'n gwpod pwy yw hi, on'd y'ch chi? Brenda, croten fach Ben Dyrne. Buodd y fam farw ar 'i genedig'eth. 'Sdim lot o siâp 'di bod 'na ers hynny.'

Meddyliodd Tudful am ennyd. 'Mae 'na hogan hŷn hefyd, on'd oes?'

'O's. Barbara. Hi sy'n cadw tŷ iddyn nhw er 'smo 'ddi'n lot mwy na pheder ar ddeg. 'Smo i'n cretu bod honno 'di gweld llyfr ysgol ers blynydde. Ac ma' Breian y crwt hynaf wedi dilyn ei dad i'r pwll glo. Ac i'r dafarn 'ed, 'nôl pob sôn.'

Wrth iddo siarad, syllodd Dela ar y tai teras llwm. Roedd cynifer o strydoedd fel hyn o amgylch pob pwll glo, wedi'u codi ar ras gan berchennog y pwll; trigai hwnnw, fel rheol, mewn plasty yn y wlad, yn ddigon pell o'r mwg a'r baw. Roedd rhai o drigolion y stryd – menywod caled yr olwg – yn sefyll wrth eu drysau ffrynt, ac ambell i blentyn bach yn pipo ar y cyffro o ffenestri budron y llofftydd. Cofiodd Dela am yr ierdydd cefn a'r drewdod a ddeuai o'r tai bach. Oedd, roedd Stryd Ernest yn debyg i lawer o strydoedd, ond roedd heolydd â thai eraill yr un mor ddi-nod yn y dref, ac ymdrechai'r preswylwyr yn galed i gadw'r rheiny'n lân. Gwelsai Dela'r frwydr ddi-baid honno droeon – y sgwrio diddiwedd a'r leiniau dillad a'u cynfasau gwynion yn cael eu bygwth yn gyson gan frychau duon llwch y glo. Meddyliodd ei fod yn rhyfedd nad oedd rhagor o bobl wedi ymgynnull, o ystyried mai plentyn oedd ar goll.

Camodd Tudful ymlaen ac aeth Dela ar ei ôl, er na symudodd y tri dyn o'r gornel.

'Pam ddaeth Dai'r Felin yr holl ffordd i'r Mans i'ch mofyn chi?' gofynnodd Dela'n dawel. 'Oni fyddai wedi bod yn haws iddo gnocio ar ddrysau'r tai yn y stryd nesaf?'

'Am 'i fod o'n weddol sicr y byddwn i'n fodlon dod yma,' atebodd Tudful. 'Ella 'i fod o eisoes wedi rhoi cynnig ar bobl eri'll a nhwytha wedi gwrthod. Ma' gin y stryd yma enw drwg.'

'Yn haeddiannol felly?'

'Gei di weld. Ddoist ti ddim â dy fag llaw, gobeithio?'

Teimlodd Dela lygaid oer y menywod yn syllu arni wrth iddynt gerdded heibio, ond ni chyfarchwyd nhw gan neb. Cododd Sarjant Williams ei ben o'r llyfr nodiadau y bu'n ysgrifennu ynddo a'u gweld. Er ei fod yn amlwg yn falch bod Tudful yno, plethodd ei wefusau wrth weld Dela, a gwelodd hithau ef yn agor ei geg yn barod i'w hanfon adref.

'Jiw jiw,' meddai llais y tu ôl iddo'n sydyn. '"Florence Nightingale"!'

Gwgodd y Sarjant dros ei ysgwydd, ond roedd perchennog y llais, sef giard y trên, eisoes wedi estyn ei law iddi.

'Dyma ni'n cwrdd eto,' meddai Dela, gan wenu. Nid oedd wedi ei adnabod yng ngolau pŵl y lampau. Rhaid

49

ei fod wedi gorffen ei shifft ac ar ei ffordd adref pan glywodd y newyddion.

''Ma damed o lwc, 'te Sarjant,' meddai'r giard. 'Dyma'r ledi lwyddodd i dawelu'r jiawl bach 'na ar y lein pw' dd'wrnod. A chi'n gwpod shwd 'nath hi hynny? 'Da hanner pown' o fenyn! Halwch 'ddi miwn 'na – gewch chi wpod y cyfan, wedyn. Ma' ffordd fach neis 'da 'ddi.'

Pesychodd y Sarjant. 'Olreit Jac, gewn ni weld nawr,' meddai, gan dynnu Dela a Tudful i'r naill ochr.

'Ma' gyda ni broblem man hyn, Mr Owen,' dechreuodd yn ymddiheurol. ''Smo ni'n galler ca'l unrhyw fath o stori deidi mas o'r wh'ar, 'sdim ots beth wnewn ni. 'Na i gyd mae'n neud yw llefen ac wbad. Ac mae'r tad a'r brawd fel dou fustach meddw. O'n nhw 'di mynd i'r dafarn cyn dod gatre o'u stem yn y pwll. Cledrodd y tad y ferch o 'mla'n i! Wi weti hala nhw lawr y bacs at y lein mas o'r ffordd, rhag ofon bod y groten fach lawr fan 'na. Gelon ni afel ar hen gymdoges, ond 'smo i'n cretu fod honno'n llawn llathen. Os allen ni ga'l rhyw syniad o drefen y nosweth, falle bydde gyda ni obeth o whilo yn y lle iawn.'

Er ei fod yn edrych ar Tudful, gwyddai Dela mai â hi y siaradai ac y byddai'n rhaid i Tudful gytuno ag unrhyw awgrym a wnâi hi.

'Fasa un o'r genod hyn sy'n sefyll wrth 'u drysa ddim o unrhyw gymorth?' gofynnodd Tudful yn araf.

''Smo nhw moyn dim i neud â'r peth,' meddai'r Sarjant. 'Gallech chi feddwl y bydde trueni 'da nhw dros y teulu, ond pan ofynnes i am help, diflannon nhw i'w tai a chau'r dryse.' Edrychodd i lawr y stryd, ac yn wir, camodd nifer o'r menywod yn ôl fel pe bai llinyn anweledig yn eu tynnu. 'Ch'weld?' meddai'n ddirmygus.

'Os na ddaw Brenda i'r golwg heno, bydda i'n ôl 'ma fory gyda mwy o ddynon i fynd drw' pob cwtsh a chornel A datrys pob achos o ladrad eiddo yn y dre ers misoedd, synnen i fyth.'

'Dwi'n eitha bodlon . . .' cynigiodd Dela'n wylaidd, a gweld arlliw o wên yn ymddangos ar wyneb Tudful.

'Mi fydda i'n aros amdanat ti wrth y giât,' oedd ei unig sylw.

Pennod 5

CAMODD DELA'N ofalus trwy'r drws lled agored. Codai
grisiau di-garped i fyny i'r llofft ar y dde, a heblaw am un
mat brwnt o flaen y drws, estyll pren moel oedd ar lawr
y cyntedd hefyd. Hongiai stribedi o hen bapur wal oddi
ar y muriau, gan ddangos papur hŷn fyth oddi tano, fel
pe bai rhywun wedi dechrau ailbapuro ac wedi danto
wrth weld maint y dasg. Nid oedd golau yn unman
heblaw am y lamp ar y stryd y tu allan, a sadiodd Dela'i
hun gan roi llaw ar y mur. Teimlai hwnnw'n seimllyd o
dan ei bysedd. Roedd hyd yn oed yr arogleuon yn hen –
dillad a chyrff heb eu golchi, bwyd wedi pydru, a llaeth
sur. O gornel ei llygad, gwelodd Dela chwilen ddu'n
rhedeg nerth ei thraed ar hyd gweddillion y sgertin pwdr
cyn diflannu i dwll ynddo. Cyrhaeddodd y drws ar y pen
a chnocio arno, cyn ei wthio ar agor.

'Barbara?' galwodd yn dawel.

Sŵn chwyrnu tawel a gafodd yn ateb. Roedd yr hen
gymdoges yn cysgu'n sownd ar gadair galed wrth y
bwrdd, ei cheg ddi-ddant ar agor. Eisteddai merch drom
ar setl ger y stôf blacled, yn pwyso'i phen yn erbyn y
cefn. Dim ond un o'r goleuadau nwy oedd yn gweithio
mewn cilfach yn y mur i'r dde o'r stôf, gan oleuo ochr
honno'r ystafell a gadael y gweddill yn y cysgodion.

Tynnwyd gwallt y ferch yn ôl o'i thalcen â rhuban
pinc, er y byddai ei olchi wedi bod yn syniad gwell. Nid
gor-ddweud oedd y Sarjant wrth sôn am yr wylo na'r

glatsien. Roedd llygad y ferch wedi chwyddo, ac roedd marc coch amlwg ar ei boch. Ni ddywedodd air wrth Dela, a throdd ei hwyneb i ffwrdd. O'i blaen gorweddai twba mawr gwag. Daliai tegell mawr i ganu ar y stôf, a rhyw fath o bair tolciog llawn dŵr a losgwyd yn ddu dros y blynyddoedd yn ffrwtian, gan dasgu'i gynnwys dros ei ymyl. Yn amlwg, bu Barbara'n paratoi ar gyfer dychweliad ei thad a'i brawd o'r gwaith. Plygodd Dela a chodi'r twba o'r ffordd, yna gafaelodd mewn clwtyn tyllog a symud y tegell a'r pair oddi ar y platiau poeth.

'Wyt ti wedi cael swper?' gofynnodd i Barbara, gan daflu cipolwg draw at y bwrdd lle safai torth o fara, gyda chyllell yn sefyll yn syth ynddi, a dysgl yn dal marjarîn. Roedd penelin yr hen gymdoges yn bygwth dymchwel jwg o laeth a photyn o jam dyfrllyd, felly symudodd Dela nhw heb ei deffro.

'Te a bara menyn a jam,' meddai, a heb aros am ateb, aeth ati i'w paratoi.

Synhwyrodd symudiad anfodlon o'r tu ôl iddi. 'Ma' dwy disien gyrens mas y bac yn y cwtsh glo,' meddai'r ferch. Daeth Dela o hyd iddynt yn ddidrafferth, gan geisio dyfalu pam yn y byd roedd y teisenni'n cael eu cadw yn y fath le. Daeth i'r casgliad mai cuddfan danteithion y ferch oedd y cwtsh glo, ac o ystyried ei maint, edrychai fel pe bai Barbara wedi defnyddio'r lle'n llwyddiannus ers amser. Yn ôl yn y gegin, rhoddodd Dela bryd at ei gilydd a'i osod o flaen y ferch. Gwyliodd yn dawel wrth iddi afael mewn teisen a suddo'i dannedd i mewn iddi.

'Oes 'na rywbeth arall alla i 'i wneud? Oes angen paratoi tamed o fwyd i'ch tad a'ch brawd?' gofynnodd, tra cnodd y ferch fel buwch.

Ysgydwodd Barbara'i phen. 'Byddan nhw 'di prynu tsips ar y ffordd i'r Diwc,' meddai, a llond ei cheg o fwyd. Tafarn y Duke of Clarence oedd y Diwc – lle diarhebol o arw – lle byddai'r yfwyr yn gadael trwy'r ffenestri cyn amled â thrwy'r drws.

Syllodd Dela ar y twba a'r tegell mawr. 'Mae'n lot o waith i ferwi dŵr er mwyn iddyn nhw molchi ar ôl bob stem, on'd yw e?' meddai'n sgyrsiol. 'Er bod gyda chi dap cyfleus mas y bac.'

Sniffiodd y ferch a chodi'i hysgwyddau. Hyd yma nid oedd wedi dangos unrhyw chwilfrydedd ynghylch ei hymwelydd annisgwyl.

'Mae'n olreit,' atebodd. 'Dwi wedi arfer ag e nawr. Pump neu chwe bwcedaid i ferwi, a chwpwl mwy i oeri'r dŵr. Ond 'sdim dal pryd gyrhaeddan nhw. Withe dwi'n gorfod aros orie, a dwi'n gorfod bod yn y gwaith yn y bore cyn wyth.'

'Oedden nhw'n hwyr iawn heno?'

Yfodd y ferch ei the cyn ateb. 'O'n,' meddai. Er bod ei hwyneb chwyddedig yn ddifynegiant, credai Dela iddi ddirnad rhywbeth yn gwibio drosto. Euogrwydd?

'Dwi'n siŵr eich bod chi bwtu marw eisiau cysgu'n aml,' meddai.

Ciledrychodd y ferch arni. ''Na beth ddigwyddodd, ch'wel,' atebodd, gan bigo cyrens bob yn un o'r deisen. 'Bydden i wedi'i glywed e fel arall.'

'Clywed pwy?'

Gwingodd y ferch. 'Pwy bynnag dda'th miwn 'ma a mynd â Brenda.'

'Byddwch chi'n cadw drws y stafell hon ar gau, sbo,' cynigiodd Dela.

'Bydda. A drws ein stafell wely ni, 'ed. 'Smo i moyn

'i dihuno hi â'r holl glatsian bwcedi. Ond mae hi 'di bod mor dwym, wi weti bod yn gadel y dryse ffrynt a bac ar agor i ga'l 'bach o aer i'r tŷ. Alle fe ddim fod wedi dod miwn trw'r bac. Ma' styllen rydd yn fan 'na'n gwichian.'

'Byddech chi wedi'i chlywed hi,' cytunodd Dela. 'Ydi Brenda'n cysgu'n sownd fel rheol?'

'Odi, unwaith iddi setlo,' meddai Barbara, a chnoi ei gwefus. 'A setlodd hi'n net heno. A'th hi i'r gwely marce wyth. Ond pan es i lan am hanner awr wedi deg, ro'dd y gwely'n wag.'

Rhochiodd y gymdoges yn sydyn yn ei chwsg ac edrychodd y ddwy arni, ond nid agorodd ei llygaid. Credai Dela ei bod wedi dysgu cymaint ag y gallai am y tro. Sylwodd fod yr holl fwyd wedi'i fwyta hefyd. Cododd gan wenu.

'Af i mas i weld beth sy'n digwydd,' meddai. 'Falle gallech chi feddwl pwy yw ffrindie arbennig Brenda. Dwi'n siŵr bydde hynny'n help mawr i Sarjant Williams a'r parti whilo.'

Gwgodd Barbara ond nid edrychodd arni.

'Pawb,' meddai dan ei hanadl. 'Ma' pawb yn dwlu ar Brenda.'

*

Roedd Dela'n falch o gael anadlu'r awyr iach tu allan a gweld Tudful yn dal i sefyll wrth y giât. Cododd ei aeliau mewn cwestiwn. Taflodd Dela gipolwg gofalus o'i chwmpas cyn ateb ei gwestiwn mud.

'Anfonwyd y plentyn i'r gwely am wyth, ond am hanner awr wedi deg roedd ei gwely'n wag.'

Cyn i Tudful fedru ymateb, ymddangosodd Sarjant Williams o ben y stryd a brysio tuag atynt. Trodd ei wyneb yn ddarlun o bryder wrth glywed y manylion.

'Ma' 'ddi wedi mynd ers orie, 'te,' meddai. 'Galle hi fod filltiroedd bant erbyn hyn.' Gwnaeth sŵn diamynedd yng nghefn ei wddf. 'Pam na alle'r groten dwp fod wedi dweud hyn i gyd wrtha i yn y lle cynta, yn lle towlu'i hunan ar y setl a shiglo'n ôl a 'mla'n? Gwetwch y gwir!'

'Am fod ei thad a'i brawd hi yno,' meddai Dela. 'Ac mae hi'n teimlo'n gyfrifol am ei bod hi wedi mynd i gysgu.'

Ysgydwodd y Sarjant ei ben gan syllu'n feddylgar ar y tŷ.

'Bydde gofyn iddo fod yn ewn iawn i fynd miwn o'r stryd a chripad lan y stâr a lawr 'to a'r un fach yn 'i freichie,' murmurodd. 'Heb sôn am 'napod y lle'n dda. Ond wedyn, ma'r tai 'ma i gyd 'run fath.'

'Rhywun lleol, felly?' cynigiodd Tudful.

Mewn llais isel, gan edrych yn gyson dros ei ysgwydd, rhoddodd y Sarjant fraslun o drigolion y stryd a ddaethai i'w sylw eisoes. Roedd yn rhestr hir. Edrychodd Dela o'i chwmpas heb wrando'n astud arno. Doedd fawr neb yn sefyll ar riniogau'r tai cyfagos erbyn hyn, ond gadawyd y drysau i gyd yn gil agored, rhag ofn i rywbeth cyffrous ddigwydd, mae'n siŵr. Yn y cefndir, rhygnodd trên nwyddau hir heibio i lawr rhwng yr argloddiau uchel a meddyliodd Dela sut yn y byd roedd unrhyw un yn llwyddo i gysgu yn y sŵn hwnnw a'r gwres annioddefol.

Tynnwyd hi'n ôl at y sgwrs pan edrychodd y Sarjant ar ei wats.

'Bydd raid i fi bico'n ôl i'r orsaf i alw'r bois yn y trefi

nesaf,' meddai. 'Ac Abertawe 'ed. 'Sda fi ddim hanner digon o ddynion, rhyngt salwch a gwylie.'

'Mi fasa'n syniad da i rybuddio ardal eang,' cytunodd Tudful. ''Sgynnoch chi ddisgrifiad manwl ohoni?'

'Brenda Jones: Croten fach mewn gŵn nos gyda gwallt gole hir a llygaid glas,' atebodd y Sarjant yn sychlyd. ''Smo fe'n lot, ody fe? Ond yn ôl ei thad ma' 'ddi'n gwmws fel y llun ar y posteri sebon 'na.'

'*Bubbles*,' meddai Dela. 'Oddi ar y poster sebon Pears. Crwt yw hwnnw, ond mae e'n debyg iawn i ferch.' Cofiodd yn sydyn am y plentyn a fu'n ei gwylio o'r coed wrth iddi ryddhau troed y bachgen ar lein y rheilffordd. 'Mae ei gwallt hi'n ole iawn, on'd yw e – bron yn wyn?'

Edrychodd y ddau ddyn yn syn arni, a brysiodd hithau i esbonio.

'Weles i groten fach fel 'na'n chwarae yn y coed ger y lein brynhawn ddoe. Mae hi'n bryd llawer goleuach na'r rhan fwyaf o blant, os taw dyna pwy oedd hi. Falle fod hynny'n rhywbeth y gallech chi ei roi yn y disgrifiad.'

'O'dd hi ar 'i phen 'i hunan?' gofynnodd y Sarjant.

Chwiliodd Dela ei chof cyn ateb. 'Weles i neb arall,' cyfaddefodd. 'Dim ond cip o bell arni ges i, cofiwch – ond allech chi ddim peidio â sylwi ar liw ei gwallt.'

'Beth o'dd hi'n neud?'

'Dawnsio,' atebodd Dela, 'a gwylio bob yn ail. Fel pe bai hi yn ei byd bach ei hunan – er bod 'na elfen o sioe yn y peth hefyd. Mae'n bosibl fod rhai o'r gweithwyr rheilffordd wedi sylwi mwy arni.'

Bu distawrwydd wrth i'r heddwas ystyried ei geiriau. 'Sioe?' gofynnodd o'r diwedd.

Teimlai Dela braidd yn lletchwith. Nid oedd wedi ystyried y peth cyn hyn.

'Wel, ie. Tase hi wedi bod eisiau gwylio heb gael ei gweld yn busnesan, mae 'na ddigon o fannau lan ar y tyle lle gallai hi guddio. Ac ar y llaw arall – a hithe'n byw ar y stryd ac yn adnabod y crwt bach – bydden i wedi disgwyl iddi ddod lawr at y lein a gofyn amdano, fel y plant eraill. Ond wnaeth hi ddim. Roedd e'n ymateb eitha rhyfedd, 'smo chi'n credu?'

Tynnodd y Sarjant wep. 'Ma' plant yn gallu bod yn od,' meddai, a chan ochneidio, ychwanegodd, 'a nid dim ond plant, chwaith. 'Co'r rhein 'nôl 'to. Y *posse*. Gobeitho'u bod nhw 'di sobri rhywfaint erbyn hyn.'

Trodd Tudful a Dela'n reddfol a gweld bod nifer o ddynion dieithr wedi troi i mewn i'r stryd. Ar flaen y gad brasgamai dyn a llanc mawr, eu hwynebau'n stribedi o lwch glo a chwys. Deallodd Dela'n syth mai tad a brawd Brenda oeddent, ac wrth sylwi ar faint dwylo'r tad, hawdd oedd gweld sut cafodd ei lysenw, 'Ben Dyrne'.

'Unrhyw sôn?' galwodd mewn llais cras, yr eiliad y gwelodd y Sarjant.

Camodd hwnnw ato, ac er na allai Dela glywed ei eiriau, synhwyrai ei fod yn ceisio'i annog i ymddwyn yn dawel a rhesymol. Ni chafodd hyn unrhyw effaith.

'Ie, ond beth y'ch chi'n *neud*?' gwaeddodd y dyn, wrth i'r llanc atseinio'i eiriau fel llo anystywallt wrth ei ochr. 'Yffach o ddim! Pam 'smo chi'n troi'r jiawled mas o'u tai a whilo'n iawn? Pwy iws yw hala rhyw grwtyn i ofyn iddyn nhw?'

O gornel ei llygad, gwelai Dela fod y gweiddi wedi denu rhai o'r trigolion yn ôl at ddrysau eu tai. Daeth llais menyw'n sydyn o'r tywyllwch. 'Nagyn ni 'di mynd â dy groten di! 'Se ti gatre'n amlach, Ben Dyrne, bydde gobeth i ti wpod ble ma' dy blant.'

Daeth cytgan o gytundeb benywaidd o ddrysau eraill.

'Carca nhw'n well yn lle'n beio ni!'

'Y jiawl ewn!'

'Pwy yffarn wyt ti'n feddwl wyt ti?'

Agorodd a chaeodd y dyn ei ddyrnau'n gynddeiriog, ac am eiliad fer teimlodd Dela gydymdeimlad tuag ato, er gwaethaf ei haerllugrwydd. Nid oedd angen bod yn athrylith i weld mai Brenda dlos oedd cyw melyn olaf y teulu, a hithau mor wahanol i'w brawd a'i chwaer clomboraidd, yn dawnsio drwy'r tŷ llwm fel tylwythen deg.

Cliriodd y Sarjant ei wddf a syllu'n ddig o'i amgylch cyn codi'i lais yn awdurdodol.

'Odw i i fod i ddeall o'r holl frygowthan 'ma eich bod chi i gyd wedi whilo'ch tai a'ch cytie glo a phob man y galle plentyn gwato? Ma' croten fach ar goll man hyn, er mwyn popeth!'

Bu distawrwydd. Pan ddaeth gwaedd o'r tu ôl iddi, meddyliodd Dela fod un arall o'r trigolion yn dymuno ychwanegu at y ddadl, ond yna clywodd air a wnaeth iddi rewi yn ei hunfan.

'Sarj!'

Troesant fel un corff. Yng ngardd flaen y tŷ olaf yn y rhes, bron wedi'i oresgyn gan fur uchel un o adeiladau'r rheilffordd, roedd Harri John yn pwyso ymlaen ac yn chwydu. Cododd ei ben am eiliad a llyncu aer, cyn i bwl arall ddod drosto. Clywodd Dela'r Sarjant yn rhegi'n dawel dan ei anadl wrth ruthro heibio iddi, a theimlodd law Tudful ar ei braich. Edrychodd i fyny i'w wyneb a gweld rhyw boen mawr yn ei lygaid.

'Na, na,' meddai. 'All hyn ddim bod.'

*

Cyrhaeddodd tad y plentyn y fan prin eiliad ar ôl yr heddwas, ond o leiaf roedd gan ei gymdeithion ddigon o synnwyr i afael ynddo a'i atal rhag rhuthro i'r tŷ. Serch hynny, gwnaeth ddigon o sŵn i foddi'r sgwrs rhwng yr heddweision yn yr ardd. Plygai Sarjant Williams dros Harri, tra ysgydwai hwnnw'i ben yn frwd a mwmial. Ochneidiai bob tro deuai pwl o gyfog drosto, a throi ei ben i ffwrdd o'r holi. Yn y diwedd ymsythodd y Sarjant.

'Mae'r Cwnstabl wedi gwneud darganfyddiad ofnadwy,' cyhoeddodd. 'Ond dyw e ddim wedi dod o hyd i Brenda. Wyt ti'n clywed, Ben?'

Arhosodd i'r dyn mawr ddangos ei fod wedi deall, cyn mynd yn ei flaen.

'Dwi'n mynd miwn 'na nawr ar fy mhen fy hunan. 'Sneb arall i roi troed dros y stepen hon.' Pwyntiodd at y gris bach wrth iet yr ardd ac yna syllu'n ddiobaith ar Harri, cyn dod i benderfyniad. 'Mr Owen, wi moyn i chi neud yn siŵr nad oes neb yn dod yn agos.'

Roedd e wedi hanner troi i ffwrdd pan alwodd Tudful ef yn ei ôl. Gan ei fod yn dal yn dynn yn ei braich, safai Dela'n agos ato. Ni fyddai wedi clywed ei eiriau fel arall, a synnodd wrth sylweddoli ei fod dan bwysau emosiwn cryf.

'Da chi, Sarjant, peidiwch â chyffwrdd mewn dim yn y tŷ 'cw.'

Ffromodd yr heddwas at y geiriau a gwelodd Tudful hynny. 'Nid ceisio dysgu'ch swydd i chi ydw i,' meddai wrth y Sarjant. 'Ond mae'n bwysig i chi beidio, er mwyn eich iechyd eich hun. Mae haint enbyd ar y ddynas sy'n byw yno.' Sibrydodd air a gwelodd Dela wyneb yr heddwas yn newid, cyn iddo amneidio'i ben a chamu'n feddylgar at y drws.

'Syphilis.' Er gwaethaf y gwres, teimlai Dela'n oer. Am yr eildro mewn deuddydd, roedd hi wedi darllen geiriau erchyll ar wefusau rhywun. A'r tro hwn, doedd dim gobaith iddi wneud dim i achub neb. Sylwodd fod Tudful yn edrych arni.

'Glywist ti, do?' murmurodd.

'Dyna'r rheswm dros yr holl olchi mewn dŵr berwedig, ife?' atebodd hithau. 'A chadw Nest draw o 'ma?'

Gwyrodd ei ben rhyw fymryn i gydnabod gwirionedd hynny. 'Doedd 'na'm pwynt peryglu dau ohonon ni,' meddai.

'Ydi e mor heintus â hynny?' gofynnodd Dela. 'A fydde cyffwrdd yn eiddo'r person yn ddigon i drosglwyddo'r clefyd? Oni fydde'n rhaid i chi ddod i gysylltiad llawer agosach na hynny?'

'Welist ti mo'i chyflwr hi,' atebodd Tudful, ac fel pe bai wedi clywed ei eiriau, ymddangosodd Sarjant Williams wrth y drws, a'i hances dros ei geg, yn llyncu cyfog.

Pennod 6

YN GYNNAR fore trannoeth, gorweddai Dela yn ei gwely cul yn gwrando ar yr adar yn canu yng nghoed yr ardd. Roedd y wawr wedi torri ers amser, ac roedd rhywun eisoes wedi gadael y Mans. Dyna a'i dihunodd – sŵn traed yn ymlwybro'n ofalus i lawr y grisiau. Tybiodd mai Tudful oedd yno, ond i ble'r aeth ac i ba bwrpas, tybed? Fyddai'r criw chwilio'n debygol o ddechrau ar ei waith mor gynnar? Teimlai Dela'n euog nad oedd hi wedi codi a'i ddilyn, ond nid oedd wedi cysgu am hydoedd ar ôl mynd i'r gwely. Mynnai ei meddwl ddychwelyd at ddiflaniad Brenda, y groten fach, a'r corff y daethpwyd o hyd iddo yn y tŷ cyfagos. A phan ddaeth ati'i hun, dechreuodd y pendroni anfodlon eto.

Synnodd wrth sylweddoli mai un o'i phrif emosiynau oedd teimlo trueni dros Sarjant Williams fwyaf, a Harri i raddau llai, er mai ef gafodd y sioc gyntaf o weld y corff. Roedd plentyn yn diflannu'n achos mawr ynddo'i hun, ond roedd dod o hyd i rywun yn yr un stryd yn farw gelain yn faich ofnadwy. Os nad oedd ganddynt ddigon o ddynion i chwilio am Brenda, pa obaith oedd medru ymchwilio i farwolaeth amheus ar ben hynny? Bu'n rhaid iddi atgoffa'i hun nad oedd neb wedi dweud mai marwolaeth amheus oedd hi hyd yma. Yn wir, ni ddywedodd y Sarjant air am yr hyn a welodd, a rhywfodd llwyddodd i gau ceg Harri ynghylch y peth yn ogystal. Pe bai Dela wedi cael cyfle i holi Harri cyn i'r

Sarjant ddod o'r tŷ, efallai y byddai wedi gallu dysgu mwy, ond roedd yn amau bod Tudful wedi cadw'i afael ynddi er mwyn ei hatal. A rhwng Ben Dyrne a'i fab Breian yn bustachu, a'r menywod yn dod allan o'u tai i'r stryd am y tro cyntaf, buan y dirywiodd y sefyllfa, a chafwyd trafferth i osgoi sgarmesoedd agored.

Y peth a gofiai'n fwy na dim oedd y tensiwn yn yr aer – rhyw ymwybyddiaeth y gallai'r bobl hyn ffrwydro'n ddirybudd dros ddim mwy nag edrychiad neu air annoeth. Gwyddai o'i phrofiad yn ystod y bomio yn y rhyfel fod hyd yn oed pobl barchus yn gallu ymddwyn yn wyllt mewn amgylchiadau eithafol, oherwydd ofn a sioc, ond fel rheol deuent at eu coed yn eithaf buan. Y noson cynt, nid oedd gan neb ond Ben a'i fab unrhyw esgus dros eu gorffwylltra, a gellid tybio y byddai'r canfyddiad wedi sobri a thawelu pawb – ond ni wnaeth. Bu'n rhaid i'r Sarjant fygwth arestio nifer ohonynt yn y fan a'r lle cyn iddynt roi'r gorau i wthio a phryfocio'i gilydd. Cofiai'r cegau hyll yn gweithio a gwefuso, gyda phoer yn ymgasglu yn y corneli, yn taflu sen fel bwledi. Roedd Tudful wedi gafael yn ei braich a'i thynnu ymaith ar frys, gan hisian rhybuddion iddi beidio ag edrych ar neb. Baglodd hithau ar ei ôl, gan syllu ar ei thraed, ond serch hynny, roedd rhai wedi sylwi arnynt yn mynd.

'O'dd e 'ma heddi, hwnna!' galwodd un llais gwatwarus. 'Un o'i chwsmeried gore hi, ond 'smo fe moyn bod 'ma nawr, oty fe?'

'Hei, Bobi – gofynnwch beth o'dd gyta fe yn 'i fasged fach! Cyllell neu forthwl, ife?'

Rhaid bod Tudful wedi clywed y geiriau, ond ni ddangosodd hynny, er mai ei ddolurio oedd y bwriad. Ai dyna pam roedd e wedi mynd allan cyn saith y bore?

Byddai'n well gan Dela pe bai e wedi cadw draw, ond roedd yn gwbl nodweddiadol ohono i gamu i ffau'r llewod. Yn hynny o beth roedd e'n debyg i weinidog arall lawr yn Nant-yr-eithin. Roedd wedi croesi ei meddwl i ffonio Huw ar ôl iddynt ddychwelyd i'r Mans, ond gydag un llaw ar fwlyn drws y stydi roedd hi wedi camu'n ôl a throi am y grisiau. Nid oedd tri o'r gloch y bore yn amser priodol i godi'r ffôn ar neb, heblaw mewn argyfwng. Ac er iddi gael profiad annymunol, roedd yn bell o hynny.

Eto, wedi i Dela ymolchi a gwisgo a dod i lawr y grisiau, arhosodd eiliad cyn mynd i'r gegin. Nid oedd Nest wedi codi eto, a chyda Tudful allan o'r tŷ efallai mai dyma'r unig gyfle a gâi i ddefnyddio'r ffôn. Ond pam ddylai hi ffonio Huw? Onid oedd hynny'n beth pathetig i'w wneud? Martsiodd yn benderfynol i'r gegin a llenwi'r tegell gan ei dwrdio'i hun. Oni fu'n edrych ymlaen ers misoedd at ddianc a pheidio â gorfod meddwl am Nant-yr-eithin a phawb yno? Onid oedd wedi addo iddi'i hun y byddai'n torri pob cysylltiad am fis cyfan er mwyn cael cyfle i ddadebru a gweld popeth yn fwy eglur? Torrodd dafell o fara'n ffyrnig, ar goll yn ei meddyliau.

'Pen pwy 'di'r dorth 'na?' meddai llais Nest o'r drws. 'Watsia golli bys!'

*

Roedd Nest yn golchi'r llestri brecwast tra chwiliai Dela am dun yn y pantri i gadw'r deisen sinsir cyn i un o'r ddwy grybwyll y corff. Symudodd Dela'r fasged o'r ffordd er mwyn cyrraedd cefn y silff isaf, a gwyrodd Nest ei phen tuag ati.

'Hwyrach y bydd Tudful isio taflu honno rŵan,' meddai'n feddylgar. 'Hen un oedd hi. Toedd o'm yn fodlon defnyddio 'masged siopa arferol i.' Rhoddodd ochenaid fach drist. 'Sali'r Arsenal, druan. Biti garw amdani, 'te? Mi fydd yn rhyfadd, wsti, peidio gorfod meddwl am ryw betha bach blasus iddi bob wythnos. Ddudodd o ddoe ei bod hi'n gwaethygu, ond feddylis i ddim am eiliad y bydda hi'n mynd mor sydyn.'

Hwn oedd y tro cyntaf i Dela glywed yr enw. Gafaelodd mewn tun a chodi o'i chwrcwd. Sylweddolodd fod Nest yn cymryd yn ganiataol mai wedi marw'n naturiol o'i haint wnaeth Sali'r Arsenal.

'Heblaw am ei salwch, oedd hi'n oedrannus?' gofynnodd.

'Nac oedd, tad! Doedd hi'm llawar hŷn na chdi.'

Sychodd Nest ei dwylo a mynd draw at y tegell. 'Panad arall? Ma'r hen dywydd 'ma'n codi syched ar rywun.'

Safodd am ennyd wrth y tap. Disgleiriai haul y bore'n greulon ar y rhychau yng nghroen tenau ei harleisiau.

'Un fach, diolch. Bydd isie i fi fynd i gofrestru'n llyfr *rations* bore 'ma. Anghofies i'n llwyr ddoe, rhwng popeth. Oeddech chi'n nabod y ddynes 'ma o'r capel?'

'Yn wreiddiol, oedden. Roedd ei thad yn aelod ac yn dŵad â hi yno'n blentyn. Dwi'm yn cofio i'w mam fod yno erioed. Ond mi gafodd o 'i ladd mewn damwain yn yr Arsenal wsti – cyn iddo fod yn Arsenal mewn gwirionedd – pan roedd Sali tua tair ar ddeg. Rhaid 'u bod nhw 'di cael tipyn o iawndal am y ddamwain, oherwydd mi brynodd y fam y tŷ yn Stryd Ernest. Ges i fy synnu braidd gan hynny.'

Gwelodd Nest fod Dela'n dilyn bob gair a chwarddodd yn dawel. 'Mae'n rhyfadd, oherwydd aeth ei mam o'i cho'n llwyr ar ôl i'r tad gael ei ladd. Dwi'm yn siŵr nad oedd hi'n diodda i ryw raddau cyn hynny.'

'Fyddech chi ddim wedi disgwyl iddi wneud peth mor gall, felly?'

'Na faswn, wir. Hwyrach ei bod hi 'di cael cyngor da gin rywun. Ond er bod gynnon nhw do dros 'u penna, mi aeth petha'n ffluwch yn gyflym iawn, a'r fam yn sefyll am oriau bwygilydd tu allan i giatiau'r Arsenal yn gofyn i bawb oedden nhw wedi gweld ei gŵr. A phan oedd pawb yn dweud "na", mi fydda hi'n mynd yn gynddeiriog ac yn ymosod ar bobol.' Ysgydwodd Nest ei phen yn drist. 'I ddechra, roedd y gweithwyr yn cydymdeimlo â hi yn ei phrofedigaeth, ond mae pobol yn blino, tydyn?'

Sipiodd Dela ei the'n araf. 'A ble'r oedd Sali pan oedd hyn i gyd yn digwydd?' gofynnodd.

'Yn cael ei galw byth beunydd o'r ysgol i ofalu am ei mam. A chyn pen dim, doedd hi'm yn trafferthu mynd yno o gwbl, ac roedd hynny'n drueni mawr. O'r hyn dwi'n ei gofio amdani'n blentyn, roedd digon yn ei phen hi, ac roedd hi'n darllen ac ysgrifennu'n well na llawar o'i hoedran. Mi basiodd y 'Lefn Plys, 'sti. Ond, wrth gwrs, roedd ei thad yn fyw bryd hynny.'

Nid dyma'r darlun roedd Dela'n ei ddisgwyl. 'Beth ddigwyddodd wedyn?' holodd.

'Wel, mi suddodd y fam yn ddyfnach fyth i'w salwch meddwl, ond doedd 'na'm sôn am ei rhoi hi yn y seilam. Hwyrach y bydda Sali wedi cael cyfle i fyw bywyd mwy normal tasa'r fam wedi derbyn rhyw driniaeth, ond yn ôl Tudful roedd hi'n ymffrostio yn y ffaith iddi ofalu am ei mam hyd y diwedd. Os gellid ei alw'n ofal, hefyd . . .'

Ystyriodd am eiliad. 'Mae'n anodd deud a oedd y gwendid yn Sali o'r dechra, neu ai byw efo rhywun â syniadau gorffwyll wnaeth ddylanwadu arni ar adeg bwysig yn ei datblygiad. Ond pan aeth ei mam yn rhy sâl i adael y tŷ, Sali fydda'n sefyll wrth giatiau'r Arsenal.'

'Yr un peth â'i mham?' gofynnodd Dela'n syn.

'Ddim yn hollol. Dim ond sefyll yno wnâi hi, heb ddweud gair wrth neb, yn ei hiwnifform ysgol fel arfar, a honno wedi mynd yn reit gwta a thyn amdani. Roedd hi'n tynnu am ddeunaw oed erbyn hynny. A dyna ddechrau'r helynt go iawn, oherwydd doedd hi'm yn hogan hyll o bell ffordd.'

Crychodd Dela ei thalcen wrth feddwl. 'Fydde dynion yn cymryd mantais ohoni o wybod ei chefndir? Mae hynny'n ofnadwy. Doedd neb yno i'w hamddiffyn hi?'

'Oedd wir,' atebodd Nest. 'Roedd amball un yn pryderu amdani. Cafodd Tudful ei alw draw yno i fynd â hi adref fwy nag unwaith. Ond dwi'n ama bod eraill wedi cynnig gneud hynny droeon hefyd, efo syniadau gwahanol. Erbyn i'r fam farw 'mhen rhai blynyddoedd, roedd Sali wedi canfod ei galwedigaeth, a 'sdim angen i ti ofyn be oedd honno. Chlywis i 'rioed amdani'n gneud unrhyw waith yn y rhyfel, na swydd. Roedd yr haint arni eisoes, mwn. Ond doedd hi'n gneud fawr ddim efo neb ers blynyddoedd. Mae o'n cymryd amser maith i'w amlygu'i hun i'r graddau hynny, yn ôl Tudful.'

'Ond 'sbosib nad oes rhyw feddyginiaeth ar ei gyfer e?'

Chwythodd Nest aer o'i bochau. 'Oes, rŵan, mae'n debyg,' meddai. 'Ond doedd 'na'm modd perswadio Sali i weld meddyg. Roedd yn gas ganddi feddygon ac ysbytai. Nid cyflwr corfforol yn unig ydi o yn y camau olaf, 'sti. Mae o'n effeithio ar yr ymennydd hefyd.'

Eisteddodd Dela'n ddistaw a gorffen ei the. Teimlai dristwch affwysol, ond gwyddai mai cymharu ei hun â Sali roedd hi. Treuliodd hithau flynyddoedd ei harddegau'n gorfod gofalu am ei mam weddw yn ei salwch. Pe bai ei mam wedi disgyn i ynfydrwydd yn hytrach na salwch corfforol, a fuasai hi wedi dilyn yr un llwybr â Sali? Ysgydwodd ei hun.

'Oes angen unrhyw beth arnoch chi o'r siopau?' gofynnodd, er mwyn newid y pwnc.

*

Ni chymerodd lawer o amser i Dela gofrestru ei llyfr *rations* gyda'r cigydd a'r groser a phrynu'r nwyddau y gofynnodd Nest amdanynt, ond roedd ciw hir y tu allan i siop y pobydd. Aeth hyd yn oed bara'n brin yn ystod y flwyddyn ddiwethaf, ac roedd y gwres yn effeithio ar dymer y merched a safai yno'n aros. Clywsai Dela ormod o frygowthan y noson cynt i ymuno â nhw. Gallai fynd draw i Stryd Ernest a gweld beth oedd yn digwydd erbyn hyn. Hwyrach y byddai'r ciw'n llai ymhen rhyw hanner awr.

Trodd o'r siop a chroesi'r ffordd. Ni sylwodd tan yr eiliad olaf ar y bws oedd yn tynnu i mewn yn gyflym i'r arhosfan, a bu'n rhaid iddi neidio am y palmant gan daro yn erbyn cefn dyn a safai yno. Daeth y bws i aros fodfeddi oddi wrthi, a gwgodd y gyrrwr arni drwy'r ffenestr agored.

'Dyna beth twp i'w wneud!' meddai Dela, cyn i neb arall fedru dweud hynny. 'Mae'n ddrwg iawn 'da fi.'

'Ma'n nhw'n ddi-ened,' meddai'r dyn.

Syllodd Dela arno. Roedd yn dal a phwerus yr olwg,

a gwenai arni fel pe bai'n ei hadnabod. Wrth weld ei hwyneb petrus, estynnodd ei law iddi.

'Dy'ch chi ddim yn fy nghofio i,' meddai. 'Ro'n i ar y trên y noson y buodd bron i ni gael damwain. Ioan James.'

'O, wrth gwrs!' Estynnodd Dela ei llaw hithau. 'Dela Arthur. Wn i ddim sut lwyddoch chi i aros ar eich traed ar y trên. A dyma fi'n bygwth eich baglu chi eto!'

Ysgydwodd y dyn ei ben yn ddiymhongar. 'Mae 'na fantais weithiau o fod yn fawr ac yn drwm. O leiaf fuodd 'na ddim trasiedi.'

'Diolch i'r drefn. Er, dwi'n clywed bod y plant yn fynych yn broblem ar y lein.'

'Ydyn, mae'n debyg. Gobeithio bod dihangfa ffodus y crwt bach wedi bod yn wers iddyn nhw. Buodd eich hyfforddiant chi'n ddefnyddiol, wedi'r cyfan.'

Gwyddai hwn beth ddigwyddodd, felly, ac adnabu hi, er bod Dela wedi anghofio'n llwyr amdano ef yn sgil yr holl gyffro.

'Wel, diolch i chi eto,' meddai.

*

Edrychai Stryd Ernest yn ddigon heddychlon yn yr haul poeth. Chwaraeai haid ddiwardd o blant yn gwbl ddi-hid ar hyd yr heol, ac eisteddai'r menywod ar y waliau isel a wahanai'r gerddi blaen yn sgwrsio ac yfed te. Ym mhen pellaf y stryd, nid nepell o'r dŷ Sali'r Arsenal, safai bachgen tal a'i gefn yn erbyn y mur. Meddyliodd Dela y gallai bicio draw i holi'n ddiniwed am droed ei frawd bach, ond gwelodd y bachgen hi a diflannu fel cysgod i lawr yr ale gefn gyferbyn.

'Miss!'

Trodd ei phen a gweld Sarjant Williams yn taflu bonyn sigarét i'r gwter. Bu'n llechu yn un o'r ychydig fannau cysgodol rhwng diwedd y rhes o dai a dechrau'r stryd nesaf.

'Fuoch chi ddim yma drwy'r nos, Sarjant, 'sbosib?' gofynnodd iddo.

'Pwy ddewis oedd 'da fi?' gofynnodd yn flinedig. 'Nag o'dd Harri'n ffit i garco whannen ar ôl beth welodd e, a ta beth, o'dd isie dou 'ma i gadw trefen. Bydden nhw 'di mynd drw'r tŷ fel Epsom Salts fel arall.'

Ni allai Dela ddadlau â hynny. 'Gynigiodd unrhyw un ddishgled o de i chi?' holodd.

Dim ond chwerthin yn sur wnaeth yr heddwas, gan syllu ar y plant. 'Mewn unrhyw stryd arall bydden i wedi hala crwt i mofyn botel o bop i Harri a fi,' meddai. 'Ond man hyn welen i byth o'r pop na'r pisyn tair 'to.'

'Af i,' meddai Dela, ac edrychodd y Sarjant yn ddiolchgar arni.

*

Dwy funud yn ddiweddarach roedd hi 'nôl. Symudodd yr heddwas i gysgod y tai, a gwelodd ef yn gosod un botel yn ofalus ar y llawr cyn llyncu cynnwys y llall ar ei dalcen.

'Bydd raid i Harri aros am 'i lemonêd, ma' arna i ofon,' meddai. 'Wi'n erfyn Inspector Reynolds o Abertawe unrhyw eiliad nawr, a 'sdim iws iddo'n gweld ni'n yfed na byta dim ar ddyletswydd.'

'Ddim hyd yn oed pop?' gofynnodd Dela.

Sniffiodd y Sarjant. 'Un newydd yw e, ch'weld,' eglurodd. 'Ac o beth dwi weti clywed, ma' fe'n un taer am y rheole. O'dd yr hen un yn wahanol. O'dd e'n deall shwd beth yw bod ar 'ych tra'd drw'r nos. Ers i hwn gyrraedd, ma'n nhw 'di gorfod 'i siapo hi'n ddifrifol.'

'O leia fydd yr holl gyfrifoldeb ddim ar eich ysgwyddau chi unwaith iddo gyrraedd,' cynigiodd Dela.

'Gobitho 'ny,' meddai'r Sarjant yn ansicr. 'Er, synnen i damed y bydd e'n gweld bai ar bopeth dwi wedi'i drefnu. Nagyn ni 'di arfer â phethe fel hyn yn yr ardal hon. Ond heblaw bo fi'n gatel yr orsaf yn wag, pedwar o ddynion – ar wahân i Harri a finne – sy i gael. A buodd raid i fi alw dou o'r rheiny mas ganol nos er mwyn cael rhai i arwain y partïon whilo.'

'Ydi'r tad a'r brawd mas gyda nhw?'

'Ddim i fi weld. Nago's neb weti gatel y tŷ bore 'ma. Ar ôl yr holl weiddi nithwr, on i'n erfyn 'u gweld nhw mas gyta'r wawr.'

Taflodd Dela gipolwg ar y llenni bratiog a dynnwyd yn drwsgl dros ffenestri cartref teulu Ben Dyrne.

'Falle dylen ni fod yn ddiolchgar am effeithiau cwrw,' meddai'n dawel.

'Digon gwir. A falle daw'r Inspector â mwy o fois gyta fe, ond wetyn 'ny, ma'r corff arall 'na gyta fe ar 'i ddwylo – y fenyw 'na fuodd farw gwpwl o fiso'dd yn ôl yn y docie. 'Sdim golwg bod neb yn cael 'i ame yn yr achos hwnnw chwaith.'

Ni chafodd Dela amser i ystyried ei eiriau oherwydd trodd car mawr du i mewn i'r stryd yn ddirybudd. Camodd y Sarjant ymlaen gan roi salíwt brysiog. Ciliodd Dela i'r cysgodion, a gwylio'r ymateb syfrdanol i ymddangosiad y car ar y stryd. Safodd y plant yn eu hunfan, a chododd amryw o'r menywod ar eu traed, wedi'u rhwygo rhwng chwilfrydedd a'u greddf i ddiflannu.

Draw wrth ddrws tŷ Sali'r Arsenal, ymsythodd Harri fel milwr wrth i ddyn tenau ddringo o sedd gefn y car. Tynnodd hances lwyd o'i boced a sychu blaen ei drwyn pinc cyn brasgamu draw at y Sarjant, oedd yn chwysu'n weladwy. Suddodd calon Dela a chripiodd ymaith yn gyflym cyn i'r dyn gael cyfle i sylwi arni. Os oedd hi wedi adnabod y dyn piwis oedd yn teithio ar y trên yr un pryd â hi, roedd yn dra thebygol y byddai yntau'n ei chofio hithau. Ni allai feddwl am neb llai dymunol i arwain yr achos i farwolaeth Lena.

*

Ymunodd Dela â'r ciw y tu allan i siop y pobydd gan bendroni dros oblygiadau ymddangosiad yr Arolygydd Reynolds. Roedd yn annhebygol y byddai wedi dod i'r fan hon oni bai bod yr heddlu'n amau bod Sali'r Arsenal wedi cael ei llofruddio. Symudodd y ciw ymlaen gam neu ddau, ond arhosodd Dela yn ei hunfan. Teimlai'n oer er gwaethaf gwres yr haul ar ei chefn. Tybed a glywodd y Sarjant drigolion Stryd Ernest yn sarhau Tudful? Os oedd modd perswadio trigolion y stryd i siarad, byddent yn fwy na pharod i ailadrodd eu geiriau rhag i neb eu drwgdybio hwy. Yn sydyn, clywodd Dela ddrws yn clepian i lawr yr ale i'r dde, a heb feddwl pipodd rownd y gornel. Tywynnodd yr haul ar y rhuban pinc wrth i Barbara gamu ymaith heb edrych y tu ôl iddi. Daliai fag papur brown yn ei llaw.

'Otych chi yn y ciw 'ma neu bido?' meddai llais diamynedd y tu ôl iddi.

Ymddiheurodd Dela, a chymryd ei lle priodol. Pe bai gan Sarjant Williams ragor o ddynion, byddai wedi sylweddoli bod modd gadael Stryd Ernest drwy'r cefn. Ond hwyrach nad oedd Barbara wedi bwriadu gwneud dim ond mofyn mwy o deisenni cyrens. Pwy allai ei beio am beidio â dymuno gwneud hynny yng ngŵydd pawb? Tybiai Dela mai dyma lle y gweithiai, ac mai dyna pam roedd y fath giw. Erbyn hyn roedd hi wedi cyrraedd trothwy'r drws a chafodd gyfle i weld y tu mewn i'r siop brysur. Gweithiai dynes ganol oed y tu ôl i'r cownter, yng nghwmni dyn hŷn a edrychai fel pe bai wedi cael hen ddigon. Roedd yn amlwg pam. Gellid blasu awch y cwsmeriaid am wybodaeth yn gymysg ag aroglau'r toes poeth.

'Nadyn, 'smo ni 'di clywed gair!' meddai'r dyn rhwng ei ddannedd yn ateb i ryw gwestiwn a sibrydwyd. Ceisiodd y ddynes wenu ar y cwsmer o'i blaen.

'Druan fach, ontefe . . .' murmurodd yn awtomatig. ''Smo ni'n erfyn gweld Barbara nes iddyn nhw ddod o hyd i'w whâr.'

Ceisiodd Dela weld i gefn y siop drwy'r llen rhubannog, ond yna daeth ei thro hi. Roedd hi wedi dewis cofrestru gyda phobydd gwahanol i un arferol y Mans, oherwydd doedd dim dal pwy gâi gyflenwad o unrhyw beth. A nawr roedd rheswm arall dros ddod yma. Gofynnodd am dorth fawr, talu a gadael y siop. Synhwyrai na fyddai Barbara'n hir cyn dychwelyd i'w gwaith yn barhaol os oedd y siop a'i danteithion yn atyniad digon grymus i'w thynnu yno y bore ar ôl i'w chwaer ddiflannu, hyd yn oed. Gwyddai, er yn anfodlon, beth oedd yn rhaid iddi ei wneud nesaf.

Pan gyrhaeddodd y blwch ffôn coch yn y stryd nesaf at y Mans, chwiliodd am yr arian angenrheidiol cyn gofyn i'r gyfnewidfa am y rhif. Gallai glywed ei chalon yn curo yn ei chlustiau wrth i'r ffôn ganu yn stydi Tŷ Capel, Nant-yr-eithin. Ymhen rhai eiliadau clywodd lais cyfarwydd yn ateb a gwasgodd fotwm B.

'Fi sy 'ma,' meddai'n dawel.

'Be 'sgin ti i'w wneud efo'r hogan bach a'r corff?' gofynnodd Huw'n syth, heb ddweud helô hyd yn oed.

Sut gwyddai e? Oedd yr achos eisoes wedi ymddangos yn y papurau newydd?

'Dim o gwbl a gormod o lawer,' atebodd ar ôl ennyd.

'Duda, felly.'

Gan na wyddai am ba hyd y byddai ei harian yn para, carlamodd Dela drwy fraslun o'r digwyddiadau. 'Fydden i ddim yn pryderu oni bai fod yr Arolygydd newydd o Abertawe wedi cyrraedd pan o'n i'n sgwrsio gyda'r Sarjant y bore 'ma,' gorffennodd ar ras.

'Dwi'm yn mynd i ofyn pam oeddet ti yno neithiwr a hiddiw. Mi fasa rhywun call wedi aros adra.' Cafwyd saib fer. 'Be am yr Arolygydd 'ma? Oes gynno fo enw?'

'Reynolds,' atebodd Dela'n swrth. ''Nabyddes i fe. Roedd e ar y trên echdoe. Buodd 'na ddigwyddiad anffodus. Plentyn yn sownd yn y lein. Fi ryddhaodd e.'

'Welodd o chdi?'

'Pwy, y plentyn?'

'Naci, tad! Y Reynolds 'ma. Welodd o chdi'n rhyddhau'r plentyn? Os do, mi fydd o'n dy gofio di.'

''Sda fi ddim llygaid yng nghefn fy mhen!' hisiodd Dela. 'Eisteddodd e wrth f'ochr i am sbel yn y cerbyd, ond ro'n i'n cysgu. Buodd e'n cwmpo mas 'da pawb, mae'n debyg. Gadawodd y cerbyd, ta beth, ond sai'n gwybod p'un ai arhosodd e ar y trên neu beidio. O ystyried, dwi'n credu 'i fod e wedi mynd, oherwydd pe bai e'n dal ar y trên bydde fe wedi dod mas i weld be oedd yn digwydd, a lordan dros bawb. Ond nid dyna'r pwynt. Dywedodd y Sarjant taw fe sy'n ymchwilio i farwolaeth Lena. Mae'n rhaid mai fe oedd yr Arolygydd welodd Aneurin pan aeth e lan i adnabod y corff yn ffurfiol.'

'Yn bendant. Dudodd o wrtha i fod y dyn newydd yn llawn syniada am farwolaeth Lena. Petha na fydda Aneurin wedi meddwl amdanyn nhw mewn can mlynedd, medda fo – er dydi hynny ddim yn deud llawar.'

'Dyw Aneurin ddim wedi sôn gair wrtha i, ac mae e wedi achub ar bob cyfle i holi 'mherfedd i ers wythnosau.'

'Busnesan cyffredinol yw hynny. Ar hyn o bryd, wela i ddim rheswm i bryderu – oni bai fod 'na gysylltiad rhwng y ddau achos.'

Wrth glywed y pips, gwthiodd Dela ei cheiniogau olaf i'r twll. 'Pam wyt ti'n meddwl dwi'n ffonio? Fi yw'r cysylltiad.'

Clywodd ef yn ochneidio'n ddirmygus a brysiodd ymlaen â'i stori.

'Gwranda am eiliad. Roedd Tudful yn nhŷ'r fenyw fuodd farw brynhawn ddoe. Sylwodd y cymdogion arno. Bydd yr Arolygydd yn gweld hynny'n beth amheus, a dweud y lleiaf. A'r funud y bydd e'n sylweddoli 'mod i wedi dod o Nant-yr-eithin yn ddiweddar, a bod Lena'n arfer bod yn lojar i fi, bydd e'n siŵr o weld cysylltiad.'

'Ond does 'na'r un!'

'Nac oes, wrth reswm! Ond 'sneb, ar wahân i ni'n dau, yn gwybod hynny.'

Ni ddywedodd Huw air am eiliad hir. 'Oes angan i ti ddeud mai ar dy wyliau wyt ti?' meddai o'r diwedd.

'Os na ddyweda i, mae Harri drws nesaf yn siŵr o grybwyll y peth. Mae e'n Gwnstabl yn yr orsaf leol.'

'Fedri di mo'i ddefnyddio fo i gael gwybodaeth?'

Edrychodd Dela'n ddiobaith ar y derbynnydd a thynnu gwep salw arno i leddfu'i theimladau. 'Dwi'n ame 'ny,' atebodd yn sychlyd. ''Sdim lot o Gymraeg 'di bod rhyngddon ni ers i fi ei ddal yn dwyn pan oedd e'n grwtyn. A ta beth, dyw e ddim wedi bod yn blisman yn hir. Faint gaiff e 'i wybod?'

'Mae'n rhan o natur plismyn i fod isio gwybod. Oes gynno fo fam neu nain yn byw'n agos?'

'Oes, drws nesa i'r Mans – Agnes, ei fam. Falle glywn ni rywbeth ganddi hi, gyda thamed o lwc.'

'Dydi lwc ddim yn ddigon. Ma' isio i chdi ofyn y cwestiynau iawn.'

'Fel beth? Galli di fentro taw rhyw fersiwn lle mae Harri'n arwain yr achos gaf i.'

'Be wyt ti'n ei ddisgwyl ganddi – cyffes ffydd y Methodistiaid Calfinaidd? Defnyddia dy grebwyll! Rŵan, be 'di rhif y blwch ffôn? Dwi am glywed yr holl hanas yn fanwl o'r dechra. Mi ffonia i chdi 'nôl pan ddaw dy arian di i ben.'

*

Stampiodd Dela'n ôl i gyfeiriad y Mans yn berwi o dymer ddrwg. Ceisiodd gysuro'i hun na allai cael ei holi gan yr Arolygydd Reynolds nac unrhyw fargyfreithiwr fod yn brofiad gwaeth na'r chwarter awr ddiwethaf. Hwyrach mai ei pharatoi oedd pwrpas yr holl herio, er na fyddai'n gallu gweiddi a rhegi ar yr awdurdodau fel y gwnaeth yn y blwch ffôn. Tynnodd anadl ddofn a chyflymu'i chamau yn y gobaith y byddai Tudful wedi dod adref gyda newyddion da ynghylch y ferch fach.

Ond pan welodd gar du gydag arwydd heddlu ar ben ei ffendar yn sefyll y tu allan i'r Mans, diffoddodd ei dicter fel fflam yn y gwynt. Llyncodd ei phoer, a sylwi ar gysgodion cymdogion yn gwylio o'r tu ôl i lenni lês y tai gyferbyn. Roedd y diheurbrawf ar ddechrau.

Pennod 7

AGORODD DELA ddrws ffrynt y tŷ'n dawel a sefyll yn y portsh bach allanol i wrando. Doedd dim sŵn i'w glywed o gwbl. Awgrymai hyn nad yr Arolygydd oedd wedi galw yn y Mans, oherwydd byddai ef wedi cael ei dywys i'r ystafell orau a byddai modd iddi glywed lleisiau. Cariodd ei nwyddau i'r gegin. Nid oedd neb yno chwaith, ond trwy'r ffenestr gallai weld Nest yn yr ardd lysiau. Gosododd ei basged ar y bwrdd ac agor y drws. Daliwyd sylw Nest gan y symudiad, ac amneidiodd arni i'w galw ati.

'Pwy sy 'ma?' gofynnodd Dela'n dawel, gan sylwi bod Nest wedi dewis encil lle gallai weld trwy ffenestr y stydi.

Gwthiodd Nest y fforch fach o dan blanhigyn deiliog ac ateb o gornel ei cheg. 'Idwal Williams, y Sarjant,' hisiodd. 'Heb eillio ac yn edrach fel tasa rhywun 'di rhoi cic iddo.'

'Dyna effaith yr Arolygydd newydd, 'sbo,' meddai Dela. 'Weles i e'n cyrraedd Stryd Ernest. Druan o'r Sarjant. Roedd e'n ame taw fel hyn y bydde hi.'

'Pam felly?'

'Roedd e'n pryderu y bydde'r Arolygydd newydd yn gweld bai ar ei drefniadau. Ond does gyda'r Sarjant ddim digon o ddynion i wneud y pethau angenrheidiol. Buodd e a Harri ar y stryd ers neithiwr.'

Gwyrodd Nest ei phen dros y ffens i'r ardd drws

nesa. 'Mae'n syndod na welist ti Agnes yno'n deud y drefn, os bu'n rhaid i Harri bach fod allan drw'r nos. Mae'n hen bryd i ti gael gair efo hi os wyt ti am ofyn iddi wneud y ffrogia. Gora po gynta, oherwydd mae hi bob amser dan ei sang efo gwaith gwnïo.'

Er bod Dela wedi'i chalonogi wrth glywed tôn ysgafn y geiriau, poenai nad oedd Nest yn meddwl bod ymweliad yr heddwas yn rhywbeth i bryderu yn ei gylch. Fel pe bai wedi darllen rhyw ran o'i meddyliau, aeth Nest yn ei blaen.

'Isio tipyn o hanes Sali mae'r Sarjant, siŵr iawn, gan rywun dibynadwy, siawns.'

'Mwy na thebyg,' atebodd Dela, gan obeithio ei bod yn swnio'n fwy sicr nag y teimlai.

Ysgydwodd Nest y pridd oddi ar glwstwr o radis. 'Pan ddaw o allan, hwyrach y bydda fo'n gwerthfawrogi panad a brechdan domato. Mae'r tomatos yn dda 'leni, er i mi eu plannu braidd yn hwyr. Licio gwres, wel'di.'

'Cystal i fi osod y tegell i ferwi,' meddai Dela, gan synhwyro nad oedd Nest mor ddi-hid ag yr hoffai iddi feddwl.

Yn y gegin, prysurodd i wneud y te, gan wrando'n astud am unrhyw arwydd bod drws y stydi ar fin agor. Pan wnaeth, bron yn llechwraidd, daeth syniad sydyn i'w phen nad oedd yr un o'r ddeuddyn oddi mewn yn awyddus i neb eu clywed yn gadael. Brasgamodd Dela'n bwrpasol i mewn i'r cyntedd a throdd y ddau ati. Roedd rhywbeth tebyg i ryddhad yn yr olwg roddodd Tudful, ond ni wyddai Dela pam.

'Mae'r tegell newydd ferwi,' datganodd. 'Roedd Nest yn meddwl eich bod chi'n siŵr o fod ar eich cythlwng, Sarjant.'

Pesychodd hwnnw'n lletchwith. 'Mae'n ddrwg 'da fi,' atebodd, 'ond 'sda fi ddim amser heddi. Ma' gormod o'n angen i lawr yn yr orsaf.' Edrychodd ar ei wats. 'O'n i i fod 'na ddeng munud yn ôl. 'Na pam yrres i 'ma yn lle cerdded. Ond cofiwch ddiolch iddi am y cynnig caredig.'

Amneidiodd yn fyr ar Tudful a cherddodd y ddau ar hyd y cyntedd yn union fel pe bai Tudful am ffarwelio ag ef wrth y drws. Safodd Dela wrth ddrws y gegin yn eu gwylio.Yna gwelodd y Sarjant yn rhoi ei law ar benelin Tudful a sylweddolodd nad oedd yn bwriadu gadael y tŷ ar ei ben ei hun.

'Odych chi'n mynd allan gyda'r grŵp whilo 'to, Tudful?' galwodd.

Edrychodd y ddau ar ei gilydd yn betrus.

'Nid ar unwaith,' atebodd Tudful yn araf. 'Mae gen i orchwyl boenus i'w chyflawni'n gyntaf. Mae'n rhaid i mi adnabod y corff yn ffurfiol.'

Gwenodd yn drist wrth ddweud hyn, a throdd y wên yn olwg o bryder wrth i Dela gamu ar ras i'r stydi, mofyn y pad o bapur wrth y ffôn ac ysgrifennu nodyn byr arno.

'At bwy wyt ti'n sgwennu?' gofynnodd Tudful.

'Nest,' atebodd Dela.

'Dim ond yn yr ardd ma' hi,' meddai'r Sarjant. 'Allwch chi ddim picio mas 'na?'

'Na alla. Byddwch chi wedi hen fynd erbyn i fi ddod 'nôl, a dwi'n dod gyda chi.'

Ysgydwodd y Sarjant ei ben yn bendant. 'Alla i ddim caniatáu hynny,' meddai.

'Pam lai?' gofynnodd Dela. ''Sbosib eich bod chi'n disgwyl i rywun wynebu rhywbeth o'r fath heb gefnogaeth? A bydd angen cwmni ar Tudful i gerdded gartref, on'd bydd e?'

Ochneidiodd y Sarjant mewn blinder ac anobaith. Gwelodd Dela ei chyfle.

'Mwya i gyd yr oedwch chi, Sarjant, mwya tebygol mae Nest o ddod o'r ardd. Ac wedyn, credwch chi fi, bydd y ddwy ohonon ni gyda chi yng nghefn y car.'

*

Roedd teils gwyrdd ar waliau'r rhodfa hir a arweiniai at y marwdy dros dro yng nghefn gorsaf yr heddlu. Un heddwas oedd wrth y ddesg flaen, a chododd hwnnw ael ar y criw bach wrth iddynt ddilyn y Sarjant i berfeddion yr adeilad.

'Mae meddyg yr heddlu wedi twlu pip arni isiws,' sibrydodd y Sarjant unwaith i'r drysau i'r cefn gau y tu ôl iddynt. 'Ond o'n i moyn i chi ei gweld hi cyn i'r patholegydd gyrraedd, er mwyn bod yn siŵr taw Sali Ifans, perchennog y tŷ, yw hi.'

Ni wyddai Dela a gredai ef ai peidio. Roedd ôl bysedd yr Arolygydd dros y trefniant. Serch hynny, nid oedd golwg ohono hyd yma. Aethant heibio i nifer o ddrysau solet a ffenestri pitw ynddynt. Deuai aroglau anghynnes o rywle a gobeithiai Dela, os oedd unrhyw un am lewygu neu chwydu, nad hi fyddai'r person hwnnw, ar ôl iddi fod mor hyf yn mynnu bod yno. Wrth eistedd y tu ôl i'r Sarjant ar y ffordd i lawr o'r Mans yn y car, gallai ei weld yn ei gwylio yn y drych ôl. Tybiodd ei fod yn difaru ei defnyddio i siarad â Barbara a'i hanfon i mofyn y lemonêd. Roedd hithau'n difaru teimlo trueni drosto, felly roeddent yn gyfartal, meddyliodd.

Arhosodd y Sarjant wrth y drws olaf ar y chwith. 'Ma' croeso i chi ddefnyddio'ch nished fel mwgwd,'

81

meddai. Edrychodd yn arwyddocaol ar Dela wrth yngan y geiriau. 'Tase losin ddim mor brin, roien i Fint Imperial bob un i chi. Smocwch os y'ch chi moyn, Mr Owen.' Cynneuodd sigarét yn gyflym, ond cadwodd Tudful ei getyn yn ei boced.

Cryfhaodd yr aroglau wrth iddo agor y drws. Nid cell oedd yr ystafell hon; roedd ffenestri uchel cul ynddi, ac agorwyd bob un. Gwibiai clêr mawr glas i mewn ac allan yn obeithiol, ond gorweddai'r corff dan gynfas gref allan o'u gafael. Gallai Dela ddeall yr ymdrech hon i gael gwared ar rywfaint o'r drewdod, ond roedd yn amau a fyddai unrhyw batholegydd gwerth yr enw'n falch o bresenoldeb y clêr. Cryfhaodd ei hamheuaeth taw dull o faglu Tudful oedd hwn.

'Odyn nhw'n bwriadu cynnal yr archwiliad post mortem fan hyn 'te?' gofynnodd yn ddiniwed.

Roedd y Sarjant eisoes wedi symud i ben arall y bwrdd mawr y gosodwyd y corff arno, ond syllodd arni am eiliad.

'Nadyn,' cyfaddefodd. 'Bydd yr hers yn dod whap i fynd â hi i Abertawe. O'dd sôn am alw Syr Bernard Spilsbury lawr o Lunden, ond 'smo fe'n dda ar hyn o bryd. Ma' Inspector Reynolds yn 'i nabod e, ch'weld.'

Amneidiodd Dela'n ddoeth, heb gredu gair.

'Reit,' meddai'r Sarjant, gan dynnu mwg i'w geg. 'Odych chi'n barod?'

Er i'r ddau amneidio, ni thynnodd y gynfas i lawr. Roedd rhywbeth wedi dal ei sylw y tu allan i'r drws, nad oedd wedi'i gau'n dynn.

'Odyn ni'n aros am rywun, Sarjant?' gofynnodd Dela'n fwyn.

Cyn iddo fedru ateb, camodd draw at ddrws yr

ystafell a'i agor yn sydyn. Y tu allan i'r drws, safai'r Arolygydd yng nghwmni clamp o heddwas. Neidiodd y ddau wrth ei gweld, ond yr Arolygydd oedd y cyntaf i ddod at ei goed. Gan wgu'n ffyrnig ar yr heddwas wrth ei ochr, fel petai ef ar fai am hyn oll, daeth yr Arolygydd i mewn i'r ystafell fel pe bai wedi rhuthro yno ar frys yn hytrach na sefyllian yn y rhodfa. Edrychodd o'i amgylch ac yna ystumio â'i fawd at Dela.

'A phwy ddiawl yw hon, Williams?' gofynnodd.

'Tyst annibynnol,' atebodd Dela, a gweld Tudful yn cau ei lygaid.

Cliriodd y Sarjant ei wddf yn ymddiheurol yn y distawrwydd a ddilynodd. 'Hon yw'r fenyw a lwyddodd i sefydlu pryd ddiflannodd Brenda Jones,' meddai. 'Mae hi'n aelod o deulu'r Parchedig man hyn.'

'Oty 'ddi wir?' meddai'r Arolygydd gyda chwerthiniad bach ffals. 'A ma' hi'n ffansïo gweld y corff.' Siglodd yn ôl ac ymlaen ar ei sodlau am eiliad ac yna, gydag un ystum chwim tynnodd y gynfas i ffwrdd gan ddatgelu'r cyfan.

Gorfododd Dela ei hun i edrych. Dechreuodd gyda'r traed, yn bennaf er mwyn cael cyfle i ymgynefino cyn cyrraedd yr hyn a drodd stumogau Harri a'r Sarjant. Ni chaniataodd i'w llygaid grwydro. Roedd esgidiau duon am y traed, hen rai sidan gyda bwcwl *diamanté* crwn ar y blaen. Collwyd nifer o'r cerrig bach sgleiniog, ac roedd y sodlau wedi'u sgwffio. Nid oedd Sali'n gwisgo sanau, ond yn lle hynny gwnaeth ymdrech aflwyddiannus i liwio croen ei choesau. Gyda beth, tybed? Gallech weld marciau bysedd yn glir ar y sidan lle ceisiodd daenu'r hylif ar ôl gwisgo'r esgidiau. Roedd ei ffrog flodeuog yn ddeg oed, o leiaf, yn ôl y modd y torrwyd hi ar y bias yn ffasiwn y tridegau. Tacluswyd y dilledyn o'i hamgylch a

chyrhaeddai bron hyd ei fferau. Nid oedd Sali'n llenwi'r
ffrog, ac wrth i lygaid Dela deithio i fyny at y torso,
gwelai ddau asgwrn ei phelfis yn glir dan y deunydd
ysgafn. Efallai fod y ffrog wedi'i gwneud mewn cyfnod
pan nad oedd hi'n sgerbydol o denau. Torrwyd y bodis
ar ffurf V dwfn, ond doedd ganddi ddim bronnau i'w
rhoi ynddi, dim ond rhes o asennau esgyrnog yn ymestyn
o'r sternwm, gyda rhagor o liw brown annaturiol drostynt.
Doedd dim golwg o bais na bronglwm chwaith.

Gorweddai a'i breichiau'n llipa wrth ei hochr. Roedd
ei dwylo'n fawr ac yn wythiennog, a'r ewinedd yn dystion
pellach i'w hymdrechion i liwio'i chroen. Gwisgai nifer o
fodrwyau, dwy neu dair ar rai o'i bysedd. Edrychai un
ohonynt fel saffir go iawn. Tynnodd Dela anadl ddofn
drwy ei cheg a syllu ar wddf Sali. Nid oedd y sawl a'i
taclusodd wedi trafferthu i osod y rhesi dirifedi o fwclis
yn ôl yn eu lle. Pentyrrent yn anniben dan ei chlustiau a'i
gên, yn berlau tsiep a gleiniau gwydr amryliw, yn union
fel pe bai hi wedi gafael ym mhob tlws yn ei blwch
gemau a'u gwisgo. I beth, tybed? Dwrdiodd Dela'i hun.
Dim ond ceisio osgoi'r anorfod yr oedd hi. Rhaid iddi
edrych ar ei hwyneb.

Dryswyd ei llygaid am eiliad gan y gorchudd o lês du
tyn a ymestynnai bron hyd y geg, cyn sylweddoli ei fod
ynghlwm wrth het fechan a orweddai nawr ar dalcen y
corff. Roedd rhyw gochni seimllyd wedi difwyno gwaelod
y lês. Lipstic. Daliai'r druan fach i wisgo lipstic er
gwaethaf popeth. Roedd mwy o reswm am y gorchudd
na chreu argraff. Hyd yn oed trwy ei batrwm cain, gellid
gweld bod rhywbeth erchyll wedi digwydd i un foch. Ni
ellid mo'i alw'n dwll yn union, ond roedd y briw yn
ymestyn i fyny at ei hamrant isaf a draw at ei thrwyn,

gydag ymylon rhacsog yn dangos cnawd a chyhyr yn pydru ac yn duo. Mewn mannau roedd mor ddwfn nes y tybiai Dela bod yr asgwrn yn y golwg. Codai'r drewdod ffiaidd ohono fel tawch anweledig, a chamodd Dela'n ôl pan ddisgynnodd cleren ar flaen trwyn y corff yn sydyn a dechrau rhwbio'i choesau blaen yn erbyn ei gilydd.

Dyna'r arwydd y bu'r Arolygydd yn aros amdano. O gornel ei llygad, gwelodd ef yn amneidio i gyfeiriad y Sarjant, a chyda golwg boenus ar ei wep, cododd hwnnw'r gynfas a chuddio corff Sali'r Arsenal.

''Di gweld dicon?' gofynnodd yr Arolygydd gan daflu gwên ddirmygus at Dela, ond roedd hi'n syllu ar Tudful. Safai yn ei unfan fel delw cerfiedig.

'Ai Sali yw hi?' gofynnodd yn dawel, gan anwybyddu'r Arolygydd yn llwyr. Pan nad atebodd Tudful ar unwaith, aeth draw ato a rhoi ei llaw ar ei fraich.

'Ia,' meddai, gan ddod ato'i hun. 'Yn ddiamheuaeth. Fedrai hi ddim bod yn neb arall.'

Plygodd ei ben, a gwelodd Dela ei wefusau'n symud yn ddistaw.

'Oty fe'n mynd i 'hwdu?' gofynnodd yr Arolygydd gydag afiaith.

'Nagyw,' atebodd Dela'n siarp o dan ei hanadl. 'Dweud gair o weddi mae e.'

Trodd yr Arolygydd ymaith. 'Duw a'n helpo ni!' murmurodd yn ddiamynedd.

'Dyna'r gobaith,' atebodd Dela'n llyfn, gan wylio'r Sarjant yn chwilio unwaith eto yn mhoced ei diwnig am fwgyn.

*

Erbyn i Dela gau drws y Mans y tu ôl iddi, roedd Tudful eisoes yn anelu am y stydi. Gwnaeth ei gorau glas wrth gerdded adref i'w argyhoeddi bod yn rhaid iddo feddwl yn ofalus beth i'w ddweud wrth yr heddlu, ond roedd Tudful fel petai mewn breuddwyd. Nid edrychai arni o gwbl, ond syllai'n hytrach ar ryw orwel pell yn ei feddwl. Credodd Dela, serch hynny, ei fod wedi deall ei phryderon pan drodd ati wrth iet y Mans.

'Fydda i'm yn rhoi'r manylion i Nest,' meddai. ''Mond poeni wnaiff hi, 'sti.' A gyda hynny, roedd wedi brasgamu ar hyd y llwybr.

Sylweddolodd Dela'n sydyn pam fod Nest mor ddig ag ef. Os gallai Tudful weld bod gan bobl y Cymoedd syniadau henffasiwn ynghylch beth oedd yn addas i fenyw ei wneud, pam na fedrai weld fod ei agwedd ei hun tuag at Nest yr un mor gul? Eisteddai hi'n pilo ffa ar y fainc y tu allan i'r drws cefn.

'Sut le oedd 'na?' meddai Nest, gan symud i un ochr er mwyn gwneud lle iddi.

'Difrifol,' atebodd Dela. 'Ond dwi'n falch 'mod i wedi mynd, er nad oedd neb yn hapus iawn 'mod i yno. Fe wnaethon nhw 'u gorau i 'nghadw i draw.'

'Dwy ddoli tsieina ydan ni, 'sti,' atebodd Nest gan blethu'i gwefusau. 'Rydan ni i fod i ista ar ben silff yn ein dillad gora – yn dlws, ond yn fud ac yn fyddar i bob dim annymunol.'

'Dwi'm yn credu 'mod i'n bodloni un o'r meini prawf hynny,' atebodd Dela gan wenu.

'Mi fedret ti fod yn dlws, 'sti,' meddai Nest, gan ychwanegu'n annisgwyl, 'oedd Sali'n dal i fod yn hogan dlos, tybad?'

'Jiw mowr, nag oedd! Roedd unrhyw brydferthwch wedi hen ddiflannu. Er . . .'

Syllodd Nest arni'n ddisgwylgar, gan wthio'i bawd yn awtomatig drwy goden werdd ac anfon y ffa'n gawod i waelod y bowlen enamel.

'"Er" be?'

'Dwi ddim yn gwbod yn hollol. Roedd 'na rywbeth arall. Dylen i fod wedi gofyn i Tudful ar y ffordd adre, ond o'n i'n rhy bryderus i feddwl yn glir. A ta beth, doedd e ddim yn gwrando arna i.'

'Oedd 'i lygaid o ar y bryniau pell?'

'Yr Himalaya.'

''Snam modd ei gyrraedd pan mae o yn yr hwylia hynny. Gei di gyfla eto. Rŵan, duda wrtha i be welist ti.'

Wrth wneud, cafodd Dela'i hun yn gwylio wyneb Nest yn ofalus, ond ni welodd unrhyw arwydd o ofn na diflastod. Yn hytrach, cafodd yr argraff fod ei disgrifiad yn fath o ryddhad iddi. Ai dyna pam yr holodd hi am brydferthwch Sali? A oedd hi wedi dechrau amau cymhelliad Tudful? Ac wrth siarad, sylweddolodd Dela beth fu'n ei phrocian ynghylch cyflwr y corff.

'Y broblem i fi yw'r ymdrech fawr wnaeth Sali,' meddai yn y diwedd. 'Dwi'n gwbod ei bod hi'n sâl yn feddyliol yn ogystal ag yn gorfforol, ond ife fel 'na roedd hi'n gwisgo bob dydd hyd yn oed nawr, a hithau'n rhyw fath o feudwy?'

'Digon posib,' atebodd Nest. 'Dwi'n cofio'i gweld hi yn Abertawe flynyddoedd yn ôl yn fflansh i gyd. Sy'n f'atgoffa i – mi fuodd Agnes yn arllwys ei chwd dros y ffens gefn gynna.'

'Oedd hi'n cwyno am oriau gwaith y cyw gwyn?'

'Wrth gwrs, ond roedd ganddi wybodaeth hefyd. Yn ôl Harri'r Hollwybodus, mae'r Arolygydd newydd wedi cael ar ddeall fod Sali'n un o selogion y dociau adag y rhyfal. Yn enwedig pan fydda'r milwyr Americanaidd yn disgyn fel pla o locustiaid ar y lle.'

Nid oedd hyn yn newyddion da i Dela – roedd yn cadarnhau ei hofnau y byddai'r Arolygydd yn cydio mewn unrhyw ddolen gyswllt arfaethedig rhwng Lena a Sali.

'Ond 'sbosib ei bod wedi bod mynd yn agos i'r fan yn ddiweddar?' cynigiodd.

'Dyna ddudis inna,' atebodd Nest. 'Ond mae'n debyg fod yr heddlu'n gweld y peth yn arwyddocaol dros ben. Ar fatar arall, mae Agnes wedi cytuno i wnïo dy ffrogia haf di. Dos â'r holl ddefnydd draw ati hi rŵan, cyn i neb arall pwysicach ofyn iddi. Ella y cei di wybod mwy.'

*

''Smo chi 'di newid dim!' meddai Agnes, ddeng munud yn ddiweddarach, wrth frysio i gefn ei thŷ o flaen Dela.

Ni wyddai Dela pa newid y disgwyliai Agnes ei weld ynddi ar ôl prin chwe mis, a syllodd o'i hamgylch yn chwilfrydig. Roedd cyflog Harri a busnes prysur ei fam wedi gadael eu hôl ar y tŷ. Peintiwyd y lle'n hufen i gyd ers iddi fod yno ddiwethaf, ac roedd mat lliwgar ar lawr y cyntedd. Edrychai'n well o lawer na'r pren wedi'i staenio a'r papur brown, boglynnog oedd yno cynt. Yr unig beth na allai mo'i gymeradwyo oedd y llun mawr o Harri yn ei iwnifform a welodd yn hongian dros y pentan trwy ddrws agored yr ystafell fyw. Trodd Agnes wrth wthio drws ei hystafell waith a gwenu arni.

'O'n i'n erfyn i chi fod yn lot yn dewach ar ôl bod yn

byw mas yn y wlad. Ond 'smo chi o gwbwl. Watsiwch nagych chi'n mynd yn rhy dene, 'na i gyd. Nawr 'te, dewch miwn a cewn ni weld beth sy 'da chi.'

Daliai i barablu'n ddi-baid wrth dynnu'r defnydd cotwm o'i blygiadau a'i daenu dros y bwrdd mawr ger y ffenestr. Nid dim ond y tŷ a gafodd ei weddnewid, meddyliodd Dela, wrth wneud y synau angenrheidiol ond diystyr. Roedd Agnes ei hun yn fwy trwsiadus o bell ffordd na'r weddw fach a gofiai Dela'n pwyso yn erbyn sinc cegin y Mans yn ei hen sliperi. Nid oedd syndod bod y gair 'fflansh' wedi atgoffa Nest amdani. Siwtiai'r ffasiynau *utility* hi gan eu bod yn ddiaddurn ac yn gwta. Roedd ganddi'r corff main a weddai iddynt. Cuddiai ei gwallt o dan dwrban gyda broitsh yn yr un lliw melyn â'i ffrog. Cofiodd Dela fod ganddi wallt tenau, anodd ei drin. Tynnwyd hi o'i myfyrdod pan sylweddolodd am beth roedd Agnes yn sôn.

'A nawr 'co chi 'nôl gyda'r holl bethe ofnadw 'ma'n digwydd un ar ôl y llall! O'n i'n ffulu cretu pan wetodd Nest eich bod chi 'di mynd lawr 'da Mr Owen i nabod y corff. Beth ddaeth drostoch chi?'

Ceisiodd Dela edrych yn drist ond yn ddidwyll. 'Allen i byth â gadael iddo fe fynd ar ei ben ei hunan. A dwi ddim yn berson nerfus.'

'Wel, nadych 'sbo. Weloch chi bethe gwaeth yn y rhyfel. Nagoch chi'n Warden gyta'r ARP neu rwbeth? Wi'n eich cofio chi'n dod gartre'n ddu fel coliar withe, yn y bore bach.'

'Gwylio tanau o'n i,' atebodd Dela, 'a 'nillad i'n llawn tylle o'r sbarcs. Roedd hi mor anodd cael gafael ar edau bryd 'ny, felly buodd y tylle 'na am sbel hir.'

'Pidwch â sôn! 'Smo 'ddi lot gwell nawr.' Syllodd

Agnes yn ystyriol ar y patrwm. 'Oty Mr Owen yn iawn?' gofynnodd. Pan nad atebodd Dela'n syth, aeth yn ei blaen. 'Nagyw e 'di arfer gweld cyrff, oty fe? Wel, ddim os na fuon nhw farw'n dawel yn 'u gwelye.'

Roedd rhywbeth yng ngoslef ei llais nad oedd Dela'n ei hoffi. Amheuai fod Agnes hithau wedi cael gorchymyn i holi.

'Dwi'n meddwl ei fod e'n teimlo trueni mawr drosti,' atebodd o'r diwedd. 'Wedi'r cyfan, doedd hi ddim yn hen iawn. A dywedodd Nest ei bod hi'n ferch ddeallus yn yr Ysgol Sul erstalwm. Gallai ei bywyd hi fod wedi bod yn wahanol iawn.'

'Galle, wrth gwrs,' meddai Agnes, gan ysgwyd ei phen. 'Afratu'i bywyd fel 'na. Nagw i'n gweud na chafodd hi flynyddoedd anodd gyta'i mam fel o'dd hi, ond ma' dicon o bobol yn colli perthnase heb fynd off 'u penne. Wi'n gwpod gyta'r gore mor anodd all pethe fod, ond mae'n rhaid gwneud ymdrech, on'd oes e?'

'Roedd yn rhaid i chi feddwl am ddyfodol Harri,' meddai Dela, gan wybod ei bod yn dweud y peth iawn. Glaswenodd Agnes yn falch. 'Wel, o'dd. 'Na'r fendith fwya ges i erio'd – a dwi'n diolch i'r drefen bob dydd amdano fe, cretwch fi. Alla i ddim meddwl am ddim byd gwa'th na cholli'ch plentyn. Ma'n rhaid bod tylwth y groten fach 'na'n ffulu gwpod ble i droi. Wetes i wrth Harri, "Dim ond i ti weud, bydda i 'na wrth dy ochor di'n whilo – ddydd neu nos." Ond nago'dd e'n cretu y bydde'r Sarj yn fodlon, a ta beth, ma'n nhw wedi galw mwy o ddynon miwn i helpu nawr.'

Dychmygodd Dela hi'n cribo lein y rheilffordd yn ei thwrban a chelu gwên. Gwyliodd wrth i Agnes ddadblygu rhai o ddarnau papur sidan y patrwm ac edrych yn feirniadol arnynt. Darnau o'r sgert oeddent, ac yn wir, edrychent yn anferth a gwastraffus o'u cymharu â'r ffasiwn yn ystod y rhyfel, ond gwyddai Dela ei bod wedi prynu digon o ddefnydd.

'Bois bach! Sôn am sblasho mas!' meddai Agnes. 'Chi'n siŵr nagych chi moyn dwy ffrog mas o bob pishyn o ddefnydd? Ma' digon o stwff 'ma i gwato piano. Allen i neud sgert lot llai o faint, neu falle ffrog a blows er mwyn pido â bod yn rhy sgimp?'

'Hollol siŵr,' meddai Dela'n bendant. 'Dwi isie'r New Look yn ei holl ogoniant – 'smo i'n hido beth wedodd Harold Wilson amdano.'

'Pwy yw e 'te?'

'Rhyw ddyn o'r Board of Trade oedd yn brygowthan am y steil newydd, ond dwi ddim yn bwriadu gwrando arno fe . . .'

'Gwetwch chi,' atebodd Agnes. ''Smo fe'n neb, ta beth.'

*

Wrth gau'r drws yn y ffens ar ei hôl a chamu drwy'r ardd tua chefn y Mans, ni theimlai Dela ei bod wedi dysgu llawer mwy nag a wyddai eisoes. Serch hynny, roedd ganddi esgus da dros bicio'n ôl a 'mlaen at Agnes. Syllodd am eiliad trwy ffenestr y stydi. Roedd Tudful yn dal i eistedd yn ei gadair fawr â'i gefn ati, a chymylau o fwg baco'n codi o'i getyn. Sut y gallai ei berswadio i drafod yr hyn a welsent y bore hwnnw, cyn bod yn rhaid iddo ateb cwestiynau'r heddlu? Os nad oedd eisiau siarad â Nest, pam na siaradai â hi? Oedd 'na reswm arall dros ei ddistawrwydd llethol? Crynodd Dela'n sydyn wrth feddwl beth allai'r rheswm hwnnw fod.

Pennod 8

YN Y SIOP trin gwallt y diwrnod canlynol, trodd Dela
dudalennau'r cylchgrawn ac yna estyn bys yn slei i fyny
o dan y tywel a orchuddiai ei phen er mwyn ystwytho
tipyn ar un rholer a fygythiai rwygo'r gwallt o'r croen.
Nid oedd hi'n hollol sicr ym mha gam o'r broses hirfaith
yr oedd hi yr eiliad honno. Bu'r rholio'n boenus, tynnai
sawr yr hylif cychwynnol ddŵr o'i llygaid, a bu'r cyfnod
o dan y sychwr yn anghysurus o boeth. Roedd hi'n
meddwl bod y broses wedi dod i ben pan arweiniwyd
hi allan o'r corwynt, ond na, roedd angen eistedd ac
aros; yn ôl y ferch, Tina, roedd angen 'niwtraleiddio' ei
gwallt. Hongiai aroglau amonia dros y lle i gyd, a
rhwbiodd Dela ei thrwyn, yn ymwybodol ei fod eisoes
yn goch.

Edrychodd o'i hamgylch. Byrlymai'r lle â chwsmer-
iaid, a theimlai Dela'n ddieithr ymysg clebar pobl oedd
yn dod yma bob wythnos. Ar ben hynny, nid oedd ei
hadlewyrchiad yn y drych mawr o'i blaen wedi rhoi
mymryn o hyder iddi hyd yma y byddai'n cerdded o'r lle
wedi'i gweddnewid er gwell.

'Nawr 'te,' meddai Tina, gan ymddangos yn sydyn o
rywle. 'Gewn ni weld otych chi weti cwcan!'

Dadorchuddiodd ei phen draenog a dadrolio un o'r
cyrlers bach metel, gan wthio'r gwallt yn erbyn ei bys a
syllu'n fanwl arno.

'Grêt, w!' meddai, gyda thinc o syfrdandod nad oedd yn gysur o gwbl i Dela.

'Ydi'r pyrm yn gweithio bob tro?' gofynnodd yn bryderus.

'Mwy neu lai,' atebodd Tina'n amwys. Gwasgodd ei hysgwydd. 'Byddwch chi'n iawn. Dicon o wallt 'da chi. 'Nôl at y basn nawr, plîs.'

Mwy o olchi, mwy o hylifau oer, mwy o aros. Edrychodd Dela ar ei wats. Roedd hi wedi pump eisoes – am faint hwy y parai hyn? Caeodd ei llygaid am eiliad, a hanner gwrando ar y fenyw yn y gadair nesaf yn cwyno am ei mab.

''Sdim iws i ti wadu, wetes i, achos gwelodd dy frawd di! Fydden i byth wedi cytuno i ti ga'l y motor-beic 'na 'sen i weti meddwl am funed taw mynd o un dafarn i'r llall byddet ti. A lawr fan 'na, o bobman!'

Agorodd Dela ei llygaid. Roedd y ferch a osodai gwallt y fenyw'n dal coes y grib rhwng ei dannedd ac ystyried.

'Ma' fe'n lwcus 'smo neb wedi dwyn y motor-beic,' meddai. 'Ma'n nhw'n ddicon ewn ar bwys y dociau. Wi'n gafel yn dynn yn 'y mag os oes rhaid i fi gerdded gartre ffor' 'na. Odd hi'n waeth yn y blacowt. Odd unrhyw groten yn debygol o gael cynigion . . . ch'mod.' Tynnodd wep arwyddocaol yn y drych i bwysleisio hyn.

''Smo i'n cretu bod hi damed gwell 'na nawr,' meddai'r fenyw. 'Gei di enw drwg, wetes i wrtho fe – ond 'smo nhw byth yn grindo, otyn nhw?'

Nac ydyn, meddyliodd Dela, gan weld wyneb Lena, yn baent ac yn bowdwr i gyd. Ni welodd hi'r perygl, ddim mwy na'r plant a wthiai brennau i'r pridd ar y llain ddiffaith nawr. Efallai, ar ôl goroesi'r bomiau, eich bod yn credu na all angau eich cyffwrdd. Oedd cysylltiad rhwng marwolaeth Lena a Sali'r Arsenal? A oedd yr Arolygydd Reynolds yn iawn? Dri mis yn ôl edrychai'r peth mor amlwg, ond ers dod o hyd i gorff Sali roedd rhyw hedyn bach o amheuaeth wedi dechrau blaguro yn isymwybod Dela. Ond a fyddai mynd ar drywydd hynny o unrhyw fudd? Ni fyddai'n datrys yr hyn ddigwyddodd i Sali, a gallai gymhlethu'r sefyllfa fwyfwy. Sylweddolodd fod arni ofn canfod mai'r un person laddodd Lena a Sali, a'r rheswm syml dros hynny oedd Tudful. Teimlai gywilydd ei bod yn ei amau, ond oherwydd ei ymddygiad rhyfedd, roedd yn anodd peidio â meddwl ei fod yn celu rhywbeth.

Yn ôl o dan y sychwr unwaith eto, ei gwallt wedi'i ail-rolio ar gyrlers mwy o faint, a'i chlustiau'n llosgi yn y gwres, roedd Dela'n falch fod diwedd y broses yn y golwg. Serch hynny, wrth i Tina droi'r rhesi o roliau o wallt sych yn gwrls ymhen ugain munud arall, pendroni roedd Dela ynghylch sut i'w holi ymhellach am "lawr fan 'na", sef y tafarnau ger y dociau.

'Fydd unrhyw le ar agor nawr i fi gael dishgled cyn mynd adref?' gofynnodd.

'Ddim dishgled, na,' atebodd Tina, gan roi rhyw chwerthiniad bach. 'Ond falle gelech chi lemonêd neu rwbeth. Bydd y tafarne'n agor am whech, ch'weld.'

'Oes unrhyw le teidi 'na? Dwi ddim yn mynychu tai tafarn fel rheol.'

Taflodd Tina gipolwg dros ei hysgwydd wrth i berchnoges y siop gerdded heibio. 'Na finne chwaith,' atebodd yn gelwyddog. 'Ond byddech chi'n iawn yn y Fictoria Arms am hanner awr fach a hithe'n haf – ond i chi atel cyn iddi dywyllu, ontefe.' Edrychodd yn ystyriol arni yn y drych wrth lyfnhau cudyn anystywallt ar ei chorun. 'Falle bydde'n well i chi aros nes bo chi gatre. Bydd y gwallt 'ma'n tynnu sylw atoch chi. O'dd hi 'run peth pan ges i bybl cyt. Wi 'di arfer â fe nawr, ond i ddechre . . .'

Ni orffennodd ei brawddeg, dim ond camu'n ôl a gwyro'i phen rhyw fymryn.

'Chi moyn gweld y cefen?'

*

Syllodd Dela arni'i hun yn fud yn nrych tai bach y siop trin gwallt. Er ei bod yn amau a fyddai hi'n derbyn yr un sylw â blonden siapus yn ei hugeiniau cynnar fel Tina, rhaid iddi gyfaddef nad oedd wedi disgwyl edrych cystal. Hyd yn oed â'i hwyneb yn goch gan wres y sychwr, edrychai cymaint llai blinedig rhywfodd, a'i gwallt yn cyrlio'n ysgafn o amgylch ei thalcen a'i llygaid, yn lle hongian fel llenni at ei hysgwyddau. Trodd ei phen ac yna'i ysgwyd, a chyn iddi newid ei meddwl, twriodd yn ei bag am ei chompact powdwr a'r lipstic newydd. Ni hidiai am gost y pyrm, nac ychwaith am y ffaith y byddai'n rhaid iddi gael gafael ar gyrlers o rywle. Camodd yn hyderus 'nôl i mewn i'r salon ac allan drwy'r drws ffrynt.

'Wela i chi 'to,' galwodd Tina ar ei hôl, ac wrth iddi fynd heibio i'r ffenestr gwelodd ddwy ddynes yn syllu arni mewn edmygedd o'r tu mewn.

Erbyn iddi gerdded canllath, penderfynodd fod angen iddi dawelu ei meddwl – os oedd hynny'n bosibl – ynghylch sut y lladdwyd Lena a chan bwy. Efallai y byddai plant yn dal i chwarae ar y safle, ac os felly, ni fyddai'n anodd cychwyn sgwrs fach ddefnyddiol ynghylch pwy welodd beth. Fodd bynnag, wrth nesáu at y llain anferth o dir, nid oedd yr un plentyn i'w weld yn unman. Rhaid eu bod i gyd wedi mynd adref i gael swper. Cwynodd ei stumog hithau ar y gair. Hwyrach y deuai rhai ohonynt allan i chwarae eto ymhen tipyn. Gwelodd fod grŵp bach o ddynion oedrannus yn sefyll o flaen drysau tŷ tafarn gerllaw yn aros i'r tafarnwr eu hagor. Nid y Fictoria Arms oedd y lle, ond gan na fwriedai fod yno'n hir, dyma'r lle mwyaf cyfleus iddi fedru cadw llygad ar y safle, yn enwedig os byddai'n eistedd yn ymyl y ffenestr.

*

'Glasied o *ginger beer*, os gwelwch yn dda.'

Edrychodd y tafarnwr arni'n feddylgar. 'Dim ond lemonêd sy i ga'l, a 'sdim Lownj gyta ni, chwaith,' atebodd. Wrth weld yr olwg ddryslyd ar ei hwyneb, ychwanegodd 'Lownj Bar, ch'mod. Dim ond Pyblic Bar sy 'ma. Ac mae'r wraig weti mynd i weld 'i wha'r.'

'Mae hynny'n iawn,' atebodd Dela wrth chwilio am newid yn ei phwrs, er na ddeallai arwyddocâd y sylw olaf. 'Fydda i ddim yma'n hir. Mae'r caffis i gyd wedi cau.'

Cododd y dyn ei ysgwyddau ond trodd ac arllwys y ddiod iddi. Aeth y rhan fwyaf o'r hen ddynion i wahanol gorneli yn yr ystafell, heblaw am ddau a oedd yn gosod gêm o ddominos allan ger y lle tân gwag. Cariodd Dela ei lemonêd draw at y ffenestr ac eistedd wrth fwrdd bach crwn. Roedd staeniau cwrw arno, ac uwch ei phen roedd y nenfwd yn lliw baco, ond o leiaf roedd y dafarn rywfaint yn oerach na'r stryd. Chwythai'r awel o'r môr trwy'r chwyn ar y llain o dir o'i blaen, gan greu tonnau. Sipiodd ei diod llugoer yn ddiolchgar, gan deimlo rhyddhad bod Nest wedi dweud na fyddai'n ei disgwyl yn ôl i swper. Gwyddai fwy na Dela am hyd y broses o gael pyrm er na fu mewn siop trin gwallt yn ei bywyd. Am sbel nid oedd dim i'w glywed ond clecian dominos. Doedd dim golwg o'r plant, chwaith, ond agorodd y drws yn sydyn a daeth criw o ddynion i mewn, gan lonni'r lle â'u siarad a'u cellwair.

Aethant i sefyll wrth y bar, ac wrth daro cipolwg arnynt, gwelodd Dela eu bod yn fwy llewyrchus na chwsmeriaid gwreiddiol y dafarn. Teithwyr masnachol oedd y rhain, a rhai ohonynt yn cario cesys mawr. Roedd eu trafodaeth yn frith o gyfeiriadau at drefi a dinasoedd a phroblemau teithio o le i le. Penderfynodd Dela aros am chwarter awr arall, ac os na ddeuai neb i'r safle byddai'n codi'i phac. Fesul un a dau, roedd y dafarn yn llenwi nawr, ac fel yn y siop trin gwallt, roedd pawb fel pe taent yn hen gyfeillion. Ymhen dim roedd torf fechan rhyngddi hi a'r bar, a chan ei bod yn dal i syllu'n obeithiol drwy'r ffenestr, ni sylwodd Dela ar unwaith pan eisteddodd rhywun gyferbyn â hi a gwthio gwydryn ar draws y bwrdd bach tuag ati.

''Smo fe'n dod,' meddai llais, a gwelodd law ac arni flew melyn fel croen mochyn yn diffodd sigarét yn y blwch llwch o'i blaen. 'Y twpsyn.'

'Am bwy y'ch chi'n sôn?' gofynnodd Dela'n syn.

Pwysodd y siaradwr yn ôl yn ei gadair gan gynnau sigarét arall. Dyn canol oed, llond ei groen oedd e, mewn siwt pin-streip lydan, a'i wallt golau cryf, tonnog wedi'i frwsio'n ôl o'i dalcen. Gwenodd arni gan ddangos dannedd mawr fel cerrig beddau.

'Pwy bynnag o'ch chi'n ei erfyn. 'Smo i'n gwpod pwy yw e, otw i? Ond wi'n gwpod 'i fod e'n dwpsyn. Rhaid 'i fod e.' Amneidiodd i gyfeiriad y gwydryn a ddaliai rhyw hylif cochlyd. '*Port and lemon*,' meddai. '*Consolation prize* bach. Allwch chi gael *gin and tonic* os oes well da chi. Wi newydd fachu ordor mowr a wi'n fflysh.' Tynnodd gerdyn bach o'i boced a'i gynnig iddi.

Edrychodd Dela ar y cerdyn a gweld y geiriau 'Densil Adams, Haberdashery Requisites'. Rhoddodd ef yn ôl iddo.

'Diolch,' meddai'n oeraidd. 'Ond dwi ddim yn aros am neb o gwbl.'

Gwenodd y dyn eto'n anghrediniol ac yna dechreuodd ganu dan ei lais. 'A little bit independent in your walk . . . A little bit independent in your talk.' Edrychodd arni trwy gil ei lygad. ''Na ddangos 'yn oedran i, ontefe? Fats Waller yn ei gweud hi. 'Sneb tebyg iddo. Gwetwch nawr, beth yw'ch cynllunie chi dros y Sul nesa 'ma?'

'Mynd i'r cwrdd,' atebodd Dela'n syth. 'Pregeth fore a hwyr ac Ysgol Sul yn y prynhawn.'

Credai mai dyna fyddai ei diwedd hi ac y byddai'r dyn gwneud rhyw esgus a gadael llonydd iddi.

'Wel, wel,' meddai. 'Croten capel. O'dd 'y nhad yn ddyn capel. 'Na pwy odd 'i arwr mowr e – Charles Haddon Spurgeon! Allwch chi ofyn beth y'ch chi moyn i fi am Spurgeon. Dwi'n siŵr o wpod.'

Teimlai Dela'n chwithig ac yn anghysurus, ond nid oedd hynny'n rheswm dros fod yn anfoesgar. Cododd y ddiod a'i blasu. Er syndod iddi, roedd yn eithaf neis.

Pennod 9

GRYN AMSER yn ddiweddarach, ar ôl gwrando ar hanes bywyd yr efengylwr Charles Haddon Spurgeon a llawer mwy, ac yfed y gwydraid o bort a lemwn a dau arall tebyg a ymddangosodd fel rhyw wyrth o'i blaen, gwyliodd Dela'r teithiwr masnachol yn ymlwybro tua'r tŷ bach. Bu'n ysu am ei weld yn gadael, ond nid oedd wedi symud o'r fan tan yr eiliad honno, ac roedd heidiau o bobl rhyngddi hi a'r allanfa bob tro y meddyliodd am adael. Cyn gynted ag y caeodd y drws y tu ôl iddo, cododd Dela ar ei thraed, a baglu'n ansicr tuag at ddrws ffrynt y dafarn. Roedd wedi nosi erbyn hyn, ac wrth iddi ddringo'r tyle i gyfeiriad yr orsaf, curai ei chalon fel gordd. Bob nawr ac yn y man syllai dros ei hysgwydd, ond nid oedd golwg ohono yn unman. Fodd bynnag, gyda phob cam teimlai Dela'n waeth. A'i phen fel swigen o ysgafn, a'i stumog yn corddi, roedd yr ymdrech i godi'i thraed fel cerdded trwy ddŵr dwfn. Teimlai ryddhad mawr wrth weld adeilad mawr yr orsaf yn ymddangos yn y pellter. Edrychodd ar ei wats o dan olau lamp stryd ond nofiai honno'n frawychus o flaen ei llygaid. Tarodd rhyw gloc mawr yn y pellter a cheisiodd gyfri'r trawiadau. Roedd hi naill ai'n naw neu'n ddeg o'r gloch, ni wyddai pa un.

Ar y platffform, wrth aros am y trên, pwysodd yn erbyn y mur a gweld y llawr yn codi ac yn disgyn o'i blaen. Roedd y lle'n orlawn fel arfer, heb unman i eistedd. Deuai llais cras o'r uchelseinydd yn ddi-baid gan gyhoeddi rhywbeth annealladwy. Beth os collai'r trên neu gamu i'r yr un anghywir?

'Alright, luv?'

Deuai'r llais o rywle ger ei phenelin. Hen fenyw fach oedd yno, er bod gan Dela ormod o ofn i'r bendro waethygu i edrych yn iawn. Amneidiodd ei phen yn ddistaw.

''S late again, innit? It don't get any better, do it?'

'No,' cytunodd Dela, gan synhwyro cydymdeimlad yn edrychiad y fenyw.

''Ow much 'ave you 'ad? I'm only askin', like, 'cos you're lookin' a bit what-you-call.'

'Three port and lemons,' atebodd Dela, gan synnu ei bod yn cofio. 'Somebody I don't know bought them for me and I didn't like to refuse. It was stupid of me.'

'Doubles, I 'spect,' meddai'r fenyw fach yn ddoeth. Ystyriodd yn ddwys am eiliad. 'And you'd 'ad your 'air done special an' all. You were lucky to gerr away, luv.'

Dyna a gredai Dela hefyd, er ei bod yn rhegi'i hun yn ddistaw am fod mor dwp. Unwaith yn unig yn ei bywyd y bu mewn tŷ tafarn cyn heno, a noson VE oedd honno, gyda chriw o'i chydweithwyr. Dim ond cwrw oedd ar ôl bryd hynny – yfwyd popeth arall cyn iddynt gyrraedd – a chan nad oedd yn hoffi ei flas, eisteddodd yr hanner peint ar y bwrdd o'i blaen am oriau. Pobl eraill oedd yn meddwi, nid hi.

'About blinkin' time, too!'

Pwffiodd yr injan tuag atynt. Gwelodd Dela ddwy injan, a dweud y gwir. Dilynodd y fenyw fach i'r cerbyd agosaf a suddo'n ddiolchgar i'w sedd. Hoffai fod wedi medru cau ei llygaid, ond ofnai gwympo i gysgu yn ei chyflwr presennol.

'Suck this,' meddai'r fenyw, gan wthio losin mintys i'w llaw. 'It'll settle your stomach.'

Dechreuodd y trên rwgnach a neidio, a sugnodd Dela fel y gorchmynnwyd iddi. Taer obeithiai y byddai wedi sobri digon i gerdded i mewn i'r Mans heb simsanu ar ddiwedd y daith. Gwridodd mewn cywilydd ac anadlu'n ddwfn. Curai ei chalon yn gyflymach wrth feddwl beth allai fod wedi digwydd pe na bai wedi llwyddo i ddianc. Un ddiod arall a byddai wedi methu codi ar ei thraed. Ysgydwodd ei hun. Efallai nad oedd Densil Adams, Haberdashery Requisites, eisiau dim mwy na chwmni. Wedi'r cyfan, gwnaeth ei orau i feddwl am bynciau y byddai o ddiddordeb iddi. Nid ei fai ef oedd ei fod wedi dewis y fenyw anghywir. Ond roedd hynny'n beth naïf i'w feddwl. Nid oedd dyn mewn tafarn yn nociau Abertawe'n prynu diodydd i ferch dim ond er mwyn trafod efengylwyr hanesyddol. Gwenai'r fenyw fach arni, gan ddangos llond ceg o ddannedd dodi. Nid oedd ei thraed yn cyrraedd y llawr, a siglent yn ôl ac ymlaen yn eu hesgidiau bach pitw bob tro y byddai'r cerbyd yn ysgwyd. Pwysodd y fenyw arall ymlaen. 'Now then,' meddai'n gyfrinachol. 'Tell me what 'appened. Was 'e good-lookin'?'

*

Wrth ddringo'n llafurus i fyny'r tyle o orsaf Cwm y Glo, sylweddolodd Dela fod ceisio rhoi disgrifiad o'i hantur wedi'i chadw ar ddihun ar y daith. Teimlai ei bod yn siarad trwy ryw niwl yn ei phen, a chyda'r cysgodion yn chwarae ar wynebau'r teithwyr dwysaodd yr argraff ei bod yn gwylio a chlywed popeth o bell. Roedd pethau rhywfaint yn well erbyn hyn, allan yn yr awyr agored, er nad oedd ei choesau'n gweithio fel y dylent. Canolbwyntiodd ar gerdded mewn dull na fyddai'n denu sylw. Penderfynodd, pe bai'n gweld heddwas ar ei rownd, y byddai'n mynd i gwato mewn meidr gefn. Er y byddai'r rhan fwyaf ohonynt allan yn chwilio am Brenda neu am lofrudd Sali, efallai byddai'n ddoethach iddi osgoi canol y dref. Byddai'r tafarnau'n cau erbyn hyn, ac os oedd 'na blismyn yn unman, dyna lle byddent. Roedd 'na lwybr llygad a gerddodd unwaith gyda Nest, ond roedd yn gymhleth ac nid oedd erioed wedi'i dramwyo ar ei phen ei hun yn y nos. Arhosodd yn ei hunfan am eiliad, gan na fedrai gerdded a meddwl yr un pryd. Cychwynnai'r llwybr y tu ôl i siop y fferyllydd, yn ddigon pell o'r dafarn agosaf, a golygai y byddai'n dod allan yn yr ale gefn y tu ôl i'r Mans. Byddent wedi gadael y drws cefn ar agor iddi.

Fel y tybiodd, roedd tipyn mwy o fynd a dod wrth iddi agosáu at ganol y dref, ond anelodd am arwydd y siop ac yna troi i lawr y feidr. Ymestynnai'r düwch o'i blaen rhwng y ffensys a'r waliau uchel, ond gwyddai fod cefnau tai'n agor iddi ymhen hanner can llath ac y byddai golau'n siŵr o ddod o rai o'r rhain. Symudodd cysgod yn sydyn ar y chwith iddi a chlywodd sŵn dŵr yn llifo. Pesychodd rhywun, a symudodd Dela i'r dde gan droi ei phen i ffwrdd. Roedd cilfach ddofn ym mhen pellaf wal siop y fferyllydd, a synhwyrodd fod dyn yn piso yno â'i gefn ati. Cyflymodd ei chamau gan groesi'i bysedd y byddai'n mynd yn ei ôl i'r stryd fawr. Crensiai cerrig mân dan ei thraed yn gymysg â marwor o'r tanau glo, ac er iddi glustfeinio, ni allai glywed sŵn traed neb arall. Roedd yn rhy hwyr iddi droi'n ôl nawr, ta beth, oherwydd byddai hynny'n edrych fel pe bai hi'n ei ddilyn ef. Roedd ei glywed wedi'i hatgoffa bod arni hithau angen y tŷ bach. Onid oedd yn annheg fod piso'n gymaint mwy cyfleus i ddynion? Gallent ddal eu dŵr fel camelod yn ogystal, ac roedd Densil yn enghraifft berffaith o hynny.

Torrwyd ar ei myfyrdodau pan welodd fod y feidr yn fforchio. Edrychai'r ddau lwybr yn debyg i'w gilydd, ond yn amlwg arweinient at gefnau strydoedd gwahanol. Yr un chwith oedd yn mynd y tu cefn i'r siopau ac felly i gyfeiriad y Mans. Ond dywedai rhywbeth wrthi taw dyma pam roedd y llwybr llygad yn gymhleth, am nad oedd yn cyfateb â'ch synnwyr cyfeiriad. Tyfai prysgwydd a llwyni trwchus ar hyd y llwybr i'r dde. Dilynodd ei phledren, felly, gan ymresymu y gallai wastad droi'n ôl wedi iddi ateb galwad natur. Chwiliodd am le o'r golwg, ond roedd mieri ym mhob man. Erbyn hyn, roedd ei phledren yn dechrau ymateb i'r syniad bod rhyddhad gerllaw, ac felly cyrcydodd mewn man lle gallai weld y fforch yn y llwybr, a lle roedd rhywfaint o gysgod. Meddyliodd na fyddai fyth yn gorffen, a thrwy gydol y broses gwrandawai'n astud. Heblaw am sŵn crafu pitw o'r isdyfiant, a rhywun yn cau drws cefn un o'r tai gyferbyn, ni chlywodd ddim.

Sylweddolodd ei bod wedi dal ei hanadl ers sbel, a chamodd yn ôl tua'r llwybr gan deimlo'n well, er yn fyr o wynt. Pan ddaliodd sgert ei ffrog mewn mieren hir, rhegodd yn uchel, a phlygu i'w rhyddhau'n drwsgl. Am fod ei phen i lawr, ni sylwodd ar gysgod tywyllach na'r lleill yn ymddangos o'r tu ôl i lwyn nid nepell i ffwrdd.

Y peth cyntaf a deimlodd oedd newid yn ansawdd y golau pwl cyn iddi gael ei gwthio'n galed i ganol y mieri. Gafaelodd rhywun ym modis ei ffrog a'i rhwygo cyn i Dela gael cyfle i afael yn y breichiau cryfion a dechrau gweiddi. Ni allai weld ei wyneb cyfan, dim ond ei geg a'i ên. Roedd wedi tynnu'i het i lawr dros ei dalcen, ac aroglai'n gryf o gwrw yn gymysg â bryntni. Brathai'r mieri hi bob gafael, ond llwyddodd i dynnu un o'i ddwylo oddi arni, er bod y llall bellach yn ymbalfalu o dan ei sgert. Gwnâi'r dyn ryw synau rhochian bach rhyfedd yn ei wddf, er na ddywedodd air. Gallai Dela ei chlywed ei hun yn sgrechian. Rhoddodd y dyn ei law dros ei cheg er ei bod hi'n dal yn sownd yn ei fraich, gan gydio yn ei hwyneb a gafael fel pinswrn. Heb feddwl ddwywaith, cnodd Dela ef mor galed ag y medrai yn y cnawd meddal rhwng bys a bawd. Atseiniodd ei waedd dros y lle, a thynnwyd y llaw felltigedig ymaith am eiliad fer, cyn iddo ddyblu'i ymdrechion o dan ei sgert. Roedd e'n penlinio ar un o'i choesau erbyn hyn, gydag esgyrn siarp ei ben-glin yn pwyso'n boenus arni. Pan deimlodd Dela fawd yn ymnyddu'n egr o dan goes ei nicer, a chlywed y rhochian yn dwysáu'n sydyn, rholiodd o'i chefn i'w hochr dde a chododd y goes arall gan rhoi cic iddo yn ei gefn yn gynta, ac yna, wrth iddo wingo, plygodd ei phen-glin a rhoi cic dda arall iddo yn ei frest, nes iddo syrthio'n ôl oddi arni.

'Hei!'

Meddyliodd Dela am eiliad mai'r dyn oedd wedi gweiddi, ond wrth iddynt ymladd roedd drws gardd un o'r tai gyferbyn wedi agor, a rhuthrodd menyw tuag atynt, gan dynnu gŵn wisgo amdani'n frysiog. Cariai dortsh fawr yn ei llaw a sbonciai'r golau drostynt a thros y fan lle gorweddai Dela. Cyn iddi fedru codi ar ei thraed roedd y dyn wedi rhedeg i ffwrdd, a'r peth diwethaf a welodd ohono oedd cefn ei siaced yn diflannu i'r tywyllwch. Safodd y ddwy ac edrych ar ei gilydd. Anodd dweud pa un ohonynt a deimlai'n fwyaf lletchwith – Dela yn ei ffrog fudr wedi'i rhwygo, neu'r ddynes yn ceisio cau ei gŵn wisgo dros ei blwmars a'i fest.

'Diolch yn fawr iawn,' meddai Dela, wrth geisio gael ei gwynt ati. 'Diolch o galon i chi.'

Syllodd y ddynes i lawr y llwybr, ond doedd dim golwg o'r dyn.

'Y jiawl!' meddai. 'Pwy oedd e?'

Ysgydwodd Dela'i phen. Roedd ganddi boen yn ei stumog a'i hochr. 'Dim syniad,' atebodd. 'Neidiodd e mas o'r llwyni. Weles i mo'i wyneb e. Mae'n rhaid ei fod e wedi bod yn aros i ryw ferch ddod heibio.'

'Na'th e loes i chi?' gofynnodd yn sydyn. Ni ellid camddeall ei chwestiwn.

'Naddo,' atebodd Dela'n bendant. 'Ond tasech chi heb ddod mas . . .'

'O'n i'n molchi cyn mynd i'r gwely,' meddai'r fenyw. Pwyntiodd i fyny at ffenestr agored y llofft gyda golau'n disgleirio ohoni. 'Wi ddim yn gatel y ffenest ar agor fel rheol, ond ma' 'ddi fel ffwrn yn y tŷ. Glywes i chi'n gweiddi, ch'weld. O'n i'n credu taw rhyw gwmpo mas rhwng cariadon o'dd e i ddechre. Ma'n nhw lan a lawr y feidir hon yn ddi-stop yn y nos. Ond nagwy 'di clywed sgrech fel 'na o'r bla'n.' Edrychodd arni'n ofalus. 'Chi'n siŵr eich bod chi'n iawn?'

Roedd Dela ar fin dweud ei bod hi, pan ddaeth pwl anferth o gyfog drosti, a throdd ymaith yn sydyn, gan wacáu ei stumog i mewn i'r prysgwydd. Pan gododd ei phen, roedd y fenyw'n dal yno.

'Synnu dim,' meddai. 'Chi 'di ca'l sioc, ch'weld. Cymerwch ddŵr 'da fe'r tro nesaf.'

Daeth Dela o hyd i hances o rywle, a sychu ei hwyneb. Teimlai'r fath gywilydd, prin y medrai gwrdd â llygaid y fenyw ddieithr.

'Bydda i'n iawn nawr,' meddai. 'Ai dyma'r feidir sy'n arwain at y topie? Dwi ddim isie mynd ar hyd y stryd fawr yn edrych fel hyn.'

Chwifiodd y fenyw ei thortsh i lawr y llwybr. 'Ie, ond i chi gofio troi i'r chwith. Mae'n ole wedyn. Dylech chi fod yn iawn. 'Sbosib bod dou fel 'na mas ar yr un nosweth.'

Diolchodd Dela iddi eto a cherddodd i ffwrdd yn araf. Edrychodd dros ei hysgwydd unwaith, ond roedd y fenyw wedi diflannu'n ôl i mewn i'w thŷ.

*

Nid oedd drws cefn y Mans ar glo, ac nid oedd neb yn eistedd yn gyhuddgar yn y gegin yn aros amdani. Tynnodd Dela ei hesgidiau a chripian i fyny'r grisiau. Teimlai ei bod yn ddiogel o'r diwedd pan gaeodd ddrws ei hystafell wely'n dawel y tu ôl iddi a chynnau'r golau nwy'n grynedig. Gwnaeth y chwydfa les mawr iddi, ond corddai ei meddyliau fel ei stumog a syllodd yn llym ar ei hadlewyrchiad yn y gwydr hir ar flaen y wardrob. Roedd ei breichiau a'i dwylo'n frith o grafiadau'r mieri, ac amheuai fod ambell i ddraenen fach o dan ei chroen o hyd. Byddai'n rhaid iddi eu gwaredu, oherwydd gallent chwerwi'n gas. Gobeithiai ei bod wedi gwenwyno'r dyn wrth ei gnoi. Nid oedd yn haeddu dim llai na gwenwyn gwaed. Roedd ei ffrog wedi'i difetha'n llwyr, y tu hwnt i allu hyd yn oed Agnes i'w thrwsio, ond roedd ei gwallt yn dal yn bert er gwaethaf y sgarmes. Gwenodd yn gam ar yr eironi a thynnu amdani'n flinedig. Gwyddai y byddai ei choesau'n gleisiau i gyd erbyn y bore.

Yn yr ystafell ymolchi, eisteddodd ar ymyl y bath a golchi'i chrafiadau. Llosgent yn boenus wrth iddi eu rhwbio â'r wlanen a'r sebon, a sgwriodd yn galetach o'r oherwydd, fel cosb am fod mor ffôl. Sylwodd ei bod hi'n crynu wrth iddi strelio'r wlanen yn nŵr y sinc. Ei bai hi ei hun oedd hyn i gyd. Pe na bai wedi meddwi, byddai wedi cerdded yn hyderus drwy ganol y dref, yn falch o weld unrhyw blisman, ac ni fyddai wedi'i rhoi ei hun mewn perygl. Ni chredai mai'r piswr oedd wedi'i dilyn – byddai wedi clywed sŵn ei draed ar y llwybr – ac roedd y dyn a neidiodd o'r llwyni yno cyn iddi gyrraedd. Meddyliodd am hyn wrth sychu'r lipstic a'r powdwr oddi ar ei hwyneb. Oedd e'n stelcian yno bob nos tybed? Neu a oedd e wedi bod yn defnyddio cysgod y llwyni ar gyfer yr un pwrpas â hi, ac wedi manteisio ar gyfle annisgwyl? Gwridodd wrth feddwl amdani'i hun yn cyrcydu ac arddangos ei phen-ôl iddo fel mwnci yn y sw.

Pipodd allan i'r landin gwag cyn brysio'n ôl i'w hystafell, ond wrth iddi agor y drws, cafodd sioc. Safai Nest wrth y wardrob yn dal ei ffrog yn ei dwylo. Roedd yr aroglau diod a chyfog yn amlwg, a syllai Nest arni gan droi'r bodis yn bryderus yn ei dwylo.

'Be ddigwyddodd?' sibrydodd.

'Gwmpes i,' atebodd Dela, mor ddi-hid ag y gallai. 'O'n i ddim eisiau cerdded heibio i'r tafarnau ar amser cau, felly gerddes i ar hyd y llwybr llygad. Roedd hi fel y fagddu yno a disgynnes i fel tunnell o lo i'r drain. 'Smo i'n gwpod pwy fuodd 'na cyn fi, ond dwi wedi drewi fel bragdy byth ers 'ny.'

Cymerodd Dela y ffrog oddi ar Nest a'i rholio'n gyflym yn fwndel bach. 'Ma' hon wedi mynd i'w haped, yn anffodus. Lwcus bod Agnes wedi cytuno i wneud ffrogie newydd i fi, ontefe?' mentrodd, yn ymwybodol ei bod yn parablu fel pwll y môr er nad oedd Nest wedi cynnig unrhyw sylw pellach.

'Wyt ti'n iawn?' gofynnodd Nest yn amheus, ar ôl ennyd.

'Dwi'n grafiadau i gyd, ond ar wahân i hynny, odw.' Synnai Dela at gryfder ei llais, ac eglurder ei lleferydd. 'Mae'n ddrwg 'da fi os dihunes i chi. Roeddech chi'n iawn – gymerodd y broses oriau.'

'Dim ond isio gweld dy steil gwallt newydd di o'n i,' meddai Nest, gan symud at y drws. 'Mae o'n ddel iawn. Nos da.'

*

Gorweddodd Dela dan y gynfas yn gwrando ar y lleisiau isel, taer yn dod o ystafell wely Tudful a Nest. Nid oedd Nest yn credu'r stori am gwympo i'r drain lle roedd meddwyn wedi chwydu'n gyfleus ymlaen llaw, ond dyna'r unig esgus y gallai feddwl amdano ar y pryd. Pam na ddywedodd y gwir wrthi? Oherwydd nad oedd hi eisiau i Nest bryderu amdani? Na, esgus arall oedd hynny. Ei balchder hi ei hun oedd y rheswm dros ddweud y celwydd, a'i hangen i gael ei gweld fel rhywun parchus, llawn hunanreolaeth. Dyna rywbeth arall i deimlo cywilydd yn ei gylch.

Eto, pan gaeodd Dela ei llygaid o'r diwedd, nid y celwydd na'r cywilydd a'i cadwodd ar ddihun, ond aroglau cyfog a bryntni ac atgof o ddwylo garw'n ymbalfalu o dan ei dillad.

Pennod 10

ROEDD HI'N tynnu am ddeg o'r gloch cyn i Dela fentro i lawr y grisiau'r bore wedyn. Gwyddai fod preswylwyr eraill y Mans wedi hen godi, a bu ar ddihun am awr a mwy, gan geisio meddwl beth fedrai ddweud wrth Tudful a Nest dros y bwrdd brecwast. Pan gododd ar ei heistedd, roedd ganddi ben tost gwaeth nag a gawsai erioed o'r blaen, ac roedd ei dannedd yn dychlamu i rythm ei chalon. Chwiliodd am ddillad fyddai'n cuddio'i breichiau a'i choesau. Yn ffodus, gan wybod na fedrai'r tywydd poeth bara am byth, roedd hi wedi pacio blowsys llewys hir a phâr o drowsus, a gwisgodd nhw'n araf gan eistedd ar y gwely i dynnu'r brethyn dros ei choesau. Roedd meddwl am lyncu unrhyw beth heblaw dŵr yn gwneud i'w stumog droi. Gwthiodd ddwy dabled aspirin i boced ei throwsus o'r botel fach yn ei bag llaw.

Cododd ei chalon fymryn wrth weld ei hadlewyrchiad yn nrych y wardrob. Roedd y crys a'r trowsus yn ei siwtio, yn arbennig gyda'i gwallt byr newydd. Astudiodd ei hwyneb yn fanwl am gleisiau, ond doedd dim byd i'w weld. Rhwbiodd ei bochau er mwyn cael tamaid o liw ynddynt a rhoi powdwr ar ei thrwyn. Roedd ar fin ychwanegu tipyn o'r lipstic coch, ond penderfynodd beidio. Cafodd siom wrth sylweddoli bod y gwallt ar gefn ei phen wedi fflatio ar ôl cysgu arno, felly rhedodd ei bysedd drwyddo o'i gwar i'w chorun i'w annog i gyrlio. Byddai'n rhaid iddi brynu clipiau gwallt a rholeri, a byddai hynny'n esgus gwych dros adael y tŷ.

Arhosodd eiliad cyn agor drws y gegin. Roedd yr ystafell yn wag, ond gosodwyd cwpan, soser a phlât ar y bwrdd ynghyd â thorth a menyn. Llyncodd Dela'r aspirin yn gyflym gyda dŵr o'r tap. Trwy'r ffenestr gwelodd fod Tudful a Nest yn sefyll ger y ffens uchel ym mhen pellaf yr ardd. Edrychai fel pe baent yn trafod yr hen goeden fawr, ond tybiai Dela mai hi oedd testun eu sgwrs. Camodd at y drws cefn a'i agor. 'Te?' galwodd yn uchel, gan wenu'n braf.

*

'Rwyt ti'n edrych yn debyg i Katharine Hepburn,' meddai Tudful.

Erbyn hyn roedd y tri wedi setlo ar y fainc tu allan i'r drws cefn i yfed te.

'Nacdi, tad!' atebodd Nest. 'Ingrid Bergman. Nid fel oedd hi yn *Casablanca*, ond yn *For Whom the Bell Tolls*. Mae Dela 'run ffunud â hi. A 'sgin Dela ddim hen lais cras fel Katharine Hepburn chwaith.'

''Sdim ots p'un,' meddai Dela, 'Ro'n i'n ofni y byddai'r pyrm yn drychineb. Dwi'n falch ei fod e'n llwyddiant, ond bydd raid i fi ddysgu sut i'w wneud e fy hunan. Dwi'n bwriadu mynd mas i chwilio am glipiau a rholeri'r bore 'ma. Mae e eisoes wedi mynd yn fflat yn y cefen.'

'Mi ddudodd Agnes mai te a siwgwr ynddo fo 'di'r peth gora er mwyn cael set dda,' meddai Nest. ''Dach chi i fod i'w gribo fo drwy'ch gwallt cyn gosod y rholeri.'

Cododd Tudful un ael wrth ystyried hyn. 'Dydi'r llaeth ddim yn suro a drewi?' gofynnodd.

'Te coch, heb laeth, siŵr iawn. Mae'r siwgwr yn rhoi rhyw fymryn o afael ynddo fo, yn ôl Agnes, a'r te'n helpu'r lliw os 'dach chi'n bryd tywyll.'

Cydiodd Tudful yn ei gwpanaid o de coch yntau ac esgus ei dal o afael Dela.

'Cystal i mi yfad hon ar 'y nhalcen, felly,' meddai dan wenu. 'Fydd 'na ddim te ar ôl yn y tebot o hyn ymlaen.'

'Rwyt ti'n ddigon saff,' atebodd Nest. 'Hyd yn oed os bydd hi'n dilyn arfer genod modern a golchi'i gwallt unwaith yr wsnos. Mi fasa fy mam 'di cael haint wrth feddwl am unrhyw hogan yn golchi'i gwallt fwy nag unwaith bob deufis.'

Er bod y cellwair yn annisgwyl, roedd Dela'n ddiolchgar amdano. Oedden nhw wedi penderfynu peidio â holi na barnu, tybed? Roedd y sgwrs mor debyg i'r hyn arferai fod cyn i'r cwmwl du ddisgyn yn ddiweddar. Roedd Dela wedi gweld eisiau'r hiwmor a'r cwmni rhwydd. Gwellodd y pen tost hefyd, a phwysodd hi'n ôl yn erbyn wal y tŷ i fwynhau'r eiliad.

*

Erbyn iddi gyrraedd canol y dref, teimlai ei bod wedi cael dihangfa ffodus mewn sawl ystyr. Rhoddai'r cleisiau rhyw blwc bach nawr ac yn y man, a theimlai'r crafiadau'n llosgi, ond doedd hynny'n ddim. Gan fod ciwiau hir y tu allan i'r holl siopau bwyd, penderfynodd Dela chwilio am ei hoffer gwallt yn gyntaf. Roedd popeth yn brin, dyna'r broblem, a'r dogni wedi mynd yn fwy llym, yn enwedig eleni. Gwthiodd ddrws siop y fferyllydd ar agor a sefyll y tu ôl i'r ddynes olaf yn y ciw o bedair. Roedd mwy o alw o lawer am ddosbarthu presgripsiynau nawr bod pawb yn gallu gweld meddyg yn rhad ac am ddim. Cedwid y merched y tu ôl i'r cownter yn brysur, a'r tu ôl i bared gwydr, safai'r fferyllydd ei hun, yn cyfrif tabledi i mewn i flwch bach crwn.

'A dewch â photel o Milk of Magnesia i fi, 'ed,' meddai'r cwsmer wrth y cownter. 'Ni'n ei yfed e fel dŵr yn tŷ ni.'

'Necyn nhw 'di gweud dim am y groten fach 'na.'

Trodd Dela'i phen, ond nid ati hi y cyfeiriwyd y sibrydiad. Roedd y fenyw o'i blaen yn ysgwyd ei phen ar ei chymydog.

''Smo i'n cretu bod lot o obeth, otych chi?' atebodd honno mewn llais isel.

'Dim gobeth o gwbwl. Tase hi 'di mynd i gwato, bydde hi 'di dod sha thre erbyn hyn. A 'smo chi'n gwpod shwd o'dd hi'n cael 'i thrin gatre.'

'O'dd sôn, 'te?' gofynnodd y llall ar ôl ennyd.

'Wel . . . necyw'r un fach yn ddim byd tebyg i'w thylwth, oty 'ddi?'

'Nesa at y drws, ife? Druan â hi.'

Nid oedd modd iddynt barhau â'u sgwrs, er mawr siom i Dela, oherwydd roedd y ciw wedi symud ymlaen a'r fferyllydd wedi ymddangos yn cario potel anferth o ryw gymysgedd a edrychai fel col-tar. Daeth ei thro hi ymhen dim, ac er syndod mawr iddi estynnodd y ferch gerdyn o glipiau a nifer o roleri pigog o'r drôr o dan y cownter. Diolchodd Dela'n frwd iddi a chwinciodd y ferch, gan dwtio'i gwallt ei hun, a dorrwyd yn yr un modd ag un Dela.

'Madam Freda?' sibrydodd a gwenodd y ddwy'n gyfrinachol ar ei gilydd.

Allan ar y stryd, gwelodd Dela fod y ddwy fenyw'n dal i siarad ar y gornel. Ni allai wrando heb fod yn amlwg, felly aeth ar ei hynt. Nid oedd eu hensyniadau'n cyd-fynd â'r hyn welodd hi o agwedd Ben Dyrne echnos. Dywedai Dela mai Barbara oedd yr un nesaf at y drws, nid Brenda. Syniad pwy, tybed, oedd enwi'r tri phlentyn yn Breian, Barbara a Brenda? Gyda'u tad yn Ben, roedd yn ddigon i ddrysu pawb. Efallai fod enw'r fam yn dechrau gyda'r llythyren 'B' hefyd, ac mai ymgais ganddi hi oedd hyn i greu rhyw gyfaredd ynghylch ei theulu. Wedi gweld Stryd Ernest, pwy allai feio'r fenyw? Roedd y peth yn awgrym trist o freuddwyd am fywyd gwell.

Erbyn iddi gyrraedd siop y pobydd roedd y ciw'n ddi-ddiwedd, ond roedd chwilfrydedd Dela wedi'i bigo ynghylch Barbara. Oedd hi wedi dychwelyd i'w gwaith? Aeth i sefyll yng nghefn y rhes, gan bendroni a fyddai llai o giw yn siop bobydd Mrs Lloyd, lle cofrestrwyd Tudful a Nest. Cripiai'r ciw ymlaen fesul un a dau, ac wrth weld nifer o bobl yn dod allan yn cario tair torth anferth, dechreuodd Dela amau y byddai'n rhaid iddi fynd i siop Mrs Lloyd ta beth.

A hithau ar fin gadael ei lle yn y ciw, gwelodd dwrban cyfarwydd Agnes yn ymddangos yn nrws y siop. Symudodd y ciw ymlaen a brysiodd Agnes draw ati. Gallai Dela weld dwy dorth yn ei bag.

'Byddwch chi'n lwcus i gael dim,' meddai Agnes o gornel ei cheg.

'Fisi, ody 'ddi?' atebodd Dela.

'Ma'r groten dwp 'na 'di gollwng y cwbwl o'r ffwrn ar

y llawr. Glywoch chi ddim shwd lefen a sgrechen yn eich byw. Necyw hi'n ffit i fod 'na.'

Smaliodd Dela anwybodaeth. 'Pwy nawr?'

Edrychodd Agnes o'i hamgylch, ond roedd y bachgen o flaen Dela'n brysur yn dadlau gyda'i ffrind.

'Ch'mod, honno sy'n wha'r i'r groten fach sy ar goll. Ma'n nhw 'di hala 'ddi sha thre. Rhy ypset i neud dim byd. Cofiwch, necyw hi'n gallu rhoi'r newid iawn, ypset neu bido.'

Tynnodd Dela wyneb llawn cydymdeimlad, ond roedd ei meddwl yn gweithio'n brysur.

'O wel,' meddai. 'Dim ond tamed o furum o'n i moyn i neud teisen lap. Af i at Mrs Lloyd.'

'Wela i chi 'to,' meddai Agnes. 'Wi'n fflat owt heddi a fory – ond pidwch â gweud wrth Mr Owen bo fi'n gwitho ar y Sul, er mwyn popeth!'

'Dim gair,' addawodd Dela, a'i gwylio'n trit-trotian i ffwrdd.

Unwaith yr aeth Agnes o'r golwg, gadawodd Dela gefn y ciw a dilyn y feidr i lawr wrth ochr y siop. Ni wyddai pryd yn union yr anfonwyd Barbara adref, ond gyda thipyn o lwc efallai gallai ei dal. Cyflymodd ei chamau. Mor wahanol oedd cerdded ar hyd y feidr hon mewn golau dydd o'i gymharu â'i phrofiad y noson gynt. Chwaraeai plant yn swnllyd yn y cyrtiau cefn, ac roedd menywod yn brysur yn hongian dillad ar leiniau. Serch hynny, pan ddaeth y feidr i ben yn ddisymwth mewn cyffordd T, a doedd dim golwg o'r ferch am ganllath i'r dde nac i'r chwith, doedd dim amdani ond troi ar ei sawdl a mynd yn ôl i'r stryd fawr. Brysiodd rhwng y siopwyr, gyda phawb yn cario torthau, a theimlai'n sicr na fyddai bara i'w gael yn siop Mrs Lloyd chwaith. Ond pan gamodd dros y trothwy, gwenodd honno'n hynaws arni.

'O'n i'n gwpod y byddech chi neu Mrs Owen yn galw 'ma'r bore 'ma,' meddai, ac estyn dwy dorth iddi, wedi'u lapio'n ofalus. 'Wi'n catw rhai 'nôl, ch'wel, ar gyfer cwsmeriaid rheolaidd.'

Diolchodd Dela'n ddidwyll iddi. 'Mae'n rhyfedd meddwl bod bara'n rhywbeth sy wedi mynd yn brin,' meddai.

Plethodd Mrs Lloyd ei breichiau. 'Pidwch â sôn. Bydd hi'n reiats 'ma cyn bo hir. Beth maen nhw'n erfyn i bobol fyta, gwetwch?'

'Porfa, mwy na thebyg,' atebodd Dela. 'Cewch chi weld nawr, bydd Lord Woolton yn rhoi risêt am gacen borfa ar y weiarles.'

Chwarddodd Mrs Lloyd, ac yna tynnodd Dela i'r naill ochr. 'Oty Mr Owen mas 'da'r rhai sy'n whilo am y groten fach? 'Na i gyd yw'r clecan y bore 'ma – ble galle hi fod a phwy aeth â hi.'

'Ddim pan adawes i'r Mans,' atebodd Dela'n ofalus. 'Dwi'n credu eu bod nhw wedi galw mwy o blismyn i'r dre erbyn hyn.'

'Hen bryd,' meddai Mrs Lloyd yn bendant. 'O'ch chi'n gwpod bod Ben Dyrne weti bod 'ma'n gofyn am jobyn i'r groten hyna?'

'Yn ddiweddar?' gofynnodd Dela'n syn.

'Na. Ma' misoedd ers 'ny. Wetodd Dai'r gŵr wrtho nag o'dd angen neb arnon ni. Ond o'dd ddrwg 'da fi drosti, s'ach 'ny, yn sefyll tu ôl i'w thad fel lwmpyn o does. Glywes i fod Pattersons wedi'i chymryd hi ac wedi hen ddifaru, 'ed.'

Amneidiodd Dela, ond nid oedd am gyfaddef ei bod yn gwybod hynny eisoes.

'Wrth gwrs, o'dd Dai'n ddicon ciwt i weld shwd bydde pethe. Wi'n synnu na sylweddolodd Jimmy Patterson, ond ma' tafod teg 'da Ben Dyrne pan ma' fe moyn rhwbeth. A moyn bwyd am ddim o'dd e trw' roi'r groten i witho miwn becws.'

'Odi hi'n ddigon hen?' gofynnodd Dela.

Agorodd Mrs Lloyd ei llygaid yn fawr. ''Na beth arall. O'dd e'n tyngu 'i bod hi'n bymtheg, ond wi'n siŵr nacyw hi.' Ochneidiodd yn drwm. 'Cofiwch, ma' wir ddrwg 'da fi drosti 'ddi nawr.'

*

Teisenni cyrens yn y cwtsh glo, meddyliodd Dela, gan weld Barbara yn llygad ei meddwl yn dwyn ambell i ddanteithyn oddi ar yr hambyrddau mawr yn y becws. Tybed a oedd hi'n ddigon cyfrwys i roi'r newid anghywir yn bwrpasol hefyd? Os felly, doedd dim syndod ei bod mor awyddus i ddychwelyd i'w gwaith.

Croesodd Dela'r stryd o siop y pobydd a gweld bod heidiau o blant yn dod i lawr y grisiau o'r sinema. Roedd y Clwb Plant yn ddefod reolaidd bob bore Sadwrn i blant y dref. Beth welson nhw heddiw, tybed? Ffilm gowboi, neu *Flash Gordon and the Men from Mars*? Roedd nifer o oedolion yn aros eu tro hwythau i dreulio dwyawr yn hedd y pictiwrs, gan sgwrsio a chadw'n ddigon pell o hei-jincs y plant. Ar ben y rhes, wrth y ciosg, safai Barbara. Roedd hi wedi gosod y bag papur brown arferol ar y silff fechan wrth chwilio am arian i dalu am ei thocyn. Cerddodd Dela at y gornel ac yna, ar ôl cyfrif i ugain, aeth yn ôl ac ymuno â chefn y ciw.

'Picnic, ife?' meddai'r dyn a safai o'i blaen gan daflu golwg dros gynnwys basged Dela. 'Ma' dicon 'da chi fan 'na i weld *Gone With the Wind* ddwywaith.'

A dweud y gwir, roedd Dela'n dechrau amau doethineb ei phenderfyniad. Byddai'n llawer mwy cyfleus pe bai wedi gweld Barbara'n dod allan o'r sinema, oherwydd gallai fod wedi cynnig cwpanaid o de iddi mewn caffi. Serch hynny, roedd yn ddiddorol nad oedd Barbara wedi mynd yn syth adref o'r gwaith. Hwyrach mai dim ond chwilio am le tawel oedd hi, i ffwrdd o'i theulu, lle câi lonydd i fochio. Roedd Barbara'n groten anhapus, anfodlon ymhell cyn i'w chwaer fach ddiflannu ac roedd Mrs Lloyd, oedd yn famol wrth reddf, wedi sylweddoli hynny fisoedd yn ôl. Efallai gallai Dela gychwyn sgwrs gyda hi yn y pictiwrs.

Sgleiniodd y dywyswraig ei thortsh ar hyd y rhes o seddi nes bod Dela wedi eistedd. Roedd wedi prynu tocyn ar gyfer y seddi ôl er mwyn cadw pawb o flaen ei llygaid, ond er iddi chwilio'n ddyfal am gefn pen Barbara, ni fedrai ei gweld yn unman. Llenwodd y lle'n gyflym, a chan ei bod wedi dewis sedd nesaf at yr eil bu'n rhaid i Dela godi sawl gwaith er mwyn gadael i bobl fynd heibio. Edrychodd i fyny at y balconi y tu ôl iddi, er ei bod yn amau a fyddai gan Barbara ddigon o arian i eistedd yno. Yn y seddi blaen rhataf y byddai hi'n debygol o fod, ond doedd neb tebyg iddi yno hyd yn hyn. Dechreuodd y gerddoriaeth ar gyfer y Pathé News a chynneuodd nifer fawr o bobl eu sigaréts. Dawnsiai golau'r taflunydd dros y dorf o'i blaen, gan wneud i'r mwg edrych fel niwl yn codi o'r môr. Cadwodd Dela lygad ar y tywyswragedd a'u tortshys, gan obeithio gweld Barbara'n gwthio'i ffordd i ganol rhes, ond doedd dim golwg ohoni. Tybed a oedd hi wedi mynd i'r tŷ bach?

Cododd a dilyn yr eil i lawr at y drws a arweiniai at y tai bach. Roedd y cyntedd hir y tu allan yn brysur, a gwelodd ddwy neu dair yn dod allan o doiledau'r merched. Gwthiodd y drws ar agor – tawelwch llwyr. Safodd am ennyd a meddwl. Ai rhywun arall oedd yn sefyll wrth y ciosg? Na, roedd y bag papur brown a'r rhuban pinc budr yn ddigamsyniol. Bu'n iawn i'w dilyn, gan fod Barbara wedi dod i'r sinema at bwrpas penodol, heblaw am weld ffilm. A oedd ganddi ffrindiau a weithiai yma?

Aeth Dela yn ôl i'r cyntedd. Rhaid bod ystafelloedd cefn a swyddfeydd yn rhywle. Os âi yn ei hôl ar hyd y cyntedd i'r chwith byddai'n dod at flaen yr adeilad. I'r dde, doedd dim i'w weld ond mur cefn yr adeilad. Yn sydyn, clywodd ddrws yn agor a martsiodd dyn mewn siwt heibio iddi. Daethai o'r dde, ac ni allai fod wedi cerdded trwy'r wal. Arhosodd iddo fynd drwy'r drws i'r cyntedd ac yna brysiodd i'r cyfeiriad arall. Unwaith iddi gyrraedd y pen, daeth yn amlwg pam nad oedd hi wedi sylwi ar ddrws arall – roedd wedi'i orchuddio â'r un papur wal â'r muriau o'i amgylch.

Gan anwybyddu'r arwydd a ddywedai Preifat, trodd Dela'r bwlyn a chamu drwodd i gyntedd hir arall, llawer llai moethus, gyda rhes o ddrysau caëedig ynddo. Aeth at y drws cyntaf a mentro ei agor rhyw fymryn, ond doedd dim y tu mewn ond pentwr o hen gadeiriau. Roedd yr ail ddrws ynghlo. Os mai cwrdd â ffrindiau roedd Barbara, hwyrach ei bod wedi mynd i ystafell orffwys y gweithwyr. Sleifiodd heibio i'r drws ac arno arwydd Swyddfa'r Rheolwr. Cyrhaeddodd ben y cyntedd a gweld, trwy bipo o amgylch y gornel, bod grisiau'n codi i'r chwith i dywyllwch wedi'i oleuo gan ddim byd ond un bwlb noeth. Tynnodd yn ôl yn gyflym. Yn sydyn, agorwyd drws ar ben y grisiau, ac yng ngolau'r bwlb safai crwt yn llewys ei grys. Wynebai'r ffordd arall, ond gallai Dela weld y Brylcreem yn sgleinio ar ei wallt tywyll. Gwasgodd ei hun yn erbyn y mur a chlustfeinio.

'Grinda, ma'n rhaid i ti fynd. 'Smo ti fod 'ma o gwbwl.'

'Ond 'smo i 'di dy weld di ers dyddie!'

Llais Barbara oedd yn siarad, ond gyda mwy o emosiwn yn ei llais nag a glywsai Dela o'r blaen.

'Wel, alla i ddim dod i'r bac rhagor, alla i?'

'Dyna pam dwi 'ma, w!'

Swniai Barbara'n drallodus, ond nid oedd gan y crwt lawer o gydymdeimlad.

''Set ti heb neud smonach o dy jobyn, bydden i weti cwrdd â ti am whech yn yr ale gefen man 'ny. Dyna beth drefnon ni. 'Sdim sens yn hyn, Barb. Os cei di dy ddala 'ma, golla i 'ngwaith. Nagyt ti'n gwpod shwd un yw'r bòs.'

'Gallet ti ddod i'r bac 'run peth,' meddai Barbara'n bwdlyd. 'Allen i esgus mynd mas i'r ale . . .'

'O, dere o 'na! A dy dad a dy frawd yn y tŷ? O'dd hi'n ddicon anodd pan o'n nhw'n saff o'r ffordd.'

'Ond ma'n nhw mas yn whilo 'da pawb arall drw'r dydd.'

'A ma' pawb yn llyged i gyd, 'ed. 'Na i gyd sy isie yw i un o dy blydi gymdogion di i gofio 'ngweld i'r nosweth o'r bla'n, a bydda i lawr yn y stesion yn ca'l 'yn holi.'

'Ond welest ti ddim byd!'

'Naddo, ond nago's neb yn mynd i gretu 'ny, o's e? Ma'n rhaid i fi fynd nawr, ta beth. Af i mas â ti'r ffordd arall.'

Clywodd Dela rhyw igian wylo, a'r tro nesaf y siaradodd y crwt roedd ei lais yn fwy tyner.

'Paid â llefen, Barb. Gewn ni siawns i fod gyta'n gilydd 'to, gei di weld. Ma'n nhw'n siŵr o ddod o hyd i Brenda. All hi ddim â bod yn bell.'

''Smo ti'n 'i nabod hi. O'dd hi wastod yn bygwth rhedeg bant. Ma' hi 'di neud e'n fwriadol er mwyn sbwylo popeth i fi.'

'Jiawl, Barb, dim ond saith o'd yw hi!'

Gan mai dyna farn Dela hefyd, twymodd rhyw fymryn at y crwt. Ond roedd Barbara ar gefn ei cheffyl gwyn.

''Smo ti'n deall, wyt ti? Pwy hawl o'dd gyta 'ddi? O'dd hi'n ca'l popeth o'dd hi moyn, wastod. 'Sen i 'di rhedeg bant, fydde neb yn tynnu'r lle ar led. Whech mis arall a bydden ni weti safio dicon i fynd i Gretna Green. Ond allwn ni ddim nawr, ddim nes daw hi gatre, neu byddan nhw'n meddwl bo ni'n cwato rhwbeth.'

Roedd ei huotledd mor syfrdanol nes i Dela gymryd sbel i sylweddoli bod eu lleisiau'n pellhau. Ni chlywodd yr ateb a roddodd y crwt oherwydd chwyddodd y gerddoriaeth o'r sinema i gyhoeddi dechrau'r brif ffilm. Pan bipodd allan eto doedd neb ar ben y grisiau. Brasgamodd yn ôl at ddrws y cyntedd a'i agor, yna cerddodd yn benderfynol i lawr at y drws ffrynt. Ni ddangosodd neb unrhyw ddiddordeb ynddi, ac ymhen ychydig eiliadau roedd hi'n troi am y ffordd a arweiniai at y Mans.

Cawsai fwy na gwerth pris ei thocyn swllt a naw,

oherwydd cadarnhawyd ei hamheuon nad oedd fersiwn Barbara o ddigwyddiadau'r noson dyngedfennol yn wir. O ystyried ei bod yn cael ei bygwth a'i bwrw gan ei thad, rhaid edmygu'r ferch am feddwl am stori gredadwy. Doedd hi ddim wedi pendwmpian wrth aros. Doedd hi ddim yn y tŷ o gwbwl, ond yn caru gyda'i sboner mas y bac. Ond nid oedd y ffaith fod Barbara wedi celu'r gwir yn esbonio sut y llwyddodd rhywun i gipio'r plentyn. Os oedd y crwt yn loetran yn yr ale gefn ar ei ben ei hun i ddechrau, ac yna yng nghwmni Barbara, doedd dim modd i'r plentyn gael ei chipio drwy'r cefn. A ellid ymddiried ym marn Barbara bod y fechan wedi rhedeg i ffwrdd yn fwriadol? Na ellid, oherwydd roedd yr un maen prawf yn berthnasol. Byddai'r cymdogion wedi ei gweld yn dod allan trwy ddrws ffrynt y tŷ, ac roedd Barbara a'i sboner yn y cefn. Roedd y peth yn amhosibl.

Cariodd Dela ymlaen i fyny'r tyle, a'r fasged yn trymhau bob cam. O leiaf roedd ganddi rywbeth diddorol i'w adrodd wrth Tudful a Nest. Ni wyddai bellach a oedd hi'n teimlo trueni dros Barbara ai peidio. Er ei bod yn cydymdeimlo ag awydd Barbara i ddianc i Gretna Green i briodi'n bedair ar ddeg oed – breuddwyd ffôl os buodd un erioed – nid ymddangosai fel pe bai'n poeni dim am ffawd y fechan. Teimlai Dela'n anesmwyth ynghylch ei dicter diamheuol tuag at ei chwaer fach er ei bod yn gallu gweld y rheswm drosto. Oni bai am fodolaeth Brenda, byddai Barbara wedi cael rhywfaint o addysg a bywyd yn lle cael ei chadw'n fath o forwyn ddi-dâl. Camgymeriad mawr oedd meddwl bod Barbara'n dwp. Oerodd Dela'n sydyn. Roedd hi'n bosibl nad oedd y fechan wedi gadael y tŷ o gwbl a'i bod yn dal yno, wedi'i stwffio'n gorff mewn cwpwrdd neu yng ngofod y to.

Ond byddai'r heddlu'n sicr o fod wedi meddwl am hynny ac wedi chwilio'r lle'n drylwyr . . .

Trodd y gornel i mewn i stryd y Mans, a haul canol dydd yn ei dallu. Roedd hi wedi agor yr iet ac yn troedio'r llwybr i'r drws ffrynt pan welodd Nest yn sefyll yn y ffenestr fae. Gwthiodd y drws ar agor.

'Ydw i'n hwyr?' galwodd.

Safodd Nest gan syllu arni. 'Wyt,' atebodd. 'Rwyt ti'n rhy hwyr o lawar.'

Deuai ei llais o ryw bellter mawr. Gwywodd y wên ar wefusau Dela a rhuthrodd ati.

'Welist ti mohonyn nhw, naddo?' meddai Nest eto. 'Mae'n rhaid 'u bod nhw wedi aros i ti fynd o'r tŷ. Cuddiad ar gornal y stryd a gwylio. Fasan nhw'm 'di meiddio fel arall . . .'

'Pwy? Beth ddigwyddodd? Ble mae Tudful?'

Llyncodd Nest ei phoer a sigo ar ei thraed.

'Mae'r heddlu wedi'i arestio fo,' sibrydodd.

Pennod 11

NID OEDD Dela'n ofergoelus, ond teimlai fod awyrgylch cyfan y Mans wedi newid er gwaeth ar amrantiad, fel pe bai'r newyddion trychinebus wedi treiddio i mewn i'r muriau eu hunain. Roedd y distawrwydd yn ormesol, a thipiadau'r cloc mawr yn y cyntedd yn taro'i chlust fel morthwyl ar hoelen. Gafaelodd ym mraich Nest, ei harwain i'r gegin a'i rhoi i eistedd yn y gadair siglo. Wrth iddi dynnu'r tegell oddi ar y stôf, gwelodd Nest yn pwyso'i phen yn erbyn y glustog. Edrychai'n gwbl wahanol i'r fenyw fach sionc oedd wedi codi'i llaw arni o'r drws ffrynt ddwy awr ynghynt. Roedd yr un olwg ar ei hwyneb y bore gyrhaeddodd y teligram ynghylch Eifion.

'Y diawliaid digywilydd!' meddai Nest yn annisgwyl.

Estynnodd Dela gwpanaid o de iddi, gan deimlo bod yn well o lawer ganddi ei gweld yn ddig nag yn ddiobaith. 'Odych chi wir yn credu 'u bod nhw wedi aros i fi adael y tŷ?' gofynnodd. 'Allen i ddim fod wedi 'u hatal nhw. Niwsans ydw i, dyna i gyd.'

'Hwyrach 'mod i wedi dechra colli arnaf fy hun yn hel meddylia'n y ffenast. Ond mi oedd o'n rhyfadd, 'sti. Yn union fel tasan nhw 'di dewis 'u heiliad i guro ar y drws. Ac mi ro'n inna'n gwbl anobeithiol. Fedrwn i'm meddwl am unrhyw ffordd o'u herio nhw.'

'Y sioc oedd hynny. Beth ddwedodd Tudful?'

'Dim gair. Wnaeth o'm hyd yn oed edrach arna i.

Mi gerddodd o efo nhw i'r car yn dalsyth fel milwr, a'i ben i fyny. Be sy arno fo, duda?'

Ni wyddai Dela. Yfodd ei the a meddwl.

'Cyfreithiwr,' meddai o'r diwedd, ac edrychodd Nest arni. 'Oes gyda chi un? A beth am eich ffrindiau? Mae angen i ni ddechrau ffonio pobl.'

Daeth golwg boenus dros wyneb Nest. 'Wyt ti'n meddwl ei bod yn beth da i ni ddeud wrth unrhyw un?'

'Odw, yn anffodus. Bydd Tudful angen pobl sy'n barod i fod yn gymaint o niwsans â fi. Pwy gawn ni ffonio, felly?'

*

Pan ddaeth Dela allan o'r stydi, teimlai damaid yn well ar ôl gwneud dwy alwad ffôn lwyddiannus. Swniai'r cyfreithiwr ifanc yn awyddus dros ben i gynrychioli Tudful. Roedd Dela'n rhyw amau y dylai fod wedi gofyn am ei dad, cyfreithiwr arferol y Mans, ond gallai brwdfrydedd fod yn fantais. Yr alwad arall y bu'n rhaid iddi ei gwneud oedd at Olwen, gwraig y Parchedig Hilman Tomos. Unwaith o'r blaen y cyfarfu â hi, ond cofiai Olwen hi'n syth, ac addo, yn ei llais contralto cyfoethog, y byddai'n rhoi gwybod i bawb. Yn well na hynny, er na allai ei gŵr ddod, byddai hi ar ei ffordd i Gwm y Glo'n ddi-oed. Dylai fod yno'n hwyrach y noson honno. Teimlai Dela'n fwy calonnog wedi hyn. Roedd hi wedi ofni y byddai pawb yn troi eu cefnau arnynt.

Synnwyd hi braidd o weld Agnes yn eistedd wrth fwrdd y gegin, yn arllwys paned arall o de i Nest ac un iddi ei hun.

'Pwy gethoch chi?' gofynnodd yn syth. 'Y mab, George Williams Bach, gobitho, er 'smo fe'n fach o gwbwl. O'n i'n gweud wrth Mrs Owen man hyn, necych chi moyn George Williams, y tad, at rwpeth fel hyn. Ma' isie rhywun â thamed o sbarc ynddo fe, ddim rhyw gorcyn sych.'

Cadarnhaodd Dela mai George Williams Bach oedd wedi cytuno i weithredu ar eu rhan a gwenodd y gymdoges. Ni wyddai Dela faint y dylai ei ddweud o flaen Agnes, felly eisteddodd mewn tawelwch.

'Mae Olwen Tomos ar ei ffordd,' meddai o'r diwedd. 'Bydd hi 'ma erbyn heno.'

'Diolch byth,' atebodd Nest â rhyddhad yn ei llais. Yna cododd a symud at y drws. 'Dwi am ffonio Ysgrifennydd y capel,' meddai. 'Fydd Tudful ddim mewn cyflwr i bregethu fory.'

Gan fod Dela wedi anghofio'n llwyr am ddyletswyddau'r Sul, gadawodd i Nest fynd, gan ofni na fyddai Tydfil yn rhydd erbyn hynny ta beth. O leiaf roedd yn rhywbeth iddi ei wneud, ac yn gyfle i Dela ddysgu sut cafodd Agnes wybod y manylion.

'Ydi Harri'n dod adre yn ystod y dydd, 'te?' gofynnodd.

'Oty, pan allith e,' meddai Agnes, yna gwenodd yn wybodus. 'Ond weles i'r car yn cyrraedd sbel cyn 'ny. Daeth Harri miwn trw'r drws a'i chael hi 'da fi – wi'n synnu na chlywoch chi fi drw'r wal. Arestio Mr Owen! Glywoch chi unrhyw beth mwy *ridiculous*?' Pwysodd ymlaen a siarad mewn llais tawel er bod dau ddrws rhyngddynt a Nest yn y stydi. 'Y bachan newydd 'na sy wrthi. Fydde'r Sarjant byth 'di bod mor ewn. Ond ma' hwn fel ci wedi'i gornelu, yn ddannedd i gyd.'

'Mae'n hen achos anodd,' murmurodd Dela. 'Yn enwedig gyda'r groten fach wedi diflannu yn yr un stryd.'

''Na'r gwir amdani. Necyn nhw'n gwpod beth i'w neud nesa. Hi yw'r *priority*, wrth gwrs. Galle hi fod yn fyw, ch'weld, ond allith neb ddod â'r llall 'nôl, allan nhw?'

Er gwaethaf y ffaith ei bod at ei chlustiau mewn gwaith gwnïo, roedd Agnes yn ddigon bodlon aros gyda Nest, a manteisiodd Dela ar y cyfle i redeg allan i'r blwch ffôn yn y stryd nesaf pan aeth Nest ac Agnes i waelod yr ardd i godi letys. Pan atebwyd y ffôn yn syth yn Nant-yr-eithin llamodd ei chalon, ond llais Hetty'r howscipar a adroddodd y rhif.

'O, ma'n ddrwg 'da fi, Miss Arthur fach,' meddai, ar ôl i Dela ofyn am gael siarad â'r gweinidog. 'Mae e bant am y dydd. Wedd e 'di mynd cyn i fi godi'r bore 'ma. Dim ond rhyw nodyn wedd 'ma, yn gweud wrtha i am beidio â gweitho swper achos bydde fe'n hwyr 'nôl.'

'Odych chi'n gwbod i ble'r aeth e?'

'Nadw. Wen i mas yn hwyr neithwr 'da'r WI. Allwch chi fentro'i fod e miwn rhyw siop lyfre'n rhwle'n whilo am fwy o gardifeins i fi ddwsto. Ond bydd e'n imbed o falch eich bod chi wedi ffono.'

Rhoddodd Dela'r ffôn yn ôl yn ei grud yn siomedig. Am eiliad wyllt, wrth wrando ar Hetty, croesodd ei meddwl fod Huw ar ei ffordd atyn nhw oherwydd iddo glywed am arestiad Tudful, ond sylweddolodd nad oedd hynny'n bosibl. Mwy na thebyg ei fod yn pori'n hapus trwy ryw siop lyfrau lychlyd, a hithau yng nghanol y trybini gwaethaf posib. Rhedodd yn ôl i'r tŷ, gan feddwl am esgusodion, ond roedd y gegin yn dal yn wag a gallai weld Nest ac Agnes yn sgwrsio dros y gwely llysiau.

Canodd y ffôn yn y stydi. Rhuthrodd Dela ato, ond llais y cyfreithiwr ifanc a glywodd yn dweud ei henw.

'Odych chi wedi gweld Tudful?' gofynnodd ar unwaith.

Bu saib fer. 'Ydw. Ond chaf i mo'i gynrychioli fe.'

'Ond mae hynny'n anghyfreithlon! Mae gan bawb hawl i gyfreithiwr.'

Daeth ei geiriau allan yn un rhuthr gynddeiriog, ond atebodd y cyfreithiwr yn bwyllog.

'Nid fel 'na roedd hi, Miss Arthur. Nid yr heddlu a wrthododd, ond y Parchedig Owen ei hun.'

'Beth? 'Sbosib eich bod yn ei gredu fe?'

'Mae'n rhaid i fi. Fe ddaethpwyd ag ef i'r ddesg flaen, a phan ddywedes i 'mod i yno i fod yn gefn iddo, dywedodd yn blwmp ac yn blaen nad oedd e angen nac eisiau neb i'w gynrychioli.'

Roedd Dela'n gegrwth am ychydig eiliadau. 'Ond pam?' sibrydodd i'r distawrwydd lletchwith. 'Oedd golwg sâl arno?'

'Ddim yn union. Roedd e'n siarad yn ddigon clir. Mae'n anodd esbonio, ond roedd e'n bell i ffwrdd, fel tase ei feddwl yn rhywle arall. Bydda i'n rhoi cynnig arall arni, 'sdim isie i chi boeni. Weithiau, mae'r sioc gychwynnol o gael eich cyhuddo'n ennyn ymateb annisgwyl.'

Diolchodd Dela iddo a rhoi'r ffôn i lawr unwaith eto, gan frathu'i gwefus.

*

Llusgodd y diwrnod heibio ar goesau blinedig, ac oni bai fod Agnes wedi picio i mewn ac allan, byddai'r tensiwn wedi llethu Dela'n llwyr. Canodd y ffôn nifer o weithiau, ond gweinidogion a ffrindiau eraill oedd yno bob tro, yn galw i gydymdeimlo a chynnig cymorth. Gwnaeth Dela damaid o fwyd i'r ddwy, er na fwytaodd hi na Nest fawr ddim. Ar ôl swper, paratôdd wely i Olwen ac yna ysgubo lloriau'r llofft a'r grisiau – gweithgaredd oedd yn brawf pendant o anobaith. Ond gwnaeth y gwaith corfforol les iddi, a rhoi cyfle iddi feddwl am beth i'w wneud nesaf. Aeth trwy'r gegin i wagio'r badell lwch a gweld bod Agnes yn casglu'i phethau at ei gilydd ar y bwrdd. Daethai â gwaith gwnïo llaw gyda hi'r tro diwethaf y galwodd heibio.

'Ma'n rhaid i fi fynd i roi'r tato ar y tân,' meddai. 'Bydd Harri bron â starfo, a 'smo i'n fodlon iddo fynd mas heb rwbeth yn 'i fola.'

'Fydd e ar ddyletswydd heno eto?' gofynnodd Dela.

Rholiodd Agnes ei llygaid. 'Bydd e'n lwcus i gael dwyawr o hoe fach, ac wetyn bydd e ar 'i drâd drw'r nos. 'Smo i'n gweld pam na all rhywun arall sefyll am orie ar Stryd Ernest, nadw wir.'

Tynnodd Dela wep llawn cydymdeimlad a hebrwng Agnes at y drws yn y ffens. Blagurodd syniad yn ei meddwl. Dechreuodd nosi eisoes, a gwthiai'r machlud ei fysedd coch ac oren ar draws y gorwel. Ar ei ffordd yn ôl i'r tŷ edrychodd Dela ar ei wats. Roedd hi'n tynnu am chwarter i naw. Byddai'n rhaid iddi gadw llygad gofalus ar yr amser. Dibynnai bopeth nawr ar amserlen y trenau.

*

'Mae hi yma!'

Roedd Nest wedi mynnu treulio fin nos yn eistedd wrth y ffenestr fae a syllu ar y stryd. Yn wahanol i weddill y dydd, roedd y ddwyawr ddiwethaf wedi rasio heibio. Cadwodd Dela'r drws cefn ar agor a mynd i sefyll ar y trothwy bob nawr ac yn y man i wrando. Pan ddaeth y waedd o'r ystafell fwyta brasgamodd at y drws ffrynt, ond roedd Nest yno o'i blaen, yn cael ei chofleidio gan Olwen.

'Ddewn ni drwy hyn fel popeth arall, 'merch i,' clywodd y ddynes fawr yn dweud â'i hargyhoeddiad arferol. 'Nawr 'te, i'r gwely â ti. Fydda i ddim yn hir ar dy ôl di.'

'Chymri di ddim panad yn gyntaf?' gofynnodd Nest.

'Dim diolch,' atebodd Olwen. 'Dwi wedi yfed pob diferyn oedd gyda fi yn y fflasg, ac os yfa i ragor bydda i lan drw'r nos.' Estynnodd fag siopa i Dela. 'Ma' cwpwl o bice bach yn hwnna,' eglurodd. 'Bennodd Hilman y sbynj amser cinio, neu byddech chi wedi cael honno hefyd. Falle 'na pam fytodd e'r cyfan. Bydd e'n gorfod byw ar oleuni haul a dŵr nes i fi ddod 'nôl.'

Brysiodd Dela'n ôl i'r gegin. Yn ôl y cloc mawr roedd hi'n hanner awr wedi deg. Uwch ei phen gallai glywed sŵn traed a lleisiau. Gobeithiodd nad oedd wedi colli ei chyfle. Aeth allan i'r ardd, ond cyn mentro croesi'r lawnt edrychodd i fyny a gweld Olwen yn cau'r llenni yn yr ystafell wely uwchben stydi wag Tudful. Agorodd Dela'r drws yn y ffens yn dawel ac edrych drwy'r adwy ar yr ale wag. Y tu ôl iddi, disgleiriau'r golau o ffenestr cegin Agnes drws nesaf. Gallai ei gweld yn golchi llestri wrth y sinc, heb ei thwrban. Awgrymai hynny ei bod hithau ar ei ffordd i'w gwely. Yna, agorwyd y drws cefn a chamodd Harri dros y trothwy gan osod ei helmed ar ei ben. Cododd ei law ar ei fam drwy'r ffenestr a cherdded i lawr y llwybr. Erbyn iddo basio'r drws yn eu ffens nhw, safai Dela yng nghysgod canghennau'r goeden fawr yn aros amdano. Pan arhosodd Harri bron gyferbyn â Dela i chwilota yn ei boced am sigarét, gwyddai ei fod wedi deall y gallai ei fam weld corun ei helmed dros y ffens os gwnâi hynny'n rhy fuan ar ôl gadael y tŷ. Doedd e ddim wedi colli ei nodweddion llwynogaidd i gyd, felly.

'Noswaith dda, Harri,' meddai, mewn llais isel.

Neidiodd y bachgen a rhegi. Yna syllodd yn ddig. 'Beth ddiawl y'ch chi moyn?' gofynnodd yn swta.

'Gair bach.'

''Sdim amser 'da fi. Wi ar ddyletswydd mewn deg muned.'

Symudodd Dela o'r cysgodion. 'Dwi'n gwbod. Gerdda i i'r orsaf gyda ti, os oes yn well 'da ti.'

Yn amlwg, nid oedd y syniad yn apelio. 'Nacwy i fod i siarad â chi.'

'Nac wyt, wrth reswm. Ond dwi'n credu y bydde o fantais i ti neud 'ny, os wyt ti isie cadw dy swydd newydd, bwysig. Ydyn nhw wedi clywed popeth am dy hanes di, Harri?'

Tynnodd yn ddwfn ar ei fwgyn. 'O'n i'n gwpod taw fel hyn fydde hi, y funed weles i'ch hen wep chi'r nosweth o'r blaen,' mwmialodd. 'Ond nid fi sy yn 'i chenol hi'r tro hwn, ife?'

'Nage, ddim hyd yn hyn. Ac fel y dywedes i, galle siarad â fi fod o fantais fawr i ti.'

Gwelodd Dela ei fod yn ystyried ei geiriau, ond gwyddai y byddai'n fodlon dweud unrhyw beth i gael gwared arni.

Pan drodd ati roedd ei wyneb yn angylaidd. 'Grindwch, necyn nhw'n gweud dim wrtha i, olreit? Fi yw'r dwetha i wpod unrhyw beth. Tase'r bois ddim yn trafod pethe, fydden i ddim callach. A ma' nhw'n rhoi'r jobsys cachu i fi bob tro.'

'Fel goruchwylio tu fas i dŷ Sali heno,' meddai Dela.

'Ffor' y'ch chi gwpod . . . ?' Daeth yr ateb iddo yng nghanol y frawddeg. 'Blydi Mam 'to.'

'Mae gyda dy fam feddwl siarp,' atebodd Dela. 'Dyw hi ddim yn credu y dylech chi fod wedi arestio'r Parchedig Owen.'

''Na i gyd wi 'di glywed am ddwy awr. Falle dylen i hala'r hen Drwyn ati 'ddi. Gele fe wbod 'i seis 'i.'

'Wi'n dueddol o gytuno 'da ti. Gwed wrtha i, beth wyt ti'n gofio o du mewn tŷ Sali? Ti oedd y cyntaf i fynd drwy'r drws, wedi'r cyfan.'

Sgwffiodd Harri ei draed cyn cofio am y sglein ar ei esgidiau mawr. 'Bygyr ôl,' meddai. ''Blaw 'i bod hi'n dra'd moch yno. O'dd 'i gweld hi'n ddicon i droi'ch stwmog chi.'

'Oedd,' cytunodd Dela, 'ac o'n nhw wedi tacluso tamed arni erbyn i fi ei gweld hi.'

Gwenodd Harri'n sbeitlyd. 'Dylsech chi fod wedi gweld pwy mor grac o'dd y Trwyn . . . Rhoioch chi spragen yn 'i olwyn e'r pryn'awn hwnnw.'

'Falch o glywed. Felly sylwest ti ddim ar y manylion? Wyt ti wedi bod yn y tŷ ers hynny?'

Edrychodd arni o gil ei lygad. 'Dwi fod i gerdded rownd y bac cwpwl o withe bob nos.'

Casglodd Dela o hyn mai'r syniad oedd fod Harri i fod i gerdded i lawr y stryd a chyrraedd yr ale gefn o'r tu allan, ond amheuai'n fawr nad dyna a wnâi.

'Wyt ti i fod i gerdded drwy'r tŷ er mwyn gwneud hynny?' gofynnodd yn dawel.

''Sneb 'di gweud, a ma'r bois 'di whilo'r lle isiws.'

'Yn hollol. Beth pe bawn i'n aros i ti agor y drws cefn marce un o'r gloch y bore? Dyna fyddi di'n ei wneud fel rheol, ontefe? Cerdded drwy'r tŷ, agor y drws cefn ac edrych o gwmpas. Dwi'n cymryd yn ganiataol bod gyda ti allwedd i'r drws ffrynt.'

'Ma'r allweddi dan yr holl annibendod yn rhwle,' meddai Harri. ''Na pam wi'n gorfod sefyll 'na drw'r nos. Weloch chi 'rioed shwd dwlc mochyn.'

Er nad oedd e wedi cytuno â'i hawgrym, trodd Dela a rhoi ei llaw ar glicied y drws. 'Bydda i yno am un, felly,' meddai.

Taflodd Harri weddillion ei sigarét i'r llawr a cherdded i ffwrdd heb ddweud gair pellach.

*

Sylweddolodd Dela yn ddiweddarach, wrth iddi frysio ar hyd y strydoedd tywyll, y gallai criw croeso fod yn aros yn eiddgar iddi ymddangos y tu ôl i dŷ Sali. Byddai'r Trwyn yn arbennig o falch o'i dal yn ceisio cael mynediad i'r lle. A oedd hi wedi bygwth Harri ddigon? Câi wybod yn ddigon buan.

Cyrhaeddodd ben Stryd Ernest a rhuthro i'r dde. Safai silwét tywyll yng ngardd ffrynt Sali, ond ni allai fod yn siŵr ai Harri oedd e. Byddai'n rhaid iddi sleifio'n ofalus nawr, rhag ofn bod pobl yn yr ierdydd cefn. Sylwodd nad oedd y drewdod o'r tai bach cymunedol wedi gwella o gwbl.

Ar ei ffordd i lawr yr ale, taflodd gipolygon pryderus dros y ffensys pwdr, a chamu'n gyflymach heibio i'r bylchau mawr a dorrwyd yn rhai ohonynt. Roedd yn ddiddorol nad oedd allweddi ar gael i dŷ Sali. Oedd pobl yn gwybod hynny, tybed? Symudodd rhywbeth yn sydyn yn y gwair ar arglawdd y rheilffordd a neidiodd Dela cyn sylweddoli mai cath oedd yno, yn hela. Roedd yn rhyddhad gweld y cysgodion tywyllach, llawn prysgwydd, o dan y wal uchel ar y pen yn dynesu ac aeth i sefyll yn eu canol i gael ei gwynt ati a sychu'r chwys oddi ar ei gwar.

Doedd dim byd yn anghyffredin ynghylch iard gefn tŷ Sali. Gallai weld cartref teulu Ben Dyrne, dau ddrws i lawr, a thywynnai golau gwan yn un o ystafelloedd y llofft. Dychmygodd Barbara'n gorwedd yno, yn syllu'n ddagreuol ar y gwely gwag gyferbyn â hi. Na, doedd hynny ddim yn gywir. Byddai Barbara'n fwy tebygol o fod yn bwyta neu'n darllen cylchgrawn, neu efallai'r ddau. Tybed a ddeuai Harri allan o gwbl? Pwffiodd trên nwyddau heibio'n araf, araf, gan daflu cwmwl o stêm i fyny i ychwanegu at yr aroglau a'r gwres.

Oherwydd y pwffian, ni chlywodd Dela ddrws cefn tŷ Sali'n agor, ond gwelodd belydrau tortsh yn sgleinio trwy'r craciau yn y ffens. Gwthiodd y drws i'r iard.
Diffoddodd Harri'r dortsh a chynnau sigarét yn hamddenol. Disgwyliodd Dela iddo ddweud rhywbeth, ond ni wnaeth. Amneidiodd ei ben rhyw fymryn i gyfeiriad y tŷ, a chamodd Dela'n ofalus dros y trothwy a'i adael yn sefyll yn gysgod tal y tu ôl iddi. Tynnodd ei thortsh hithau o boced ei throwsus, a phâr o fenig garddio Nest. Ni fwriadai adael unrhyw olion.

Nid oedd Harri wedi gor-ddweud wrth ddisgrifio'r llanast. Roedd pentyrrau o sbwriel ym mhob man, a dilynodd Dela lwybr cul rhwng y blychau cardbord ar bob tu i ben draw'r cyntedd. Gobeithiai y deuai'n amlwg ymhle daethpwyd o hyd i gorff Sali. Wrth agor y drws i'r ystafell ffrynt, ysgubodd rhywbeth hir dros ei hwyneb. Dowciodd ei phen mewn braw, ond yng ngolau'r dortsh gwelodd mai ymdrech Sali i addurno'r lle ydoedd. Pendiliai sioliau bratiog o'r nenfwd, a gorweddai rhagor ohonynt dros y dodrefn. Gwnaethpwyd llen dros y ffenest o un siôl anferth. Bu Sali'n defnyddio'r soffa fel gwely ers sbel yn ôl yr olwg ar y carthenni budr oedd arni. Ar y silff ben tân eisteddai potiau o golur oedd yn amlwg yn hen. Gosodwyd siôl arall dros y drych mawr ar y wal. Eglurai hynny pam nad oedd y lipstic na'r lliw brown a ddefnyddiodd Sali ar ei chorff wedi'u taenu'n fanwl gywir, a theimlodd Dela bwl o drueni drosti.

'Blydi *Arabian Nights*, ontefe?'

Ceisiodd Dela guddio'r braw a gafodd wrth glywed llais Harri, am nad oedd wedi ei glywed yn dod i mewn.

'O ble daeth y sioliau hyn i gyd?' gofynnodd. 'Heb sôn am yr holl stwff arall.'

'O'dd dicon o arian 'da 'i,' atebodd Harri. 'Ma'r wardrobs yn y llofft yn llawn dillad. Côt ffwr hyd yn oed, a thomen o 'sgidie drud. Ond nago'dd neb wedi'i gweld hi ers oes pys.'

Syllodd Dela'n ddiobaith o'i hamgylch. Roedd yn anodd credu bod Sali wedi gallu byw heb unrhyw gyswllt â'r byd y tu allan.

'Ond os nad oedd hi'n mynd allan, sut oedd hi'n talu 'i biliau?' murmurodd dan ei gwynt.

'Llyfrau siec,' atebodd Harri. 'Weles i nhw. O'dd y banc yn 'u postio nhw iddi. Allwch chi fentro 'i bod hi'n cripad mas genol nos i'w rhoi nhw yn y post.'

Swniai'n falch o fod wedi datrys y dirgelwch.

'Ac o ble gafodd hi'r stampiau a'r amlenni? A sut oedd hi'n prynu bwyd? Alle hi ddim gwneud hynny ganol nos. Oedd y siopau lleol yn gadael nwyddau ar y trothwy'n rheolaidd iddi? Ife dyna beth yw'r holl focsys cardbord?'

Cododd Harri ei ysgwyddau'n ddi-hid. 'Os otych chi moyn mynd lan llofft, bydd isie i chi 'i siapo 'i,' meddai. 'Dim ond pico miwn a mas otw i fel rheol.'

Ysgydwodd Dela'i phen. 'Dwi isie gweld y gegin ac wedyn bydda i mas o 'ma.'

'Cewch chi fynd ar eich pen eich hunan, 'te,' meddai Harri'n benderfynol. ''Na ble'r o'dd 'i, ch'wel.'

Cerddodd y ddau'n ôl i gefn y tŷ. Cyn mynd i'r gegin, trodd Dela ato. 'Beth oedd hi'n ei wneud ynghylch mynd i'r tŷ bach?' meddai.

Ochneidiodd Harri wrth glywed y fath gwestiwn. 'Ro'd 'da 'ddi gwpwl o botie. Dwi'n gwpod achos gorfod i fi 'u gwacáu nhw. O'dd y drewdod yn ddigon i ladd y bois.'

'Faint oedd 'na?'

'O'dd unrhyw faint yn ormod.'

'Meddylia, w!'

'Yffach gols! Dou bot, 'na i gyd.' Yna sionciodd yn sydyn. 'Ond os nag o'dd 'i'n mynd mas, bydde mwy o lawer. Ma'n rhaid 'i bod hi'n 'u gwacáu nhw'n weddol amal – yn y bore bach, falle, cyn i neb gwnnu.'

'Da iawn, Harri,' meddai Dela gan wenu yn y tywyllwch, a chamu i mewn i'r gegin.

Goleuodd pelydrau ei thortsh yr ystafell. Roedd wedi disgwyl olion cyflafan, ond er bod y lle'n ddi-raen, fel gweddill y llawr gwaelod, nid oedd llawer o fwyd wedi'i adael allan. Ar y chwith, safai cwpwrdd ac iddo dau ddrws, ac agorodd un ohonynt yn ofalus. Dyma lle cadwai Sali ei bwyd, yn bacedi ac yn duniau wedi'u stwffio i mewn un ar ben y llall. Ar y silff uchaf gorweddai dysgl wydr ac ynddi fenyn cyfarwydd yr olwg. Ymestynnodd Dela amdani. Torrwyd lwmpyn go dda o'r menyn oddi ar un ochr. Ymbalfalodd ymhellach.

'Am beth y'ch chi'n whilo nawr?'

Roedd chwilfrydedd Harri yn drech nag ef.

'Teisen neu fara. Unrhyw beth y bydde hi wedi rhoi menyn arno.' Dangosodd y ddysgl iddo. 'Dyma'r menyn gariais i o Sir Benfro. Mae peth ohono wedi'i fwyta.'

'So?'

'Wel, gan mai Tudful ddaeth â'r menyn yma, mae'n rhaid bod Sali'n fyw ar ôl iddo fe adael. All corff ddim bwyta menyn.'

'Galle hi fod wedi'i fyta fe tra o'dd e 'ma. Neu falle taw fe fytodd e.'

'Dwi'n ame'n fawr a fyddai Tudful wedi yfed na bwyta dim yn y tŷ hwn.'

Gwenodd Harri'n ddirmygus arni. 'Chi'n rong am 'ny,' meddai.

Pwyntiodd belydr ei dortsh i gyfeiriad y ffenestr a edrychai dros yr iard. Roedd yno fwrdd a chadeiriau. Nid oedd Dela wedi sylwi ar y ddwy gwpan a soser a eisteddai arno.

'Ch'weld? Llestri gore a chwbwl. Wetodd yr Inspector fod hynny'n *clincher*. 'Na fel ma' pobol yn byhafio, mynte fe, dan ddylanwad yr *opium of the masses*. Llestri gore i'r gweinidog. Dangos parch at y Parch.'

Tra oedd Harri'n siarad, camodd Dela draw at y bwrdd a syllu'n ddigalon ar y cwpanau. Safent yno'n llawn te, a'r llaeth yn y ddwy wedi ffurfio croen ar yr wyneb.

'Does dim plât a briwsion arno,' meddai Dela'n amddiffynnol. 'Dyw hyn ddim yn egluro sut defnyddiodd y menyn.'

Aeth trên arall heibio, gan foddi unrhyw ateb gan Harri a gwneud i'r cysgodion ddawnsio wrth i'r twnnel lyncu'r anghenfil a diffodd ei oleuadau. Crynodd wyneb y te yn y cwpanau, a sylweddolodd Dela'n sydyn fod yr Arolygydd yn iawn. Dyma'r cliw tyngedfennol – ond nid yn y modd y credai ef.

''Sgwn i pa mor ddewr wyt ti?' meddai gan droi at yr heddwas.

Edrychodd yntau arni fel pe bai'n ofni ei bod ar fin ymosod arno.

'Wyt ti'n ddigon dewr i sôn am y menyn?'

Chwythodd Harri aer o'i fochau. 'Ffor' dwi i fod i egluro shwd weles i fe?' gofynnodd yn rhesymegol. 'Bydden i lan ar *charge* miwn whincad am fynd drw'r lle heb awdurdod. A nagyw e'n profi dim, oty fe? Allen nhw fod weti byta sleisen o fara brith a menyn ac wedyn, ar ôl iddo'i lladd hi, golchodd e'r platie mas y bac.'

'Gan adael cwpanau llawn te? I ddechrau, bydden nhw wedi yfed te gyda'u bwyd, ond 'sneb wedi cyffwrdd yn y rhain.'

Roedd yn galonogol ei weld yn meddwl, ond amheuai Dela mai chwilio am ddadl arall roedd Harri.

'Ail gwpanaid,' meddai Harri ar ôl ennyd hir. ''Sneb yn yfed dim ond un ddishgled, o's e? O'n nhw 'di cael y bwyd a'r ddishgled gyntaf, wetyn aeth e mas i olchi'r platie, ac arllwysodd hi ddishgled arall. Erbyn iddo ddod 'nôl i'r gegin ro'n nhw ar y ford, ac ro'dd hi'n rhoi'r tebot 'nôl ar y stôf. Dyna pryd roiodd e'r glipsen iddi a bwrodd hi ei phen yn erbyn cornel y ffendar.'

Bu bron i Dela ddweud na allai ddychmygu Tudful yn cynnig golchi'r llestri yn nhŷ neb, pan sylweddolodd ei bod wedi cael clywed sut y bu Sali farw. Pwyntiodd olau'r dortsh at y llawr, a gweld pwll o waed wedi ceulo a chochni rhydlyd ar rimyn ffendar y stôf blac-led. 'Chafodd hi mo'i churo, 'te?' gofynnodd yn dawel.

'Ddim o beth glywes i,' atebodd Harri. 'Alle fe fod wedi neud dim ond rhoi hwp iddi, 'sbo. Ond roedd asgwrn ei phen hi'n yfflon. Ta p'un, os taw damwen o'dd hi, dyle fe fod wedi rhedeg i mofyn rhywun yn lle 'i gatel hi'n gwaedu ar y llawr.'

*

Atseiniai geiriau olaf Harri ym mhen Dela'r holl ffordd adref. Gwyddai nawr nad Tudful oedd wedi lladd Sali. Gafaelodd yn dynn yn y wybodaeth honno, ond ni wyddai sut y gallai ei chyfleu i'r heddlu heb ddatgelu ei bod hi wedi bod yn y tŷ, a thynnu Harri i drybini nad oedd, am unwaith, yn ei haeddu.

Agorodd ddrws cefn y Mans yn llechwraidd a thynnu anadl sydyn. Eisteddai Olwen yn y gadair siglo yn ei gŵn wisgo a rhwyd wallt, ei llygaid ynghau. Am eiliad meddyliodd Dela y gallai gripian heibio iddi, ond yna agorodd Olwen ei llygaid a syllu arni.

'A ble y'ch chi 'di bod mor hwyr y nos?' sibrydodd.

Teimlai Dela fel disgybl wedi'i gwysio i weld y brifathrawes.

'Mas yn chwilio am dystiolaeth,' atebodd yr un mor dawel cyn mynd i mofyn gwydraid o ddŵr o'r tap.

'Fuoch chi'n llwyddiannus?' gofynnodd Olwen.

'Do, i raddau,' atebodd Dela. 'Yr unig broblem nawr yw sut i roi gwybod i'r heddlu . . .'

'. . . Heb dynnu nyth cacwn i'ch pen,' ychwanegodd Olwen yn ddoeth. Setlodd yn ôl yn y gadair a gwenu'n ddirgel. 'Rhaid cyfaddef, mae'n braf gweld nad yw'r genhedlaeth ifanc i gyd yn un swp o nerfe. O'n i wedi dechrau anobeithio.'

Dihangodd Dela i'w llofft. Wrth iddi ymatryd, sylweddolodd mor flinedig y teimlai. Roedd yr adrenalin a'i cludodd i dŷ Sali wedi cilio bellach, a theimlai ei chrafiadau'n llosgi a'i chleisiau'n brifo. Nid oeddent wedi croesi ei meddwl ers oriau. Roedd hi wedi anghofio, hefyd, fod arni ofn llwybrau tywyll. Er gwaethaf ei blinder, cododd hyn ei hwyliau a gosododd ei gwallt yn y rholeri a'r clipiau cyn suddo i drwmgwsg bron ar unwaith.

Pennod 12

AGORODD DELA'I llygaid i sŵn lleisiau uchel, gwrywaidd. Ymbalfalodd am ei chloc larwm a gweld nad oedd yn saith o'r gloch eto. Tywynnai'r haul trwy'r llenni a theimlai'r gynfas denau ar y gwely'n anghyffredin o drwm. Deuai sŵn ffusto drysau o bob tu, a thraed yn brysio ar hyd teils y cyntedd. Cododd Dela ar ras wyllt a gwisgo, gan ochneidio wrth i'w chleisiau brotestio. Tynnodd gornel y llen i un ochr a suddodd ei chalon wrth weld helmedau dau heddwas a safai wrth ddrws y cefn. Roeddynt wedi dod i chwilio'r tŷ, felly. Cafodd gipolwg o'i hadlewyrchiad yn y drych a thynnodd y cyrlers a'r clipiau allan cyn gynted ag y gallai.

Roedd Olwen eisoes wedi cyrraedd y drws ffrynt, a chymysgai ei llais melfedaidd â'r gorchmynion cras. Gwthiodd Dela ei thraed i'w sandalau, gan ddifaru nawr iddi ddiystyru sylwadau Nest ynghylch sut roedd yr heddlu'n amseru eu hymweliadau. Rhaid iddi fod yn hyderus ac yn hunanfeddiannol – gallai bywyd Tudful ddibynnu ar ganlyniad y frwydr hon. Cipiodd y lipstic coch gwarthus oddi ar y bwrdd gwisgo a'i daenu dros ei gwefusau, ac yna rhoi tamed o bowdwr ar ei thrwyn. Rhedodd ei bysedd trwy'i gwallt, tynnu anadl ddofn a gadael ei hystafell wely gan fwmial 'Ingrid Bergman, Katharine Hepburn' drosodd a throsodd er mwyn ceisio magu hyder.

Dros ganllaw'r grisiau, gwelai griw o heddweision yn heidio i'r tŷ fel morgrug mawr duon. Safai'r pen morgrugyn, yr Arolygydd Reynolds – a'i het feddal ar gefn ei ben a'i ddwylo yn ei bocedi – wrth waelod y grisiau, yn cyfarth gorchmynion. Gyferbyn ag ef safai Olwen, mewn ffrog flodeuog dynn, a'i gwallt wedi'i drefnu'n berffaith, yn edrych fel rhywun yn croesawu gwesteion i barti. Tybed pryd gododd hi o'r gwely er mwyn cael amser i wisgo'i chorset, heb sôn am drefnu'r blethen Ffrengig yn ei gwallt? Tybed a oedd hi wedi rhagweld hyn oll?

'Bore da, Mr Reynolds!' galwodd Dela a cherdded yn hamddenol i lawr y grisiau.

Dan unrhyw amgylchiadau eraill, byddai ei ymateb wedi bod yn ddoniol. Gwgodd i gyfeiriad y cyfarchiad ac yna rhythu arni fel milgi oedd newydd weld sgwarnog. Gwenodd Dela'n fwyn arno ac estyn ei llaw iddo. Roedd ambell un o blith y plismyn yn gwenu hefyd, gan dystio i amhoblogrwydd yr Arolygydd.

'Dy'ch chi ddim yn fy nghofio i, ydych chi?'

Roedd e wedi ysgwyd llaw â hi cyn sylweddoli pwy oedd hi. Tynnodd ei fysedd yn ôl fel pe bai'r croen wedi'i losgi. Ni roddodd Dela gyfle iddo ateb. Pwysodd dros y canllaw a galw eto, y tro hwn i gyfeiriad cefnau'r heddweision oedd ar fin mynd i'r gegin. 'Bydd isie i chi agor y drws cefn i'ch cydweithwyr – mae'r allwedd ar ben y lintel. Mae'r stydi ar y dde, ond trïwch beidio ag aflonyddu gormod ar y papurau ar ddesg y Parchedig Owen, os gwelwch yn dda. Pregethau y'n nhw gan mwyaf, ond dwi'n ame bod y bil nwy 'na'n rhywle, a 'sdim iws i ni golli hwnnw.'

Manteisiodd Olwen ar syfrdandod yr Arolygydd i

ychwanegu ei phwt hithau. 'Os esgusodwch chi fi,' meddai'n urddasol. 'Af i lan i ddihuno Mrs Owen. Fydde hi ddim yn weddus i'r dynion fynd i'w hystafell wely a hithe heb godi a gwisgo.'

Ni ellid dweud iddi wthio'r Arolygydd i'r naill ochr, ond bu'n rhaid iddo gamu'n ôl i adael iddi ddringo'r grisiau. Gobeithiai Dela na welodd ef Olwen yn rhoi procad fach iddi â'i phenelin wrth fynd heibio.

*

'Pam?' sibrydodd Nest yn daer, hanner awr yn ddiweddarach.

Roedd Dela a hithau'n eistedd yn y gegin, ar ôl i'r dynion orffen chwilio yno. Gellid clywed eu traed mawr yn trampan i fyny ac i lawr y grisiau, yn gymysg â llais yr Arolygydd yn rhoi cyfarwyddiadau, a llais Olwen yn gwrth-ddweud pob gorchymyn.

'Pam chwilio'r tŷ y'ch chi'n feddwl?' gofynnodd Dela.

'Naci. Pam oedd yn rhaid i mi wisgo fel taswn i'n mynd i briodas? Pan dynnodd Olwen y dillad yma o'r cwpwrdd ro'n i'n rhy hurt i ddeud dim. Ond mae'r ddwy ohonoch chi'n edrach 'run fath.' Plyciodd ddefnydd ei sgert yn anghysurus â'i bysedd a syllu ar lipstic Dela.

Edrychodd Dela'n gyflym i weld a oedd rhywun yn llechu yn y cyntedd cyn ateb.

'Creu argraff yw'r syniad y tu ôl i hyn. Nid yr heddlu yw'r unig rai all chwarae triciau. Roedden nhw'n bwriadu'n dal ni yn ein dillad nos er mwyn ein drysu a'n bychanu ni.' Gwasgodd law Nest. 'Ond wnaethon nhw ddim llwyddo, do fe?'

Amneidiodd Nest yn araf, ac yna edrych i fyny i'r

nenfwd wrth glywed rhywbeth trwm yn cael ei lusgo ar hyd llawr y llofft.

'Cwpwr' *press* derw fy Nain,' sibrydodd. 'Mae o'n llawn carthenni a chynfasau. Mi fydd isio gwregys hernia ar bwy bynnag sy'n symud hwnnw.' Llonnwyd hi fymryn gan y sylw, a rhoddodd rhyw wên fach gam.

'Gewch chi beth o'n lipstic i, os ydych chi isie,' cynigiodd Dela, mewn ymdrech i gadw'r wên ar ei hwyneb.

Ysgydwodd Nest ei phen ond disgleiriai ei llygaid. 'Gin i fy lipstic fy hun, 'sti' atebodd. 'Un pinc. Coty Dahlia.'

'Wel, dyma'ch cyfle chi i syfrdanu pawb,' meddai Dela. 'Nawr 'te, ydi hi'n rhy gynnar i gynnig dishgled o de a theisen sbynj i bawb?'

Aeth allan i'r cyntedd er mwyn gweld ymhle roedd pawb erbyn hyn. Roedd dau heddwas yn sefyll ar y landin, wedi tynnu cist ddroriau o'i hystafell wely hi, ac un arall yn sefyll ar y dodrefnyn a gwthio drws yr atig ar agor. Safai Olwen gerllaw'n rhythu ar y marciau y bygythiai ei hesgidiau eu gadael ar wyneb y pren. Wrth weld ei draed yn diflannu i'r gofod uwch ei ben, sylweddolodd Dela eu bod yn chwilio am fwy na thystiolaeth ynghylch marwolaeth Sali. Credent fod Brenda fach yma hefyd. Trodd i ffwrdd a chamu i'r ystafell fwyta wag. Trwy'r ffenestr fae, gwelodd fod yr Arolygydd yn sefyll gyda'r Sarjant wrth yr iet flaen. Edrychai'r Sarjant yn chwys i gyd ac yn lletchwith. Nid oedd ymhlith y dynion a gyrhaeddodd ben bore, felly rhaid ei fod newydd gerdded i fyny o'r orsaf.

'Faint?' gofynnodd yr Arolygydd. Cariai ei lais yn eglur trwy'r drws agored.

Mwmialodd Sarjant Williams rywbeth yn ymddi-heurol. Cythruddwyd yr Arolygydd ymhellach gan hyn.

"Na i gyd sy isie arnon ni – llond lle o *Holy Joes*. Necyw un yn ddicon? Otyn nhw'n gweddïo'n ddi-ddiwedd fel y na'll?'

Gwelodd Dela eu bod ar fin dod i'r tŷ a symudodd o'r ffenestr er mwyn tynnu lliain bwrdd o'r seidbord. Penliniodd ar y llawr, gan wybod bod y drws cil-agored yn ei chuddio. Fodd bynnag, ni swniai fel pe bai'r Arolygydd yn hidio dim pwy allai fod yn gwrando.

'Shwd ddiawl cyrhaeddodd hanner dwsin ohonyn nhw 'ma 'da'i gilydd? Necyn nhw i fod yn sefyll yn 'u pulpude ar ddydd Sul? Bydd isie i fi gael gair 'da'u hesgob nhw.'

Pesychodd y Sarjant yn dawel. 'Gweinidogion gyda'r Bedyddwyr y'n nhw, syr. 'Sda nhw ddim Esgob. Dangos 'u cefnogeth ma'n nhw, dyna i gyd.'

Rhochiodd yr Arolygydd yn ddiamynedd ond gostegodd ei lais fymryn. 'Fel honna ar y landin. Rhowch chi fodfedd iddi a bydd hi'n ein "cefnogi" ni mas o 'ma ar ein tine, acha rât. Gobitho'ch bod chi wedi'u hala nhw o'r orsaf, Sarjant.'

'Do, syr,' atebodd y Sarjant yn bwyllog. 'Ac ma'n nhw i gyd wedi mynd i iste ar y wal ar draws y ffordd.'

'Beth maen nhw'n neud fan 'na? Rhoi melltith ar y lle?'

'Yfed te a byta pice bach, o beth weles i, syr.'

Clywodd Dela'r Arolygydd yn chwythu ei drwyn, a phenderfynodd ei bod yn bryd iddi ymddangos. Cododd yn hamddenol ac ysgwyd y lliain bwrdd o'i blygiadau. Roedd hi wedi croesi at y bwrdd mawr a thaenu'r lliain drosto cyn iddynt ei gweld. Gwenodd arnynt.

'Bore da, Sarjant,' meddai, 'Dwi newydd rhoi'r tegell i ferwi. Ac mae Mrs Owen yn paratoi tamed o deisen i chi'r funud hon.'

Er syndod iddi, gwenodd y Sarjant yn ôl arni. 'Diolch yn fawr iawn i chi, Miss Arthur,' meddai, cyn i'r Arolygydd fedru ei atal. 'Bydd y bois yn falch o ddishgled, dwi'n siŵr.'

Yn y gegin, gwelodd Dela fod Nest wedi rhoi'r teisenni sbynj bach ar blatiau tseini. Uwch ei phen clywodd sŵn rhygnu wrth i'r gist ddroriau gael ei rhoi'n ôl yn ei lle. Ni ddaethpwyd o hyd i unrhyw beth yn yr atig, felly. Allan yn y pantri'n casglu llestri at ei gilydd, cymerodd ennyd i dawelu ei nerfau. Gwyddai beth fyddai'n hoffi ei weld yn digwydd, ond byddai angen lwc i sicrhau hynny. Cyfrifodd y cwpanau a'r soseri ar yr hambwrdd anferth yn gyflym cyn gwthio'i phen allan i'r cyntedd.

'Pawb i'r ystafell fwyta am ddishgled o de!' galwodd.

Arllwysodd y te i'r cwpanau, ac yn sŵn y traed yn taranu i lawr y grisiau trodd Dela at Nest.

'Dwi angen i chi wneud rhywbeth i fi,' meddai.

*

Gwyliodd Dela wrth i Nest gario'r platiau mawr a'r platiau llai allan o'r gegin. Edrychai'r hambwrdd yn union fel y bwriedai. Cododd ef a'i gario i'r ystafell fwyta. Gosodwyd rhes daclus o helmedau ar y seidbord, a safai Nest ar bwys y Sarjant. Clywodd rhywun yn dweud y gair 'tomato'. Amneidiai'r Sarjant ei ben wrth gnoi. Aeth Dela o un i'r llall gyda'r te. Diolchodd pob un yn gwrtais iddi, a gallai weld penbleth yn llygaid rhai ohonynt. Nid dyma'r driniaeth a gaent fel rheol. Ac un glust ar agor, clywodd Nest yn sôn am 'hanner dwsin o datws cynnar, dyrnaid o bys i fynd efo'r *rissole* a'r grefi, a rhyw ddwy sleisan o deisan lap a darn go dda o fenyn. Digon am bryd bach, 'te.'

Sylwodd Dela mai dim ond tair cwpanaid o de oedd ar ôl, a chamodd draw i'r fan lle safai'r Arolygydd gydag Olwen. Nid oedd yr Arolygydd wedi cymryd teisen. Yn hytrach, syllai allan drwy'r ffenestr fae fel pe bai'n ysu i gael mynd o 'na. Os felly, roedd yn siarad â'r fenyw iawn.

'Te, Mr Reynolds?' holodd Dela.

Edrychodd ef ar yr hambwrdd ac yna syllodd arni'n ddig.

'Shwd o'ch chi'n gwpod?' holodd.

'Mae'n ddrwg gen i? Gwybod am beth?'

Edrychodd Dela ar Olwen ond nid oedd unrhyw gliw i'w weld yn y fan honno.

''Mod i ddim yn cymryd llaeth. Pwy ddwedodd?' Gwgodd o amgylch yr ystafell, ond roedd yr heddweision yn rhy brysur yn mwynhau eu teisenni.

Ysgydwodd Dela ei phen. Nid dyma'r ymateb roedd wedi'i ddisgwyl i'r unig gwpanaid o de a adawodd heb laeth. Nid dyna oedd ei bwriad o gwbl. Meddyliodd yn gyflym.

'Fy un i oedd honna,' meddai, gan dynnu rhyw wep fach resynus. 'Mae'r llaeth damed yn brin, a dwi ddim yn hidio'r naill ffordd na'r llall. Mae croeso i chi ei gael e. Gafoch chi'ch magu ar fferm?'

Cododd yr Arolygydd y te coch o'r hambwrdd. 'Naddo. Alla i ddim diodde lla'th, 'na i gyd. Ych-a-fi.'

''Run peth â'r Parchedig Owen, 'te,' atebodd Dela, gan anwybyddu'r ffaith na ddiolchodd iddi o gwbl. 'Ond mae e'n honni taw bod yn fab fferm sy'n gyfrifol. All e ddim hyd yn oed edrych ar bwdin reis.'

''Na drueni,' meddai Olwen, fel pe bai wedi sylweddoli'n sydyn bod pwrpas i hyn oll. ''Sdim byd neisach na phwdin reis. Mae e mor flasus yn oer ag y mae e'n dwym. Dwi wastod yn rhoi Golden Syrup yn fy un i. Mae Nest yn rhoi nytmeg yn ei phwdin hi – on'd wyt ti, Nest?'

Roedd Nest bellach wedi ymlwybro draw atynt. Cydsyniodd yn frwd. 'Yndw – pan fedra i gael gafael ynddo fo. Ond fedrith Tudful ddim diodda pwdin llaeth. Yr unig gyfle o'n i ei gael i flasu pwdin reis oedd pan o'n i'n gneud un iddo fynd at Sali, druan. Mae o 'run fath yn union efo'i de. Mae'n gas gynno fo weld y dropyn lleia o laeth ynddo fo. Diolch i'r drefn bod yr aelodau i gyd yn gwybod erbyn hyn a neb yn rhoi te llaeth o'i flaen. Chymrwch chi ddim teisan, Mr Reynolds?'

Symudodd Dela i ffwrdd i ddechrau casglu'r cwpanau gwag, gan obeithio'n daer bod y dyn piwis yn gwrando.

*

Wrth olchi'r llestri yn y gegin yn ddiweddarach, clywodd Dela sŵn siffrwd papurau yn dod o'r stydi. Bu'n gwylio dau heddwas trwy'r ffenestr wrth iddynt chwilota yn y sièd. A fyddent yn mynnu palu yn y gwelyau llysiau, tybed? Roedd yn falch ei bod yn haf a phob modfedd o'r ardd dan dyfiant llewyrchus. Ni fedrai neb fod wedi claddu dim yno heb adael olion amlwg. Sychodd ei dwylo a mynd i weld pa lanast a wnaethpwyd o'r stydi.

Synnwyd hi braidd wrth weld yr Arolygydd yn sefyll wrth y silffoedd llyfrau eang. Daliai'r gwyddoniadur meddygol mawr yn ei ddwylo – yr 'Home Doctor' y cofiai Dela weld Nest yn pori drwyddo pan ddaeth yr efaciwîs i'r ardal gyda'u llau a'u himpetigo. Gwelodd Reynolds hi'n sefyll wrth y drws a chau'r llyfr yn glep gan sniffian.

'Roedd e'n gwpod beth oedd yn bod arni,' meddai gan wenu'n faleisus, a sadio'r gyfrol fawr yn ei law.

'Oedd,' atebodd Dela. 'Roedd e wedi ceisio dwyn perswâd arni i fynd i gael triniaeth. Ond dwi ddim yn gwybod a fedren nhw fod wedi'i gwella hi'n llwyr. Efallai fod yr haint wedi ymledu gormod.' Gwnaeth rhyw ystum bach tuag at ei boch. 'Tase hi wedi cael ei thrin yn gynharach . . .'

'. . . Yn lle cwato yn y tŷ 'na.' Gorffennodd yr Arolygydd ei brawddeg drosti. 'Cyfleus mewn ffordd, 'smo chi'n cretu?'

'Cyfleus? I bwy?'

'Iddo fe. Esgus da dros fynd yno ar 'i ben 'i hunan.'

Ataliodd Dela ei hun rhag ymateb yn chwyrn. 'Ydi hynny'n debygol?' meddai. 'Os yw rhywbeth mor ddiniwed â the â llaeth yn troi arno, oni fydde Sali ei hunan ganwaith gwaeth?'

Nid atebodd yr Arolygydd, ond agorodd y llyfr unwaith eto a throi'r tudalennau'n araf.

'Bydd yr holl fwyd roedd Nest wedi'i baratoi iddi'n pydru yn y gwres erbyn hyn,' ychwanegodd Dela, cyn troi'n ôl at y gegin.

'Am ba fwyd y'ch chi'n sôn?'

Edrychodd Dela arno dros ei hysgwydd. 'Gofynnwch

i'r Sarjant,' atebodd. 'Glywes i Nest yn rhoi rhestr iddo o'r bwyd roedd hi wedi'i baratoi ar gyfer Sali. Gallwch chi ei gymharu â chanfyddiadau'r post mortem.'

*

Chwarter awr yn ddiweddarach, wrth dynnu'r lliain oddi ar y bwrdd, roedd Dela'n hynod falch o weld yr Arolygydd a'r Sarjant yn dringo i'r car a gyrru ymaith. Roedd y plismyn eraill wedi ymgynnull ar y palmant, yn barod i gerdded yn ôl i ganol y dref. Clywodd Olwen yn cau'r drws yn bendant ar eu holau, a cherddodd Dela allan o'r ystafell fwyta a'r lliain dros ei braich.

'Roedd hast ofnadw arnyn nhw i adael yn y diwedd,' meddai Olwen.

'Oedd,' cytunodd Dela. 'Odyn nhw wedi gadael annibendod mawr?'

'Byddan nhw'n difaru os y'n nhw,' meddai Olwen.

Safai drws y cefn ar agor ac roedd Nest wedi dianc i waelod yr ardd. Pwysai Agnes dros y ffens, gan wrando'n awchus ar holl fanylion y chwiliad.

'Doedd 'na ddim sôn am ei mab hi'r bore 'ma,' synfyfyriodd Dela'n uchel, ond roedd Olwen eisoes wedi camu allan i ymuno â'r ddwy.

Tybed ai dyma ei chyfle i fynd unwaith eto at y blwch ffôn yn y stryd nesaf? Roedd ganddi gryn dipyn i'w adrodd wrth Huw, ond nid oedd modd gwybod eto pa effaith a gâi ei hymdrechion. Penderfynodd aros cyn ei ffonio. Pe bai'n siarad ag e nawr, byddai e'n siŵr o wneud iddi amau ei bod wedi gweithredu yn y ffordd gywir, a byddai naill ai'n ei chythruddo neu'n ei diflasu. Cymaint mwy boddhaus fyddai medru ffonio Huw pan fyddai Tudful wedi'i ryddhau heb unrhyw gymorth ganddo fe. Ysgydwodd ei hun yn ddig. Nid oedd tynged Tudful yn rhywbeth i'w gymryd yn ysgafn. Ac eto, ni ffoniodd.

*

Daeth yr holl lestri te allan eto ganol y prynhawn pan gyrhaeddodd dirprwyaeth o'r gweinidogion oedd wedi treulio'r bore'n eistedd ar y wal gyferbyn â gorsaf yr heddlu. Er bod Dela'n gwerthfawrogi eu dyfalbarhad, a Nest yn falch o'u gweld, roedd eu hymweliad yn golygu mwy o waith. Llenwyd yr ystafell fwyta i'r ymylon unwaith yn rhagor, ac roedd Dela'n cytuno'n ddistaw â'r Arolygydd taw yn eu capeli eu hunain y dylent fod. Y tro hwn aeth y llaeth yn wirioneddol brin, a phiciodd Dela draw at Agnes i fegian rhagor.

Eisteddai Harri wrth y bwrdd yng nghegin ei fam yn llyncu cinio Sul hwyr fel ci ar ei gythlwng. Heblaw am amneidio'i ben wrth gnoi, ni chydnabu ei phresenoldeb.

'O ble ddethon nhw i gyd?' gofynnodd Agnes o'r pantri.

'Dim syniad,' atebodd Dela. 'Ond mae'n rhaid i ni gynnig te a bisgïen iddyn nhw.'

Cymerodd y jwg lawn yn ddiolchgar o ddwylo Agnes. Dilynodd hithau hi allan i'r ardd gan gau'r drws cefn y tu ôl iddi.

'Mae'n bedlam yn yr orsaf 'to,' sibrydodd. 'Yr Inspector 'na'n gweiddi fel tarw. O'dd Harri'n falch o gael awr fach o hoe gatre. Ma' George Williams Bach ar y ffôn bob awr, mynte fe, yn 'u hala nhw'n ddwl.' Edrychai'n falch iawn wrth ddweud hynny.

'Gobeithio y bydd e'n llwyddo, dyna i gyd,' meddai Dela. 'Amser a ddengys, ontefe?'

Cofiodd Dela ei geiriau'n hwyrach y noson honno. Bob nawr ac yn y man, âi at y ffenestr fae a syllu i fyny ac i lawr y stryd. Bu'n dda cael y gweinidogion yn y tŷ er mwyn gwrthbwyso effaith yr heddlu. Byddai llenni lês y cymdogion wedi'u treulio'n rhacs heddiw rhwng yr holl fynd a dod. Wedi tamaid o swper, heb alwad ffôn na chnoc ar y drws gan neb, disgynnodd diflastod llwyr dros y tair menyw fel pe bai digwyddiadau'r dydd wedi sugno'u holl nerth o'u cyrff. Crwydrai Nest i fyny ac i lawr llwybr yr ardd fel enaid coll, yn casglu blodau marw a'u dal yn dusw gwywedig yn ei llaw. Syllai Olwen arni trwy ffenestr y gegin, gan droi cwpan yn ddiddiwedd mewn lliain sychu llestri. Eisteddai Dela'n esgus gwau.

"Sdim byd mwy allwn ni ei neud, oes e?' meddai Olwen yn feddylgar.

Ysgydwodd Dela ei phen. Roedd eisoes yn fachlud.

"Blaw am ymosod ar yr orsaf a chipio Tudful, nac oes,' meddai. 'Rhaid i ni obeithio bod y cyfreithiwr yn dal i bwyso arnyn nhw. Ond mae'n nos Sul, wedi'r cyfan.'

Ar y gair, clywsant lais Nest yn galw'n uchel. Dela gyrhaeddodd y drws cefn yn gyntaf, gan feddwl ei bod hi wedi baglu a chwympo. Ond roedd Nest yn dal i sefyll yno'n rhythu ar y drws yn y ffens. Yn yr adwy safai clamp o ddyn fel drws sgubor, yn llenwi'r bwlch yn llwyr. Y tu ôl iddo, yn y cysgodion, roedd ffigur arall, cyfarwydd. Ni symudodd Nest fodfedd nes i George Williams Bach ddod i mewn i'r ardd a dangos Tudful iddi. Yna rhuthrodd at ei gŵr a gafael yn dynn ynddo. Arweiniodd ef i'r tŷ, gan barablu'n ddi-baid, heibio i lygaid syn Dela.

'George Williams,' meddai'r dyn ac estyn llaw fawr wen iddi. 'Weden i George Williams Bach, ond mae'r enw'n dueddol o wneud i bobol feddwl bod un mwy fyth i gael yn rhywle.'

'Dewch i'r tŷ, Mr Williams,' meddai Dela gan chwerthin, ond rhoddodd yntau law ar ei braich i'w hatal.

'Gair bach o rybudd i chi,' meddai'n dawel. 'Dwi'n meddwl y dylech chi alw meddyg at Mr Owen bore fory. Mae rhywbeth mawr yn bod arno.' Gwelodd ei phryder ac ychwanegu, 'Nid yn gorfforol. Hyd y gwela i, mae e wedi cael ei drin yn ddigon parchus. Ond mae teithi ei feddwl yn ddirgelwch llwyr i fi. Roedd e . . . wel . . . shwd alla i esbonio . . . roedd yn gyndyn i gael ei ryddhau. Yn anfodlon ac yn siomedig, bron.'

'Falle 'i fod e'n gobeithio am rywbeth mwy nag ymyrraeth ddynol,' atebodd Dela ar ôl meddwl am ennyd. 'O'n nhw'n dweud taw gweddïo oedd e ddydd a nos.'

'Beth oedd e'n 'i erfyn, 'te? *Brass band* nefolaidd?'

'Rhywbeth fel 'na,' atebodd Dela gan wenu. 'Bydd raid i ni ei argyhoeddi bod angylion i'w cael ar bob ffurf a maint. Mae gyda ni i gyd reswm fod yn ddiolchgar i chi.'

Pwffiodd y dyn tew ac yna edrych yn graff arni. 'Dwedwch wrtha i,' meddai, wrth iddynt droedio'r llwybr at y drws cefn. 'Beth ddigwyddodd fan hyn y bore 'ma? Ro'n i yng nghyntedd gorsaf yr heddlu pan ddaeth yr Arolygydd yn ei ôl. Roedd e fel y gŵr drwg ei hun. Dwi'n cymryd yn ganiataol eu bod nhw wedi cael caff gwag.'

'Naddo wir,' meddai Dela. 'Wedi cael llond bola oedden nhw, rhwng popeth.'

Pennod 13

PAN DDAETH Dela i lawr y grisiau tua hanner awr wedi deg, ar ôl dihuno'n gynnar ac yna syrthio'n ôl i drwmgwsg melys iawn, nid oedd sôn am neb yn y tŷ. Clywai leisiau'n dod o gyfeiriad yr ardd a phan agorodd y drws cefn, gwelodd Nest ac Olwen yn rhythu'n ddig ar y pentwr o offer garddio ar lawr y sièd.

''Drychwch!' meddai Olwen. 'Y funud glywon nhw fod y whilo'n dod i ben, bant â nhw gan adel popeth a chau'r drws ar 'u hole.'

'Ydi Tudful wedi codi?' gofynnodd Dela wrth i Nest fynd ati i hongian y rhaw a'r fforch yn eu lle arferol.

'Ers oria,' atebodd honno. 'A deud y gwir, dwi'n ama gysgodd o am fwy na dwyawr. Yn 'i stydi mae o.'

'Odych chi'n credu y galle'r doctor roi rhywbeth iddo i'w helpu i gysgu?'

Tynnodd Nest wep. 'Ella medra fo, ond fasa Tudful yn 'i gymryd o? Gadal llonydd iddo fo sy ora.'

Nid oedd Dela am ddadlau. Trodd ei phen pan glywodd y ffôn yn canu yn y stydi. Canodd am sbel cyn distewi. Oedd Tudful wedi ei ateb, tybed? Roedd hi wedi helpu Nest i dacluso gweddill y sièd ac wedi mynd yn ôl i'r gegin i osod y tegell, pan agorwyd drws y stydi a chamodd Tudful allan. Gwenodd wrth ei gweld â'r tegell yn ei llaw.

'Panad,' meddai ac amneidio.

'Ganodd y ffôn gynne fach?' gofynnodd Dela.

Eisteddodd Tudful wrth y bwrdd a rhwbio'i ddwylo dros ei wyneb. Nid oedd wedi eillio. Yna tynnodd anadl ddofn.

'Do,' meddai, 'Ddrwg gin i. Y gorsaf-feistr oedd yno, yn deud bod rhywun wedi cyrraedd ar y trên ac yn holi ble roedd y Mans. Gofynnodd o i ni ddod i lawr.'

Edrychodd Dela'n syn arno. Swniai Tudful fel petai dim cysylltiad rhyngddo a'r alwad. Erbyn hyn roedd hi wedi arllwys te i bawb.

'Well i fi bico draw 'te,' meddai, a llyncu'r baned cyn gyflymed ag y gallai. 'Ddywedodd e pwy oedd yno?'

Pan na ddaeth ateb, edrychodd Dela dros ei hysgwydd a gweld bod Tudful eisoes wedi mynd allan o'r gegin, gan adael ei gwpan llawn ar y bwrdd. Clywodd ddrws y stydi'n cau y tu ôl iddo.

Hwpodd Dela ei phen allan drwy'r drws cefn agored. 'Dwi'n rhedeg lawr i orsaf y rheilffordd,' cyhoeddodd wrth Nest ac Olwen. 'Mae'n debyg fod rhywun yno'n gofyn am y Mans. Mae te i chi ar y ford.'

'Pwy sy 'na?' gofynnodd Nest. 'Dydan ni'm yn disgwyl neb.'

'Riportars papure newydd!' meddai Olwen. 'Rhowch glusten iddyn nhw a'u hala nhw'n ôl gatre.'

'Bydda i'n siŵr o wneud,' atebodd Dela.

*

Carlamodd Dela i lawr y tyle i'r dref. Pwy allai fod wedi cyrraedd? Ai gweinidog arall oedd yno, neu berthynas o bell? Nid Huw oedd yno, yn sicr. Ni fyddai hwnnw wedi gofyn am gyfarwyddiadau sut i gyrraedd y Mans, ac yna aros yn amyneddgar i rywun ddod i'w nôl. Ar y cyfan, tueddai Dela i feddwl mai rhywun oedrannus oedd yr ymwelydd dirgel. Gobeithio byddai'n gallu cerdded i fyny'r rhiw serth.

Cnociodd ar ffenestr fach y swyddfa a chododd y gorsaf-feistr ei ben o'i waith.

Pwyntiodd rownd y gornel a gwenu. Draw ar y dde gwelai Dela bâr o draed mewn sgidiau hoelion mawr yn gwthio allan o gilfach yn y wal. Daeth llaw i'r golwg hefyd, a chrafu un o'r fferau, ac yna, fel pe bai perchennog y llaw wedi synhwyro bod rhywun yn ei wylio, ymddangosodd pen.

'Helô, Miss,' meddai llais gwrywaidd. 'Chi 'di smartno'n ddifrifol!'

Roedd Dela'n stwn wrth weld y bachgen – Gareth, un o'i chyn-ddisgyblion a mab ei chymdogion agosaf yn Nant-yr-eithin, yn dechrau casglu ei fagiau at ei gilydd. Estynnodd fag iddi a chymerodd hithau ef yn ddi-air.

'Wedd Mam lan nes un o'r gloch yn pobi,' meddai, fel petai cyrraedd fel hyn yn ddiwahoddiad yn beth cwbl naturiol. 'Buodd cewnder iddi draw yn Werddon o Abergweun wthnos ddwetha a dod â dou bownd o *mixed fruit* 'nôl 'da fe yn 'i bocedi. A ma' potel o la'th 'na i chi, 'fyd. Wedd hi'n imbed o dwym ar y trên – gobeitho seno fe 'di suro. 'Sdim isie i chi boeni, dwi 'di dod â'n llyfr *rations* 'da fi.'

Chwiliodd Dela am eiriau addas, ond ni allai feddwl am ddim byd i'w ddweud. Roedd Gareth wedi chwalu ei damcaniaeth wreiddiol – sef ei fod wedi rhedeg i ffwrdd o'i gartref – gyda'i eiriau cyntaf. Edrychodd ar y llanc tenau wrth ei hochr a sylwi, er nad oedd wedi tyfu rhyw lawer, bod cyhyrau fel chwip cortynnau yn ei freichiau main.

'Gareth,' meddai o'r diwedd. 'Pam wyt ti wedi dod yma?'

Symudodd Gareth ei fag mwyaf o un llaw i'r llall. 'Ces i'n hala,' meddai'n syml. 'Achos bod angen help arnoch chi.'

Caeodd Dela ei llygaid am eiliad. 'Pwy halodd di yma?' gofynnodd â thinc fygythiol yn ei llais.

Chwarddodd Gareth. Doedd e ddim wedi newid o gwbl ers ei ddyddiau ysgol, meddyliodd Dela. Ni hidiai daten am unrhyw dinc bygythiol.

'Oes isie gofyn?' meddai. 'O'n i'n gwbod bod rhwbeth 'di digwydd pan weles i fe'n hwyr neithwr yn hercan nerth 'i dra'd ar draws y ffald. Wedd e'n gweiddi "Gareth!" ar dop 'i lais. O'n i'n meddwl bo fi'n mynd i gael termad am rwbeth, ond peth nesa o'n ni i gyd yn y parlwr yn trafod.'

Tynnodd lond llaw o bapurau allan o'r bag a gariai dros ei ysgwydd. Gallai Dela weld ysgrifen pry cop pitw Huw Richards dros bob un. Chwifiodd Gareth nhw dan ei thrwyn ac yna'u gwthio'n ôl i'w cuddfan yn gyflym.

'A beth yw'r rheina'n union?' gofynnodd Dela.

'Cefndir, cynllun, ordors,' atebodd Gareth. 'Bues i'n 'u darllen nhw 'to ar y trên. Ma' lot i'w gofio. Waeth na'r Gymanfa Bwnc. Ond mae e'n gwbod 'i stwff.'

Wrth i Gareth siarad, edrychai o'i gwmpas yn chwilfrydig. Tybiai Dela na theithiodd ymhellach nag ugain milltir o'i gynefin o'r blaen.

'Cannoedd o danau glo,' meddai'r crwt yn sydyn, gan ffroeni'r awyr. 'Odi 'ddi wastod fel hyn?'

'Ydi,' atebodd Dela, 'ac yn waeth fyth yn y gaeaf. Mae tawch dros bopeth bryd hynny.'

Cerddodd y ddau'n dawel am funud, ac roedd Dela'n falch o hynny. Ni allai feio Gareth, ond roedd yn hollol nodweddiadol o Huw i'w anfon heb rybuddio neb o flaen llaw, heb sôn am ofyn a oedd lle iddo aros. Ar ben hynny, beth ar y ddaear y disgwyliai iddo ei wneud? Sylwodd nad oedd wedi rhannu'r wybodaeth yn y llith nodiadau â hi. A oedd hynny'n rhan o'i ordors hefyd? A beth am deulu Gareth – ei rieni, Jean a Stifin, a'i holl frodyr a chwiorydd? Onid oedd ei angen ar y tyddyn gyda thymor y cynhaeaf ar fin dod?

'Sut bydd dy deulu'n dod i ben â'r gwaith ar y fferm hebddot ti?' gofynnodd.

Gwenodd arni'n wybodus. 'Ma' hynny wedi'i drefnu,' meddai. 'Aeth Mr Richards at Eirug Clawdd Coch a Norman a Jim Griffiths, a 'sena i'n gwbod pwy i gyd cyn dod aton ni. Wedd Dat yn eitha balch o 'ngweld i'n mynd erbyn y diwedd. 'Seno fe erio'd 'di cael shwd gwmint o weithwyr. Ac mae Eirian 'yn wha'r gatre am sbel dda ta beth ar ei holidês.' Syllodd ar wallt Dela am eiliad. 'Ma' hi 'di torri'i gwallt rhwbeth tebyg i chi, a chael twlle yn'i chluste 'fyd. Dylsech chi glywed Mam yn tafodi.'

Gwenodd Dela'n galonogol.

'Wedd 'i gwallt yn arfer bod yn hir, ch'weld. Rhyw hen liw melynllyd a lot o gwrls lawr 'i chefen, fel mwng. Wedd Mam yn ffaelu deall pam dorrodd hi fe, ond nawr ma' hithe wedi dachre meddwl am gael torri'i gwallt 'fyd. Ond 'seni 'ddi 'di dod rownd 'to ynghylch y twlle. Mae'n gweud taw dim ond sipsiwn sy'n rhoi twlle yn 'u cluste. 'Se 'ddi'n gwbod bod sboner 'da Eirian 'fyd, bydde hi off 'co.'

O adnabod ei fam, Jean, amheuai Dela'n fawr na fyddai wedi dyfalu'r fath beth.

'Sut wyt ti'n gwybod, felly?' gofynnodd.

Chwibanodd Gareth yn ffug-ddiniwed. 'Ma' 'ddi'n

rhy glou o lawer yn cynnig mynd ar neges i siop Ceinwen a Iori. Ma' 'i ar 'i thra'd cyn i Mam bennu gofyn.'

Bu'n rhaid i Dela feddwl am eiliad cyn i'r ateb ddod iddi. 'Er mwyn defnyddio'r blwch ffôn ar y sgwâr?' holodd.

'Eitha reit,' meddai Gareth. ''Sdim iws 'sgrifennu llythyre ato fe, ch'weld, neu bydde Ceinwen yn gwbod y cyfan. Ond ma'r ffôn yn breifat.'

Erbyn hyn roeddent wedi cyrraedd cornel stryd y Mans. Edrychodd Gareth ar yr adeiladau o'i flaen.

'P'un un yw'r Mans, 'te?' gofynnodd.

'Yr un mawr llwyd gyda'r ddwy ffenestr fae.'

'Jiw jiw. 'Na whompyn o le.'

Sylwodd Dela arno'n tynnu'i law drwy ei wallt a gwthio cwt ei grys i mewn i'w drowsus cyn croesi'r heol tuag at y tŷ.

*

Ni fu angen i Dela bryderu ynghylch pa fath o groeso a gâi Gareth. Hwyrach bod y diwrnod cynt wedi ysgubo ymaith unrhyw syndod ynghylch pwy fyddai'n cyrraedd neu beth allai ddigwydd nesaf, ond roedd personoliaeth Gareth hefyd yn ddigon i sicrhau croeso twymgalon iddo. Mynnodd Nest ddangos ei ystafell wely iddo tra bod Dela'n mofyn dillad gwely o'r cwpwrdd crasu. Daeth i mewn yn llwythog i'w weld yn syllu ar gyfrol o gerddoriaeth o eiddo Eifion, a'i lawysgrifen drosti i gyd.

'A wedd e'n gallu darllen yr holl node bach hyn i gyd a whare'r un pryd?' clywodd Gareth yn gofyn.

'Oedd, tad,' atebodd Nest. 'Dyna'i ddiléit o.'

Ar ôl paratoi'r gwely, gadawsant iddo ddadbacio ar ei ben ei hun.

'Meddylia,' sibrydodd Nest, ar ôl iddynt gyrraedd y cyntedd. 'Dudodd o 'i fod o'n cysgu yn y parlwr adra. Ac mi wranta i nad oes gynno fo bajamas.'

'Bydden i'n synnu os oes,' cytunodd Dela. 'Mae'n syndod fod Jean yn gallu dod o hyd i ddillad bob dydd iddyn nhw, heb sôn am ddillad nos.'

'Ella medra fo wisgo un o hen grysa Tudful fel crys nos,' atebodd Nest. 'Mi fasa coesa'i bajamas o'n rhy hir o lawar.'

Brysiodd yn ôl i fyny'r grisiau i chwilio am ddilledyn addas. Roedd Olwen yn gwrando o ddrws y gegin. Cododd ael ar Dela.

'Lwcus fod pedair ystafell wely 'ma,' meddai.

'A digon o gynfase i orchuddio cae pêl-droed,' atebodd Dela. Cododd lyfr *rations* Gareth oddi ar fwrdd y gegin. 'Bydd isie i fi gofrestru hwn heddi, a'ch un chithe 'fyd.'

'Syniad da.' Aeth Olwen i chwilota yn ei bag llaw. 'Er, 'smo i'n gwbod pa mor hir fyddwch chi'n angen i, yn enwedig nawr.' Gostegodd ei llais. 'Cofiwch ddweud os ydw i yn y ffordd. Bydd ffysan obeutu'r crwt yn gwneud lles i Nest, ac yn ei chadw'n brysur, ond a fydd e'n ddigon i roi amser i chi fynd bwti'r lle?'

Deallodd Dela ar unwaith mai am ei thaith ganol nos roedd Olwen yn sôn.

'Dwi'n credu y byddwch chi'n ddefnyddiol iawn am sbel 'to,' atebodd. 'Bydd angen i rywun gadw llygad ar bethau yma. Mae'n debyg fod gan Gareth ei ymholiadau ei hunan i'w gwneud.'

'Oes e wir?' Ni swniai fel pe bai wedi synnu. 'Mae golwg crwtyn siarp arno. A phwy roiodd y syniad hwnnw yn 'i ben e?'

'Yr un person a drefnodd i holl ffermwyr yr ardal roi help llaw ar y tyddyn tra mae e yma.'

'A thalu am y tocyn trên hefyd, synnen i fyth,' meddai Olwen. 'Mae rhywun wedi mynd i lot o drafferth i hala Gareth aton ni, on'd oes e?'

*

Meddyliodd Dela am eiriau Olwen wrth gerdded at y blwch ffôn ryw awr yn ddiweddarach. Pedwar ohonynt yn unig oedd wedi bwyta cinio yn y gegin. Hwyrach nad oedd Tudful hyd yn oed wedi sylwi bod rhywun arall yn y tŷ, oherwydd aeth Nest â hambwrdd i mewn i'r stydi ato. Pan aeth Dela i mofyn rhagor o laeth, roedd Gareth a Nest eisoes yn codi tatws o'r ardd ar gyfer swper, ac Olwen yn eistedd yn y gadair siglo yn y gegin yn darllen y papur newydd.

Byddai'n ddrwg ganddi weld Olwen yn gadael, ac er bod Gareth wedi llwyddo'n wyrthiol i godi calon Nest mewn byr amser, ni allai yn ei byw weld pam yr anfonwyd ef. Roedd hyfdra'r peth yn anghredadwy. Gwthiodd fotwm B wrth glywed llais cyfarwydd Huw y pen arall.

'Mae dy filwr bach di wedi cyrraedd,' meddai'n syth.

'Yndi, wrth reswm. Mi rois i o ar y trên fy hun. Be mae o'n 'i neud rŵan?'

'Codi tato gyda Nest yn yr ardd.'

Clywodd roch ddiamynedd. 'Nid garddwr ydi o. Mae gynno fo waith i'w wneud.'

'A pha waith yn union yw hynny?'

Ni chafodd ateb, a theimlodd Dela'i dicter yn codi. 'Beth yw hyn, Huw?' gofynnodd yn chwyrn. 'Rhyw fath o gystadleuaeth? Mae'n blentynnaidd iawn, ta beth yw e.'

'Ti ddechreuodd y peth.'

'Sut?'

'Oeddat ti ddim yn credu bod arestio Tudful yn rhwbath gwerth ffonio yn 'i gylch? A chael yr heddlu'n tynnu'r Mans yn dipiau? Ydi hynny'n rhwbath sy'n digwydd bob dydd, tybad?'

'Pa gyfle ges i? Allen i ddim ffono o'r tŷ – roedd y plismyn ym mhob man ac yn glustiau i gyd – ac allen i ddim dod mas. Bydden nhw wedi 'nilyn i.'

'Be wnest ti, felly? Ista'n fanno fel delw?'

Roedd y dirmyg yn ei lais yn amlwg hyd yn oed dros y lein wael.

'Gorfodes i nhw i ryddhau Tudful, on'd do fe?'

Yn y tawelwch llethol, sylweddolodd Dela nad oedd Huw'n gwybod hynny. Neidiodd i'r bwlch.

'Glywaist ti ddim? Dyw dy sbïwyr di ddim lot o werth, odyn nhw?'

'Pryd gafodd o'i ryddhau?' gofynnodd Huw o'r diwedd.

'Yn hwyr neithiwr. Buodd ei gyfreithiwr e'n help aruthrol. Mae gen i barch mawr at George Williams Bach.'

Credai iddi glywed y geiriau 'twmffat tew', ond roedd sŵn fel tân gwyllt ar y lein yr eiliad honno. Arhosodd iddo dawelu gan wybod mai ganddi hi roedd y fantais.

'Unwaith eu bod nhw wedi sylweddoli arwyddocâd y bwyd yn nhŷ Sali, roedd yn amlwg ei bod hi'n fyw ar ôl i Tudful adael, a'i bod hi wedi cael ymwelydd arall.'

'Pa fwyd?'

'Roedd Nest wedi anfon nifer o bethau, a'r rheiny

162

wedi cael eu bwyta. Ac roedd dwy ddishgled o de â llaeth ynddyn nhw ar y bwrdd. Fydd Tudful byth yn cymryd llaeth yn ei de, a gan ei fod e'n mynd yno'n rheolaidd byddai Sali'n gwybod hynny.'

Meddyliodd Huw am hyn.

'Sut oeddet ti'n gwybod am y te ar y bwrdd?' gofynnodd yn sydyn. 'Wnest ti 'rioed dorri i mewn i'r tŷ? Efo'r heddlu'n gwarchod y lle? Iesgob!'

'Fuodd ddim rhaid i fi. Ges i dywysydd swyddogol.'

'Harri drws nesa, mi fentra. Ddudis i ei bod yn werth pwyso arno fo, yn'do?'

Roedd hynny'n wir, ond nid oedd Dela am ildio modfedd.

'Galle fe fod wedi cyflwyno'r dystiolaeth i'r Arolygydd a chael clod am wneud, ond roedd arno ormod o ofn pechu yn erbyn y drefn. Ro'n i'n meddwl bod mwy yn ei ben e na hynny.' Cofiodd Dela'n sydyn am ei sgwrs gyda Hetty ar y prynhawn Sadwrn. 'A pheth arall,' meddai, 'fe ffonies i ti pan arestiwyd Tudful, ond roeddet ti allan. Chest ti mo'r neges gan Hetty? Neu oeddet ti'n rhy flinedig ar ôl pori mewn siopau llyfrau drwy'r dydd i drafferthu ffonio 'nôl?'

Pesychodd Huw'n sychlyd. 'Ro'n i'n flinedig, mae'n wir, ond nid oherwydd i mi fod yn jolihoitian,' atebodd. 'Roedd y diwrnod ymhell o fod yn un pleserus. Mae gwyliad dros rywun sy'n marw'n orchwyl lafurus. Yn enwedig o ystyried nad o'n i'n gwybod o flaen llaw 'i fod o ar ei wely angau. Ond mi roedd 'i feddwl o'n rhyfeddol o glir. Do'n i ddim wedi disgwyl hynny chwaith. Mi fu'n rhaid i mi ddal y trên llaeth 'nôl i Nant-yr-eithin am bedwar o'r gloch y bore. Dwn i'm pa fath o bregath garbwl rois i fora ddoe.'

Synhwyrai Dela nad marwolaeth gyffredin mo hon. Ond, fel arfer, roedd e'n disgwyl iddi ddyfalu pwy fu farw. Nid oedd angen iddi feddwl yn hir.

'Mae Dafydd Jones y Mishtir wedi mynd, felly,' meddai. 'Beth wnaeth i ti fynd i'r ysbyty yng Nghaerfyrddin os nad oeddet ti'n gwybod ei fod e'n wael?'

''Sgwennodd o ata i a gofyn i mi ddod.'

''Sgrifennodd Dafydd atat ti?'

Roedd hyn yn syndod llwyr. Yr unig dro y gwelodd Dela ei rhagflaenydd fel prifathro Nant-yr-eithin, roedd ei salwch meddwl wedi gwreiddio mor ddwfn fel na fyddai wedi gallu arwyddo'i enw, heb sôn am gyfansoddi llythyr cyfan. Roedd y ffaith iddo wneud hynny'n fwy syfrdanol o lawer na chlywed ei fod wedi marw.

'Yn hollol,' atebodd Huw, gan ddarllen ei meddwl. 'Cyrhaeddodd y llythyr gyda'r post yn hwyr ddydd Gwener dwytha. Mi fûm i'n pendroni drosto am oriau. Yn y diwadd, am fy mod yn gobeithio'i fod yn arwydd ei fod yn gwella, godis i'n gynnar fore Sadwrn a mynd i'w weld.'

'Beth oedd yn bod arno fe?'

'Niwmonia, mae'n debyg. Ond yn ôl y nyrsys, roedd o'n dirywio ers wsnosa. Gwrthod bwyd a ballu.'

I ryw raddau, teimlai Dela fod y niwmonia'n fendith i Dafydd Jones, ond gwyddai fod Huw yn hoff ohono, er gwaethaf ei ffaeleddau.

'O leiaf wnaeth e ddim wynebu'r siwrne olaf ar ei ben ei hun,' meddai wrtho, gan synhwyro tristwch ar ben arall y lein y tu ôl i'r agwedd ddidaro arferol. 'Buest ti'n ffrind ffyddlon iddo hyd y diwedd. Ei unig ffrind, a dweud y gwir.'

Pan siaradodd Huw eto ar ôl ennyd o ddistawrwydd, nid oedd arlliw o dristwch yn ei lais.

'Dwi'n gneud 'y ngora – er bod pobl yn benderfynol o ama fy nghymellion.'

'Druan ohonot ti. Dylet ti fod lan fan hyn. Byddet ti'n gwbod wedyn beth yw cael dy amau. Dwi ddim yn credu y bydd Tudful fyth yr un peth eto.'

Ar ôl rhoi'r derbynnydd i lawr, heb ei slamio am unwaith, cerddodd Dela i'r dre gan feddwl yn ddwys. Bu'r newyddion am Dafydd Jones yn fodd i'w sobri digon i drafod ymhellach heb gweryla. Gwrandawodd Huw'n astud ar ei chanfyddiadau ynghylch Barbara heb feirniadu. Cerddai o un siop i'r llall i gofrestru llyfrau *rations* Gareth ac Olwen pan welodd y ddwy ddynes ddieithr a fu yn y cyfarfod yn y Mans gyda Nest. Roedd hi ar fin codi llaw i'w cyfarch pan welodd un ohonynt yn cydio ym mraich y llall a'i harwain yn benderfynol i ochr arall y stryd gan sibrwd yn daer yn ei chlust. Aeth Dela ar ei hynt gan wrido. O feddwl am y peth, bu'r groser yn eithaf sych wrthi hefyd, ond gan ei fod yn un swrth o ran natur ni welodd arwyddocâd yn hynny. Yn amlwg roedd y si am arestio Tudful wedi mynd ar led. Gwyliodd y ddwy ddynes yn brysio ymaith, ac un ohonynt yn edrych yn ofnus dros ei hysgwydd, fel pe bai dim ond gweld Dela'n ddigon i'w heintio. O wel, meddyliodd yn ddidostur, dyna ddwy yn llai i wbain yn y cyfarfod nesaf – ond yna sylweddolodd sut byddai hynny'n effeithio ar Nest. A fyddai unrhyw un yn dod i'r cyfarfodydd o hyn ymlaen? Trodd a dilyn y ffordd at siop Mrs Lloyd. Ni wyddai pa groeso a gawsai yno, ond roedd yn fodd i wthio pren i'r clawdd ynghylch beth y gallent ei ddisgwyl.

*

''Merch fach i!'

Gwelodd Mrs Lloyd hi'n pipo'n wylaidd drwy'r drws a rhuthro i'w chofleidio. Arweiniodd hi heb air pellach i'r stafell fach gefn, heibio i nifer o gwsmeriaid syn, a rhoi'r tegell ar y stôf fach. Brysiodd Dela i ddweud wrthi bod Tudful wedi'i ryddhau'n ddigyhuddiad. Yn wir, cododd ei llais er mwyn sicrhau bod pawb yn y siop yn clywed yn ogystal.

'Wel, wrth gwrs 'i fod e! O'dd dim sens yn y peth i ddachre! Wi 'di bod yn pregethu hynny drw'r bore fel Moses ar y mynydd. Ond mae pobol yn falch o unrhyw gyfle i fod yn sbeitlyd.' Edrychodd Mrs Lloyd yn ddifrifol ar Dela gan chwythu'r fatsien i'w diffodd. ''Na'r drwg, ch'weld. Ond whare teg, 'smo pawb fel 'na. Dylech chi fod wedi clywed Richard, pŵr dab, yn 'i gweud hi wrth ryw fenyw ddechreuodd frygowthan.'

'Richard gyda'r llosgiadau?'

'Ie. Jengodd hi gynted galle hi. O'n i'n cretu taw un bach tawel o'dd e. Ond mae'n hala rhwbeth fel hyn i chi weld ochor arall i bobol, on'd yw e? A shwd ma' Mr Owen heddi?'

'Mae e'n sigledig. Dyw e ddim gyda ni, ta beth. Ond mae'r tŷ'n llawn ac mae gen i ddau lyfr *rations* i'w cofrestru. Lwcus mewn ffordd, achos anghofies i f'un i.' Roedd Dela wedi cofio'n sydyn y byddai'n edrych yn rhyfedd petai'n cofrestru llyfrau Olwen a Gareth heb gofrestru ei llyfr hi, ond ni ddangosodd Mrs Lloyd unrhyw arwydd o amheuaeth ynghylch y stori.

'Ma' cymint o bethe er'ill i feddwl amdanyn nhw, on'd oes e?' meddai, gan osod cwpanaid o de o'i blaen.

'Oes wir, ac i feddwl taw dod i Gwm y Glo i orffwys wnes i.'

Chwifiodd Mrs Lloyd ei braich i gyfeiriad y siop. 'Gorffwys?' gofynnodd. 'Beth yw hynny?'

*

Treuliodd Dela weddill y prynhawn yn torheulo yng ngwaelod yr ardd. Erbyn iddi gyrraedd adref, roedd Gareth wedi mynd allan am dro bach, a hebddo disgynnodd yr hen dawelwch cyfarwydd dros y lle. Doedd dim golwg o Tudful, er i Nest ei gynnwys ym mhob cynnig o baned o de.

Rhwbiodd Dela gymysgedd o finegr ac olew olewydd ar ei choesau a gorwedd ar ei chefn ar flanced ar y lawnt. Er ei bod yn ceisio ymlacio, dechreuodd bendroni beth fyddai orau iddi ei wneud nesaf. Efallai y byddai Gareth yn ddefnyddiol wedi'r cyfan. Gallai ddringo fel gwiwer, yn un peth, a mynd i fannau na fentrai hi. Byddai wedi hoffi mynd ar draws y rheilffordd ac i fyny'r tyle'r ochr arall er mwyn cael syniad beth oedd i'w weld o'r coed. Os gwelodd Brenda lofrudd Sali o'i maes chwarae arferol rhwng y llwyni, gallai hynny esbonio pam y cipiwyd hi. Ond awgrymai hynny ei bod wedi mynd o'r tŷ o'i gwirfodd, ac ni allai Dela feddwl sut y llwyddodd i ddianc heb gael ei gweld.

Eisteddodd i fyny'n sydyn wrth i syniad ei tharo. Beth os oedd crogloffftydd y teras i gyd wedi'u cysylltu â'i gilydd? Gwyddai fod hynny'n beth cyffredin mewn tai o'r fath yn y cymoedd. Ond pwy fyddai'n hapus i ferch fach ddod i lawr o'r groglofft yn eu tŷ nhw yn hwyr y nos? Edrychodd Dela ar ei wats. Erbyn hyn roedd hi'n tynnu am bump o'r gloch. Byddai'n rhaid iddi gadw llygad barcud allan am Harri. Gallai ef chwilio yn y croglofftydd drosti. Symudodd fel ei bod yn wynebu'r ffens a gorwedd i lawr unwaith eto. Caeodd ei llygaid, yn ffyddiog y byddai'n ei glywed yn dod ar hyd yr ale gefn . . .

*

'Dela, deffra! 'Sdim iws i ti gysgu, neu mi gei di losg haul.'

Syrthiodd cysgod Nest drosti ac agorodd Dela ei llygaid yn anfodlon.

'Faint o'r gloch yw hi?' holodd.

'Bron yn amsar swper. Mi faswn i wedi dy ddeffro di ynghynt, ond roeddat ti yng nghysgod y goeden tan ryw ddeng munud yn ôl. Mae'r haul wedi symud rŵan.'

Cododd Dela ei hun ar ei phenelinau. Teimlai ei hamrannau'n ludiog a gwelodd fod croen ei breichiau a'i choesau wedi cochi. Tynnodd ei sgert i lawr dros y cleisiau gan obeithio nad oedd Nest wedi sylwi arnynt.

'Oes angen help arnoch chi?' meddai, gan ddylyfu gên.

'Nac oes, tad. Mae Olwen a Gareth wrthi'n gosod y bwrdd, ac mae'r tatws yn berwi.'

Yn wir, safai Gareth ar drothwy'r drws cefn yn chwyrlïo rhyw fwndel wedi'i lapio mewn lliain sychu llestri o amgylch ei ben. Roedd e'n chwerthin ac yn sgwrsio gydag Olwen y tu ôl iddo.

'Pwy fasa'n meddwl bod modd cael y fath hwyl wrth sychu letys?' meddai Nest. 'Mae o'n llenwi'r lle, yn tydi?'

Cododd Dela ar ei thraed a phlygu'r flanced.

'Gallai Gareth lenwi'r Albert Hall,' atebodd yn ddidwyll.

*

168

Wrth edrych o amgylch yr ystafell fyw y noson honno, meddyliodd Dela ei bod yn drueni nad oedd Tudful yno i fwynhau'r cwmni a'r dedwyddwch. Eisteddent – naill ai'n gwau, yn darllen y papur neu, yn achos Gareth, yn ffidlan gyda'r weiarles – ac roedd y sgwrs yn ysgafn a chyfeillgar. Tapiai Dela ei throed i seiniau cerddorfa ddawns Geraldo o'r Hammersmith Palais. A dweud y gwir, pan gyhoeddwyd fod rhaglenni'r noson yn dirwyn i ben, teimlai'n siomedig.

'Te neu goco cyn i ni droi am ein gwlâu?' meddai Nest, gan dorri ar draws ei meddyliau.

'Wes coco 'da chi?' gofynnodd Gareth yn syn, fel pe bai hi wedi dweud 'cafiar'.

'Oes, 'ngwas i. A siwgwr i'w roi ynddo fo hefyd. Gei di ddod efo fi i gario'r hambwrdd. Te i bawb arall?'

Yn y tawelwch, gallai Dela eu clywed yn sgwrsio yn y gegin. Plygodd Olwen y papur newydd a thynnu'i sbectol oddi ar ei thrwyn.

'Odych chi rhywfaint 'mhellach 'mlaen?' gofynnodd yn dawel.

Cododd Dela ei hysgwyddau. 'Ddim llawer,' cyfaddefodd. ''Blaw am hau digon o amheuon ym meddwl yr Arolygydd i gael Tudful o'r ddalfa. Ond 'sda fi ddim syniad . . .'

Ni chafodd gyfle i orffen ei brawddeg. Daeth gwaedd uchel o'r stryd a chlywyd rhywbeth trwm yn taro un o gwareli'r ffenestr. Neidiodd ar ei thraed a symud draw ati.

'Peidiwch!' gorchmynnodd Olwen. 'Falle mai bricsen ddaw tro nesa.'

Rhedodd y ddwy at y drws ffrynt. Yn y cyntedd, gallent weld wynebau llwyd Gareth a Nest wrth ddrws y gegin. Roedd nifer o leisiau i'w clywed y tu allan, a symudodd cysgodion mawr ar draws ffenestri'r portsh. Yna ffustodd rhywun ar y drws a chlywsant y fflap llythyron yn agor.

'Dewch mas ag e!' sgrechiodd llais meddw. 'Dewch â'r jiawl 'ma, i ni gael ei weld e.'

'Wel,' meddai Olwen. 'Dwi'n credu y gallwn ni gymryd yn ganiataol nad Tystion Jehofa sy 'na.'

Boddwyd ei geiriau gan ragor o ffusto egnïol, a diolchodd Dela fod y drws yn un derw cadarn. Brysiodd i lawr y cyntedd at y stydi.

'Dwyt ti 'rioed yn mynd i nôl Tudful?' gofynnodd Nest mewn braw.

'Bois bach, nadw! Dwi'n mynd i alw'r heddlu.'

Sylwodd fod Gareth yn bacio 'nôl i'r gegin. Gwelodd hi'n edrych arno ac amneidiodd dros ei ysgwydd. Agorodd Tudful ddrws y stydi gan sefyll yno a golwg betrus ar ei wyneb.

'Ffôn,' meddai Dela, gan wthio heibio iddo.

'Hwyrach,' meddai Tudful yn araf, 'y dylwn i fynd i gael gair . . .'

''Rhoswch chi ble'r y'ch chi!'

Roedd Dela'n ffonio 999 erbyn hyn, ond gwelodd Tudful yn mynd at ddrws y gegin. Tynnodd Nest ef i mewn ati a chau'r drws ar eu holau, gan roi amser i Dela drosglwyddo'i neges. Bu'n rhaid iddi egluro ddwywaith, ac er iddi geisio clustfeinio ar yr un pryd ni allai glywed beth oedd yn digwydd. Edrychodd dros ei hysgwydd ond nid oedd golwg o neb yn yr ardd.

'Ie, dyna'r cyfeiriad,' meddai o'r diwedd, ar ôl i'r heddwas fynnu ei ddarllen yn ôl iddi bob yn llythyren. 'Os na frysiwch chi, fydd dim o'r tŷ ar ôl!'

Slamiodd y ffôn i lawr, a rhedeg yn ôl i'r cyntedd.

Safai Olwen wrth y drws gwydr a arweiniai i'r portsh. Cynyddodd y gweiddi a chwyddo'n frawychus.

'Reit,' meddai Olwen. 'Dwi wedi cael digon nawr.'

Cyn i Dela fedru ei hatal, agorodd Olwen y drws ffrynt a chamu allan drwyddo. Daliodd Dela ei hanadl. Ni wyddai beth y disgwyliai ei glywed, ond yn sicr roedd y distawrwydd sydyn a ddisgynnodd yn gwbl annisgwyl. Meddyliodd Dela'n sydyn fod rhywun wedi llorio'r ddynes fawr cyn gynted ag yr ymddangosodd. A'i chalon yn ei gwddf, dilynodd Olwen allan i'r portsh. Safai hithau yno'n wynebu'r dorf fechan. Ni ddywedodd air o'i phen, ond syllodd yn graff ar bob un yn ei dro. Roeddent i gyd wedi tynnu'u capiau lawr dros eu talcenni, ac roedd arogl diod gadarn yn gryf arnyn nhw. Safodd Dela y tu ôl iddi, yn barod i'w thynnu'n ôl pe bai raid. Ni allai gredu y byddai'r sefyllfa'n para'n hir, er bod rhai o'r dynion yn sgwffio'u traed yn lletchwith, ac nid oedd eraill wedi meiddio dod yn agosach na'r iet flaen. Arhosodd Dela am yr un floedd wyllt fyddai'n annog y lleill i weithredu, ond ni ddaeth. Olwen siaradodd yn gyntaf.

''Sneb yma o unrhyw ddiddordeb i chi,' meddai'n urddasol a thawel. 'Cerwch gatre.'

Lledodd sŵn chwyrnu drwy'r dorf.

'Ble ma' 'ddi 'te?' meddai llais. 'Ble ma' Brenda?'

Adnabu Dela'r corff trwm, a'r traed aflonydd – roedd Breian, brawd y fechan – wedi dod â'i ffrindiau gydag e. Camodd Dela ymlaen a sefyll ysgwydd yn ysgwydd gydag Olwen.

'Breian,' meddai, a chododd y crwt ei ben. 'Dyw Brenda ddim yma. Mae'r heddlu wedi bod drwy'r tŷ â chrib fân. A 'smo ti'n meddwl nad ydyn ni wedi chwilio? 'Smo ti'n credu nad ydyn ni i gyd yn becso amdani 'ddi?'

Nid atebodd y bachgen, ond sylwodd Dela ar y dyn a safai wrth ei ymyl yn rhoi hwb iddo yn ei fraich a sibrwd rhywbeth.

'Beth?' meddai Breian, a gwgu arno.

'Menywod y'n nhw, w,' meddai'r dyn yn fwy taer. Roedd e'n amlwg yn llai meddw na rhai o'r lleill.

Ysgydwodd Breian ei ben mawr. 'Neci menyw yw *e*, ife! Ma'r cachgi'n cwato tu ôl iddyn nhw.'

Pan aeth murmur o gytundeb drwy'r dorf, paratôdd Dela'i hun, ond wrth i Breian gymryd cam ymlaen gwelodd fod rhywbeth yn digwydd wrth yr iet. Roedd helmed uchel i'w gweld yn gwthio drwy'r dynion, a'r rheiny'n gwasgaru – rhai ohonynt ar ras. Trodd Breian ei ben yn sydyn a gweld Harri'n dynesu, ben ac ysgwyddau'n dalach na phawb arall. Brasgamodd i fyny'r llwybr, y botymau arian ar ei diwnig yn sgleinio yng ngolau lampau'r stryd. Chwiliodd Breian am ei gymdeithion, ond roeddent wedi camu'n ôl oddi wrtho er bod y dyn taer, callach, yn ystumio arno i symud o'r ffordd. Rhaid eu bod i gyd yn adnabod Harri ers ei blentyndod, ond roedd yn ddieithryn llwyr iddynt nawr. Cyffyrddodd â blaen ei helmed yn foesgar.

'Noswaith dda, ledis,' meddai, er y gallai Dela fod wedi tyngu nad oedd hi wedi'i chynnwys yn ei gyfarchiad. Gwyrodd Olwen ei phen â hanner gwên ar ei hwyneb.

Yna trodd Harri ei gefn arnynt a sefyll o'u blaenau ag un llaw'n fygythiol ar ei bastwn pren. Ni ddywedodd air pellach, ond roedd ei osgo'n dweud y cyfan. Yn y pellter, gellid clywed cloch cerbyd yr heddlu'n canu. Os credai'r criw y gallent orchfygu Harri ar ei ben ei hun, nid oeddent yn barod i wynebu rhagor o'i debyg, a chyn i'r cerbyd droi i mewn i'r stryd roeddent eisoes yn ymdoddi i'r tywyllwch. Fel y gellid disgwyl, Breian oedd y mwyaf cyndyn i adael, ond llwyddwyd i'w lusgo ef ymaith, yn mwmian dan ei anadl ac yn taflu cipolygon mileinig yn ôl at y tŷ.

Ni symudodd Harri o gwbl tan i Olwen afael yn ei fraich. 'Da iawn, 'machgen i!' meddai, cyn troi'n ôl i'r cyntedd.

Arhosodd Harri iddi fynd. Edrychodd i fyw llygaid Dela.

'Dyna ni'n sgwâr nawr,' meddai'n dawel. 'Wi 'di'ch helpu chi ddwywaith.'

Bellach, roedd y cerbyd hir-ddisgwyliedig wedi stopio o flaen iet yr ardd. Dringodd Sarjant Williams yn flinedig o sedd y gyrrwr, a gwelai Dela dri heddwas yn y seddi eraill. Cyn cerdded at y tŷ, cymerodd y Sarjant eiliad i'w hanfon i lawr y stryd i bob cyfeiriad er mwyn sicrhau na fyddai neb yn dychwelyd.

'Wyt wir,' meddai Dela wrth gytuno â Harri. 'Ond falle yr hoffet ti feddwl am rywbeth pa fyddi di'n sefyll am oriau tu fas i le Sali. Sut lwyddodd yr un fach i fynd mas o'r tŷ os na ddaeth hi drwy un o'r drysau?'

''Smo chi byth yn rhoi'r blydi ffidil yn y to, otych chi?' atebodd Harri'n sarrug o gornel ei geg, wrth i'r Sarjant agor yr iet.

Yna, gan glicio'i sodlau a saliwtio, aeth i adrodd yr hanes wrth ei bennaeth.

173

Pennod 14

'MA'R TERIAR wedi mynd mas,' meddai Olwen pan ymddangosodd Dela yn y gegin yn gynnar fore trannoeth.

Gwenodd Dela wrth glywed llysenw newydd Gareth, ac eistedd wrth y bwrdd.

'Ddywedodd e pam?' holodd.

'Naddo, ond dwi ddim yn credu y bydd e'n ôl am oriau. Aeth e â photel o ddŵr a thoc o fara menyn gydag e. Mae e'n hela rhywun neu rywbeth, weden i. Y tro diwetha y gweles i olwg fel 'na ar wyneb unrhyw beth byw oedd pan ddaeth un o aelodau'r capel â'i gi Jack Russell i ladd llygod mowr yn y seler.'

Ni wyddai Dela ai am yr aelod neu'r ci yr oedd hi'n sôn. Torrodd fara'n feddylgar.

'Ydi Tudful a Nest wedi codi?' gofynnodd

Ysgydwodd Olwen ei phen. Cododd a rhoi'r tegell i ferwi unwaith yn rhagor.

'Rhyngoch chi a fi,' meddai dros ei hysgwydd, 'dwi'n cytuno bod isie i'r doctor weld Tudful. Dyw e ddim yn iawn. Gallen ni falu unrhyw dabledi'n bowdwr a'u rhoi nhw yn ei fwyd. Dyw e ddim mewn cyflwr i sylwi,' cynigiodd yn rhesymol.

Daeth pwl o chwerthin anaddas dros Dela. Gwelodd fod Olwen yn syllu arni'n ddifynegiant.

'Mae'n ddrwg gen i,' meddai. 'Dwi ddim yn gwybod pam mae'ch gwytnwch chi'n fy syfrdanu i bob tro. Dwi mor falch eich bod chi o'n plaid ni, Olwen. Fydde ddim siawns 'da ni tasech chi yn ein herbyn ni.'

'Dyna beth mae Hilman y gŵr yn ei ddweud hefyd,' atebodd gan wenu. 'Ond mae'n rhaid i wraig gweinidog fod yn wydn.'

'Wel, roeddech chi'n anhygoel neithiwr,' meddai Dela'n ddidwyll.

'O'ch chi ddim cynddrwg eich hunan. 'Na chi set ddiwardd! Ro'n nhw fel plant gafodd esgus i dowlu cerrig at rywun mewn awdurdod. Yr unig un a oedd yno oherwydd y ferch fach oedd y crwt 'na . . . Breian, ife?'

'Ie, 'i brawd hi. Manteisio ar gyfle i wneud sŵn a dangos eu nerth oedd llawer o'r lleill. Lwcus nad oedd y tad, Ben Dyrne, yn y dorf. Bydde fe wedi'n herio ni a Harri heb feddwl dwywaith.' Ystyriodd am eiliad. 'Mae Harri wedi dysgu sut i wneud defnydd o'i iwnifform, rhaid cyfaddef.'

'Mae e'n fachgen glanwedd.' Gwyrodd Olwen ei phen yn ogleisiol.

'O, ody,' cyfaddefodd Dela. 'Ond roedd e'n ddiawl bach slei, lladronllyd yn blentyn – er, o glywed ei fam yn siarad amdano, roedd e'n sant. Ro'n i'n synnu ei fod wedi cael ei dderbyn i'r heddlu o gwbl.'

'Gwell hynny na'i fod e'n lleidr.'

'Dwi'n cytuno'n llwyr, ac fe chwaraeodd ei ran yn wych neithiwr. Cofiwch, falle nad oedd modd iddo osgoi dangos ei awdurdod gyda'i fam yn gwylio'r cyfan – yn enwedig gan fod Gareth wedi rhedeg i'w mofyn yn unswydd.' Rhoddodd chwerthiniad bach sychlyd. 'Wydden i ddim fod Gareth yn gwybod am ei fodolaeth! Ond wrth gwrs, bydde gwybodaeth am Harri – fel pawb a phopeth arall – wedi'i gynnwys yn y nodiadau gafodd

Gareth gan Huw Richards. Byddai'n werth canpunt i weld y rheiny, ond mae e'n eu gwarchod nhw fel Gemwaith y Goron.'

'Ody e'n eu gadael nhw yn ei ystafell wely, tybed?' gofynnodd Olwen yn ddiniwed.

'Os yw e, fe gymerai ddiwrnod cyfan i ddod o hyd iddyn nhw. A fynte wedi'i fagu mewn tŷ llawn plant busneslyd, bydd e wedi dysgu sut i gwato pethau'n dda.' Gwthiodd Dela ei chadair yn ôl a chodi ar ei thraed. 'Reit,' meddai, 'beth sy angen arnon ni o'r dre heddiw?'

*

Ymlwybrodd Dela'n syth i siop Mrs Lloyd i brynu torth. Oherwydd ei phrofiadau'r diwrnod cynt, gwyliodd yn fanwl sut roedd pobl ar y stryd yn ymateb iddi yn fanylach. Er na chroesodd neb y ffordd yn unswydd er mwyn ei hosgoi, gwelodd ambell i ael yn codi, a chlywed sgyrsiau'n troi'n sibrwd wrth iddi fynd heibio. Anwybyddodd y cyfan oll, a chamu'n hyderus dros drothwy'r siop.

'Glywoch chi fi'n rhoi'r tegell i ferwi!' meddai Mrs Lloyd, a'i harwain drwodd i'r ystafell fach yn y cefn. ''Shteddwch funed, i fi gael mofyn eich bara i chi.'

Edrychodd Dela o gwmpas yr ystafell. Roedd ynddi le tân, er ei fod yn wag nawr, a phentan bychan yn crogi drosto. Dim ond lle i fwrdd a chadeiriau caled oedd yma fel arall, ac edrychai'r ffenestr dros yr iard gefn. Yng nghanol y pentan, gyda photyn o sbils baco a phib yn gwmni iddo, safai llun bach o ddynion ifanc mewn siorts a berets milwrol, yn gwenu yn yr heulwen. Ceisiodd Dela ddyfalu p'un ohonynt oedd brawd colledig Mrs Lloyd.

Edrychent i gyd mor ifanc. Eisteddodd yn gyflym pan glywodd ei chamau'n dynesu.

'Fydd Mrs Owen yn ddicon da i gymryd y cyfarfod yr wthnos hon?' gofynnodd Mrs Lloyd.

'Bydd hi'n awyddus i wneud, dwi'n siŵr,' atebodd Dela. 'Ond y cwestiwn yw, pwy ddaw? Fydd y ddwy fenyw newydd ddim yn trwyno'r lle. Pan welon nhw fi ddoe, rhedon nhw bant.'

Arllwysodd Mrs Lloyd y te cryf o'r tebot.

'Welwn ni ddim o'u heisie nhw, 'te!' meddai. 'Bydd Richard 'na, a finne. Ond dwi ddim mor siŵr ynghylch Dora.'

Roedd hyn yn siom fawr i Dela. 'O'n i'n credu ei bod hi a Nest yn ffrindiau ers oesoedd. Bydd Nest yn drist iawn wrth feddwl ei bod hi wedi colli ffrind.'

'Na, na, dyw Dora ddim wedi pwdu. Dylen i fod wedi egluro. O'dd hi 'ma'r bore 'ma'n edrych yn eitha sâl. Unwaith yr wythnos mae hi'n dod i'r dre i siopa a mynd i'r cyfarfod, achos mae'n rhaid iddi ddod ar y bws. O'n i ddim yn erfyn 'i gweld hi ar ddydd Llun. Gyniges i ddishgled iddi, ond roedd hi isie mynd sha thre, medde hi. Cofiwch, synnen i ddim tase hi 'di byta rhwbeth nago'dd yn ffres. Mae hynny'n ddicon hawdd yn y tywydd hyn. O'dd y lla'th weti suro 'ma nos Sadwrn, ac o'n i mor sychedig fel na sylwes i 'sbo fi 'di yfed y ddishgled i gyd.'

Blasodd Dela ei the'n ofalus. 'Falle gallen i a Nest fynd draw i'w gweld hi'r prynhawn 'ma,' meddai. 'Bydde fe'n esgus da i Nest godi o'r tŷ.'

'Gewch chi gwpwl o deisenni i fynd at Dora,' atebodd Mrs Lloyd, gan godi ar ei thraed. 'Delen i 'da chi ond 'sdim iws i fi atel y crotesi, neu mas y bac fyddan nhw'n smoco fel dwy shimne a fflyrtan 'da crwt y bwtsiwr drws nesa. Fydde ddim ots 'da fi am y fflyrtan ond 'i fod e'n gatel baw ar 'u ffedoge nhw. Gallech chi weld marc llaw'r crwt ar ben ôl Elsie'r d'wrnod o'r blaen. O'dd e mor glir, galle'r polîs fod wedi darllen olion 'i fysedd e.'

*

Rhygnai gêrs y bws wrth ddringo'r tyle'n araf. Roedd y cerbyd, fel y trenau, yn agosáu at ddiwedd ei oes.

'Falle bydd raid i ni fynd mas i wthio'r bws whap,' meddai Dela o dan ei hanadl.

Eisteddai wrth ochr Nest, gyda basged ar ei harffed. Y teisennau a'i perswadiodd hi i ddod. Gallai'r cynnyrch o'r ardd aros am ddiwrnod neu ddau, ond byddai'n rhaid trosglwyddo'r teisennau heddiw.

''Sgwn i be sy'n bod ar Dora?' pendronodd Nest. Roedd hi wedi hen arfer ag arafwch y bws. 'Faswn i'm isio bod yn sâl ar fy mhen fy hun allan yn y wlad. Does 'na neb i nôl y meddyg, nac oes?'

'Bydde'n syniad i Dora symud i'r dre, falle,' cynigiodd Dela.

'Basa, siŵr iawn. Ond wnaiff hi ddim. Mae hi'n byw mewn clamp o dŷ ar ben y bryn, y lle crandiaf am filltiroedd. Fedra i'm ei gweld hi'n symud o fanno i ryw dŷ teras bach cyfyng efo gardd hancas boced.'

'Oedd ei gŵr hi'n gefnog, 'te?'

'Nac oedd. Athro ysgol oedd o. Mi fuo fo farw o'r diciâu cyn bod Arwel eu mab yn dair oed. Cartra'i theulu hi ydy'r tŷ. Roedd ei thad yn rheolwr y pwll, dyn pwysig iawn yn ei ddydd. Pan gafodd Arwel ei eni,

178

aethon nhw i fyw at ei rhieni hi.' Rhoddodd rhyw ochenaid fach. 'Roedd o'n gartra go iawn bryd hynny.'

'Ond sut mae hi'n cadw'r lle i fynd ar ei phen ei hun? Mae 'na erddi helaeth yno, siŵr o fod.'

'Dwn i'm sut mae hi'n dod i ben. Cofia, 'snam llawar o dir gwastad, dim ond rhyw derasau'n arwain i fyny at y tŷ. Dwi'm yn credu ei bod hi'n hidio erbyn hyn.' Oedodd am eiliad. 'Mae meddwl am Dora'n codi cywilydd arna i weithia, 'sti.'

'Pam?'

'Ro'n i'n arfer cenfigennu wrthi hi.'

Arhosodd Dela i Nest ymhelaethu, ond wnaeth hi ddim.

'Pam oeddech chi'n genfigennus?' mentrodd o'r diwedd.

'Y ffaith fod Arwel yn ddiogel ac Eifion wedi'i ladd,' atebodd Nest. 'Meddylia ffasiwn beth! Tair blynadd o ddannod yn slei bach wrth Dora druan am fod ei mab hi'n fyw. Ofnadwy, 'te? Ac ar ôl i'r hogia fod yn ffrindia cyhyd hefyd.'

'Oedden nhw? Dwi ddim yn cofio Eifion yn sôn amdano.'

Gwingodd Nest rhyw fymryn ar y sedd galed. 'Fe gollon nhw gysylltiad ar ôl mynd i'r coleg. Aeth Arwel i Lundain, a phan ddechreuodd y rhyfal gafodd o swydd efo un o'r sefydliada'r llywodraeth. Dwn i'm be oeddan nhw'n ei neud, ond roedd o allan yn rhwla ym mherfeddion cefn gwlad Lloegr drwy'r amsar. Neu dyna beth ddudodd o wrth ei fam. Ond rhaid ei fod o wedi mynd dramor rywbryd, oherwydd mi gafodd ei ladd ddeufis cyn diwedd y rhyfal yn yr Almaen. Welis i'r telegram yn deud 'i fod o ar goll.'

Syllodd drwy'r ffenestr a phrocio Dela â'i phenelin. "Dan ni yma,' meddai, a chodi'n drafferthus.

Bu'n rhaid i'r ddwy gerdded am sbel cyn i'r tŷ ar y bryn ddod i'r golwg. Tyfai'r coed yn uchel o'i amgylch gan guddio popeth ond ei do. Gwichiodd yr iet rydlyd wrth i Dela'i gwthio, a bu'n rhaid iddynt blygu o dan y gwyrddni deiliog a dyfai'n fwa drosti o'r ddwy ochr.

"Sdim golwg fod neb wedi tocio'r coed, ta p'un,' meddai Dela.

'Ddudis i, yndo?' atebodd Nest. 'Dylwn i gynnig gneud. Faswn i a Gareth ddim gwaith wrthi.'

Yn union fel y disgrifiodd Nest, codai'r terasau at dŷ sgwâr gyda grisiau llydan yn arwain at y drws ffrynt. Roedd holl gynllun y lle'n gweiddi balchder ac arian ac roedd yn rhaid dilyn llwybr igam-ogam ar hyd y terasau cyn cyrraedd y teras uchaf. Erbyn hyn, nid oedd modd gweld fawr ddim o'r fan hon oherwydd bod y coed mor uchel, ond pan adeiladwyd y tŷ, byddai wedi darparu lle gwych i groesawu gwesteion lle gallent syllu'n edmygus i lawr dros y cwm. O gornel ei llygad, gwelodd Dela symudiad y tu ôl i len un o'r ystafelloedd ffrynt, ond gorfu iddynt ganu'r gloch ddwywaith cyn yr agorwyd y drws. Nid oedd Mrs Lloyd wedi gor-ddweud wrth sôn am Dora. Pefriai'r chwys oddi ar ei thalcen gan wlychu ei gwallt, a sgleiniai dau smotyn coch ar ei bochau. Ni ellid, fodd bynnag, dweud ei bod yn edrych yn flinedig. Gwenodd wrth eu gweld a'u croesawu i'r tŷ.

'Mae'n ddrwg iawn gynnon ni dy 'styrbio di,' meddai Nest. 'Oeddat ti wedi mynd i orfadd?'

Sychodd Dora ei hwyneb â hances. 'Na,' atebodd, gan eu tywys i'r ystafell lle gwelodd Dela hi'n pipo drwy'r llen ddwy funud ynghynt. 'O'n i mas y bac. O'n i ddim yn siŵr i fi glywed y gloch y tro cyntaf, ac wedyn, gan fod y lle mor unig, on i'n ffaelu meddwl pwy allai fod yno. Mae mor neis i gael fisiters. Nawr 'te, 'shteddwch. Fydda i ddim dwy funed yn gwneud te.'

Clywsant hi'n brysio i lawr y cyntedd canol i gefn y tŷ. Edrychodd Dela o'i hamgylch ar y dodrefn cain, a'r piano mawr gyda siôl *paisley* wedi'i thaenu drosto'n dal lluniau dirifedi mewn fframiau arian. Gwnaeth Nest ei hun yn gysurus ar soffa fregus yr olwg gyda blodau argaenwaith yn addurno pren ei chefn. Roedd *chaise longue* dan y ffenestr a dwy gadair foethus yn yr un defnydd yn wynebu'r soffa.

Craffodd Dela ar y lluniau. 'Arwel sy yn y rhain i gyd?' gofynnodd, gan godi un. Amneidiodd Nest ei phen gan gadw llygad ar y drws. 'Y rhan fwyaf, 'mwn,' sibrydodd. 'Be arall 'sgin y graduras rŵan ond llunia, 'te? Mi faswn inna'r un fath yn union tasa gynnon ni fwy o lunia o Eifion. '

Ni allai Dela ddadlau â hynny, ond wrth syllu arnynt, gwyddai nad oedd wedi gweld Arwel yn ystod y cyfnod y bu hi yn y dref.

'A dwi'm yn credu bod neb wedi chwarae'r piano ers i Eifion fod yma'n blentyn. Hwyrach mai dyna pam roedd o'n mwynhau dod yma.'

'Oedd Arwel yn arfer dod i'r Mans yn ei dro?'

'Oedd. Pan oeddan nhw yn 'rysgol. Roedd o'n hogyn bywiog. Ar ôl te mi fydda fo'n rhedag i fyny ac i lawr yr ale fel rhwbath gwyllt, efo Eifion yn cyfri'r eiliada i'w amseru o, ac wedyn mi fydda fo'n annog Eifion i ddringo'r goeden fawr efo fo, ond doedd hwnnw byth isio.' Gwnaeth Nest geg fach drist. 'Ella mai gobeithio eu bod nhw'n ffrindiau mynwesol oeddan ni. 'Radag honno, roedd gin i ryw syniada dwl am ddod o hyd i gwmni addas i Eifion. Mi faswn i wedi bod yn gallach taswn i 'di gadael iddo fo godi twrw efo'r plant yn y stryd.'

Roedd hon yn agwedd ar fagwraeth Eifion na chlywsai Dela o'r blaen.

'Alla i byth â dychmygu Eifion yn cambyhafio, hyd yn oed yn blentyn,' meddai.

Daeth clinc llestri o gyfeiriad y drws a chamodd Dela draw i helpu Dora gario'r hambwrdd.

'Mae hon yn ystafell hyfryd,' meddai Dela, unwaith iddynt gymryd eu te. 'Bydde hi'n ddelfrydol ar gyfer parti mawr.'

Gwenodd Dora eto. Roedd hi wedi tynnu ei ffedog a thwtio'i gwallt.

'Pan o'n i'n groten fach, bydde 'nhad yn cynnal parti Nadolig gwych bob blwyddyn. Roedd e'n eitha achlysur, a bydde Mam wedi addurno'r holl lawr gwaelod â changhennau a chelyn, a rhoi lantarns mas ar y teras uchaf i oleuo'r ffordd i'r gwesteion.' Chwarddodd yn dawel. 'Bydde'r menywod i gyd yn eu ffrogie llaes a'r dynion mor smart. Roedd gan bob dyn fwstás mawr yn y dyddie hynny, dwi'n cofio, a bydden nhw'n rhoi *pomade* ar eu gwallt. Roedd rhyw sawr arbennig iddo.'

'Dwi'n cofio'r *pomade*,' meddai Nest. 'Mi gafodd 'nhad afael ar beth – dwn i'm o ble, ond roedd o'n gneud llanast difrifol o gefnau'r cadeiriau.'

Gadawodd Dela iddynt sgwrsio a sipiodd ei the. Roedd hyd yn oed y llestri'n hen ac mor fregus yr olwg fel yr ofnai ddal ei chwpan yn rhy dynn. Gallai weld llythrennau pitw ar goes y llwy fach yn y soser – dilysnod arian go iawn, fel y fframiau ar y piano. Gosododd ei chwpan yn ôl ar y soser, ac fel pe bai'n fyw neidiodd y llwy oddi arni a diflannu i lawr rhwng y glustog ac ochr ei chadair. Gan fod Nest a Dora'n archwilio cynnwys y fasged ar y pryd, ni chymerodd Dela arni fod dim wedi digwydd. Gwthiodd ei llaw'n llechwraidd i'r gofod a chwilio â'i bysedd.

Cododd Dora ar ei thraed.

'Af i â'r rhein mas i'r gegin,' meddai. 'Diolch yn fawr i chi am yr holl lysie. Bydd yn rhaid i fi gofio diolch i Edna Lloyd pan wela i hi.'

Yr eiliad y diflannodd drwy'r drws, cododd Dela ar ei thraed a thurio go iawn.

'Be wnest ti?' gofynnodd Nest. 'Paid â deud dy fod ti wedi colli te ar yr ypholstri?'

'Naddo,' meddai Dela, ar ei phengliniau o flaen y gadair. 'Golles i lwy. Mae hi yma'n rhwle.'

Cyffyrddodd ei bysedd â rhywbeth metel a gafaelodd ynddo. Llwy. Yna gwelodd rywbeth yn sgleinio. Llwy arall. Eisteddodd yn y gadair unwaith eto a'u dangos i Nest. 'Colli un, canfod dwy,' meddai. 'Mae'n amlwg fod pobol eraill wedi cael yr un broblem. Mae gen i un yn ormod nawr.'

'Rho hi ar yr hambwrdd o dan y lliain,' meddai Nest. 'Mi ddaw Dora o hyd iddi wrth olchi'r llestri.'

Cymerodd y llwy sbâr oddi arni a syllu ar y dilysnod.

'Rhyfadd nad ydy Dora wedi gweld isio hon,' meddai. 'Maen nhw'n rhan o set, ddudwn i.'

'Falle fod pob llwy yn arian yma,' atebodd Dela.

*

Erbyn i'r bws yn ôl i'r dref gyrraedd mewn cwmwl o lwch, ysai'r ddwy am gyfle i eistedd ac roeddynt yn falch o weld bod sedd ddwbl wag y tu ôl i'r gyrrwr.

'Ewadd!' meddai Nest. ''Dan ni'n dwy mor goch â Dora. Sut olwg welist ti arni?'

Symudodd Dela'r fasged graflyd i le mwy cysurus. 'Doedd ddim golwg sâl arni,' meddai. 'Falle nad yw'r gwres 'ma'n cytuno â hi.'

'Tasa twymyn arni, mi faswn i'n disgwyl iddi fod yn isel, ond roedd hi'n bur sionc. Ella bod cael ymwelwyr yn galw heibio wedi codi'i chalon fymryn.'

Cyrhaeddodd y bws at gyrion y dref a syllodd Dela drwy'r ffenestr flaen. Teimlai ei bod newydd weld lle cwbl wahanol i Stryd Ernest, a synnai wrth sylweddoli ei bod yn teimlo'r un mor anghysurus yn y moethusrwydd ag a wnaeth yn y tlodi. Meddyliodd yn sydyn am rywbeth.

'Gafodd Dora efaciwîs?' gofynnodd.

'Naddo,' atebodd Nest. 'Er bod lle yno i hannar dwsin. Ond rhywsut fuodd ddim sôn amdani'n gorfod cymryd neb. Hwyrach bod y tŷ'n rhy bell o'r dre, neu'n rhy grand o lawar. Ond mi roedd hi'n gwau ar gyfer y lluoedd arfog, ac yn helpu efo'r dosbarthiadau gneud dillad. Mae hi'n wniadwraig dda. Cofia, dwi'm yn credu ei bod hi erioed wedi gorfod troi cynfas o'r ymylon i'r canol.'

Nid oedd Dela'n gwrando, a dweud y gwir. Roedd tryc agored yn teithio o'u blaen i gyfeiriad y dref, a'r cefn yn llawn bocsys o ffrwythau a llysiau. ''Drychwch,' sibrydodd. 'Orennau.'

Rhoddodd Nest ochenaid fach. 'Taswn i'n gwbod i ba siop mae'r tryc yn mynd, mi faswn i'n picio yno a phrynu rhai,' meddai. 'Mae Tudful yn hoff iawn o orennau.'

'Reit,' meddai Dela, gan godi ar ei thraed yn yr arhosfan. 'Dwi'n mynd i ddilyn y tryc. Wela i chi 'nôl yn y Mans.'

Cododd Nest ei llaw arni drwy'r ffenestr, ond roedd Dela eisoes yn brysio ar ôl y tryc. Trwy lwc, roedd hwnnw'n teithio mor araf â'r bws, ond bu'n rhaid iddi redeg droeon rhag ei golli. Arhosodd y tryc o flaen dwy siop wahanol, a llamodd ei chalon y ddau dro, ond ni throsglwyddwyd y bocs orennau i unrhyw un. Yn anffodus, daeth yn amlwg nad oedd siop y groser a ddefnyddid gan y Mans ar rownd arferol y tryc, ac wrth i Dela ei ddilyn gwelodd ei fod yn anelu at ben y cwm. Safodd ar gornel yn gwylio'r cerbyd yn dringo rhiw serth arall. Efallai na fwriedwyd yr orennau ar gyfer y dref o gwbl. Ond yna arhosodd unwaith eto, a chroesodd Dela'i bysedd wrth i'r gyrrwr dynnu'r fflap ôl i lawr. Prin bod y dyn wedi gafael yn y bocs orennau cyn bod Dela'n carlamu tuag at y siop. Ymunodd â'r cwsmeriaid gan edrych o'i hamgylch. Gwelodd afalau coginio, a phenderfynodd ofyn am y rheiny'n gyntaf.

Roedd perchennog y siop yn ddigon parod i werthu'r afalau iddi, ond gwgodd pan fentrodd grybwyll dwy oren.

'I'r cwsmeriaid rheolaidd yn unig mae'r rheina,' meddai'n bendant.

Gwelodd Dela nad oedd pwynt dadlau a thalodd cyn gadael y siop yn siomedig. Byddai'r afalau'n ddefnyddiol, ond ni fyddent yn codi calon Tudful. Safodd ar y palmant am ennyd i'w rhoi yn y fasged, a gwelodd Richard, aelod o grŵp Nest, yn brasgamu i lawr ochr arall y stryd. Yn ddoeth, gwisgai het olau â chantel lydan i gysgodi'i groen brau rhag yr haul. Roedd ar fin galw cyfarchiad ato, pan glywodd lais dwfn yn siarad.

'Helô eto.'

'Mr James. Shwd y'ch chi heddi? '

O gornel ei llygad, sylwodd Dela fod Richard yn syllu arnynt, a throdd Ioan James ei ben a'i weld. Er syndod i Dela, gwibiodd golwg syn dros ei wyneb, ond diflannodd mor gyflym ag y daeth. Roedd Richard erbyn hyn yn brysio ymaith.

'Fe welwch 'mod i'n sefyll â'm dwy droed yn gadarn ar y ddaear am unwaith,' meddai Dela, er mwyn llenwi'r bwlch annifyr.

Cariai Ioan James hen fag oelcloth mewn un llaw. Chwifiodd ef i gyfeiriad y siop. 'Fyddwch chi'n siopa yma'n rheolaidd?' gofynnodd.

'Na fydda. Dyna'r anhawster.'

Esboniodd wrtho am y blwch orennau, a'i rheswm dros ddymuno prynu rhai. Amneidiodd Ioan James ei ben, fel pe bai eisoes yn gwybod am brofiad Tudful. 'Sawl un oeddech chi moyn?'

'Dim ond dwy. Bydden i wedi cymryd un, hyd yn oed.'

'Arhoswch fan hyn.'

Cyn iddi fedru gofyn pam, roedd e wedi camu i mewn i'r siop. Daeth allan ymhen rhyw bum munud a rhoi cwdyn papur brown iddi. Pipodd Dela i mewn a gweld tair oren yn sgleinio yn y gwaelod.

'Sut ar y ddaear . . ?' gofynnodd.

'Peidiwch â gofyn,' meddai Ioan, ond roedd e'n gwenu.

'Faint sydd arna i i chi 'te? Roedden nhw'n ddrud, galla i fentro.'

Gwyrodd Ioan James ei ben tuag ati. 'Anrheg y'n nhw,' meddai. 'Bu'r Parchedig Owen yn garedig iawn wrthon ni fel teulu flynyddoedd 'nôl. Roedd yn ddrwg iawn 'da fi glywed am yr holl drybini.'

'Ga i brynu dishgled o de i chi?' mentrodd Dela. Roedd caffi nid nepell i ffwrdd. 'Dyna'r peth lleia alla i ei wneud, o ystyried eich bod chi wedi achub fy nghroen i deirgwaith nawr.'

Edrychodd y dyn yn feddylgar arni. 'Gallwch,' atebodd. 'Ar yr amod ein bod ni'n eistedd yn y ffenestr lle gall pawb ein gweld ni. Dwi ddim yn aml yn cael cynnig te yng nghwmni menyw hanner fy oed. Galla i ddweud wrth bawb taw "Casanova" yw fy enw canol.'

Estynnodd ei fraich wedi'i phlygu iddi, a gafaelodd Dela ynddi wrth iddynt groesi'r stryd.

*

Dri chwarter awr yn ddiweddarach, dringodd Dela'r tyle i gyfeiriad y Mans. Cafodd syndod wrth ddeall bod Ioan James yn un o uwch-weithwyr yr Arsenal nes iddo ymddeol rhyw dri mis ynghynt. O'i iaith a'i bersonoliaeth, ni fyddai wedi amau ei fod yn llafurio â'i ddwylo, er bod y rheiny'n dystion garw i hynny. Bu'n byw yn yr un teras ers ei blentyndod, ac nid oedd awydd symud arno nawr. Ni soniodd am wraig na phlant gydol eu sgwrs, ond dywedodd ei fod wedi gofalu am ei fam hyd at ryw dair blynedd yn ôl.

Yn anorfod, roedd y sgwrs wedi troi at y digwydd-iadau diweddar yn Stryd Ernest, ac roedd Ioan James wedi ysgwyd ei ben drostynt. Ond, yn wahanol i bawb arall, llofruddiaeth Sali gafodd y lle blaenllaw yn ei sgwrs.

Gwelodd Dela ef yn llygad ei meddwl yn gosod ei gwpan yn ôl ar y soser.

'Ugain mlynedd yn ôl,' meddai, 'roedd sefyllfa Sali'n debyg i un y plant sy'n chwarae ar y lein. Trasiedi ar fin digwydd. Gallen i ei gweld hi drwy ffenestr y wyrcs yn sefyll wrth yr iet, ond doedd ei rhybuddio hi ddim yn gwneud unrhyw wahaniaeth. Roedd hi'n edrych trwoch chi, rhywsut, fel tasech chi ddim yno.'

'Wyddech chi nad oedd hi'n mynd allan mwyach?'

'Na. O'n i'n amau nad oedd hi yn ei iawn bwyll, wrth gwrs. Dywedodd rhywun ei bod hi mewn cyflwr ofnadwy. Wedi esgeuluso'i hunan, mwy na thebyg.'

Roedd Dela wedi gwyro'i phen a sibrwd. 'Roedd e'n fwy na hynny, Mr James. Roedd ganddi wlser erchyll dros ei boch. Roedd hi'n dioddef o glefyd rhywiol, a hwnnw yn ei gamau olaf.'

Roedd ei ymateb yn ddiddorol, meddyliodd Dela'n sydyn wrth droi'r gornel am stryd y Mans. Wrth iddi edrych yn ôl ar y sgwrs, teimlai fod brys ar Ioan James i adael wedi hynny. Ac yntau'n ddyn di-briod, gallai fod wedi mwynhau cwmni Sali ryw dro, er nad oedd hynny'n cydweddu â'i hargraff hi ohono. Ond os oedd Ioan James yn pryderu nawr am haint Sali, tybed sawl un arall o ddynion y dref oedd yn rhannu'r un pryderon?

Pennod 15

WRTH SEFYLL yng nghoridor y trên gorlawn i Abertawe y bore canlynol, teimlai Dela'n anesmwyth. Roedd hi ar ei ffordd i gael ei 'set' cyntaf ar ôl y pyrm, ond pryderai am Gareth. Nid oedd hi wedi'i weld o gwbl ers bron i ddeuddydd. Deuai i fyny'r grisiau'n hwyr, pan oedd hi eisoes yn y gwely, ac roedd e wedi gadael y tŷ'n gynnar iawn eto'r bore hwnnw, cyn i neb godi. Daliai i bendroni yn ei gylch trwy gydol y broses o drin ei gwallt, ond o leiaf dim ond rhyw awr gymerodd y cyfan y tro hwn. Beth bynnag, roedd ganddi dasg benodol i'w chyflawni wedi hynny, ac yna gallai fynd adref.

Camodd unwaith eto i lawr y tyle i gyfeiriad y dociau er mwyn chwilio am y plant. Chwaraeai nifer ohonynt ar y llain o dir, a gwyliodd Dela nhw am funud er mwyn dewis y rhai mwyaf tebygol. Byddai'r ddwy eneth oedd yn brysur yn codi math o loches ar y chwith yn haws i siarad â nhw, ond tybiai mai'r criw o fechgyn oedd yn chwarae mig yn y glaswellt hir draw ar y dde fyddai'r rhai mwyaf defnyddiol. Roedd ar fin croesi i'r palmant agosaf pan glywodd rhyw weiddi mawr. Taflodd gipolwg dros ei hysgwydd. Roedd hen ddyn wedi ymddangos o rywle, yn garpiau i gyd, ac roedd yn rhuo ar y plant.

Parhaodd Dela i gerdded at y plant, gan ei ddamnio'n ddistaw. Roedd y merched eisoes yn casglu'u cardigans ac yn ei baglyd hi o'r fan. Tybiai Dela fod yr olygfa hon wedi digwydd o'r blaen, ac atgyfnerthwyd hyn gan y ffaith na chymerodd y bechgyn fawr ddim sylw o'r trempyn i ddechrau. Ond yna, yn ddirybudd, taflwyd tywarchen ato a'i daro yn ei ganol. Cynddeiriogwyd ef gan hynny a dechreuodd wthio'i ffordd yn drwsgl drwy'r borfa hir, gan regi a chwythu bygythion. Chwarddodd y bechgyn, a chan eu bod hanner canrif yn iau nag ef, llamodd pob un fel geifr allan o'i afael, a diflannu ar ras. Safodd Dela yn ei hunfan yn ddiobaith. Dyna'r eildro iddi gael ei rhwystro rhag holi am orffwysfan Lena.

Gan fwmial dan ei anadl, roedd y trempyn yn ceisio dod o hyd i lwybr yn ôl i'r ffordd o'r anialdir. Edrychodd i fyny a gweld Dela. Trodd ac ysgwyd ei ddwrn ar ddim byd neilltuol, gan fod y plant eisoes wedi diflannu o'r golwg.

''Smo nhw'n dyall, ch'weld Musus!' galwodd. ''Smo nhw'n gweld y perygl.'

Ceisiodd Dela edrych yn gwrtais arno. 'Pa berygl?' clywodd ei hun yn gofyn.

Rhedodd y trempyn ei ddwylo budr trwy'r gweiriau uchel. 'Dan 'u tr'ad nhw!' meddai. 'Chi'n gwpod faint o foms gwmpodd fan hyn? Canno'dd. Necyn nhw 'di ca'l gwared arnyn nhw i gyd. Allen nhw byth. Ma' isie ffens 'ma i gatw pawb draw. 'Na i gyd sy isie yw rhoi'ch troed ar un ac fe gewch chi'ch hwthu i ebargofiant!'

Erbyn hyn roedd yn ddigon agos iddi fedru ei arogli. 'Odych chi'n rhybuddio'r plant yn amal?' gofynnodd Dela.

'Bob dydd, w! A phob un arall 'fyd.'

Sychodd ei geg ar ei lewys wrth siarad. 'Oes oedolion yn dod 'ma hefyd, 'te?'

Ystyriodd y trempyn hyn cyn ateb. 'O's withe. Cariadon. Allwch chi 'mo'u gweld nhw mor hawdd nawr bod y borfa weti tyfu mor uchel. Ma' isie i'r Cownsil 'i dorri fe. Ond wnewn nhw ddim – y jiawled diog.'

'Glywes i bod rhyw fenyw wedi marw yma,' meddai Dela ymhen tipyn. 'Beth wnaeth hi, camu ar fom?'

Crafodd y trempyn ei gesail. 'Nage,' atebodd, ond roedd rhyw dinc petrus yn ei ateb. Edrychodd o'i amgylch, er nad oedd neb i'w weld. 'Weles i ddim o 'ddi'n dod. A dwi'n gweld pawb sy'n dod.'

'Falle'i bod hi 'di dod ganol y nos,' cynigiodd Dela, ond nid oedd y trempyn yn gwrando.

'Glywes i sŵn car,' meddai. 'Ond erbyn i fi ddod mas, ro'dd e wedi mynd. Glywes i ddim o fe'n dod chwaith. Rhywun yn whilo am groten, siŵr o fod.' Craffodd ar Dela. 'Well i chi bido â sefyll rhy hir fan 'na,' ychwanegodd. ''Smo chi'n gwpod pwy ddaw hibo.'

Chwiliodd Dela yn ei phwrs a thynnu darn swllt ohono. 'Rydych chi'n gwneud gwaith da,' meddai a'i estyn iddo.

Crechwenodd y trempyn arni a chodi llaw cyn hercio ymaith. Gwyliodd Dela ef yn troi i mewn i gilfach rhwng dau o'r adeiladau ymhellach i lawr. Hwyrach bod ganddo ffau yn y fan honno. Trodd hithau a cherdded yn ôl i gyfeiriad y dref.

Yn rhyfedd ddigon, roedd brygowthan y trempyn wedi tawelu meddwl Dela yn sylweddol ynghylch yr hyn oedd wedi digwydd i Lena. Pe bai hi wedi bod yn sefyllian ar y stryd yn chwilio am gwsmeriaid, fe fyddai'r trempyn wedi'i gweld. Gwaith hawdd fyddai dod â cherbyd i lawr y tyle at y dociau yn y bore bach a dadlwytho corff ar yr anialdir. Byddai'r gwair a'r glaswellt eisoes yn uchel dri mis yn ôl. Tybed a oedd yr heddlu wedi siarad â'r trempyn? Amheuai a fydden nhw wedi ei holi'n ddyfal ar ôl clywed ei theorïau am y cannoedd o fomiau.

Clywodd gorn yn canu y tu ôl iddi. Roedd un o geir mawr du'r heddlu'n teithio'n araf tuag ati. Arhosodd yn ei hymyl a phlygodd y gyrrwr draw i agor y drws ar ochr y teithiwr. Syllodd Dela arno wrth iddo godi'i ben.

'Miss Arthur,' meddai'r Arolygydd Reynolds. 'Wedi bod yn cael trin eich gwallt 'to, wi'n gweld.' Llwyddodd i wneud i'r geiriau diniwed hynny, hyd yn oed, swnio'n ddrwgdybus.

*

Wrth iddynt deithio drwy'r ddinas, difarai Dela ei bod wedi derbyn y cynnig o lifft, ond roedd wedi cael ei syfrdanu ormod i wrthod. O leiaf nid oedd yr Arolygydd wedi dechrau ei holi'n syth. Canolbwyntiodd Dela ar syllu drwy'r ffenestr gan obeithio y byddai'r distawrwydd yn parhau, ond carthodd yr Arolygydd ei wddf a dechrau siarad.

'Ma'n nhw'n meddwl yn uchel iawn ohonoch chi lawr yn Sir Benfro,' meddai.

'Ydyn nhw?' gofynnodd Dela, mor ddiniwed ag y gallai.

Gwelodd ef yn edrych arni o gornel ei lygad.

'Ydyn. Arwres yr awr, mae'n debyg. Achub bachgen nagyw e'n eitha pethe a 'smo i'n gwpod beth i gyd.'

Nid atebodd Dela ar unwaith. 'Mae rhywun yn cael nerth o rywle mewn argyfwng,' meddai o'r diwedd. 'Dwi'n siŵr fod yr un math o beth wedi digwydd i chi.

192

Mae gorfod ymateb ar frys i sefyllfa yn rhan bwysig o waith heddwas.'

Ni lwyddodd i droi'r sgwrs.

'Mae'r pentre 'na'n swnio'n lle prysur, rhwng popeth,' ychwanegodd yr Arolygydd.

''Sbosib nad yw trefi a dinasoedd yn fwy o her o lawer? Yn enwedig ar hyn o bryd. Doeddech chi ddim yn disgwyl hyn pan gyrhaeddoch chi,' meddai Dela.

'Wel, o'n i ddim yn erfyn cwrdd â rhywun oedd wedi cael Lena Protheroe'n lojar am fisoedd, bid siŵr.'

Caeodd Dela ei cheg, ac aros. Y tro nesaf y siaradodd Gwyn Reynolds, swniai'n llai swrth.

'Fy mhroblem i, Miss Arthur, yw cael darlun clir ohoni. O'dd hi'n mudo fel gwennol gyda'r tymhorau. Shwd un oedd hi, mewn gwirionedd? Beth oedd ei diddordebau?'

'Dynion a diod,' meddai Dela, gan nad oedd modd peidio â'i ateb. 'Er nad o reidrwydd yn y drefn honno.'

Gwelodd ef yn amneidio'i ben yn ddoeth. 'Dyna'r argraff ges i gan y Cwnstabl Hughes. "Cystal â Noson Lawen" oedd ei eirie fe, dwi'n cretu. Canu a dawnso ar sgwâr y pentre a chithe'n gorfod ei chario sha thre.'

'Dim ond unwaith,' atebodd Dela, gan synnu wrth glywed ei hun yn amddiffyn Lena. 'Cofiwch, falle 'i fod e wedi digwydd o'r blaen. Roedd hi'n gweithio yn y dafarn leol. A chyn i chi ofyn, doedd hi ddim yn lojar i fi yng ngwir ystyr y gair. Doedd hi ddim yn talu rhent. Fydde'r Awdurdodau Addysg ddim yn cymeradwyo trefniant felly.'

'Gyrhaeddodd hi'n sydyn, 'te?'

'Do. A chan fod yr ardal mor wledig, doedd dim unman arall iddi aros. Roedd hyn yng nghanol yr eira mawr.'

'A gadawodd hi'n sydyn hefyd.'

'Dwi'm yn credu bod bywyd cefn gwlad yn ei siwtio hi. Roedd hi'n ystyried bod Nant-yr-eithin yn dwll o le.'

'O'ch chi siŵr o fod yn falch i'w gweld hi'n mynd, 'te.'

'I raddau – ond o'n i'n pryderu amdani, serch hynny.'

'Pam?'

'Anodd dweud. Falle am nad oedd gwreiddiau ganddi. Ro'n i'n ofni y bydde hynny'n ei hannog i wneud pethau ffôl, peryglus.'

Sniffiodd yr Arolygydd. 'Ond mae e'n dal i fod yn beth od, on'd yw e? Pam fydde hi'n gatel pan o'dd ganddi do dros ei phen yn rhad ac am ddim, a jobyn lle ro'dd digon o ddiod a dynion i'w cael? *Cushy* iawn, weten i.'

'Blaenoriaethau,' atebodd Dela, yn falch o weld eu bod wedi cyrraedd cyrion Cwm y Glo. 'Ei chynefin naturiol hi oedd neuaddau dawns a sinemâu a chaffis. Y syndod oedd ei bod wedi aros cyhyd.' Pan nad atebodd yr Arolygydd, rhoddodd gynnig arall ar droi'r sgwrs. 'Ydych chi'n gwybod eto sut gadawodd Brenda fach ei chartref?'

Tynhaodd ei fysedd ar yr olwyn lywio. ''Smo chi'n colli llawer, otych chi?' murmurodd.

Ni ddywedodd Dela air, gan obeithio y byddai'n mynd yn ei flaen.

'Otyn,' atebodd Reyonolds o'r diwedd, gyda thinc o falchder. 'Da'th y person miwn trw'r bac.'

'Do fe wir?' atebodd Dela. 'Ro'dd rhywun wedi'i weld e, felly?'

'Wel, naddo. Welodd neb e.'

Cymerodd Dela arni ei bod yn meddwl yn ddwys am ei ateb. 'Bois bach,' meddai o'r diwedd. 'Roedd e'n rhyfeddol o feiddgar, yn mentro mynd i'r tŷ gyda Barbara yno. Rhaid ei bod hi'n cysgu'n sownd.'

''Na ni, ch'weld. Nago'dd hi'n cysgu. Nago'dd hi hyd yn oed yn y tŷ.'

'Ble'r oedd hi, 'te?'

'Yn y cwtsh glo, 'da'r sboner. Galle hipopotamws fod weti mynd lan y stâr heb i neb 'i glywed e. O'dd y crwt yn galw draw o leia ddwyweth yr wthnos, mae'n debyg.'

'Wel, wel,' meddai Dela'n llyfn.

Gwenodd yr Arolygydd arni. Erbyn hyn roeddent yng nghanol y dref, a thynnodd i mewn i le gwag wrth y palmant. Yn amlwg, nid oedd yn bwriadu mynd â hi ymhellach.

'Diolch yn fawr i chi,' meddai Dela gan ddringo o'r car.

Gyrrodd yr Arolygydd ymaith heb godi llaw arni.

*

Roedd Dela'n ddwfn yn ei meddyliau wrth gerdded adref. Rhywfodd, nid oedd yr esboniad yn ei hargyhoeddi. Manteisiodd ar y cyfle i edrych yn ffenestr y siop esgidiau. Penderfynodd nad oedd hi'n credu na fyddai Barbara a'i sboner wedi clywed dim o'r cwtsh glo, er ei fod yn lle da i garu ynddo. Byddent yn gwrando'n astud, gan ofni i rywun ddod o hyd iddyn nhw, ac roedd ffenestr fach yn y cwtsh, os cofiai'n iawn. Byddai unrhyw sŵn – fel rhywun yn rhoi ei droed ar y styllen wichlyd, neu gysgod yn mynd heibio i'r ffenestr – wedi tynnu eu sylw. Ar y llaw arall, byddai Brenda hefyd wedi gwybod am y styllen ac am y ffenestr. Wrth i Dela droi i ffwrdd o'r siop, gwelodd ffigur trwm yn stompian i lawr y palmant tuag ati a syllodd o'i blaen nes iddi fynd heibio. O'r clais mawr newydd ar dalcen Barbara, edrychai fel pe bai Ben Dyrne hefyd wedi cael clywed am y sboner. Dyna ddiwedd ar freuddwyd Barbara o ddianc i Gretna Green, felly.

*

'Dyw e ddim 'nôl eto?'

Hwpodd Dela ei phen o amgylch drws yr ystafell fyw a gweld Nest ac Olwen yn eistedd yno. Cawsai Dela alwad ar ôl swper i fynd draw at Agnes i ffitio'r ffrogiau, a gobeithiai y byddai Gareth wedi dychwelyd erbyn iddi ddod adref.

'Byddech chi'n meddwl bod whant bwyd arno fe weithie,' atebodd Olwen.

Gwenodd Nest. 'Gall o helpu'i hun o'r pantri. W'rach nad ydi o'n cael llawar o ryddid i fwynhau 'i hun adra. Hogyn ydi o wedi'r cyfan. Mae o wedi mynd i'r pictiwrs, mwy na thebyg.'

Ni swniai'n bryderus o gwbl, ac roedd Dela'n falch o hynny, er nad oedd hi'n credu mai eistedd yn ddiniwed yn y sinema roedd Gareth. Ond os medrai unrhyw un addasu'n gyflym i gynefin dieithr, Gareth oedd hwnnw.

'Ydi'r ffrogia'n ddel?' gofynnodd Nest.

'Ydyn. Yn enwedig yr un nefi blŵ a'r blodau bach coch arni. Galla i ei gwisgo hi i'r capel gyda siaced fer drosti hyd yr hydref. Mae'r llall yn fwy hafaidd, mewn patrwm porffor golau a gwyn.'

*

Er gwaethaf y sgwrsio rhwydd am ddillad a lliwiau, roedd Dela wedi bod yn cadw llygad ar y cloc. Yn fuan wedi deg, aeth Nest ac Olwen i'r gwely. Nid oedd Tudful wedi ymddangos o gwbl trwy gydol y fin nos, ond wrth i Dela olchi'r llestri te olaf clywodd ef yn gadael y stydi a dringo'r grisiau. Swniai ei gamau fel rhai hen ddyn. Er ei fod wedi eistedd gyda phawb arall i fwyta'i swper y noson honno, doedd ganddo fawr ddim i'w ddweud. Cofiodd yn sydyn nad oedd hi wedi ei holi ynghylch dull arferol Sali o wisgo. A fyddai Tudful wedi sylwi os oedd hi'n gwisgo'n wahanol ar ei ymweliad olaf? Byddai Nest neu Olwen wedi sylwi'n syth, wrth gwrs.

Agorodd y drws cefn ac anadlu'n ddwfn. Tybed a oedd Harri wedi bod yn edrych ar y croglofftydd yn Stryd Ernest? Efallai nad oedd wedi trafferthu, os oedd yr Arolygydd wedi dod i wybod am sboner Barbara. Diffoddodd y golau yn y gegin a chamu i lawr at y lawnt. Byddai mwy o siawns ganddi o ddal Harri pe deuai i'r golwg yn sydyn. Pan glywodd sŵn traed yn rasio i lawr yr ale cerddodd yn gyflym i waelod yr ardd, ond agorwyd y drws yn y ffens yn sydyn, a saethodd Gareth heibio iddi, heb ei gweld.

'Hei!' hisiodd Dela.

Stopiodd y crwt yn stond ond ni throdd tuag ati.

'Ble fuest ti?' holodd.

'Bwti'r lle,' atebodd Gareth. 'Ond dwi gatre nawr.'

Dechreuodd gerdded tua'r tŷ a dilynodd Dela ef. Erbyn iddi gyrraedd y drws cefn roedd e eisoes wrth y drws i'r cyntedd. Gwyddai na fyddai termad yn cael unrhyw effaith arno. Rhaid iddi feddwl am ffordd arall.

'Gest ti rywbeth i'w fwyta?' gofynnodd Dela.

Er nad oedd Gareth wedi troi i'w hwynebu, gallai Dela synhwyro ei fod yn cael ei demtio.

'Mae'n olreit, diolch,' atebodd. 'Ges i tsips gynne fach.'

Roedd ei agwedd wedi cynnau chwilfrydedd yn Dela. Pam nad oedd yn fodlon edrych arni? Oedd e'n teimlo'n euog am rywbeth? Roedd hynny'n annhebygol iawn, ond roedd e'n sicr yn celu rhywbeth.

'Beth wyt ti ofn i fi 'i weld, Gareth?' gofynnodd yn dawel.

'Dim byd!'

'Cer â dy gelwydd! 'Sneb wedi dy weld di 'ma ers dyddiau. Beth sy gyda ti i'w gwato?'

Bu distawrwydd hir, ond eto ni throdd i'w hwynebu.

'Mae'n lletchwith,' meddai o'r diwedd. 'Pam fod angen i chi wbod?'

'Achos taw un fel 'na ydw i.'

Rhoddodd Gareth chwerthiniad bach. 'Reit, 'te,' meddai a throi tuag ati.

*

Gorweddai Dela yn ei gwely'n hwyrach y noson honno'n gwrando ar sŵn Gareth yn cael bath. Heblaw am ambell i sblash, swniai fel pe bai'n gwneud dim ond ymlacio yn y dŵr poeth. Pan welodd Dela yr olwg oedd arno, ni ddywedodd air, ond efallai fod ei hwyneb wedi ei bradychu. Aeth cryndod drwyddi wrth feddwl tybed pa fath o sgarmes a'i gadawodd yn gleisiau melyn a phiws o'i dalcen i'w ên, ond gwyddai nad oedd pwynt iddi ei holi. Hi a awgrymodd ei fod yn cael bath – gan na allai feddwl am ddim byd arall – ac roedd yntau wedi cytuno heb ddadlau. Cynigiodd Dela ddwy dabled aspirin iddo hefyd, ond gwrthododd nhw.

'Mae'n well nag o'dd e,' meddai. 'Ond ma' ble gnoies i drw' 'ngwefus yn llosgi fel y jiawl.'

'Paid â rhoi finegr ar dy tsips y tro nesaf.'

Roedd e wedi chwerthin eto, a chredai iddi glywed rhyddhad yn y sŵn. Clywodd y plwg yn cael ei dynnu allan a'r dŵr yn dechrau llifo ymaith. Caeodd ei llygaid a llunio'r frawddeg gyntaf yn y sgwrs y bwriedai ei chael dros y ffôn gyda Huw ben bore drannoeth.

Pennod 16

Y BORE CANLYNOL, ar ôl bod yn y blwch ffôn, daliai Dela i frygowthan yn rhwystredig dan ei hanadl wrth droi'r gornel at y Mans. Ni hidiai am golli dechrau cyfarfod Nest, er iddi fod allan o'r tŷ am dros hanner awr. Ofer fu ei holl ymdrechion i lunio dadleuon ynghylch anfon Gareth yn ôl i Nant-yr-eithin. Gwyddai Huw eisoes am y sgarmes, ac ni chafodd ei dicter unrhyw effaith arno. Cyhyd â bod Gareth yn parhau i ddilyn y cyfarwyddiadau yn y nodiadau melltigedig a gawsai, gallai'r crwt lwgu a dioddef.

Safodd Dela'n stond pan welodd dacsi'n aros wrth iet y Mans. Pwy arall allai fod wedi cyrraedd nawr, er mwyn popeth? Camodd yn nes, a gweld Dora'n dringo'n araf o'r cerbyd gan lusgo bagiau lu ar ei hôl. Roedd hi'n talu'r gyrrwr erbyn i Dela ei chyrraedd.

'Ga i roi help llaw i chi?' gofynnodd Dela.

'Diolch,' meddai Dora'n ffwndrus, gan syllu yn ei phwrs. 'O'n i'n cretu bod mwy o newid 'da fi na hyn. O diar!'

'Faint sydd ei angen arnoch chi?'

'Dim ond pisyn chwech fel tip iddo.'

Yn ffodus, roedd un gan Dela ac fe'i rhoddodd iddi. Roedd Nest wedi'u gweld o'r ystafell fyw a brysiodd i lawr y llwybr tuag atynt.

'Dora fach!' meddai. 'Sut wyt ti? Feddylis i ddim y

basan ni'n dy weld di yma hiddiw. Ty'd i'r tŷ, i ti gael panad neu ddiod oer cyn i'r lleill gyrraedd.'

Aeth Dela i'r gegin i mofyn y gwydraid o ddŵr y gofynnodd Dora amdano. Hwyrach mai wedi cymryd tacsi o'r dref roedd hi, i arbed gorfod cario'i bagiau siopa. Ni allai neb ei beio am hynny os nad oedd yn teimlo'n dda. Clywodd Olwen yn ateb y drws ffrynt i rywun arall, ac erbyn iddi gario'r dŵr i'r ystafell fyw roedd y criw bach cyfarwydd wedi eistedd. Roedd Dora'n ffanio'i hun â gwyntyll dlos â golwg Siapaneaidd arni, a Mrs Lloyd yn ei hedmygu.

'Fy mam oedd piau hon,' eglurodd Dora. 'Ro'n i wedi anghofio'n llwyr amdani, 'mhlith popeth arall sydd yn y droriau, ond mae hi'n ofnadw o handi yn y gwres 'ma.'

'Ma' isie un anferth fel honna arnon ni yn y becws,' meddai Mrs Lloyd. 'Falle y gallen ni ei hongian hi o'r nenfwd.'

'Bydde isie *punka wallah* i'w weitho fe, cofiwch,' ychwanegodd Richard. 'Fel sy gyta nhw yn India – rhyw ddyn bach sy'n iste yn y gornel gyda chortyn rownd bys bodyn ei droed yn rhoi plwc i'r ffan i'w gadw fe i fynd.' Gwelodd fod y menywod yn edrych yn chwilfrydig arno. 'Ma' gyta nhw *wallah* at bopeth yn India.'

'Dewch â nhw yma!' meddai Mrs Lloyd. 'Gallen i ddod o hyd i waith i hanner dwsin!'

*

Doedd neb eisiau siarad am eu profedigaeth y bore hwnnw. Yn wir, roedd fel petai pawb yn benderfynol o gadw awyrgylch y cyfarfod yn ysgafn a llawen, a thybiai Dela efallai taw lletchwithdod oedd wrth wraidd y peth.

Daliodd lygad Olwen unwaith, wrth i Mrs Lloyd ddisgrifio'i thrafferthion doniol i gael gwared ar lygoden yn y pantri un tro. Syllodd Olwen yn ôl arni'n ddifynegiant – arwydd digamsyniol ei bod hithau'n meddwl yr un fath. Pan welodd fod y cloc ar fin taro un ar ddeg, cododd Dela ar ei thraed.

'Dishgled o de?' gofynnodd.

Nid oedd wedi disgwyl i neb ei dilyn, felly trodd ei phen yn sydyn pan glywodd sŵn traed yn dynesu. Safai Richard yn swil wrth ddrws y gegin.

'Oes rhywbeth galla i 'i neud?' gofynnodd iddi.

Estynnodd Dela'r tun bisgedi agored iddo. 'Gallwch chi roi rhai o'r rheina ar blât,' meddai, cyn mynd i'r pantri i nôl y llaeth a'r siwgr. Meddyliodd efallai ei fod wedi dod i'r gegin i ddweud rhywbeth wrthi. Beth, tybed?

'Ai chi weles i pw' dd'wrnod?' gofynnodd Richard pan ddychwelodd. 'Tu fas i'r siop groser ym mhen arall y dref?'

'Ie,' cytunodd Dela. Cymerodd arni feddwl yn galed. 'O'n i'n meddwl taw chi oedd 'na. Ro'n i'n cenfigennu wrthoch chi yn eich het smart. Doedd 'na ddim cysgod yn unman. Dylech chi fod wedi dod draw.'

Gwenodd Richard yn boenus. 'Roeddech chi'n siarad â rhywun,' meddai.

'Oeddwn. Ioan James. Odych chi'n ei adnabod e?'

Nid atebodd yn syth, a gwyliodd Dela ei fysedd creithiog yn trefnu'r bisgedi mewn patrwm taclus.

'Mewn ffordd,' meddai'n isel. Edrychodd i fyny arni. 'Nid dyna'i enw iawn e.'

'Nage fe?'

'Nage. Shwd y'ch chi'n ei nabod e?'

Roedd gan Dela fwy o ddiddordeb yn enw go iawn Ioan James, ond atebodd ef serch hynny.

'Damwain, mewn sawl ffordd. Roedd y ddau ohonon ni ar y trên pan aeth y crwt bach yn sownd yn y lein, ac wedyn bues i bron â'i lorio fe ar y stryd wrth osgoi bws. Ond dyw e ddim yn dal dig, diolch i'r drefen.'

'Os gallwch chi ymddiried ynddo fe,' mwmialodd Richard.

'Wnaeth e gam â chi, felly?' gofynnodd Dela'n dawel.

Cododd Richard ei ysgwyddau. ''Smo i'n cofio siarad ag e erioed. A 'smo i'n bwriadu gwneud, chwaith.' Syllodd yn heriol arni. 'Nid Ioan yw ei enw iawn e, ond Johann. Roedd ei fam yn dod o Awstria.'

'Nid ei fai ef yw hynny,' meddai Dela'n rhesymol. 'Gafodd e 'i eni yn y wlad hon? Os na chafodd, mae ei Gymraeg yn rhyfeddol.'

'Mae'i Almaeneg e'n well fyth,' atebodd Richard. 'Ch'mod, o'n i'n arfer meddwl yn yr ysgol bod y cryts yn y chweched dosbarth o'dd yn cael mynd at Johann James am wersi Almaeneg yn uffernol o lwcus. O'dd yr hen fenyw'n fyw bryd 'ny ac roedd hi'n pobi cacenni llawn alcohol a hufen iddyn nhw. O'n nhw esgus dod 'nôl i'r ysgol yn feddw. Ond o'n i'n gwpod nago'dd siawns i fi ga'l mynd.'

'Aethoch chi ddim i'r chweched dosbarth?' mentrodd Dela.

'Naddo. O'n i'n lwcus i fynd i'r Ysgol Ramadeg o gwbwl. Buodd 'nhad mas o waith am flynydde. Tase Mam-gu ddim yn digwydd byw gyta ni ar damed o bensiwn, allen nhw ddim fod wedi talu am yr iwnifform, hyd yn o'd.'

Dewisodd Dela'i geiriau nesaf yn ofalus. 'Mae'n

rhaid fod awdurdodau'r ysgol wedi teimlo y gallen nhw ymddiried yn Mr James.'

'Peidwch â sôn!' Gwthiodd Richard ei frest allan a dynwared llais prifathro. 'Mae'n anrhydedd i gael eich dysgu gan rywun a ymladdodd ym mrwydr y Somme! Cofiwch hynny, fechgyn.' Cyffyrddodd â'i wyneb lle dechreuodd y croen gochi'n sydyn. 'Y cwestiwn yw, ar ba ochor oedd e'n ymladd?'

'Fydden nhw ddim wedi'i gyflogi fe tase fe wedi ymladd dros yr Almaen,' meddai Dela'n bendant.

Efallai fod atgasedd afresymol Richard yn ddealladwy i ryw raddau – cyfuniad o genfigen cymdeithasol a'i brofiadau adeg y rhyfel.

'Dylen nhw fod wedi'i garcharu fe'r tro hwn,' meddai Richard. 'Ei hala fe i'r Eil o'Man neu ble bynnag ro'dd yn rhaid i'r fforiners erill fynd. Ond nethon nhw? Naddo. O'n i'n ffulu cretu bod hwnna'n cael gweitho yn yr Arsenal o bobman. Yffach, sôn am roi cadno mewn cwt ffowls. Meddyliwch am y wybodaeth y galle fe fod wedi'i rhoi i Hitler!'

'Ody hynny'n debygol?'

'Chewn ni fyth wpod. Ond ro'dd e'n arfer mynd lan i'r gwersyll ar y mynydd lle ro'n nhw'n cadw'r carcharorion Natsïaidd 'fyd. Beth o'dd e'n neud lan fan 'na?'

Roedd y tegell yn berwi erbyn hyn a throdd Dela i'w dynnu oddi ar y stôf. Gwyddai am y gwersyll carcharorion rhyfel, er na welodd ef erioed. Ni allai gredu mai'r un Richard oedd hwn â'r un a fu'n amddiffyn Tudful yn siop Mrs Lloyd.

'Cyfieithu dros yr awdurdodau oedd e, weden i,'

atebodd yn dawel. 'Haws na thynnu rhywun lawr o Lunden. Sut gwyddech chi ei fod e'n mynd yno?'

Roedd Dela wedi gosod y tebot llawn ar y bwrdd cyn iddo ateb.

'Es i lan 'na, on'd do fe?' atebodd yn anfodlon. 'O'n i ddim weti bod gatre o'r ysbyty'n hir. Buodd y siwrne bron â'n lladd i, ond ro'dd yn rhaid i fi fynd.'

'Pam?'

'O'n i moyn iddyn nhw weld beth o'n nhw wedi'i neud,' atebodd yn heriol.

Arllwysodd Dela de i'r cwpanau. 'O'dd e'n llesol i chi?'

'Nag o'dd! Dylen i fod weti sylweddoli. Nagyn nhw'n dwp, otyn nhw?'

Plygodd Dela'i phen i'w annog i esbonio.

'Sefes i tu fas i'r ffens a'u gwylio nhw'n whare pêl-dro'd yn yr iard 'ma oedd 'da nhw. Welon nhw fi, ond wetodd neb air am sbel. Ethon nhw 'nôl miwn i'r cytie ac ro'n i ar fin mynd sha thre pan ddaeth un mas ar ei ben ei hunan. Nhw halodd e mas.'

'Pwy oedd e? Eu cadfridog nhw?'

'Nage. Crwt o'dd e. Ifancach na fi, os rhwbeth. Ond o'dd e wedi'i losgi'n debyg i fi.'

'Beth wnaethoch chi'ch dau?'

'Dim byd. 'Drychon ni ar ein gilydd ac wedyn gerddes i 'nôl at y ffordd. Dyna pryd weles i Johann James, yn cael ei arwain i ryw adeilad. Feddylies i eu bod nhw wedi'i ddal e o'r diwedd, ond wetyn da'th rhyw foi â lot o bips ar 'i 'sgwydde atyn nhw a shiglo'i law e, fel tase fe'n rhywun pwysig!'

*

Nid oedd neb yn yr ystafell fyw wedi sylwi faint o amser a gymerodd Dela i wneud y te. Trwy gydol gweddill y cyfarfod, bu hi'n pendroni'n ddistaw. Gwyddai fod Ioan James yn ddyn deallus, ond nid oedd wedi sylweddoli ehangder a dyfnder ei allu. Ni allai gredu, fel y gwnâi Richard druan, ei fod yn ysbïwr. Roedd wedi profi ei wlatgarwch yn y Rhyfel Mawr. Efallai ei fod wedi gorfod treulio'i holl fywyd yn gwneud hynny. Ni wyddai ychwaith a allai dderbyn gair Richard nad oedd wedi siarad ag ef erioed. Pan welodd Ioan ef yr ochr draw i'r stryd y tu fas i siop y groser, roedd e wedi ymateb fel pe bai'n ei adnabod. Efallai mai oherwydd trueni drosto ef a'i losgiadau oedd hynny, ond roedd yr un peth wedi digwydd wrth iddo syllu allan o ffenestr y trên.

Yr het olau, meddyliodd Dela'n sydyn, gan syllu arni'n gorwedd ar fraich y soffa. Roedd dyn mewn het fel hon wedi dringo'r arglawdd y tu ôl i Stryd Ernest pan ddisgynnodd hi o'r trên. Ond ni allai Richard fyth fod wedi camu drwy'r llystyfiant mor gyflym, a ta beth, roedd hi wedi cyfeirio at y daith honno yn ystod eu sgwrs yn y gegin. Oni fyddai ef wedi dweud bryd hynny ei fod yntau ar y trên? Efallai nad oddi ar y trên y daeth y dyn â'r het olau. Hi oedd wedi cymryd yn ganiataol, o'i weld wrth y ffens, taw dyna a wnaeth. Ond os nad oedd hynny'n wir, pam oedd e'n sefyll yno? Nid edrychai fel un o drigolion y stryd oedd wedi dod allan i weld beth oedd yn digwydd. Efallai taw Richard oedd e. Ni welodd ei wyneb oherwydd cantel gysgodol yr het. Bu Brenda'n chwarae yn y coed y diwrnod hwnnw, ac roedd hi i'w gweld yn glir o'r ffens. Sipiodd Dela ei the. Roedd yn bosibl fod Richard wedi mynd allan am dro ar hyd y llwybrau cefn er mwyn osgoi llygaid chwilfrydig, ac wedi digwydd bod yno pan stopiodd y trên mor ddisymwth. Ond pam na soniodd am hynny? Oedd Ioan James wedi sylwi ar rywbeth amheus yn ei gylch? Roedd e'n bendant wedi'i adnabod pan welodd ef yr eildro. Roedd angen iddi siarad â Ioan eto, ac yng nghanol y sgwrsio a'r chwerthin o'i chwmpas, dechreuodd Dela feddwl am sut orau i drefnu hynny.

*

Y noson honno, ymhell ar ôl machlud haul, eisteddodd Dela i lawr ar y fainc y tu allan i'r drws cefn. Roedd teisen blaen yn y ffwrn, ond nid aros i'r deisen bobi'n unig oedd hi. A'r drws cefn ar agor, gallai glywed Nest ac Olwen yn paratoi i fynd i'r gwely, ac o'i heisteddfan, gallai weld pe bai Harri neu Gareth yn cyrraedd adref. Er na ddywedwyd 'run gair, sylweddolodd ei bod yn cynllwynio i warchod Gareth rhag i drigolion y Mans ei weld yn ei gyflwr presennol. O leiaf, y bore hwnnw, roedd hi wedi gwneud yn siŵr ei fod wedi bwyta clamp o frecwast. Symudodd cysgod wrth y drws, a gwelodd Dela fod Tudful yn sefyll yno'n cynnau ei getyn. Gadawodd Dela iddo orffen cyn siarad.

'Mae gen i gwestiwn i chi.'

'Be, felly?' Roedd e'n ceisio bod yn foesgar, ond swniai mor flinedig.

'Fedrwch chi gofio sut ddillad roedd Sali'n eu gwisgo'r tro diwethaf aethoch chi yno?'

Meddyliodd Tudful am eiliad, heb symud gewyn. 'Rhwbath tywyll,' meddai. 'A rhyw siôl dros ei hysgwyddau wedi'i chlymu efo broitsh fawr. Roedd hi'n hoff o sioliau.'

'Beth oedd am ei thraed? Oedd hi'n gwisgo'r sgidiau gyda'r bwcwl *diamanté*?'

'Nac oedd. Hen sliperi llac oedd ganddi, fel bob amser, a'r rheiny'n bygwth ei baglu. Ella bod ei thraed hi'n brifo. Dwn i'm.'

'Oedd hi'n gwisgo'r het gyda'r gorchudd lês?'

'Na. Dyna be oedd y peth 'na fel mwgwd? Hi oedd piau'r het, felly?'

'Pwy arall fyddai biau'r het?'

'Meddwl o'n i ella bod yr heddlu wedi rhoi gorchudd dros ei hwyneb.'

'Oedd hi'n edrych yn wahanol i'r arfer i chi'r diwrnod hwnnw?'

Gwnaeth Tudful rhyw ystum igam-ogam â'i ben gan ochneidio, ond yna petrusodd.

'Ella, wir. Roedd rhyw liw rhyfadd arni – fatha'r clefyd melyn. Fel rheol roedd hi cyn wynad â'r galchan.'

'Hi wnaeth hynny ei hunan. Lliw o botel oedd e.'

'Ydi hyn i gyd yn bwysig?' Ni swniai fel pe bai'n hidio.

'Wel, ydy. Mae'n awgrymu ei bod hi'n disgwyl gweld rhywun ar ôl i chi adael, ac eisiau gwneud argraff dda ar y person hwnnw.'

'Rhywun yn ei dychymyg, hwyrach,' meddai Tudful. 'Os felly, nid dyna'r tro cyntaf.' Taflodd gipolwg draw at Dela. 'Yn ôl Sali, roedd ymwelwyr di-ri'n mynd a dŵad ddydd a nos. Ond doedd 'na fyth neb, wrth reswm.'

'Ydych chi'n credu taw cwympo a tharo'i phen yn ddamweiniol wnaeth hi?'

'Dyna dwi wedi'i feddwl o'r cychwyn,' atebodd Tudful. 'Roedd ei hesgyrn hi fel brigau sych, 'sti. Roedd arni ofn syrthio. Doedd hi'm yn mentro i fyny'r grisia ers tro byd.'

Ni chredai Dela hynny. Roedd yr esgidiau a'r het – os nad y rhesi o fwclis – wedi dod o'r llofft.

Curodd Tudful weddillion y baco o'i getyn.

'Cyn i chi fynd,' meddai Dela. 'Pa gymwynas wnaethoch chi â theulu Ioan James flynyddoedd yn ôl?'

'Ioan? Dwi'm yn cofio i mi wneud dim byd. Rwyt ti'n ei nabod o, felly?'

'Odw. Fe gafodd yr orennau i chi.'

'O ia,' meddai o'r diwedd. 'Er, dim ond digwydd bod yn y fan a'r lle o'n i. Dechra'r rhyfal oedd hi, a phopeth yn ansicr. Roedd mam Ioan yn Swyddfa'r Post yn llenwi rhyw ffurflenni pasbort, ac roedd angen i rywun eu harwyddo. Roedd Defis y Postfeistr yn gallu bod yn anodd, ac mi roedd mam Ioan yn siarad efo acen Almeinig gref. Doedd hi'm wedi dallt be oedd ei angan, ac roedd hi'n crïo.'

'Ac fe arwyddoch chi.'

'Wel, do. Er mwyn arbad traffarth, 'te. Ro'n i eu nabod nhw ers dyddiau ysgol Eifion. Mi fuo fo'n mynd yno am wersi Almaeneg am gyfnod, er doedd ganddo fo ddim llawar o ddiddordab.'

'Pam oedd angen pasbort arni?' gofynnodd Dela.

'Doedd dim,' atebodd Tudful. 'Ond roedd arni ofn cael ei hanfon o 'ma a gorfod mynd 'nôl i Awstria. Mi aeth ar ei dwy ffon yn unswydd i nôl un. Pan es i â hi adra, roedd Ioan yn chwilio'r stryd. Roedd o'n dŵad adra o'r gwaith i gael cinio, a wedi dychryn yn lân wrth weld bod y tŷ'n wag. Doedd hi'm 'di bod allan ers sbel hir.'

'Oedd hi wedi cerdded cryn bellter?'

'Oedd. O ben arall y dref.' Crychodd ei dalcen. 'Gyferbyn â'r Eglwys Gatholig.'

Byddai rhai pobl, wrth roi cyfarwyddiadau, yn

defnyddio tafarnau fel tirnodau, ond defnyddiai Tudful addoldai bob tro. Gwenodd Dela iddi'i hun yn y tywyllwch. Clywodd ef yn rhoi pesychiad bach.

'Unrhyw beth arall?' gofynnodd Tudful.

'Un peth. Pan gerddoch chi draw o'r orsaf y diwrnod y cyrhaeddes i yma, a welsoch chi ryw ddyn mewn het lliw golau ar y llwybr? Richard, efallai?'

Meddyliodd Tudful yn hir am hyn, ond yn y diwedd ysgydwodd ei ben. 'Na. Dwi'm yn cofio cyfarch neb,' meddai.

Cododd ei law arni a throi'n ôl i'r tŷ. Pwysodd Dela yn erbyn y mur cynnes am funud neu ddwy cyn cofio am y deisen. Brysiodd i'r gegin i'w thynnu o'r ffwrn a'i gosod i oeri ar y bwrdd. Neidiodd pan glywodd lais isel o gyfeiriad drws y cefn. Safai Harri yno'n llacio'i dei ac agor botwm uchaf ei grys, ei helmed dan ei fraich.

'Gweles i chi'n dod miwn o'r ardd,' meddai, gan lygadu'r deisen. 'Wi off nawr 'sbo'i bore fory.'

Gan ei bod wedi bwriadu torri darn ohoni i Gareth, nid oedd gormod o ots gan Dela wneud hynny i Harri. Pwysodd yntau yn erbyn ffrâm y drws agored a chymryd y plât oddi arni.

'Diolch,' meddai. Er bod y deisen yn chwilboeth, roedd wedi bwyta sawl cegaid cyn iddo siarad eto. 'Yr atigs,' cychwynnodd, gan lyncu. 'Ma'n nhw'n ddiddorol.'

'Un atig mawr sy'n estyn i ben y stryd?' gofynnodd Dela.

'Nage. 'Sdim atigs i ga'l. Ma'r 'stafelloedd gwely yn y to.'

Cymerodd gegaid o deisen wrth i Dela ystyried hyn.

'Es i i'r tŷ drws nesa er mwyn bod yn siŵr.'

'Pwy sy'n byw yno?' gofynnodd Dela.

Tynnodd Harri wep ddoniol. 'Yr hen un ddwl – honna a'th i iste 'da'r groten dew. 'Smo i'n cretu 'i bod hi wedi sylwi 'mod i yn y tŷ. Ta p'un, ma' dwy stafell wely yno, fel sy yn nhŷ Sali, ond 'sda'r gymdoges ddim cant a mil o bethe yn erbyn y walydd. Ac ma' twll sgwâr uwchben y sgertin yn y wal sy rhwng ei thŷ hi a chartref y groten fach. O'dd pisyn o gardbord drosto 'da dou bìn bawd yn y corneli ar y top. Do'dd ddim sôn am binne bawd ar y corneli gwaelod, ac ro'dd y cardbord wedi'i blygu, fel 'se rhywun wedi dringo drwodd o'r ochor arall.' Mesurodd y twll â'i ddwylo wrth siarad. Edrychai tua dwy droedfedd sgwâr. 'O'dd e'n rhy fach i fi fynd drwyddo heb frwntu'n iwnifform, ond pan sgleinies i 'nhortsh o'n i'n gallu gweld rhyw basej cul yn rhedeg o gefen y tŷ i'r ffrynt. Ma' pibe 'na'n draenio dŵr o'r gwli rhwng y toion mas drw'r wal i'r bac. 'Na'r unig ffordd i rywun allu mynd atyn nhw os y'n nhw'n gollwng.'

Ceisiodd Dela weld y darlun yn ei meddwl. 'O'dd twll bach yn yr ystafell wely ar ochr arall y tŷ?' gofynnodd.

'O'dd. Ac o'dd y cardbord ar y llawr yn fan 'na heb binne bawd o gwbwl. 'Na lle mae'r hen fenyw'n cysgu, ac ro'dd y gwely'n cwato'r twll yn llwyr.'

'A beth am dŷ Sali?'

'Wel, bues i'n whilo am sbel cyn 'i weld e. Dim ond un sy isie yn nhŷ Sali, achos hwnnw yw'r tŷ dwetha yn y rhes a 'sdim gwli'r ochor arall.'

'Oedd golwg fod rhywun wedi dod trwodd?'

Ysgydwodd Harri ei ben a chnoi'r tamaid olaf o deisen.

'Na, ro'dd peil o stwff o flaen y twll. O'dd rhywun wedi torri pisyn o bren i'w ffito fe rywbryd. Ond ch'mod, gallech chi ei roi e'n ôl a rhoi'r stwff drosto.'

'Ond ddim o'r ochor draw, 'sbosib?'

'Na,' cytunodd Harri. 'Bydde raid i chi 'i neud e yn nhŷ Sali.'

Teimlai Dela fod twll yn y ddadl yn ogystal ag yn y walydd.

'Dwi'n gwbod beth y'ch chi'n feddwl,' meddai Harri'n wybodus. 'Shwd na welon ni olion os jengodd y groten fach drw'r twll yn ei thŷ hi? Wel, o'n i 'na. Ma' cwpwrte drostyn nhw yn nhŷ Brenda.'

'Beth, fel cist ddroriau?'

'Yn 'stafell Ben Dyrne a Breian ma' cist sy'n rhy drwm i blentyn 'i symud. Ond yn stafell y merched, cwpwrt â dryse sy 'na. 'Sdim cefen iddo, ac ma' lot o hen fagasîns ar y llawr. Ma'n nhw wedi hongian pisyn o ddefnydd ar hyd y wal tu fiwn o dop y cwpwrt i'r gwaelod, achos y damp, siŵr o fod. Tu ôl i'r cyrten ma'r twll, weden i.'

'A chododd neb y darn o ddefnydd i edrych?'

'Naddo. O'dd ddim sôn amdani yn y cwpwrt, ac roedd y defnydd yn deidi yn ei le. Nawr bo fi'n gwbod am y tylle, weden i y bydde'n ddigon hawdd 'i roi e'n ôl o'r ochor arall.' Gosododd ei blât gwag yn y sinc. 'Mae'n dangos bod isie i'r Trwyn feddwl 'to, on'd yw e?'

Gwenodd Dela arno.

'Darn arall o deisen?' gofynnodd.

Pennod 17

EISTEDDODD DELA yn y gadair siglo a meddwl. Er bod Harri wedi hen fynd, roedd Dela'n bwriadu aros i Gareth gyrraedd. Efallai y gallai ef feddwl am ffordd o archwilio'r tyllau yn y waliau. Beth pe bai hi'n ei annog i feithrin cyfeillgarwch â rhai o'r plant oedd yn byw yn y stryd? Fel pe bai wedi darllen ei meddwl, clywodd Dela sŵn traed Gareth yn rhedeg i fyny llwybr yr ardd. Cododd at y stôf i ferwi'r tegell.

'Bydd paned a bwyd yn barod mewn munud,' meddai Dela wrth Gareth, a safai ar drothwy'r drws yn anadlu'n drwm.

Pwysodd yntau ymlaen a pheswch. Roedd ei war yn wlyb o chwys a'i ddwylo'n bridd du drostynt.

'Galli di 'molchi fan hyn,' ychwanegodd.

Chwifiodd Gareth ei fraich yn ddiamynedd. ''Sdim amser 'da ni,' meddai. 'Gadewch y tecil ble mae e. Ma'n rhaid i chi ddod nawr, neu gollwn ni fe.'

'Pwy?' gofynnodd Dela'n ffwndrus, ond roedd e eisoes wedi diflannu.

Erbyn iddi gyrraedd y drws roedd e'n aros amdani ar y lawnt. 'Pwy, 'chan?' hisiodd eto.

'Y mwrdrwr, w! Dewch!'

'Ond 'sda fi ddim tortsh na dim!'

'Gore oll.' Gwelodd hi'n pendroni. 'Beth y'ch chi isie? Dyn â fflag coch yn cerdded o'n blaene ni? Weda i bopeth wrthoch chi ar y ffordd.'

*

Er gwaethaf ei addewid, ni ddywedodd Gareth 'run gair am sbel. Nid oedd gan Dela ddigon o anadl i ddechrau holi, ac roedd Gareth bob amser ryw ugain llath o'i blaen. Dilynodd ef ar ras i lawr nifer o lwybrau cefn hollol anghyfarwydd, nes bod ei choesau'n bygwth troi'n jeli oddi tani.

'Ble ddiawl y'n ni'n mynd?' galwodd yn daer, ac aros am ennyd i leddfu'r boen yn ei hystlys.

Stopiodd Gareth rhyw ddegllath o'i blaen a gwelodd ei ddannedd yn disgleirio'n wyn yng ngolau'r lleuad wrth iddo wenu arni.

'Iaith!' meddai'n bryfoclyd. 'Beth sy'n bod arnoch chi? *Stitch*? 'Na fe, ch'weld, henaint ni ddaw ei hunan. 'Seno fe'n bell nawr.'

Diflannodd yn sydyn i lawr troad i'r dde a straffagliodd Dela ar ei ôl. Gallai weld ei fod yn aros amdani yn y pellter, ac wrth edrych o'i hamgylch sylweddolodd eu bod yn ymyl y bont cyn y twnnel a arweiniai at orsaf y rheilffordd. Twnnel arall, meddyliodd Dela'n sydyn, ond cyn iddi allu yngan gair, roedd e wedi rhedeg ar draws y bont a diflannu i'r tywyllwch. Y tro nesaf y cafodd gip arno roedd e'n dringo'r tyle serth, coediog yr ochr draw gan afael yn y tyfiant i'w dynnu'i hun i fyny. Ochneidiodd Dela mewn anobaith a dilyn yr un llwybr. Cyn pen pum llath roedd hi ar ei phedwar ymysg y danadl poethion a'r mieri. Edrychodd i fyny unwaith, ond doedd dim sôn am Gareth. Palodd ymlaen orau gallai.

'Psst!' meddai llais o rywle.

Ni allai Dela weld dim am eiliad, ond yna ymddangosodd llaw Gareth o ganol llwyn trwchus. Pan wthiodd y canghennau i'r naill ochr, gwelodd ei fod wedi dod o hyd i fan gwylio delfrydol, lle gallent weld mewn cylch cyfan o'u cwmpas. O'u blaen, roedd pant dwfn wedi'i amgylchynu gan goed a godai dros y llethr yr ochr arall. Yn ei chwrcwd, sylwodd Dela fod y gwair wedi'i wasgu'n fflat o dan eu traed.

'Fan hyn fuest ti'r holl amser?' sibrydodd.

'Dim ond rhan o'r amser,' atebodd Gareth. 'Erbyn nos mae pethe'n digwydd.'

'Pa bethe?'

Bu tawelwch wrth i Gareth geisio penderfynu beth i'w ddweud wrthi.

'Os nad wyt ti'n mynd i esbonio, dwi'n mynd gartre,' meddai Dela. 'A dwi isie'r stori gyfan, nid y fersiwn y byddet ti'n 'i rhoi i dy famgu.'

'O'n i ddim i fod i weud dim,' atebodd Gareth yn anfodlon. 'Ond wedd isie rhywun 'ma 'da fi. 'Sena i isie colli'r cyfle.'

'Beth am ddechrau o'r dechrau?' awgrymodd Dela.

Syllodd Gareth drwy'r brigau fel pe bai wedi clywed sŵn, yna trodd yn ôl ati.

'Y peth cynta o'dd yn rhaid i fi neud o'dd yr *infiltration*.'

'*Infiltration*?'

'Y giang ar y stryd. Wen i'n gwbod na fydden nhw isie 'nerbyn i.'

'Ond doeddet ti ddim yn disgwyl cael dy gledro . . .' gorffennodd Dela.

'O'n i'n gwbod bydde'n rhaid i fi waldo rhywun rhywbryd.' Gwenodd arni eto. 'O'dd e ddim cynddrwg â chi'n feddwl. Fydden i ddim wedi cael hwn,' meddai, gan dapio'i foch, 'ond ges i 'nala'n annisgwyl.'

Cofiodd Dela am y bachgen mawr. 'Crwt tal, gwallt

gole? Brawd y bachgen bach ddaliodd ei droed yn y lein?'

'Meical,' meddai Gareth, gan amneidio'i ben. 'Ma' Meical yn ocê, a gweud y gwir. Wedd yn rhaid i fi ffeito'n imbed o frwnt er mwyn ei ga'l e ar y llawr, ond ma'n nhw'n od, ch'mod. Wen nhw'n meddwl mwy ohona i am neud hynny. Yn y diwedd o'n ni'n dou'n wherthin.'

'Ac ry'ch chi'n ffrindie gore ers hynny,' meddai Dela'n sinigaidd.

'Weden i ddim o 'ny,' atebodd Gareth. 'Ond ma'n nhw'n siarad mwy o 'mla'n i nawr. Dwi 'di cael clywed eitha lot o bethe diddorol.'

'Fel beth?'

'Fel y ffaith na fydden nhw'n hido taten os na welan nhw Brenda byth 'to.' Syllodd arni er mwyn gweld ei hymateb. 'O'dd hwnna'n syrpreis i fi, 'fyd. Wedd hi'n slei, ch'wel'. Wech chi'n gwbod taw 'i bai hi o'dd y busnes 'na ar y lein 'da Liam, brawd bach Meical?'

Tynnodd Dela wyneb stwn a phipodd Gareth unwaith eto drwy'r canghennau i roi cyfle iddi brosesu'r wybodaeth.

'Bydde Meical wedi rhoi stop ar dwpdra fel 'na, ond mae e'n fisi'n casglu poteli a'u gwerthu nhw am ddime, neu'n pigo glo o'r domen slag dros 'i fam. Y peth yw, os nag o'dd Meical bwti'r lle, wedd Brenda'n cwmryd mantes o'r rhai ifanca. Wedd hi'n trefnu rhyw gême iddyn nhw whare, ond bydden nhw'n ca'l dolur yn amal. Dorrodd un o'r rocesi bach ei braich yn neido o goeden 'fale ar ôl i Brenda weud wrthi y bydde hi'n hedfan. Y gêm ddwetha o'dd hwpo'ch tro'd yn y lein a gweld a allech chi 'i cha'l hi mas o 'na cyn i'r trên ddod.'

'Wyt ti'n credu 'i bod hi'n sylweddoli'r perygl?'

'Ma'n nhw'n meddwl 'ny. Galla i weld shwd wedd hi'n mynd ar 'u nyrfs nhw, 'da'i holl gelwydde am fod yn dywysoges. Tynnu sylw ati'i hunan o'dd hynny i gyd. Fydde 'da nhw ddim amynedd clywed ryw storis tylwyth teg.'

Cododd un bys yn sydyn a gwrando. Roedd ei glustiau'n feinach na rhai Dela, a chymerodd eiliad iddi hi ddirnad sŵn pobl yn y pant islaw. Pwysodd Gareth ymlaen drwy'r tyfiant gwyrdd.

'Cariadon,' hisiodd o gornel ei geg. 'Ma' gobeth nawr.'

'Gobaith o beth?'

Fflapiodd Gareth ei law arni i gadw'n dawel, ond doedd dim golwg fod y bobl yn y pant yn poeni rhag ofn i rywun eu clywed. Swniai'r ferch yn gwynfanllyd; cafodd Dela'r argraff nad oedd hi'n gyfarwydd â'r lle, a'i bod yn cael ei harwain gan y dyn i ryw lecyn cyfleus. Teimlai'n anghysurus ei bod yno o gwbl yng nghwmni Gareth. Roedd yn falch o weld nad oedd e'n canolbwyntio ar y pant, ond yn hytrach yn gwylio'r llethrau ar yr ochr arall. Pam? Ni allai hi weld dim ond cysgodion. Roedd e wedi gwthio heibio iddi ac allan o'u lloches cyn iddi weld y symudiad ymysg y coed. Brysiodd i'w ddilyn, gan ofni ei golli, ond roedd e'n aros amdani.

'Ewn ni lan a rownd,' sibrydodd, gan ddechrau dringo eto.

Wrth iddi geisio osgoi'r mieri, gresynodd Dela nad oedd hi wedi cael cyfle i holi pwy yn union roeddent yn ei hela, a pham. Gwleodd yn sydyn fod Gareth yn ei gwrcwd y tu ôl i lwyn arall ac ymunodd ag ef.

'Mae e 'di symud 'to,' hisiodd Gareth.

'Pwy?'

'Y dyn sy'n sbeian ar y cariadon, w!' atebodd mewn llais diamynedd.

'Pam 'i fod e'n bwysig?'

'Achos bod Brenda'n arfer sbeian arno fe. A 'seno fe 'di bod 'ma ers iddi ddiflannu.'

'Oedd hi'n gallu 'i weld e o'i hystafell wely, 'te?'

'Nago'dd sownd! Wedd hi'n jengyd o'r tŷ bob gafel.'

'Ganol nos?'

Amneidiodd Gareth ei ben yn frwd. 'Ma'r wha'r yn hwrnu fel twrch, ac ma' ffordd fach deidi o ddod mas o'r tai os odych chi'n ddigon dewr i fentro.'

'Trwy'r tylle yn walydd y stafelloedd gwely a mas drwy dŷ'r hen fenyw drws nesa?'

''Sena chi 'di bod yn segur, odych chi?' sibrydodd yn sychlyd.

'Hales i Harri i draw i whilo. Allen i ddim mynd fy hunan.'

'Wel, na allech sbo. O'dd 'da fi fantes, achos ro'dd Meical am i fi weld.'

'Ydy e a'r giang yn defnyddio'r tylle?'

'Ddim ers i'w fam 'u dala nhw. Ma' styllod mowr 'di'u hoelio dros y ddou dwll yn 'u tŷ nhw nawr.'

Hoffai Dela fod wedi gofyn rhagor o gwestiynau, ond roedd Gareth wedi gweld rhywbeth arall a dechrau cripian ymlaen. Erbyn hyn roeddent yn croesi'r llethr y tu ôl i'r pant, a gallai Dela weld y cariadon yn weddol glir yng ngolau'r lleuad. Ceisiai'r dyn glirio llwybr i'r ferch, ond roedd hi'n dal i gwyno. Sylwodd fod Gareth wedi troi at lwybr oedd rywfaint yn haws i'w dramwyo, ond ofnai Dela ei bod yn haws eu gweld pe bai un o'r cariadon yn digwydd edrych i fyny – byddai hynny'n rhoi diwedd ar eu stelcio.

Yna trodd Gareth oddi ar y llwybr a diflannu i lecyn lle'r oedd y coed yn fwy trwchus. Camodd Dela ymlaen mor ddistaw ag y gallai. Nawr ac yn y man roedd rhywbeth yn siffrwd yn yr isdyfiant, a cheisiodd ei anwybyddu. Pe bai'r siffrwd yn arwyddocaol, doedd bosib na fyddai Gareth wedi mynd i guddio ymhell cyn hyn. Roedd e'n cyflymu ei gamau, ac er eu bod yn dringo eto fyth, nid oedd hynny'n effeithio dim arno. Faint pellach, tybed, meddyliodd Dela?

Gwelodd ei fod wedi mynd i sefyll y tu ôl i goeden fawr ac yn aros iddi ymuno ag ef. Pwysodd Dela'n ddiolchgar yn erbyn y boncyff. Rhoddodd Gareth ei fys ar ei wefusau a phwyntio i lawr y llethr o'u blaenau. Pipodd Dela rownd y goeden. Erbyn hyn roedd yn dechrau ymgynefino â'r cysgodion, a gwelodd rywun mewn dillad tywyll yn cyrcydu y tu ôl i goeden arall, rhyw ugain llath o'u blaenau. Pwysai ymlaen ac un llaw ar y boncyff, gan wrando'n awchus. Edrychai ei ben yn siâp rhyfedd, ond ei het feddal oedd yn gyfrifol am hynny. Roedd y pridd moel o amgylch y goeden yn dyst i'w bresenoldeb mynych.

Gallai Dela deimlo anadl Gareth yn cosi'i boch, a'i gyhyrau'n tynhau. Synhwyrai ei fod yn paratoi i neidio ar y dyn, ond serch hynny, dychrynwyd hi gan yr egni a'i gyrrodd fel bwled o'u cuddfan. Roedd e wedi llamu am y dyn a'i wthio i'r llawr, ac erbyn iddi eu cyrraedd roedd Gareth yn eistedd ar gefn y dyn ac wedi rhoi dwy neu dair clusten galed iddo.

'Paid, 'achan!' hisiodd Dela, ond nid oedd Gareth yn gwrando.

Ochneidiai'r dyn gyda phob ergyd, ond ni wnaeth unrhyw ymdrech i godi. Cwympodd ei het oddi ar ei ben. Ceisiodd droi ei wyneb i ffwrdd ond cafodd glusten arall.

'Y jiawl mochedd!' gwaeddodd Gareth a chodi'i ddwrn unwaith eto.

Gafaelodd Dela yn ei fraich i'w atal. 'Gad e!' meddai yn ei llais athrawes, a disgynnodd tawelwch sydyn.

Edrychodd Gareth arni â golwg ddieithr ar ei wyneb a sylweddolodd Dela'n sydyn pa mor frwnt y bu'r frwydr rhyngddo ef â Meical. Aeth cryndod drwyddi.

''Smo ti isie'i ladd e, wyt ti?' meddai'n daer, gan ei dynnu'n ôl gerfydd ei ysgwydd. Yn anfodlon, gadawodd Gareth ei afael yn ei ysglyfaeth. Ni symudodd y dyn, ond daliai i ochneidio dan ei anadl.

'Codwch,' meddai Dela eto. ''Smo chi 'di cael llawer o loes. Dwi isie clywed pa reswm sy gyda chi dros fod 'ma.'

'Rheswm?' poerodd Gareth y tu ôl iddi. 'Isie gweld pobol wrthi mae e. Isie clywed y tuchan, a'r fenyw'n gweiddi "O! Mwy, mwy!" Ffulu neud e 'i hunan. Ond welodd y roces fach e, on'd do fe?'

Tra oedd Gareth yn siarad, roedd y dyn wedi codi'n araf nes ei fod bellach yn eistedd â'i gefn yn erbyn y goeden. Roedd Gareth wedi rhwbio'i wyneb yn y baw, a glynai pridd a dail wrth ei wallt. Ymbalfalodd am ei het a'i gwthio ar ei ben, gan anadlu'n drwm drwy ei geg. Syllodd Dela arno a rhewi mewn sioc. Nid oedd wedi gweld wyneb y dyn a ymosododd arni yn yr ale gefn, ond roedd y rhoch a wnaethai yng nghefn ei wddf yn ddigamsyniol. Syllodd ar ei law dde a gweld marciau ei dannedd hi o dan y baw. O'i gweld hi'n syllu'n fud arno trodd y dyn ei ben ymaith a gwyddai Dela ei fod wedi ei hadnabod hithau.

'Beth wnest ti â hi?'

Daeth Dela at ei choed ddigon i atal Gareth rhag gafael yn y dyn unwaith eto. Ysgydwodd yntau ei ben a symud ei ddwylo'n amddiffynnol o'i flaen. Clywyd sŵn brigau'n torri o rywle ymhellach i lawr y llethr, a rhegodd rhywun. Trodd Dela ei phen, ond ni thynnodd Gareth ei lygaid oddi ar y dyn.

Clywsant lais gwrywaidd yn galw. 'Pwy sy 'na?'

Nid atebodd neb, am fod y dyn yn camu i fyny'r llethr tuag atynt. Safodd yn stond a syllu ar yr olygfa o'i flaen. Roedd yn ddyn golygus, gyda llond pen o wallt cyrliog trwchus. Edrychai fel pe bai'n poeni mwy am gyflwr ei ddillad na dim arall.

'Ti 'to, Sami,' meddai, pan welodd y dyn. 'Wetes i wrthot ti am aros gatre. Be sy arnot ti, gwet y gwir?'

Brwsiodd bengliniau ei drowsus wrth siarad. I lawr yn y pant roedd llais benywaidd yn galw.

'Dan? Ble wyt ti? Dan?'

Gwenodd y newydd-ddyfodiad. 'Bydda i 'nôl whap,' galwodd dros ei ysgwydd. ''Rhosa di ble'r wyt ti. Rhag ofon i ti sbwylo dy ddillad.'

'Chi'n nabod hwn?' gofynnodd Gareth, gan anelu cic at y stelciwr.

'Otw, gwitha'r modd. Mae e . . . wel . . . nagyw e fel pawb arall. Ac unwaith mae e 'di cael cwpwl o beints, mae e'n dueddol o loetran lan man hyn i weld beth weliff e, os y'ch chi'n deall be 'sda fi. Mae e'n niwsans, ond dim mwy na 'ny.'

Gwnaeth Gareth sŵn anghrediniol yn ei wddf. Pe bai ganddi lais, byddai Dela wedi gwneud yr un fath.

'Beth am y ferch fach, 'te?' gofynnodd Gareth. 'Wedd hi'n arfer dod lan 'ma erbyn nos. Beth os welodd hi fe? Galle fe fod wedi mynd â hi.'

'Sami? Na. O'dd e ddim 'ma'r nosweth honno. O'dd e yn stafell gefen y Railway Tavern sbo weti hanner nos. O'n i 'na hefyd, ch'weld.'

'Galle fe fod wedi slipo mas,' heriodd Gareth.

'Na alle. Gloion nhw'r dryse ar ôl amser cau. Alle neb fod weti gatel heb i bawb arall weld. Shteddodd e fel delfft drw'r nos.'

Carthodd Dela ei gwddf. 'Pryd gyrhaeddoch chi'r dafarn?' gofynnodd yn gryg.

'Fi? Marce wyth falle. Ond o'dd e weti bod 'na am sbel, yn ôl faint o wydre gwag o'dd o'i fla'n e.' Edrychodd i lawr ar y dyn oedd bellach wedi dechrau snwffian yn swnllyd. 'Nagyw Sami'n ddicon breit i neud rhwbeth fel 'na, ta p'un. Wyt ti? Fel slej o dwp.'

Os clywodd y dyn y sarhad, ni chymerodd arno. Clywyd llais y ferch unwaith eto yn dod o waelod y pant.

'Mae'n dywyll man hyn, Dan!'

Taflodd y gŵr olwg ymddiheurol ar y criw bach. 'Gwell i fi fynd,' meddai. ''Smo ni moyn iddi ailfeddwl a mynd sha thre, otyn ni?' Trodd at y dyn, oedd yn wylo'n agored erbyn hyn. 'Gad dy lefen, Sami. Cer gatre ac aros 'na! Buest ti'n lwcus nage'r polîs y'n nhw.'

Pipodd y dyn o dan ei het ar Dela. Er bod ganddo wyneb crwn, diniwed, a llygaid gwag, nid oedd amheuaeth taw hwn fu'n llechu yn yr ale'n aros ei gyfle. Teimlodd Dela gyfog yn codi yn ei gwddf a llyncodd yn galed.

'Ie, cerwch,' meddai'n isel.

Er i Gareth 'sgyrnygu'i ddannedd arno, anwybyddodd y dyn ef a chripian ymaith. Gwyliodd y ddau wrth iddo ddringo'r llethr a diflannu i mewn i'r coed.

'Tamed o heddwch o'r diwedd,' meddai ei achubwr.

Trodd yn ôl i lawr i'r pant, gan chwifio'i law mewn ffarwél.

*

Cerddodd Dela a Gareth adref yn arafach o lawer nag yr aethon nhw. Gwyddai Dela ei fod wedi digio â hi, oherwydd mynnai gerdded rhyw bum llath o'i blaen. Bob nawr ac yn y man, mwmiai rywbeth dan ei anadl. Ochneidiodd Dela'n uchel. Clywodd Gareth hi a throi i'w hwynebu.

'Beth nawr?' gofynnodd.

'Dim byd,' atebodd Dela. 'Ma' 'nghoese i'n gwynegu, 'na i gyd.'

'Dylech chi fod wedi aros gatre,' meddai'n swrth.

'Fel Sami?'

'Ha, ha!' Nid oedd unrhyw hiwmor yn yr ebychiad, ond daeth golwg feddylgar dros wyneb Gareth.

'Wech chi ddim yn credu'r bachan Dan 'na i ddachre, o'ch chi?' gofynnodd. ''Na pam ofynnoch chi wrtho pryd gyrhaeddodd e'r dafarn.'

Siaradodd Dela'n bwyllog. 'Dwi ddim o reidrwydd yn credu bod Sami'n ddiniwed. Ddim os yw e'n treulio'i nosweithiau'n gwylio cariadon. Mae'n awgrymu . . .'

'. . . Bod rhwbeth mwy na gwellt yn 'i ben,' gorffennodd Gareth y frawddeg drosti.

'Yn hollol. Ond ro'dd Dan yn bendant iawn, on'd do'dd e?'

'Fel 'se fe 'di meddwl am y peth o flaen llaw?'

'Ie. Fel pe bai e wedi clywed am ddiflaniad y plentyn a'r llofruddiaeth, ac wedi meddwl yn syth am Sami. Pwy soniodd wrthot ti amdano fe?'

'Y giang,' atebodd Gareth. 'Ma'n nhw'n gwbod am bopeth sy'n digwydd ar 'u patsyn nhw.'

Cododd calon Dela wrth ei weld yn meirioli rhywfaint. Cofiodd fod ganddi gwestiwn pwysig i'w ofyn iddo.

'Pwy oedd yn dod â bwyd i'r tŷ i Sali, 'te? Ac yn mynd ar negeseuon drosti?'

'Meical, nes yn weddol ddiweddar. Wedd hi'n gadel arian iddo fe wrth ddrws y bac.'

'Dim ond tan yn weddol ddiweddar? Beth ddigwyddodd?'

'Brenda,' meddai Gareth. 'Cofiwch, 'seno fe Meical 'di gweud gair am 'ny. Un o'r lleill wedodd fod Brenda 'di dwyn yr arian o'dd y fenyw'n 'i adel i Meical, a'r peth nesa, hi o'dd yn ca'l mynd ar neges a ddim fe.'

'Ond dim ond saith oed yw hi – sut oedd hi'n cario'r pethau?'

'Wedd hi'n rhoi losin i bob plentyn o'dd yn fodlon 'i helpu 'ddi. Wedd 'ny'n golled fowr i Meical.'

'Ydi'r heddlu wedi siarad gydag e?'

'Ddim i fi wbod. Ta beth, wedd e gatre'r noswaith honno. Cadwodd 'i fam e'r cwbwl lot ohonyn nhw yn y tŷ am ddou dd'wrnod achos beth ddigwyddodd i Liam bach ar y lein. Wedd hi'n tampo, medde fe.'

Ar ôl i'r ddau gyrraedd y Mans, agorodd Dela'r drws cefn yn ofalus ond doedd dim golwg o neb. Goleuai'r lleuad y gegin lonydd, a gwenodd Gareth wrth weld y deisen ar y bwrdd. Estynnodd am y gyllell. Ysgydwodd ei ben pan bwyntiodd Dela at y tegell.

'Af i â'r deisen lan a'i byta yn y gwely,' sibrydodd.

Pipodd allan i'r cyntedd cyn cripian yn ddistaw bach i fyny'r grisiau.

Pennod 18

SAFAI DELA wrth y sinc yn yfed cwpanaid o ddŵr oer. Nofiai wyneb Sami o'i blaen fel adlewyrchiad yng ngwydr y ffenestr. Byddai wedi bod wrth ei bodd yn cael gwybod mai fe oedd yn gyfrifol am gipio Brenda a lladd Sali, ond doedd bywyd ddim mor daclus â hynny. Roedd ei dwylo'n crynu, a gosododd y cwpan i lawr. Gwyddai na allai fod wedi gwneud dim ond gadael iddo fynd ar ei hynt, ond gorweddai'r peth yn swmp ar ei stumog, serch hynny. Bu'n lwcus, mewn ffordd, fod Gareth wedi gwylltio fel cacynen. Sylweddolodd ei fod wedi gwneud ffafr anferth â hi drwy gledro Sami. Cafodd hwnnw ei gosbi o flaen ei llygaid. Byddai'n rhaid iddi fodloni ar hynny.

Aeth allan i'r cyntedd a gwrando'n ofalus. Deuai sŵn sibrwd yn ysbeidiol o rywle. Roedd drws y stydi bron ynghau, ac ni ddeuai golau o'r ystafell, ond serch hynny, gwyddai Dela mai o'r fan honno roedd y llais yn dod. Roedd yn chwarter wedi un y bore – adeg rhyfedd i wneud galwad ffôn. Clywodd y geiriau 'Dwn i'm'. Tudful neu Nest oedd yno, felly. Gallai gredu y byddai Tudful yn mynd i eistedd yn y stydi os oedd yn methu cysgu, ond pwy fyddai'n ei ffonio mor hwyr y nos? Llenwyd hi ag amheuaeth ac ofn. Roedd Tudful wedi bod mor bell ers dyddiau. A oedd rhywbeth ar ei gydwybod? A oedd rhywun yn ei fygwth? Roedd y sibrwd yn daer ac yn frysiog ac ni wyddai Dela beth fyddai orau i'w wneud.

Gallai esgus na chlywodd ddim, neu gallai agor y drws a'i orfodi i ddweud y gwir wrthi. Ond beth os oedd y gwir yn erchyll? Na, ni allai fod. Ni fyddai Tudful yn gwneud niwed i neb.

Cyn y gallai newid ei meddwl gwthiodd Dela y drws ag un bys, yn barod herio Tudful, ond roedd yr olygfa o'i blaen yn ddigon i'w hatal. Safai Nest a'i chefn at y drws, yn ei gŵn wisgo.

'Mi alwa i eto pan ga i gyfla,' sibrydodd i mewn i'r derbynnydd. 'Da bo, rŵan.'

Rhoddodd y ffôn yn ôl ar ei grud a throi. Agorodd ei llygaid yn fawr wrth weld Dela, ond sylweddolodd hithau mai syllu ar ei dillad roedd Nest.

Gwyrodd Nest ei phen yn drist. 'O, Dela,' meddai. 'Ddim eto! Be sy'n bod arnat ti?'

Roedd Nest wedi cerdded heibio iddi ac wedi mynd at y stôf cyn i Dela ddod ati ei choed.

'Pwy oedd ar y ffôn?' hisiodd wrthi.

Anwybyddodd Nest ei chwestiwn. 'Fasa panad o goffi o gymorth?' gofynnodd.

'Ddim i fi diolch. '

'Te, felly,' meddai Nest, gan osgoi edrych i fyw llygaid Dela.

Eisteddodd Dela wrth y bwrdd. 'Pwy oedd ar y ffôn?' gofynnodd eto.

Chwifiodd Nest ei llaw. 'Neb,' meddai. 'Ble fuost ti mor hwyr?'

'Fi? Dwi ddim wedi bod yn unman.'

Disgynnodd tawelwch annifyr rhyngddynt.

'Gallen ni chwarae'r gêm hon drwy'r nos,' meddai Dela o'r diwedd. 'Ond fe fydda i'n gofyn eto fory a thrannoeth. Beth ar y ddaear sy'n digwydd yma?

Rhyngddoch chi a Gareth, dwi'n teimlo fel pe taswn i'n ymladd tri gelyn yn lle un. Beth yw pwynt cadw popeth yn gyfrinachol? Ro'n i'n credu ein bod i gyd i fod i gyddynnu.'

Gwnaeth Nest rhyw ystum bach lletchwith a phwysodd Dela'n ôl yn ei chadair. Roedd hi wedi blino'n lân ac wedi cael hen ddigon.

'Ti,' meddai Nest yn sydyn. 'Ti 'di'r broblem. Dwyt ti'm isio'i help o. Mae o'n trio bob ffordd i dy helpu di, a dy gadw di'n ddiogel, ond mi rwyt ti'n taflu'r cwbl yn ôl ato fo.'

Edrychodd Dela arni'n stwn. 'Huw?' sibrydodd. 'Ar y ffôn gyda Huw oeddech chi? Ers pryd y'ch chi mewn cysylltiad ag e?'

'Ers i ti gyrraedd,' meddai Nest heb unrhyw arwydd o euogrwydd. 'Cyn hynny, a deud y gwir. Roedd o ar y ffôn yn gynnar yn y bore cyn i ti ddal y trên hyd yn oed. A dwywaith wedyn, yn poeni pan oedd y trên yn hwyr. Ac mi roedd o'n iawn, 'sti; roedd 'na olwg denau a sâl arnat ti. Mi ges i sioc o dy weld di.'

'Ydw i'n dal i edrych yn sâl?' gofynnodd Dela'n chwyrn.

'Wel, nac wyt. Rwyt ti'n edrych yn well o lawar. Yn syfrdanol felly, o ystyried.'

'O ystyried beth? Yr achos?'

Nid atebodd Nest. Roedd yn amlwg yn ei chael yn anodd dod o hyd i'r geiriau addas. Gwgodd Dela arni, ond sylweddolodd rywbeth a dechreuodd chwerthin.

'Rydych chi a Tudful yn credu 'mod i wedi troi at y ddiod gadarn, on'd dy'ch chi? O'r nefoedd wen! Tasech chi ond yn gwybod!'

Siglodd Nest ei phlu, ym amlwg wedi'i brifo. 'Hawdd

i ti chwerthin!' meddai'n llym. 'Be am y noson honno gest ti'r pyrm? Welis i dy ffrog di. Rwyt ti'n ein cyhuddo ni o gadw cyfrinacha, ond dwyt ti ddim mymryn gwell dy hun! Dydi yfad yn y dirgel yn gneud dim lles i neb. Er, dwn i'm ble rwyt ti'n ei gael o yn oria mân y bora fel hyn.'

Pwysodd Dela ar draws y bwrdd ac anadlu yn ei hwyneb. 'Oes 'na sawr diod arna i?' gofynnodd.

Ysgydwodd Nest ei phen yn anfodlon. 'Ond mi roeddat ti wedi bod yn yfad y noson o'r blaen,' meddai'n styfnig.

'Oeddwn,' atebodd Dela. 'Ond nid o 'ngwirfodd. Es i lawr i'r dociau i geisio gweld ble daethpwyd o hyd i gorff Lena. Prynodd rhyw deithiwr masnachol sawl port a lemwn i fi, ond gan 'mod i byth yn yfed, wnes i ddim sylweddoli pa mor gryf o'n nhw. Heblaw bod rhyw ddynes fach wedi fy helpu i ar y trên, dwi'n amau a fyddwn i wedi cyrraedd adref o gwbl y noson honno.'

'Ond beth am y ffrog? Y trafaeliwr oedd yn gyfrifol am hynny?'

'O na,' atebodd Dela. 'Chware teg iddo, er na allen i gael gwared arno, roedd e'n ŵr digon bonheddig yn 'i ffordd. Penderfynes i gerdded adre o'r orsaf trwy'r meidiroedd cefn, rhag ofn i rywun fy nabod i. Dyna'r peth mwya twp wnes i erioed. Fe wnaeth rhyw ddyn ymosod arna i, ond diolch byth, clywodd menyw mewn tŷ cyfagos fi'n sgrechian. Ar ôl y profiad yna, chwydais i'r cwbl i'r clawdd.' Rholiodd lawes ei blows i fyny. Er bod y cleisiau wedi melynu, roedd y marciau bysedd yn dal i'w gweld yn glir, hyd yn oed yn y golau gwan.

Edrychodd Nest arni'n betrus. 'Ond y bore wedyn, roeddet ti fel y gog,' sibrydodd.

'Roedd gen i ben tost, ac o'n i'n ystyried fy hunan yn lwcus dros ben taw dyna i gyd oedd arna i,' atebodd Dela. 'Fy mai i oedd llawer ohono.'

'Ond nid yr ymosodiad, 'sbosib?'

'Na, ond mae e wedi cael ei gosbi.'

'Pryd?'

'Heno. Dyna ble fuon ni, Gareth a finne. Roedd e wedi clywed sôn am rywun sy'n gwylio'r cariadon lan ar y tyle wrth ymyl y rheilffordd. Roedd Gareth yn siŵr fod cysylltiad rhyngddo fe a diflaniad y ferch fach, gan ei bod hi'n arfer treulio amser yno.'

'Be ddigwyddodd?' holodd Nest yn bryderus.

'Rhoddodd Gareth ffustad iddo cyn i fi allu ei atal. Dyna pryd sylweddoles i mai fe o'dd wedi ymosod arna i. Ond fedre fe ddim fod wedi cipio Brenda na lladd Sali. Roedd e yn y dafarn y noson honno.' Gwelodd Nest yn crychu'i thalcen ac aeth yn ei blaen. 'Roedd 'na dyst annibynnol, dyn o'r enw Dan. Roedd e a'i gariad i lawr yn y pant a daeth e aton ni pan glywodd e'r sŵn. Roedd e'n nabod fy ymosodwr i'n dda. Sami yw ei enw.'

'Ond pam nad aethoch chi ag o at yr heddlu? Os ydi o'n ymosod ar ferched, mae o'n beryg bywyd. Ac ella nad oedd o yn y dafarn yr holl amser. Be oedd gynno fo i'w ddeud drosto'i hun?'

'Ddwedodd e 'run gair,' atebodd Dela, 'ond dwi'n siŵr ei fod yn gwybod pwy o'n i. Mae Dan yn credu 'i fod e'n shimpil. Dwi'n gwybod nad yw e, ond heblaw fod Dan yn dweud celwydd noeth ynghylch y dafarn, nid Sami yw'r llofrudd.'

Symudodd Nest yn anesmwyth yn ei sedd. 'Dwi'm yn dallt pam nad est ti â fo at yr heddlu,' murmurodd. 'Be am y tro nesa? Mae o'n sicr o ymosod ar hogan arall ryw dro.'

'Dwi'n gwybod,' meddai Dela. Roedd hithau wedi meddwl yr un fath. 'Ond o ystyried 'mod i'n feddw, pa fath o ymateb gawn i wrth gwyno amdano i'r heddlu? Y ferch sy wastad ar fai, ontefe? A dwi ddim eisiau tynnu sylw Gwyn Reynolds at y tŷ yma eto. Mae e eisoes wedi cael gwybod bod Lena'n lojar i mi yn Nant-yr-eithin. A phe bai e'n clywed 'mod i wedi bod i lawr yn y dociau . . .'

Gadawodd y frawddeg olaf yn hongian yn yr awyr rhyngddynt. Gwyddai Dela fod gobeithion Nest wedi llamu o glywed am Sami, ond teimlai ym mêr ei hesgyrn nad dyna'r ateb.

'Y dyn ddaeth i fyny o'r pant,' meddai. '"Dan" alwist ti fo? Hogyn nobl, a gwallt cyrliog tywyll oedd o?'

Amneidiodd Dela'i phen.

'Roedd 'na hogyn o'r enw Dan ym mlwyddyn Eifion yn yr ysgol. Doeddan nhw ddim yn ffrindia, ond dwi'n cofio'i enw oherwydd roedd o'n ddiarhebol am hel merchaid. "Y Carwr Mawr" fydda'r hogia'n ei alw fo,' gan godi'i hael ar Dela.

'Mae e'n dal wrthi, o'r hyn weles i,' atebodd hithau.

'Mi fuo'n raid iddo fo briodi cyn ei fod o'n ugain oed, pan fynnodd tad rhyw hogan ei fod o'n rhoi enw ar ei phlentyn.' Gwnaeth rhyw sŵn bach anghymeradwyol. 'Mae'n hawdd gin i gredu y bydda fo'n deud celwydd ynghylch dy ymosodwr di. Mae o wedi twyllo nifer o genod yn 'i amsar.'

'Ond pam fydde fe'n rhoi alibi i Sami, o bawb?'

Plethodd Nest ei gwefusau. 'Er mwyn rhoi un iddo fo'i hun ar yr un pryd,' meddai.

*

Y bore canlynol, wrth gerdded i'r dref, teimlai Dela fod pethau'n araf newid. I ddechrau, roedd Gareth a Nest yn y gegin yn bwyta'u brecwast gyda'i gilydd pan ddaeth i lawr y grisiau. Er bod cleisiau Gareth yn gwella, roeddent yn dal yn weladwy a daeth Dela i'r casgliad fod Nest yn gwybod am eu bodolaeth ers rhai dyddiau. Yr holl sôn am Gareth yn eistedd yn y sinema oedd ei hymdrech hi i gelu hynny. Roedd Olwen yno hefyd, yn smwddio ac yn sôn am fynd adref. Yr unig beth nad oedd wedi newid oedd fod Tudful yn dal yn ei stydi.

Penderfynodd Dela taw'r un fantais fawr ynghylch sgyrsiau cyfrinachol Nest gyda Huw Richards oedd na fyddai angen iddi hi ei ffonio o hyn ymlaen. Roedd y llyfr a roddodd iddi'n dal i orwedd ar y bwrdd bach wrth ochr ei gwely, heb ei agor. Doedd ganddi mo'r amser na'r amynedd i fynd i ddarllen ryw hen gyfrol sych. Roedd ganddi rywfaint o siopa i'w wneud, ac yna bwriadai fynd i chwilio am gartref Ioan James. Roedd e'n ddyn deallus, a'r cyfnod a dreuliodd yn yr Arsenal yn ei osod yng nghanol trasiedi Sali a'i mam. Yn ogystal, doedd Dela ddim eto wedi datrys dirgelwch ymateb Ioan wrth weld Richard.

Daeth o hyd i'r eglwys Gatholig yn hawdd, ond roedd teras cyfan o dai gyferbyn â hi ac ni wyddai Dela rif y tŷ. Cerddodd heibio i'r tai yn chwilio am ryw gliw a ddangosai pwy oedd y perchnogion. Safodd o flaen un tŷ oedd â llenni lês gwahanol i'r arfer, a rhes o lyfrau ar sil y ffenestr a wynebai'r stryd. Penderfynodd gnocio ar y drws. Safodd yno am funud dda heb gael ateb, ac roedd hi ar fin symud at y tŷ nesaf pan glywodd sŵn traed yn y pasej. Agorwyd y drws yn sydyn.

'Miss Arthur!'

'Bore da, Mr James. Gobeithio nad ydw i'n aflonyddu arnoch chi?'

Edrychai fel pe bai wrthi'n glanhau stôf olew, ac roedd wedi rholio llewys ei grys i fyny hyd at y benelin.

'Dim ond gwaith tŷ,' meddai. Syllodd dros ei phen i fyny ac i lawr y stryd. 'Ro'n i'n bwriadu gwneud te. Ddewch chi i mewn am ddishgled?'

Camodd Dela dros y trothwy, ac agorodd Ioan James y drws i'r ystafell y bu Dela'n pipo trwy ei ffenestr.

'Y parlwr oedd y stafell yma'n wreiddiol,' meddai. 'Ond fel y gwelwch chi, dwi wedi llwyddo i'w throi hi'n stafell sbwriel. Eisteddwch, ac fe wnaf i ddishgled i ni.'

Suddodd Dela i gadair esmwyth, gan osod ei basged wrth ei thraed. Parlwr oedd yr ystafell o hyd, meddyliodd – safai cwpwrdd llestri yn y gornel a chloc mawr cerfiedig, estron yr olwg, arno. Roedd Ioan wedi gosod bwrdd fel desg o flaen y ffenestr. Gallai Dela glywed cwpanau'n cael eu gosod yn y cefn a chododd ar ei thraed er mwyn cael cipolwg gyflym ar y lle. Ar y mur i'r chwith o'r ddesg, bron o'r golwg yn y cysgodion, roedd llun mewn ffrâm o fechgyn ysgol tal, gyda Ioan James iau yn sefyll yn eu canol. Dacw Eifion, sylweddolodd yn syn. Ef oedd yr unig un nad oedd yn edrych ar y camera. Pan glywodd sŵn traed yn dynesu brysiodd yn ôl i'w sedd.

'Gobeithio nad ydw i'n creu trafferth i chi trwy alw,' meddai.

'Ddim o gwbl. Ro'n i wedi hen flino ar lanhau,' atebodd Ioan James gan wenu. Estynnodd ei the iddi. 'Oedd 'na ryw reswm penodol dros alw, neu ydych chithau'n dianc rhag y gwaith tŷ hefyd?'

'Dyna hanes fy mywyd i,' atebodd Dela. 'Ond y

rheswm dwi yma yw i ofyn mwy am eich atgofion o Sali a'i mam cyn y rhyfel. Fe wnaethoch chi eu crybwyll nhw yn y caffi.'

Amneidiodd ei ben yn drist ac yfed ychydig o'i de. 'Ydych chi'n credu bod cysylltiad rhwng hynny a'r llofruddiaeth?' gofynnodd.

'Dwi ddim yn gwybod, ond dywedodd rhywun fod rhai o'r dynion yn y gwaith yn cymryd diddordeb afiach yn Sali pan oedd hi'n arfer sefyll tu allan i'r iet. Meddyliais i y gallen nhw fod wedi bod yn gwsmeriaid iddi'n nes ymlaen, a'i bod hi wedi trosglwyddo'r haint iddyn nhw. Tybed oedd rhywun wedi penderfynu dial arni ar ôl iddo sylweddoli o ble gafodd e'r haint?'

Gwelodd Dela ef yn tynnu anadl ddofn. 'Roedd hynny wedi 'nharo inne hefyd,' meddai. 'Ond pwy oedd yn gwybod? Doedd gen i ddim syniad nes i chi ddweud wrtha i. Mae'n anodd gwybod sut cafodd rhywun y wybodaeth gan nad oedd Sali wedi gadael y tŷ ers amser hir.'

'Roedd hi'n mentro allan i'r cefn bob nawr ac yn y man. Credwch fi, tase rhywun wedi'i gweld hi, bydden nhw wedi sylweddoli'n syth bod rhyw glefyd ofnadwy arni. Ro'n i gyda Tudful, chi'n gweld, pan aeth e i adnabod y corff. Weles i 'rioed shwd beth â'r wlser ar ei boch. Roedd e'n anghredadwy o hyll, ac rwy'n dal i allu arogli'r drewdod nawr. Roedd y druan yn pydru a hithau'n dal yn fyw.'

Syllodd Ioan James arni'n ddwys. 'Ac roedd Mr Owen yn dal i ymweld â hi, er gwaethaf hynny?'

'Bob wythnos, mae'n debyg.'

'*Chancre* nodweddiadol o syphilis oedd y clwyf ar ei hwyneb.' Tynnodd wep wrth ei gweld yn edrych arno â diddordeb. 'Ar ôl i chi sôn am y peth yn y caffi, bues i'n darllen am yr haint. Roedd e'n ddigon i godi gwallt eich pen chi, ond yn esbonio llawer.'

'Yn hollol. Fedrwch chi gofio pwy oedd yn ymddiddori yn Sali flynyddoedd yn ôl?'

'Wel,' meddai, gan ystyried, 'roedd 'na un neu ddau, ond maen nhw wedi hen adael yr ardal bellach neu wedi ymddeol. Bill Hopkins oedd y gwaethaf, ond mae e wedi marw. Roedd un arall, hefyd . . .' Cliciodd ei fysedd er mwyn galw'r enw i gof, ond methodd.

' . . . Symudodd y teulu bant i Crewe. Cafodd e waith gyda'r rheilffordd yno. Hwyrach bod gan y ffaith fy mod wedi ei rybuddio'n eitha llym rywbeth i'w wneud â hynny. Peter Williams – dyna'i enw fe – ond bydde fe dros ei ddeg a thrigain erbyn hyn.'

'Beth am ddynion ei hoedran hi? Rhai oedd yn ei hadnabod o ddyddiau'r ysgol?'

'Mae rhai ohonyn nhw'n dal yno. Daeth hanner dwsin fel prentisiaid gyda'i gilydd yng nghanol y dauddegau. Maen nhw'n ddynion priod erbyn hyn, ac yn dal i gymdeithasu â'i gilydd. Ond dim ond bechgyn yn eu harddegau oedden nhw bryd hynny. Dwi'n amau a fydde ganddyn nhw ddigon o hyder.'

Cwympodd rhywbeth yn sydyn yn un o'r ystafelloedd cefn, a neidiodd Dela.

Cododd Ioan James ar ei draed yn syth. 'Bydd y gath 'na'n drech na fi rhyw ddiwrnod,' meddai gan wenu. 'Fydda i ddim eiliad.'

Clywodd ef yn sibrwd cerydd dan ei anadl, a'r drws cefn yn agor a chau. Roedd e wedi dod yn ei ôl cyn i Dela feiddio symud.

'Ro'n i wedi rhoi tamed o hadog ar ben y cwpwrdd,' meddai. 'Yn ffodus, lwyddodd hi ddim i'w gyrraedd e.'

Cododd Dela. 'Mae'n bryd i fi fynd,' meddai, 'neu chewch chi ddim swper heno. Oes gyda chi unrhyw syniad ble gallwn i gwrdd â rhai o gyfoedion Sali? Oedd rhywun o'r enw Richard yn eu plith? Cafodd ei losgi'n wael yn y rhyfel.'

Meddyliodd Ioan am eiliad. 'Nac oedd,' atebodd. 'Dwi ddim yn cofio neb fel 'na. Bydd y criw'n cwrdd yn un o'r tafarnau lleol fel rheol.' Edrychodd ar ei wats. 'Ond gallech chi alw yng Nghaffi Megan. Mae e'n gyfleus i'r wyrcs, chi'n gweld, ac mae'r bwyd yno'n well nag yn y cantîn. Byddwch chi'n eu hadnabod nhw'n syth yn eu hoferôls.'

Cododd Dela ei llaw arno ar y palmant cyn cerdded ymaith. Pan edrychodd yn ôl roedd e eisoes wedi cau'r drws. Nid oedd wedi ymateb o gwbl pan grybwyllodd hi Richard a'i losgiadau, ac roedd e yn bendant wedi'i weld e y tu fas i siop y groser. Rhyfedd nad oedd e wedi cofio hynny . . .

Nid oedd neb i'w weld ar y stryd heblaw rhyw ddyn yn seiclo'n araf i fyny'r tyle. Cerddodd Dela ymlaen a sefyll yn stond. Roedd e'n gwisgo het olau â chantel lydan. Taflodd gipolwg cyflym dros ei hysgwydd a gweld y dyn yn disgyn oddi ar y beic ac yn ei wthio i lawr y feidr a arweiniai at gefnau'r teras. Ochneidiodd yn ddistaw. Dyna pam roedd Ioan James wedi syllu ar Richard yn ei het. Credai ei fod wedi gweld cymydog iddo. Roedd mor syml â hynny.

Pennod 19

Edrychodd Dela o amgylch y caffi yn chwilio am rywle i eistedd. Roedd yn tynnu am un o'r gloch a'r lle'n byrlymu â dynion mewn oferôls glas tywyll. Aeth at y cownter ac archebu te a brechdan corn bîff. Safai yno a'i dwylo'n llawn pan synhwyrodd fod rhywun yn ceisio tynnu'i sylw. Anabu'r gwallt cyrliog yn syth, ond synnodd wrth sylweddoli ei fod yntau'n gwisgo oferôl glas.

'Mae sedd wag man hyn,' galwodd Dan, gan bwyntio at gadair.

Eisteddai dau neu dri dyn arall wrth y bwrdd yn bwyta, ond roedd Dan wedi gorffen ei ginio. Beth bynnag, chymerodd y lleill fawr ddim sylw ohoni, heblaw am ei chydnabod cyn troi'n ôl at eu tsips. Curodd Dan lwch ei sigarét i soser.

'Diolch yn fawr,' meddai Dela. 'Ydych chi'n dod 'ma'n aml?'

Chwarddodd un o'r dynion yn dawel a chymryd llymaid o'i de, ond Dan a'i hatebodd.

'Bob diwrnod gwaith, odyn. Ma'r bwyd yn ein cantîn ni'n warthus. Grefi fel dŵr golchi llestri a chig fel hen leder.'

Cnodd Dela ei brechdan drwchus. Gwyddai fod Dan yn edrych yn chwilfrydig arni. Tybed a oedd e'n ei chofio o'r noson cynt?

'Wi'n nabod chi, on'd odw i? Dela Arthur y'ch chi.'

Nid Dan a siaradodd. Roedd y dyn a eisteddai

gyferbyn â hi wedi gwyro'i ben tuag ati. Chwiliodd Dela ei chof.

'Lyndon!' meddai o'r diwedd. 'Chi sy 'na? Shwd mae pethe 'slawer dydd?'

Gwridodd y dyn, a gwelodd Dela'r dyn a eisteddai nesaf ato'n ei bwnio yn ei asennau. Ffromodd Dan.

'Shwd y'ch chi'n nabod hwn, 'te?' meddai gan ffugio eiddigedd.

'Buon ni'n gwylio tanau yn ystod y rhyfel. Roedden ni'n dau yn yr un criw am sbel.'

Nid oedd hi wedi adnabod Lyndon yn syth, ond efallai nad oedd hynny'n syndod chwaith. Bachgen swil oedd e, a chymerai amser i chi sylwi arno. Cofiodd fod ganddo wraig a phlant.

'Sut mae'r teulu erbyn hyn?' gofynnodd.

'Faint o amser sy gyta chi?' atebodd Dan. 'Ma' dicon o blant 'da fe i ddechre tîm pêl-droed. 'Na pam ma fe'n rhofio'i gino fel 'na – er mwyn magu nerth. Ma' un yn hen ddigon i fi.'

Gwenodd Lyndon yn dawel gan anwybyddu'r cellwair. 'Mae pump o blant 'da fi,' eglurodd. 'Ac ma'n nhw i gyd yn iawn, diolch.'

'Dwi'n falch o glywed. Mae'n hyfryd eich gweld chi eto.'

'Beth sy'n hyfryd ambythdi fe?' meddai Dan yn ogleisiol. 'Mae'n swno fel tasech chi 'di neud mwy na gwylio tane gyda'ch gilydd!'

'Mae'n hyfryd gweld ei fod e'n fyw,' atebodd Dela. 'Y tro diwetha y gweles i fe, roedden ni'n chwilio am gyrff mewn tŷ lojin oedd wedi'i fomio ac roedd styllod y to'n bygwth cwympo ar ein pennau ni. Lyndon dynnodd fi mas jest mewn pryd cyn i'r lle ddymchwel.'

Gwelodd Lyndon yn cydsynio'n ddi-air, ac un neu ddau o'r lleill yn syllu arno mewn edmygedd. Roedd yn amlwg nad oedden nhw wedi clywed gair am hyn o'r blaen.

'O, jiawl!' meddai Dan. 'Byddan nhw'n dangos 'u medale i ni whap!' Trodd at Dela. 'Ma' gyta finne *war wound*,' meddai, a dangos ei law chwith iddi. Roedd y bys bach ar goll.

'Ti wnaeth hynny dy hunan 'da cŷn, y clown!' meddai rhywun o ben arall y bwrdd.

Ymatebodd Dan yn ddigon hynaws i'r chwerthin a ddilynodd. 'Ie, wi'n gwpod,' cyfaddefodd. 'Ond o'n i'n gwitho'n galed ar orchfygu Hitler ar y pryd, on'd o'n i?' Gwenodd a wincio ar Dela.

Bob yn un ac un, cododd y dynion i ddychwelyd i'w gwaith. Lyndon oedd yr olaf, ac ysgydwodd law â hi cyn mynd, ond ni symudodd Dan.

'Wi 'di bennu am heddi,' eglurodd. 'O'dd arnyn nhw bnawn rhydd i fi.'

Arhosodd i'r drws gau y tu ôl i'w ffrindiau ac yna cynnodd sigarét arall. Diflannodd y cellwair o'i lygaid gleision.

'Diolch i chi am bido â sôn dim am nithwr,' mwmialodd. 'O'n i ddim i fod 'na.'

'Nac oeddech, wrth gwrs,' atebodd Dela. 'Na finne chwaith, a dweud y gwir.' Ni wyddai sut i grybwyll Sali wrtho. Gan nad oedd Ioan James wedi enwi neb o gyfoedion Sali, ni feddyliodd am eiliad y byddai dau ohonynt yn gyfarwydd iddi.

'Beth o'ch chi'n neud 'na, 'te?' gofynnodd Dan, gan godi ael. 'Ma'r crwt bach gwyllt 'na'n rhy ifanc i chi. O'n i'n meddwl 'i fod e'n mynd i ladd Sami.'

'Ro'n i'n ceisio'i rwystro fe rhag gwneud hynny. Ro'n i'n athrawes arno,' atebodd Dela'n bendant.

Sugnodd Dan aer drwy ei ddannedd. Daeth yr olwg ddireidus yn ôl i'w lygaid. 'Betia i 'i fod e 'di dysgu lot, 'ed,' meddai a wincio eto.

Sipiodd Dela ei the. 'Ydi'r heddlu wedi siarad â chi?' gofynnodd.

Edrychodd Dan ar ei sigarét cyn ateb. 'Nagyn,' cyfaddefodd.

''Smo chi'n credu 'u bod nhw'n debygol o wneud? Mae rhywun yn siŵr o glecan.'

'Pwy sy i ddweud nad nithwr o'dd y tro cynta i fi fynd 'na?' atebodd yn ddi-hid.

'Dwsinau o bobl, o beth glywes i.' Gadawodd iddo feddwl am hyn. 'Beth oedd y bois yn arfer eich galw chi yn yr ysgol – y "Carwr Mawr"? Dim ond un groten grac sy isie, a bydde'r heddlu ar eich cefn chi fel tunnell o lo.'

Pwysodd Dan ymlaen gan osod ei benelinau ar y bwrdd. 'Beth y'ch chi? Rhyw fath o *private eye*?' gofynnodd.

'Bydd raid i chi ofyn i Lyndon,' atebodd Dela'n llyfn.

'Cystal siarad â'r wal.'

'Gwrandewch, Dan,' meddai Dela'n gyflym. ''Sda fi ddim diddordeb o gwbl yn beth bynnag roeddech chi'n 'i neud. Ond heblaw am Sami, chi yw'r unig un dwi'n gwybod amdano sy'n treulio amser yn y goedwig. Weloch chi'r groten fach yno erioed?'

Tynnodd Dan anadl ddofn. 'Unwaith, rhyw ddou fis yn ôl,' meddai rhwng ei ddannedd. 'Ges i sioc 'y mywyd. O'dd hi fel ysbryd yn fflitan man hyn a man draw. Bron iawn i Ruby gael 'sterics.'

'Ruby oedd gyda chi neithiwr?'

Ysgydwodd ei ben a gwenu. 'Barodd honno lai nag wthnos. Ma' mwy o obeth gyda hon – Violet. Ma' hi'n rhannu fflat 'da rhyw groten arall sy'n mynd bant yn aml.'

'Ond o'dd y groten arall gartre neithiwr,' meddai Dela.

Tynnodd Dan wep. 'O'dd. Nagwy 'di gorfod mynd i'r coed ers sbel fach. O'n i 'di anghofio lle mor anghysurus yw e.'

'Ond doeddech chi ddim wedi anghofio am Sami.'

'Shwd allen i? Mewn ffordd, fy mai i, yw e 'i fod e 'na o gwbl. Dilynodd e fi o'r dafarn un nosweth, ar ôl i fi glico 'da'r flonden 'ma. Ga'th e *peep show* gwerth ei chael y nosweth honno, ac mae e wedi byw a bod 'na ers hynny.' Tapiodd ei flwch sigaréts ar y bwrdd. 'Ond do'dd e ddim yno pan ddiflannodd y groten fach. Gallwch chi ofyn i unrhyw un o'dd yn y Railway Tavern.'

'Beth am y fenyw gafodd ei lladd? Roeddech chi yn yr ysgol gyda hi.'

'Sali? O'n. A phawb arall o'dd rownd y ford hon gynne 'fyd.'

'Ydych chi'n cofio'i gweld hi tu fas i iet yr Arsenal?'

'Odw. Ond o'dd hynny ucen mlynedd yn ôl nawr. Dim ond prentisied o'n ni i gyd. Wi'n cofio'r dynon yn sôn am ei mham hi'n neud yr un peth. O'dd bod yn dwlali'n rhedeg yn y teulu.'

'Fyddech chi'n gweld Sali pan oeddech chi yn y coed o gwbl?'

'Dim ond gole'n dod o'r ffenestri. Wi'n catw llygad ar gefne Stryd Ernest drw'r amser. Ond 'smo i'n cofio'i gweld hi ambyti'r lle ers blynydde.'

'Weloch chi unrhyw un yn mynd i'w thŷ hi drwy'r cefn?'

'Naddo. Neb. Ro'dd rhywfaint o fynd a dod ar hyd yr ale gefen, cofiwch. Weles i groten fowr dew yn towlu bagie papur dros y ffens fwy nag unwaith.'

'Fuodd Sali ddim yn wejen i chi, flynyddoedd yn ôl? Roedd hi'n ferch bert bryd hynny.'

Chwarddodd Dan yn sur a syllu i fyw ei llygaid.

'Nagych chi'n meddwl bod 'y 'mywyd i'n ddigon anodd fel mae e?' atebodd. 'O'dd hi'n od pan o'dd hi'n groten, ac o beth glywes i dim ond gwaethygu wnaeth hi. 'Smo i'n gweud llai nag o'dd rhwbeth yn egsotig yn ei chylch hi. Ond yffach, pwy fydde'n ddicon dwl i gafflo 'da hi?'

*

Wrth iddi gerdded heibio i iet fawr yr Arsenal ar ei ffordd adref, pendronai Dela ynghylch faint o stori Dan oedd yn wir. Gallai gredu ei fod wedi gweld Barbara'n taflu ei bagiau teisennau gwag, ond beth am weddill yr hanes? Ni chytunai â Ioan James na fyddai gan 'run o'r prentisiaid yr hyder i ymwneud â Sali. Roedd Dan yn amlwg wedi'i eni'n llawn hyder a hyfdra, a chan ei fod yn adnabod Sali eisoes, oni fyddai'n naturiol iddo'i chyfarch? Camodd Dela ymlaen ar hyd y mur uchel a amgylchynai'r ffatri, gan ddwrdio'i hun am beidio â holi ymhellach. Ni chawsai hi ei hudo gan Dan, ond roedd ganddo ryw allu rhyfedd i'ch argyhoeddi am eiliad. Efallai taw dyna i gyd oedd ei angen.

'Dela?'

Trodd, gan gredu bod Dan wedi ei dilyn o'r caffi ond llais tawel a phetrusgar oedd yn galw arni. Safai Lyndon mewn adwy yn y mur gyda sigarét yn un llaw a mŵg mawr yn y llall. Roedd rhywun yn gweithio metel o'r golwg, y tu ôl iddo. Roedd Lyndon yn amlwg wedi bod yn aros amdani.

'Helô eto!' meddai hi, gan wenu. 'Dwi ddim yn eich gweld chi am flynyddoedd, ac yna ddwywaith mewn un diwrnod.'

Sgwffiodd yntau ei draed yn lletchwith. 'O'dd hi'n sioc 'ych gweld chi, hefyd, yng nghwmni Dan,' meddai. 'Fydden i ddim wedi erfyn i chi ... wel, ch'mod ...'

''Sdim isie i chi boeni,' atebodd Dela'n gyflym. 'Dwi ddim yn un o'i grotesi fe.'

Edrychodd arni fel pe bai'n pwyso a mesur y sefyllfa. 'Ffor' y'ch chi'n 'i nabod e 'te?'

'Dwi ddim, mewn gwirionedd. Dim ond neithiwr y gweles i fe am y tro cyntaf. Roedd e'n caru 'da rhyw fenyw yn y coed yr ochr draw i bont y rheilffordd. Ro'n i yno'n gwneud ymholiadau i farwolaeth y fenyw yn Stryd Ernest.'

Cododd Lyndon ael a thynnu ar ei sigarét. ''Sdim byd yn newid, o's e?' murmurodd. 'O'ch chi arfer neud lot o 'ny pan o'dd 'na gyrff di-enw ar ôl y bomio. O'ch chi ddim yn hido os o'ch chi'n damsgel ar gyrn yr awdurdode.'

Gwenodd Dela wrth gofio. 'Mae e damed mwy personol y tro hwn. Mae rhywun fu'n dda iawn wrtha i dan amheuaeth. Felly dwi wedi bod yn ceisio darganfod pwy arall oedd yn y cyffiniau'r noson honno. Glywes i sôn bod rhyw ddyn yn loetran yn y coed. Roedd e yno neithiwr.'

'Sami,' meddai Lyndon yn ddirmygus. 'Ethoch chi ddim i'r coed ar eich pen eich hunan, do fe?' holodd yn bryderus.

'Naddo wir, a rhwng pawb, ro'dd y lle'n fisi iawn. Yn ôl Dan, ro'dd Sami yn y dafarn gyda fe drwy gydol noson y llofruddiaeth.'

Er syndod iddi, amneidiodd Lyndon ei ben. 'Mae e'n gweud y gwir am unwaith,' meddai. 'O'n i 'na 'fyd, a dou neu dri o'r bois er'ill.' Meddyliodd am eiliad. 'Nagwy'n deall pam nad yw Dan yn cwrso Sami o'r coed.'

'Falle oherwydd ei fod e'n annhebygol o glecan am beth mae e'n ei weld,' awgrymodd Dela.

Gwenodd Lyndon idd'i hun. 'Holoch chi Dan am Sali?' gofynnodd.

'Do. Ro'dd e'n ei chofio yn yr ysgol, ond o'dd e'n honni mai rhyw groten ryfedd o'dd hi ac felly o'dd e'n ei hosgoi i. Ydi hynny'n wir?'

'Na 'dy,' wfftiodd Lyndon.

Arhosodd Dela iddo ymhelaethu, ond smociodd ei sigarét yn ddistaw am rai eiliadau. Edrychodd arni a chnoi ei wefus.

'Ody 'ddi'n wir fod syphilis arni?' gofynnodd o'r diwedd.

Mor gyflym roedd y si wedi mynd ar led. Amneidiodd Dela'i phen a gweld y gwrid yn codi i'w fochau. Roedd yn amau ei bod yn gwybod y rheswm dros hynny.

'Y trueni yw fod tabledi i gael nawr,' dywedodd yn dawel. 'Mae'n dipyn haws i'w drin.'

''Na beth wedodd Dan 'fyd.'

Syllodd Lyndon arni'n ymbilgar. 'Meddwl am y wraig a'r plant o'n i. Unwaith fues i gyda hi, ar fy mhen-blwydd yn un ar ucen. Present oddi wrth Dan. O'dd e'n dipyn o ffars ar y pryd, ond feddylies i fyth y bydde'r holl beth yn dod 'nôl i 'nghnoi i bymtheg mlynedd yn ddiweddarach. 'Smo i erioed wedi cael unrhyw symptomau, ond allwch chi ddim peidio pryderu.'

'Ai dyna'i anrheg pen-blwydd e i bob un ohonoch chi?' gofynnodd Dela.

'O, ie. Ac o'ch chi'n cael mynd ati am bris rhad pryd bynnag o'ch chi moyn wedyn. Ond ar ôl y tro cyntaf, o'n i ddim moyn.' Ysgydwodd ei ben wrth gofio. 'O'dd hi'n ferch ryfedd y jiawl. Rhyw ddawnso ambythdi'r lle gyta siôl fawr. Wedodd hi wrtha i ei bod hi'n dawnso er cof am Isadora Duncan. Nes i fi ddarllen am y fenyw honno sbel wedyn, feddylies i taw rhyw berthynas i Sali oedd hi.'

'Falle nad oedd pobl eraill yn sylwi fel chi, Lyndon,' meddai Dela.

'O'n nhw'n gweld y peth yn ddoniol,' atebodd. ''Nenwetig Dan. Beth o'dd e'n hoffi'n fwy na dim o'dd hala rhywun diniwed ati. Ch'mod, rhyw grwt glas o'r Ysgol Ramadeg, yn meddwl ei fod e'n ddyn mawr. Bydden ni'n eu gweld nhw'n meddwi yn y dafarn. Peth nesa, bydde Dan yn mynd draw atyn nhw'n wên i gyd. A'th e i'r Ysgol Ramadeg, ch'weld. 'Nes i ddim paso'r Lefn Plys.'

'Ond do'dd e ddim yn gwsmer rheolaidd ei hunan?'

Meddyliodd Lyndon eto. ''Smo i'n credu 'ny, er 'i fod e'n cwrso merched ddydd a nos. Falle'i bod yn rhy od iddo fe, hyd yn o'd. Weles i fe'n cwato oddi wrthi sawl tro. "Y blydi fenyw 'na" o'dd e'n 'i galw hi. O'dd hi'n cymryd ffansi at rywrai, ond wi'n ame taw whilo tâl gan Dan o'dd hi.'

'Trefniant ariannol o'dd e, 'te?'

'Ie, 'sbo, rhyw saith neu wyth mlynedd yn ôl. O'dd pethe'n weddol fisi ar ddechre'r rhyfel, ond slacodd popeth ar ôl i'r Yanks gyrraedd. Mwy o arian 'da nhw, a siocled a neilons ar ben hynny. Alle cwsmeriaid Dan ddim cystadlu.'

'Pam fod pethe mor dda ar ddechre'r rhyfel?' holodd Dela

'Bechgyn yn cael 'u papure i fynd i ymladd,' esboniodd Lyndo. 'A lot ohonyn nhw isie rhyw "brofiad" cyn mynd.' Arllwysodd diferion o'i gwpan i'r llawr. 'Es i ddim i ymladd, fel y'ch chi'n gwbod. Dwi'n fyddar yn un glust. O'n i'n siŵr y bydden i'n gorfod mynd, ond trefnodd Mr James y rheolwr i ni i gyd weld y meddyg. Wetodd e bod gormod o brofiad arbenigol gyta ni i'w afratu, ac y bydden ni'n fwy o werth yn y gwaith. Dim ond un neu ddou o'r rhai ifanc aeth yn y diwedd. Synnech chi faint ohonon ni o'dd ddim hyd yn oed yn C3, heb sôn am A1.'

'Beth am Dan?'

'Drefnodd e 'i ddamwain fach 'i hunan, on'd do fe? Weloch chi 'i law e?'

Nid oedd hyn yn syndod i Dela, ond taflai oleuni diddorol ar Ioan James. A wyddai Richard am lwc rhyfeddol dynion yr Arsenal?

'Ydych chi'n cofio rhai o'r dynion a gyfeiriwyd at Sali gan Dan?'

Taflodd Lyndon ei sigarét i'r llawr a meddwl. 'Ma' cymint ohonyn nhw,' meddai. 'Chi'n sôn am werth pymtheg mlynedd o gwsmeriaid. Withe bydden ni'n treulio'r nosweth gyfan yn y dafarn gyda rhyw fois, a bydde Dan yn mynd â nhw at Sali wetyn. O'dd y rhai ar eu nosweth ddwetha cyn mynd bant i'r rhyfel yn fwy tebygol o wneud sesiwn fowr ohoni. Ma' 'na lot 'smo i'n 'u cofio o gwbwl o achos 'ny.'

'Oes 'na unrhyw rai o gwbl sy'n dal yn fyw yn eich cof?' gofynnodd Dela.

Bu'n rhaid iddi aros sbel am ateb.

'Y nosweithie dwi'n 'u cofio ore yw'r rhai trist,' atebodd Lyndon o'r diwedd. 'Pobol na dda'th 'nôl, chi'n gwbod. Un tro da'th rhyw ffrind i Dan o'r Ysgol Ramadeg a ffrind iddo fynte. Buon ni yn y dafarn am sbel 'da nhw. O'dd un o'r ddou'n gallu canu'r piano. Unrhyw beth o'ch chi moyn – dim ond whibanu'r diwn oedd isie, ac o'dd e'n galler 'i whare fe. Lladdwyd y ddou 'na. Ofnatw.' Ysgydwodd ei ben. 'Falle fod Dan 'di neud ffafr â nhw wedi'r cwbwl.'

Roedd Dela'n cofio'r noson honno hefyd, er nad oedd Eifion wedi sôn llawer amdani. Hi oedd wedi ei annog i fynd i ffarwelio â hen ffrindiau. Ni allai gofio pa amser y cyrhaeddodd e adre.

'Aeth y ddau at Sali, 'te?' clywodd ei hun yn gofyn.

'Jiw, naddo. Dim ond un ohonyn nhw. O'dd y bachan o'dd yn whare'r piano â mwy o ddiddordeb yn wyrcins yr hen offeryn. O'dd ddim lot 'da fe i weud trw'r nos, ond o'dd y llall yn foi a hanner.'

'Ydych chi'n cofio'i enw fe?'

'Alun, wi'n credu,' atebodd Lyndon. 'Ond wi'n gwpod taw'r tro dwetha gweles i fe, o'dd e a Dan yn cerdded o'r dafarn lawr y tyle i Stryd Ernest, a'r ddou'n baglyd dros bedale beic y bachan. Sefon ni'n edrych arnyn nhw'n mynd a wherthin. 'Smo chi'n meddwl, y'ch chi, ffor' gall pethe droi mas?'

'Na,' cytunodd Dela. 'Falle 'i bod hi'n beth da na allwn ni weld i'r dyfodol. Pryd gweloch chi Sali ddiwethaf?'

Cododd Lyndon ei ben a gwenu. 'O'n i'n mynd i weud ar yr hewl, ond nawr bo fi'n meddwl, fe dda'th hi i'r iet yn y gwaith unwaith, fel o'dd hi'n arfer neud yn groten ifanc. O'dd yr ail ffrynt weti dachre achos o'n ni'n gwitho arfe fel lladd nadredd. O'dd hi'n dywyll ar y pryd, wi'n cofio. O'n i'n croesi'r iard, a 'na lle'r o'dd hi wrth yr iet, gyda Dan.'

'Beth oedd hi eisie?'

'Arian, weden i. O'dd hi'n dadle gyta Dan, ac yn gafael yn 'i fraich e.' Gwnaeth ystum crafanc â'i law rydd. 'Ro'dd e'n ysgwyd 'i ben arni ac o'n i'n cretu bod pethe'n mynd i droi'n gas, ond dynnodd e ryw bapur gwyn o'i boced a'i roi e iddi. Papur pumpunt, siŵr o fod. Ta p'un, edrychodd hi arno fe fel tase fe'n ganpunt. 'Na'r tro dwetha, wi'n siŵr.'

Trodd ei ben yn sydyn. Er gwaethaf ei fyddardod, roedd wedi clywed rhywbeth.

'Gwell i fi fynd,' meddai. 'Falle gwela i chi 'to.'

*

Aeth Dela hithau ar ei hynt, gan deimlo'n bur gymysglyd. Er i Lyndon gadarnhau ei hamheuon mai celwyddgi oedd Dan, roedd yn wir fod Sali'n feudwy ers amser hir. Hyd yn oed os talodd Dan hi wrth iet y gwaith, rhaid cofio bod hynny wedi digwydd o leiaf bedair blynedd yn ôl. Oni bai fod Dan wedi cael ei gymell am ryw reswm i barhau i roi arian iddi, roedd yn debygol fod eu perthynas wedi hen wywo. Tybiai fod y cwsmeriaid yn talu Dan, ac y byddai yntau'n rhoi rhan o'r arian i Sali. Esboniai hynny'r holl guddio rhagddi. Byddai bob amser angen arian ar rywun fel Dan. Dim rhyfedd fod Sali wedi gorfod aros am ei siâr.

*

'Ble fuost ti?' hisiodd Nest gan ei thynnu i mewn i'r ystafell fwyta a chau'r drws.

'Yng Nghaffi Megan yn siarad â phobol,' atebodd Dela. 'Pam? Oes rhywbeth wedi digwydd?'

'Mae Huw wedi ffonio ddwywaith. Mae o am i ti 'i ffonio fo'n ôl.'

Greddf gyntaf Dela oedd gwrthod, a rhaid bod Nest wedi gweld hynny yn ei hwyneb.

'Rŵan! Mae'n bwysig!'

Synnodd Dela at daerineb ymateb Nest.

'Ydi Tudful yn y stydi?' gofynnodd.

'Nac 'di. Dwi wedi'i yrru fo i'r ardd i godi tatws. Chei di mo dy 'styrbio.'

*

Canodd y ffôn yn Nant-yr-eithin am lai nag eiliad cyn i'r derbynnydd gael ei godi.

'Hen bryd,' meddai Huw. 'Rydw i'n dechra tyfu gwreiddia yn y gadair 'ma. Ble wyt ti wedi bod?'

'Meindia dy fusnes,' atebodd Dela. 'Beth sy mor bwysig?'

'Mae isio i ti ddod i gynhebrwng Dafydd Jones fory.'

'Beth? Alla i byth â chyrraedd Nant-yr-eithin erbyn hynny.'

''Sdim angan i ti neud. Mae 'na gapal bach yn gysylltiedig â'r ysbyty yng Nghaerfyrddin, ac mae'r caplan newydd roi gwybod i mi ei fod o'n rhydd i gymryd yr angladd am bedwar.'

'Ond pam fod angen i fi ddod?'

'Fydd neb arall yno heblaw ni'n dau. Fedri di weld

248

unrhyw un arall o fama'n mynd ar siwrna adag y cynhaeaf?'

'Alla i ddim eu gweld nhw'n teithio i unman unrhyw bryd.'

'Mi ddoi di, felly? Mae 'na drên yn cyrraedd Caerfyrddin am dri. Mi fydda i'n aros amdanat ti yn yr orsaf.' Oedodd am ennyd. 'Paid â phoeni beth i'w wisgo. Fydd neb heblaw fi yn dy nabod di.'

*

'Anghofish i sôn,' meddai Nest, pan ymddangosodd Dela yn y gegin yn rhincian ei dannedd. 'Mae un o dy ffrogia di'n barod. Ddudodd Agnes wrtha i amsar cinio dros y ffens.'

'Ddwedodd hi p'un?' gofynnodd Dela'n obeithiol.

'Yr un dywyll, dwi'n credu,' atebodd Nest. ''Sgin ti bres i dalu amdani? Gei di fenthyg peth gen i os na.'

Meddyliodd Dela efallai nad oedd y ffrog yn barod pan alwodd Huw y tro cyntaf i egluro am yr angladd, ond roedd Nest eisoes wedi diflannu i mewn i'r pantri.

Pennod 20

Bu Olwen yn sôn am fynd adref ers rhyw ddeuddydd, a phan glywodd am daith Dela i Gaerfyrddin manteisiodd ar y cyfle am gwmni. Byddai hi'n disgyn o'r trên yno a threfnai i'w gŵr, Hilman, ei chasglu o'r orsaf. Llwyddodd y ddwy i ddod o hyd i gerbyd gwag ac eistedd gyferbyn â'i gilydd ar bwys y ffenestr.

'Gewn ni gwpaned fach nawr, cyn i'r cerbyd lenwi,' meddai Olwen gan estyn am y fflasg.

'Bydd eich gŵr yn falch o'ch gweld chi erbyn hyn,' meddai Dela.

'Bydd, gobeitho,' cytunodd Olwen. 'Ond bydd y tŷ'n siang-di-fang, a bydd e wedi gadel iddyn nhw redeg yn rhemp yn Awr y Plant neithwr, felly bydd ganddo ben tost. Fe wnaf i sbynj iddo er mwyn iddo beidio â phwdu.'

'Mae sbynj yn falm i'r galon friw, felly.'

'Bob tro.' Yfodd Olwen ei the. 'Cofiwch, dwi'n meddwl bod angen mwy na sbynj ar Tudful druan.'

'Falle na ddaw e'n well nes i'r holl achos 'ma gael ei ddatrys,' meddai Dela.

Edrychodd Olwen arni dros ei chwpan de. 'Oes unrhyw obaith o hynny?'

'Ddim ar hyn o bryd. Mae 'na nifer o bosibiliadau, ond dim byd rhy amlwg.'

'Rhestrwch nhw,' meddai Olwen, gan osod ei hun i wrando'n astud. 'Falle bydd hynny'n help i hidlo'r gwenith o'r mân us.'

Treuliasant weddill y daith yn trafod yr hyn roedd Dela wedi'i ddysgu cyn belled, ac yn wir roedd y profiad yn help i Dela roi trefn ar ei syniadau. Sylweddolodd y byddai'n caniatáu iddi hefyd gyflwyno'i theorïau'n daclus wrth Huw. Hwyrach mai dyna pam roedd e wedi mynnu ei bod yn dod i angladd Dafydd Jones y Mishtir. Gwelodd ei hadlewyrchiad yn y ffenestr. Rhwng y gwallt, y lipstic a'r ffrog – heb sôn am ffrwyth ei hymholiadau – gobeithiai ei synnu i dawelwch llwyr.

Gwelodd Olwen hi'n edrych a gwenu. 'O'dd hi'n werth i Nest hysian Agnes am y ffrog 'na ddoe,' meddai. 'Mae hi'n hyfryd.'

'Diolch,' atebodd Dela. 'Ond dwi'n amau taw trefnu priodase mae Nest. Byddech chi'n meddwl, ar ôl yr holl alwadau ffôn ganol nos, y bydde hi wedi gweld pa mor anodd ei drin mae e.' Nid oedd ganddi unrhyw amheuaeth fod Olwen yn gwybod amdanynt.

Nid atebodd Olwen am funud. 'Y peth sydd wedi fy synnu i,' meddai o'r diwedd, 'yw ei bod hi'n awyddus i chi briodi unrhyw un o gwbwl. Bydde llawer i fam yn ei sefyllfa hi'n disgwyl i chi alaru am byth. Dwi wedi gweld hynny sawl gwaith ar ôl y rhyfel. Ond mae ysbryd hael yn Nest. Mae hi'n eich gweld chi'n fwy fel merch iddi nawr na merch-yng-nghyfraith.'

Disgynnodd tawelwch pellach wrth i Dela gnoi cil ar hyn.

'Mae'n wir 'mod i'n debycach i chwaer fawr na chariad i Eifion,' murmurodd. 'Roedd e'n berson mor addfwyn a breuddwydiol.'

'Falle mai dyna pam fod Huw Richards yn gymaint o sioc i'r system,' atebodd Olwen.

*

Ffarweliodd y ddwy â'i gilydd ar y platfform yng Nghaerfyrddin. Gwyliodd Dela wrth i'r ddynes fawr fartsio allan i gwrdd â'i gŵr, a safai fel plentyn amddifad wrth yr allanfa. Cododd ei llaw arno, a chwifiodd yntau ei het yn wanllyd arni. Nid oedd sôn am ei hebryngwr hi, felly ymlwybrodd Dela draw i'r bwffe gan feddwl efallai ei fod wedi mynd yno am gwpanaid o de. Edrychodd drwy'r ffenestr, a phan welodd het gyfarwydd yn gorwedd ar un o'r byrddau gwyddai ei bod wedi dyfalu'n gywir. Eto, wrth iddi wthio'r drws ar agor, nid welai neb y tu ôl i'r cownter, ac roedd llygaid y cwsmeriaid eraill wedi'u hoelio ar y gornel bellaf.

Trodd Dela a gweld Huw yn eistedd a'i gefn yn erbyn y wal, gyda'r weinyddes yn ymdrechu i godi'i goes ddrwg ar y fainc. Crynai'r goes yn ddi-stop, ac roedd Huw yn amlwg mewn poen ofnadwy.

''Na chi, bach,' meddai'r weinyddes. 'Gadewch chi i'r hen bwl cas 'na fynd heibo.'

Edrychodd dros ei hysgwydd wrth glywed Dela'n brysio draw atynt. Gwenodd ar y ddau ohonynt.

'A 'co hi 'di cyrraedd,' cyhoeddodd. 'Byddwch chi'n well nawr. Te?'

Amneidiodd Dela'i phen a cheisio gwenu'n ôl arni. 'Diolch yn fawr, a glasied o ddŵr, os gwelwch yn dda,' meddai.

Eisteddodd wrth y bwrdd. Nid oedd Huw wedi agor ei lygaid i edrych arni eto, felly chwiliodd yn ei bag llaw am y botel o aspirin. Roedd hi eisoes yn bum munud wedi tri. Os nad oedd Huw'n ddigon da i gerdded i'r ysbyty, tybed oedd ganddynt amser i drefnu tacsi?

'Be 'sgin ti'n fan'na?' meddai llais drwgdybus o'r gornel wrth i Huw agor ei lygaid o'r diwedd.

'Tabledi *cyanide*,' atebodd Dela.

'Ty'd â hannar dwsin ohonyn nhw i mi felly,'

'Â chroeso,' meddai Dela. Arhosodd i'r weinyddes osod eu harcheb o'u blaen. Edrychai fel pe bai'n awyddus i ddechrau sgwrs, ond daeth rhagor o bobl i'r bwffe ac aeth hithau'n ôl at ei chownter.

'Beth ar y ddaear ddigwyddodd?' sibrydodd Dela. 'Gest ti godwm?'

Ysgydwodd Huw ei ben a gwingo, ond derbyniodd y tabledi a'r dŵr o'i law, a'u llyncu. 'Mae'r clytsh ar y car yn stiff, a dwi'm wedi gyrru mor bell o'r blaen,' atebodd gan rwbio'i goes â'i law rydd. 'Cramp ydi o. Mi fydda i'n iawn yn y munud.'

'Beth wnawn ni os na alli di yrru?'

Ciledrychodd arni o dan ei amrannau. 'Gei di neud,' meddai.

*

Gydag un naid cangarŵ olaf, neidiodd car Huw i'r bwlch llydan a chododd Dela'r brêc llaw. Trwy wyrth, roeddent wedi cyrraedd yr ysbyty heb anhap. Eisteddodd Huw yn sedd y teithiwr a'i het dros ei wyneb, yn esgus cysgu. Gwyddai Dela taw ffugio oedd e oherwydd gallai weld ei goes iach yn symud o bryd i'w gilydd fel pe bai'n ceisio gwthio'r brêc. Ni hidiai. Nid oedd hi wedi cynnig gyrru nac yn dymuno gwneud chwaith.

'Ydan ni yma?' gofynnodd Huw gan wthio'i het oddi ar ei wyneb.

'Odyn,' atebodd Dela'n swrth ac agor drws y gyrrwr.

*

Roedd capel bach yr ysbyty'n wag heblaw am arch foel a safai yn y pen pellaf. Cleciai eu sodlau ar y llawr pren wrth iddynt gyrraedd y seddi blaen. Agorwyd drws yng nghefn y capel a daeth y caplan i mewn yng nghwmni dyn tal mewn siwt. Gwenodd y caplan mewn rhyddhad o'u gweld a brysio atynt. Aeth Huw at y ddau a buont yn trafod am ychydig cyn i'r caplan edrych ar y cloc.

'Cystal i ni gychwyn,' meddai.

Roedd e wrthi'n darllen o'r Beibl pan synhwyrodd Dela rhyw symudiad bach y tu ôl iddi. Roedd nyrs wedi dod i mewn yn dawel ac eistedd ar un o'r seddi nesaf at y drws. Roedd Dela'n siŵr ei bod wedi ei gweld o'r blaen. Ai hi oedd wedi ei harwain, fisoedd ynghynt, i'r ward ble roedd Dafydd Jones? Beth bynnag am hynny, roedd y ferch wedi gwneud yr ymdrech i fod yn bresennol. Ni wrandawodd Dela lawer ar deyrnged fer y caplan. Roedd yn amlwg fod Huw wedi darparu manylion am fywyd ei ffrind, ond teimlai Dela dristwch llethol ynghylch yr holl beth. Cymaint mwy cartrefol fyddai i Dafydd Jones fod wedi mynd yn ôl i Nant-yr-eithin a gorffwys yn y fynwent yno. Nid oedd angladd o bedwar yn werth yr enw. Pam yn y byd y dewisodd Huw ei gynnal yma?

Roedd y gwasanaeth ar ben mewn llai nag ugain munud. Ysgydwodd Dela law â'r caplan a chael ei chyflwyno i gyfarwyddwr yr ysbyty. Brysiodd hwnnw oddi yno cyn gynted ag y gallai a thynnodd Huw'r caplan i'r naill ochr. Teimlodd Dela law ysgafn ar ei braich a throdd i weld y nyrs yn gwenu arni.

'Dwi'n eich cofio chi,' meddai'n swil. 'Buoch chi yma'n gweld Mr Jones. Chi a'r gŵr bonheddig draw fan 'na. O'dd e ddim yn cael llawer o ymwelwyr, druan.'

'Dwi ddim yn credu bod ganddo fawr o deulu,' atebodd Dela, gan amau ei bod ar fin dweud rhywbeth arall.

Roedd hi'n iawn, oherwydd edrychodd y nyrs yn ofalus ar y ddau ddyn yn trafod cyn gostegu'i llais. 'O'dd 'na fenyw arall,' meddai. 'Daeth hi yma gwpwl o weithie.' Ysgydwodd ei phen. 'O'n i'n ffaelu gweld beth o'dd gyda nhw'n gyffredin. Ro'dd rhwbeth yn goman yn 'i chylch hi, ac ro'dd Mr Jones yn eitha sgolor, ch'mod.'

Ni chymerodd Dela arni ei bod yn gwybod dim am y 'fenyw arall', er y sylweddolai mai am Lena roedd y nyrs yn sôn.

'Falle taw rhyw berthynas o bell oedd hi,' cynigiodd.

Rhoddodd y nyrs rhyw chwerthiniad bach sychlyd. 'O na,' meddai. 'O'dd hi ddim yn berthynas gwaed yn bendant. Aeth hi i iste ar 'i lin e un tro! Y peth gwaetha o'dd y ffordd ro'dd e'n ypseto'n llwyr ar ôl iddi fynd. Fel rheol do'dd e'n ddim trafferth o gwbwl, ond o'dd y fenyw 'na'n 'i gynhyrfu fe'n ddifrifol. Unwaith, jengodd e mas o'r ward, a dethon ni o hyd iddo'n rhedeg am yr iet. Rhyw sôn am ladd a marwolaethe a phob math o bethe . . .'

'Druan ohono,' meddai Dela. 'Mae'n drist ofnadwy i feddwl am rywun mor ddeallus yn diodde o salwch meddyliol.'

Edrychodd y nyrs arni'n ddiolchgar. 'Dwi'n falch o glywed rhywun arall yn dweud hynny. 'Na beth o'n i'n mynd i ddweud wrth y plisman, ta beth.' Edrychodd ar ei wats broits. 'Dyle fe fod 'ma cyn hir.'

Ceisiodd Dela gelu'i phryder. 'Ydi'r heddlu'n cymryd diddordeb yn Mr Jones, 'te?' gofynnodd yn ddidaro.

'Ddim ynddo fe. Y fenyw 'na.' Gostegodd y nyrs ei

llais ymhellach. 'Buodd hi farw, ch'weld. Wel, cafodd hi ei lladd, a dweud y gwir. Ond alle Mr Jones druan ddim fod wedi gwneud y fath beth.'

'Na alle, wrth gwrs. Pryd gysyllton nhw â'r ysbyty?'

'Cwpwl o dd'wrnode'n ôl. Pan nad oes unrhyw deulu byddwn ni'n rhoi notis yn y papur, rhag ofon. Falle eu bod nhw wedi gweld hwnnw.'

Ers iddi ddeall bod yr heddlu ar fin gyrraedd, bu Dela'n sbecian yn gyson drwy'r ffenestr. Edrychodd ar ei wats yn sydyn. 'O bois bach!' meddai. 'Esgusodwch fi. Bydd raid i fi frysio, neu golla i 'nhrên.'

Gwenodd y nyrs eto. 'Fel 'na o'dd hi'r tro dwetha y buoch chi 'ma hefyd, ontefe? Ro'dd yn rhaid i chi redeg bryd 'ny hefyd.'

'O'dd,' meddai Dela, gan ddiolch i'r drefn bod y ferch yn credu mai'r trên oedd yn gyfrifol am ei hymadawiad ar ras ar y ddau achlysur. 'Dwi wastod yn hwyr at rywbeth!'

*

'Be ar y ddaear sy'n bod?' galwodd Huw wrth weld Delan'n rhedeg tuag ato.

Roedd hi bron wedi cyrraedd y car, a herciai yntau'n lletchwith ar hyd y llwybr.

'Siapa hi!' hisiodd Dela. 'Fedri di yrru?'

Pwysodd Huw ennyd ar do'r car. 'Gwell gin i beidio,' cyfaddefodd. 'I ble 'dan ni'n mynd?'

'Unrhyw le bant o fan hyn. Mae'r heddlu ar fin cyrraedd. Reynolds, galli di fentro.'

Crychodd Huw ei dalcen ond taflodd yr allweddi ati a dringo i sedd y teithiwr. 'Awn ni allan o'r dre, felly, i'r

256

cyfeiriad arall. Gallwn ni adael tir yr ysbyty heb fynd drwy'r brif fynedfa.'

Baciodd Dela'n ofalus allan o'r safle parcio a dilyn ei gyfarwyddiadau. Yn y drych ôl gwelodd gar mawr du'n troi i mewn i'r ysbyty, ond erbyn hynny roeddent bron o'r golwg y tu ôl i ryw adeilad mawr. Canolbwyntiodd Dela ar y gyrru, ac ar fynd cyn belled ag y gallai oddi wrth Gwyn Reynolds. Yn ffodus, roedd Huw'n gyfarwydd â'r dref a chyn hir roeddent allan yng nghefn gwlad.

'Yr ail dro ar y chwith,' meddai Huw, gan droi ei ben i edrych drwy'r ffenestr ôl. 'Mae'n gul ond mae 'na gilfach o'r golwg i lawr yn fan 'no.'

Parciodd Dela'n rhesymol o daclus wrth y clawdd ac yna eistedd yn ôl a chau ei llygaid. Llaciodd y tensiwn yn araf o'i hysgwyddau.

'Bydd raid i ni ffoi'n amlach,' meddai Huw. 'Rwyt ti'n gyrru ganwaith gwell pan mae ofn arnat ti.'

'Roedd ofn arna i drwy'r amser pan fues i'n gyrru o'r blaen, flynyddoedd yn ôl. Gyda'r bomiau'n cwympo a thanau mawr ym mhob man, roedd e'n fodd i ganolbwyntio.'

Clywodd Huw yn chwerthin yn dawel wrth rwbio'i goes.

'Pwy ddudodd wrthat ti am yr heddlu?' gofynnodd yn sydyn.

'Y nyrs,' atebodd Dela. 'Dwi'n credu ei bod hi'n poeni am orfod siarad â nhw. Oeddet ti'n gwybod bod Dafydd wedi ceisio dianc o'r ysbyty ar ôl i Lena fynd i'w weld?'

Gwyrodd Huw ei ben ryw fymryn. 'O'n. Mi faswn i wedi synnu llai, cofia di, tasa fo wedi trio dianc cyn iddi gyrraedd neu yn ystod ei hymweliad.'

'Dywedodd y nyrs ei fod e'n parablu am ladd a marwolaethau hefyd. Gobeithio na fydd yr Arolygydd yn gweld hynny'n arwyddocaol.'

'Mae o'n siŵr o neud, 'sti. Ond mae Dafydd allan o'i afael o rŵan, diolch i'r drefn. Tasa fo wedi byw, mi fasa'n rhaid i mi fod yno efo fo mewn unrhyw gyfweliad. Ac mi fasai'r diawl 'na o Arolygydd wedi neidio ar y cyfle i'm holi i. Mi fedra i ddychmygu pa ensyniadau mae Aneurin Plisman wedi'u gwneud eisoes.'

Sylweddolodd Dela taw dyna pam y trefnwyd yr angladd yng Nghaerfyrddin, rhag i Gwyn Reynolds gael esgus i deithio i lawr i Nant-yr-eithin.

'Diolch byth mai dim ond stori ddiniwed, ail-law gaiff yr Arolygydd gan y nyrs, felly.' Ystwythodd Huw ei goes unwaith yn rhagor. 'Sôn am stori ail-law, be sy 'di digwydd ers i ni siarad ddwytha?'

Efallai ei fod mewn gormod o boen i dorri ar ei thraws drwy'r amser, oherwydd ni theimlai Dela ei hanfodlonrwydd arferol wrth draethu'r hanes. Fel Olwen, gwrandawodd Huw heb gynnig sylw o gwbl. Ond pan siaradodd wedi iddi orffen, roedd y cwestiwn a ofynnodd yn un annisgwyl.

'Faint o blant sy gan y Lyndon 'ma? Pump, ddudist ti?'

Amneidiodd Dela'i phen.

'Ie, dyna beth ddywedodd e.'

'Ac un plentyn sy gin Dan?'

Pan amneidiodd hi eto, cnodd Huw ei wefus yn feddylgar. 'Annhebygol, felly,' meddai o'r diwedd. 'Tasa gin un o'r ddau wraig ddi-frwyth . . .'

Gwelai Dela i ba gyfeiriad roedd ei syniadau'n mynd. 'Rhywun fyddai'n fodlon cuddio'r groten fach heb ofyn gormod o gwestiynau. Alla i ddim gweld gwraig Lyndon na gwraig Dan yn gwneud y fath beth – yn enwedig gwraig Dan. Byddai hi'n siŵr o gredu taw plentyn siawns i Dan yw hi.'

'Ella bod hynny'n well na meddwl ei fod o wedi llofruddio Sali.'

'Oni fyddai hi'n meddwl hynny'n awtomatig?' dadleuodd Dela. 'Rwyt ti'n hollol argyhoeddedig, felly, fod cysylltiad rhwng diflaniad Brenda Jones a marwolaeth Sali?'

'Yndw, o 'styried y tyllau yn y waliau a ballu. Fedra i'm cytuno efo dy Arolygydd di. Aeth neb i'r tŷ i'w nôl hi. Roedd hi wedi dengyd, fel oedd hi'n arfar neud. 'Sgwn i sut oedd hi'n llwyddo i amseru'r peth bob tro heb gael ei dal? Oedd ganddi hi wats, tybad?'

'Dwi ddim yn credu. Mae'r cartre'n drewi o dlodi.'

Eisteddodd y ddau'n dawel am eiliad. Tan hynny, nid oedd Dela wedi meddwl ei bod yn rhyfedd sut y gwyddai Brenda'n union pryd i ddod yn ôl i'r tŷ bob tro. Tybed oedd cloch tŵr rhyw eglwys yn canu'r oriau a'i rhybuddio?

'Be am y dyn sy'n loetran yn y coed?' gofynnodd Huw. 'Ydi hi'n werth ei holi fo ymhellach?'

'Ddim ar fy mhen fy hunan. Dim ffiars,' atebodd Dela, heb feddwl. Sylweddolodd yn rhy hwyr beth roedd hi wedi'i ddweud, a syllodd allan drwy ffenestr agored y car, gan obeithio na fyddai Huw'n sylwi.

'Pam?'

Pan drodd hi o'r ffenestr roedd e wedi culhau ei lygaid, ac yn syllu arni. 'Be wyt ti'n ei wybod amdano? Be mae o wedi'i neud?'

Ni ddywedodd Dela 'run gair. Chwyrlïai ei feddyliau.

Nid oedd wedi credu y byddai'n rhaid iddi ddweud yr hanes wrth Huw. Meddyliodd yn siŵr y byddai Nest wedi dweud y cyfan yn ystod un o'u sgyrsiau di-ben-draw. Ai dyna pam cafodd hi'r gorchymyn i ddod i'r angladd? Ni allai ddirnad unrhyw beth ond didwylledd yn ei wedd, ond doedd hyny'n golygu dim.

'Dyw Sami ddim yn ddiniwed,' meddai o'r diwedd.

'Wel, nac 'di. Y peth gora y gellid ei ddweud amdano ydi ei fod o'n afiach. Ond o'r hyn mae dy gysylltiada di'n ei ddweud, 'sgynno fo mo'r gallu i gynllunio . . .' Ni orffennodd ei frawddeg, ond syllodd arni eto. 'Be wnaeth o, Dela? O'n i'n meddwl bod Gareth efo chdi'r noson honno?'

'Diolch byth ei fod e,' atebodd Dela. Edrychodd i lawr ar ei dwylo. 'Dwi ddim yn gwybod beth fydden i wedi'i wneud petawn i wedi gorfod cwrdd â Sami ar fy mhen fy hun eto. Rhewi, mwy na thebyg.'

'Eto? Be wyt ti'n feddwl, "eto"?'

Yn araf, adroddodd yr holl stori wrth Huw, gan ei wylio'n ofalus i weld beth fyddai ei ymateb. Rhywfodd, ni allai fabwysiadu'r un agwedd ddi-hid gydag ef ag y gwnaeth o flaen Nest. A dywedai rhywbeth wrthi taw'r rheswm nad oedd Nest wedi dweud dim oedd fod yr hanes yn dwyn gwarth am ben Dela ei hun. Ar ôl iddi orffen, bu tawelwch am sbel.

'A bu'n rhaid i ti dynnu Gareth oddi arno fo?' gofynnodd Huw o'r diwedd.

'Do. Wrth gwrs, doedd Gareth ddim yn gwybod bod Sami wedi ymosod arna i. Roedd e'n credu'n siŵr ei fod yn rhoi ffustad dda i'r llofrudd.'

''Swn i 'di lladd y diawl,' meddai Huw o dan ei anadl.

'Galli di weld pam o'n i mor amheus ynghylch honiad Dan. Ro'n i'n gwybod bod gan Sami'r gallu i gynllunio. Ond hyd yn oed gyda Dan yn rhaffu celwyddau, dwi'n dueddol o gredu Lyndon. Doedd Sami ddim yn y coed y noson honno, na Dan chwaith.'

'Mae gin ti hanas efo'r Lyndon 'ma, yn'does? Rwyt ti'n ymddiried ynddo fo.'

'Wel, pan mae rhywun yn dy dynnu di allan o adeilad sy'n dymchwel am dy ben . . .'

'Ia, dwi'n dallt. Ond mae o'n epilio fel cwningan, sy'n awgrymu diddordab byw iawn mewn rhyw.'

Gwenodd Dela. 'Dwi'n credu bod ei wraig yn aelod o'r eglwys Gatholig.'

Gwenodd yntau. 'A gan na fuodd o i ffwr' yn y rhyfel, does 'na'm bwlch.'

'Nac oes, diolch i Ioan James. Dwi erioed wedi clywed am neb yn medru twyllo'r bwrdd milwrol i'r fath raddau o'r blaen. Ond wedyn, gan ei fod e 'i hunan wedi ymladd yn y Rhyfel Mawr, galla i ddeall ei awydd i ddiogelu'i weithwyr. Dwi ddim yn gweld y peth yn sinistr. Roedd e'n gwybod pwy i ddylanwadu arnyn nhw, dyna i gyd.'

'Dydw inna ddim yn credu 'i fod o'n ysbïwr. Ond mae 'na rwbath od amdano fo, serch hynny.' Edrychodd ar ei wats. 'Faint o'r gloch mae dy drên di'n mynd?'

*

Gyrrodd Huw i'r orsaf, a hebrwng Dela ar y platffform. Roedd yn dawedog iawn gydol y daith.

'Beth sy ar dy feddwl di?' gofynnodd Dela.

'Yr hogan bach,' atebodd.

'Wyt ti'n credu ei bod hi'n dal yn fyw?' gofynnodd Dela'n isel. ''Sdim golwg o gwbl wedi bod ohoni.'

Cododd Huw ei ysgwyddau. 'Dwi'n ofni ei bod hi wedi cael ei lladd yn y fan a'r lle, ond dwi ddim yn credu 'i bod wedi'i chladdu yn y coed. Maen nhw wedi bod trwy'r lle efo crib mân. Felly, mae'n rhaid bod rhywun wedi'i chario oddi yno, naill ai'n fyw neu'n farw.'

'Tase hi'n fyw, dwi'm yn meddwl y bydde hi wedi mynd yn dawel. Mae'r plant eraill yn sôn am groten fach haerllug, hŷn na'i hoed. Ro'n i'n synnu cymaint roedden nhw'n ei chasáu hi.'

Gwthiodd Huw ei ddwylo i'w bocedi. 'Maen nhw ofn i'r un peth ddigwydd iddyn nhw,' meddai, 'ac felly maen nhw'n cysuro'u hunain trwy gredu 'i bod hi wedi haeddu'i thynged. Dim ond plant drwg sy'n cael eu cipio o'u gwlâu, yndê?'

Tynnodd Dela anadl ddofn. 'Wyt ti'n credu taw dweud celwydd mae'r plant?'

'Ddim yn hollol. Ond mae 'na bethau sy'n fy mhoeni. Sut, er enghraifft, y newidiwyd y drefn fel bod Brenda'n siopa dros Sali, yn hytrach na Meical?' Gwyrodd ei ben tuag ati. 'Tybed fedret ti gael gair efo fo? Mae Gareth wedi braenaru'r tir, ond ella fod angan rhywun hŷn i ofyn.'

Pwffiodd y trên tuag atynt. Dringodd Dela i un o'r cerbydau. Gwthiodd y ffenestr i lawr a phwyso allan.

'Bydd yn rhaid i Gareth geisio trefnu rhywbeth,' meddai. 'Fyddi di'n iawn i yrru'r holl ffordd yn ôl i Sir Benfro?'

'Mi gymera i fy amsar,' atebodd yntau. 'Fyddi di'n iawn?'

Amneidiodd Dela'i phen. Gwyddai pam roedd e'n gofyn. 'Dwi'm yn corddi ynghylch Sami,' meddai. 'Mae Gareth wedi rhoi crasfa iddo fe, wedi'r cyfan.'

'Feddylist ti ddim am gwyno i'r heddlu yn ei gylch?' gofynnodd Huw.

'Ddim am eiliad,' atebodd Dela.

Edrychodd ef arni'n ddwys. ''Sdim gwerth i ti aberthu dy hun, 'sti,' meddai.

Byddarwyd nhw gan y sŵn wrth i'r trên ddechrau symud. Cododd Dela ei llaw ar Huw a mynd i eistedd. Roedd e'n dal i sefyll yno pan bipodd drwy'r ffenestr am y tro olaf.

Pennod 21

CURODD DELA ar ddrws ystafell Gareth a'i glywed yn neidio oddi ar ei wely i'w agor. Dilynodd Dela ef i mewn gan eistedd ar y gist isel o dan y ffenestr. Er ei bod yn hwyr, nid oedd e wedi 'matryd eto. Gwelodd ei fod wedi gadael ei nodiadau ar y cwrlid.

'Nawr chi'n dod 'nôl o angladd y Mishtir?' gofynnodd.

Amneidiodd Dela'i phen. Bu'n daith drafferthus, a theimlai ei chroen yn llaith a chraflyd. Edrychai ymlaen at gael bath, ond roedd hi eisiau rhoi'r trefniadau ar waith cyn ei throi hi am y gwely. Gwyddai y byddai Gareth wedi hen ddiflannu o'r tŷ cyn iddi godi'r bore canlynol.

'Bues i'n siarad â Mr Richards,' cychwynnodd.

'Ody e wedi darllen y llythyron bues i'n hala ato?' holodd Gareth, gan eistedd yn fwy syth ar erchwyn ei wely.

'O, ody. Buodd e'n eu trafod nhw'n fanwl gyda fi,' atebodd Dela'n gelwyddog. 'Gofynnodd e i fi ofyn i ti drefnu cyfarfod gyda Meical. Wyt ti'n meddwl y bydd e'n fodlon cwrdd â fi'n rhywle bant o olwg y lleill?'

'Bydd hynny'n anodd,' meddai Gareth o dan ei anadl.

'Gallet ti ddweud wrtho nad oes gyda fi ddim i neud â'r heddlu.'

'Falle. Ond y peth yw, os ddewch chi gyda fi, 'na ddiwedd ar y *cover story* roies i iddo fe.'

Suddodd calon Dela, a gwelodd Gareth yn codi'i ysgwyddau. 'Ond fe wedodd Mr Richards y galle amser ddod pan fydde'n rhaid i fi weud pwy odw i mewn gwirionedd.' Syllodd arni, yn amlwg yn anfodlon rhoi'r gorau i'r gêm gyffrous y bu'n ei chwarae byth ers iddo gyrraedd.

'Pwy mae Meical yn meddwl wyt ti, 'te?'

'Rhywun o bant o'r hôms, lawr am wylie. Ma'n nhw'n gwbod bo fi'n aros yn y Mans, ond ma'n nhw'n meddwl bod pob un 'ma'n gas wrtha i.'

Gwelodd hi'n gwgu a brysiodd i esbonio. 'Wedd yn rhaid i fi feddwl am reswm pam o'n i mas drw'r amser, on'd wedd e?'

Amneidiodd Dela'n araf. Calonogwyd Gareth gan hyn a gwenodd.

'Gallech chi esgus bod yn un o'r athrawon o'r hôms, wedi dod lawr i weld os odw i'n byhafio,' cynigiodd. 'Falle siarade fe 'da chi wedyn.'

Ysgubodd ton o flinder dros Dela. 'Mae e wedi 'ngweld i, Gareth,' meddai, mor amyneddgar ag y gallai. 'Fi dynnodd ei frawd e'n rhydd o'r lein. Dyw e ddim yn debygol o fod wedi anghofio hynny.'

Gwenodd Gareth yn wybodus arni. 'Ond o'ch chi ddim yn edrych pwr 'ny fel y'ch chi nawr,' meddai. 'Beta i na fydd e'n eich nabod chi.'

Roedd Dela'n fodlon betio y byddai, ond teimlai'n rhy flinedig i ddadlau.

'Gwna dy orau i gael perswâd arno,' meddai, gan godi ar ei thraed. Roedd ar fin dweud efallai y byddai'n rhaid iddynt herwgipio Meical, ond sylweddolodd mewn pryd y byddai hynny'n apelio'n fawr at Gareth yr Asiant Cudd, ac ataliodd ei hun.

*

Yn unol â'r disgwyl, roedd Gareth wedi hen fynd erbyn i Dela eistedd i fwyta'i brecwast y bore canlynol.

'Roedd o ar bigau'r drain isio mynd hiddiw,' meddai Nest pan holodd Dela amdano. 'Mi lowciodd 'i frechdan a rhedag am y drws.'

'Mae e'n mynd i geisio trefnu cyfarfod rhyngdda i a Meical, arweinydd y giang o blant yn Stryd Ernest. Dyw'r heddlu ddim wedi'i holi fe – ond dwi'n siŵr bod ganddo wybodaeth werthfawr.'

Setlodd Nest yn y gadair siglo gyda chwpanaid o de yn ei llaw. 'Mi faswn i wedi meddwl mai fo a'i debyg fydda'r cynta i gael eu holi,' meddai. 'Yn ôl Tudful, mae'r giang yn beryg bywyd.'

'Dwi'n cytuno, ond mae'n debyg bod mam Meical wedi cosbi'r teulu cyfan trwy eu cadw yn y tŷ am ddeuddydd ar ôl i'r brawd ieuengaf ddal ei droed yn y lein. Felly doedden nhw ddim o gwmpas y lle yn ystod y cyfnod perthnasol.'

'Be mae o'n ei wybod, felly?'

'Eitha lot am fywyd y stryd, a mwy na llawer o bobol am Brenda a Sali.'

'Fydd o'n fodlon deud?'

Ni ddywedodd Dela air, ond roedd ei wep yn ateb drosti.

*

Roedd yn tynnu am amser te cyn i Tudful alw Dela i'r stydi.

'Mae Gareth ar y ffôn i chdi,' meddai. 'Roedd o'n swnio fel tasa fo mewn storom o fellt a thrana.'

Cipiodd Dela'r teclyn a chlywed rhyw sŵn mawr y pen arall. Prin y sylwodd ar ddrws y stydi'n cau y tu ôl i Tudful.

'Miss?' gwaeddodd llais o bellter mawr.

'Gareth! Ble wyt ti?'

Cynyddodd y sŵn yn ddychrynllyd, a sylweddolodd Dela fod trên naill ai'n dynesu neu'n gadael.

'Yn y stesion,' gwaeddodd Gareth. ''Sda fi ddim lot o amser achos 'sena i i fod 'ma o gwbwl, ond hwn yw'r ffôn agosa. Mae e wedi cytuno. Ond bydd raid i chi ddod aton ni.'

'I ble?' holodd Dela.

''Run lle ag o'r blaen,' meddai Gareth, 'lle fuon ni'n cwato dan y goeden. Chi'n cofio? Hanner awr wedi naw. Byddwn ni'n aros amdanoch chi.'

Torrwyd y cysylltiad cyn i Dela lwyddo i ddweud gair arall. Gwrandawodd am ennyd ar y sŵn undonog cyn rhoi'r derbynnydd yn ei ôl. Hwyrach ei bod yn ormod disgwyl i Gareth arwain Meical fel llo swci i'r Mans i gael ei holi, ond doedd dim awydd arni i fynd i ddringo drwy'r mieri yn y tywyllwch unwaith eto. Pa stori oedd Gareth wedi'i chreu, tybed, i ddwyn perswâd ar Meical? Roedd y syniad mai plentyn amddifad oedd e yn ddoniol. Ni fu gan neb erioed fwy o deulu na Gareth, ond roedd e wedi llwyddo i argyhoeddi'r giang ben-galed ei fod yn dweud y gwir. Efallai y byddai'n rhaid iddi hithau ddangos dawn debyg. Beth bynnag am hynny, ni fyddai'n mentro allan y tro hwn heb wneud paratoadau ymarferol ymlaen llaw.

*

Cerddodd Dela at y rheilffordd, gyda chlamp o dortsh yn ei llaw. Roedd pâr o fenig ym mhocedi ei chôt dywyll, a fenthycodd gan Nest, a phâr o glipiau seiclo'n clymu'i throwsus yn dynn wrth ei fferau. Teimlai'n falch nad oedd wedi gweld neb roedd hi'n ei adnabod. Fel o'r blaen, safodd am ennyd cyn croesi'r bont gan syllu i lawr ar ddüwch y lein a cheg agored y twnnel a dwriai trwy'r bryn nid nepell i ffwrdd ar y chwith. Draw i'r dde, rhedai'r ffens dyllog y tu ôl i Stryd Ernest, ac roedd y goleuadau a sgleiniai o ffenestri'r tai'n gryn gysur iddi. Doedd dim golwg o neb ar y tyle a godai yr ochr arall. Croesodd y bont yn ofalus, gan blygu'n isel rhag ofn i rywun weld ei silwét uwchben muriau'r bont yng ngolau'r lleuad.

Gwisgodd Dela y menig a dechrau dringo'n syth i fyny. Pan gyrhaeddodd fan tipyn mwy gwastad, cynneuodd y dortsh. Edrychai pob coeden a llwyn yn debyg iawn i'r guddfan, a thybiai y byddai Gareth yn siŵr o'i chlywed yn twthian a rhegi wrth iddi nesáu. Pan welodd yn syth o'i blaen y goeden lle sathrwyd y pridd yn foel, bu bron iddi droi ar ei sawdl. Ond o leiaf gwyddai ble'r oedd hi nawr – ar ochr arall y pant o guddfan Gareth. Syllodd i'r düwch y tu hwnt i gyrraedd y golau. Clywodd symudiad sydyn ar yr ochr draw, a daliodd ei hanadl. Rhyw anifail bach, meddyliodd, neu gwthwm sydyn o wynt.

Gan obeithio ei bod yn gywir, dechreuodd Dela ddringo ar hyd cefn y pant, ond hyd yn oed â thortsh nid oedd y guddfan yn hawdd dod o hyd iddi. Wrth wthio'r dail i'r naill ochr, croesodd ei meddwl nad Gareth, efallai, a fu'n ysgwyd y dail i dynnu ei sylw, ond pan welodd un esgid hoelion mawr yn gwthio allan, cododd ei chalon. Plygodd a gweld dau bâr o lygaid yn syllu'n gyhuddgar arni.

Eisteddai Gareth a Meical fel dau Indiad mewn pabell, y naill mor frwnt â'r llall, a'u gwallt yn codi'n bigau chwyslyd ar eu pennau.

'Sôn am sŵn!' hisiodd Gareth. 'Wech chi fel haid o eliffantod yn dod lan drw'r coed 'na.'

'Beth wyt ti'n ei ddisgwyl a hithau mor dywyll?' atebodd Dela yr un mor ddiamynedd.

Estynnodd ei llaw i Meical. 'Noswaith dda, Meical,' meddai'n gwrtais. 'Dela Arthur ydw i.'

Am eiliad, meddyliodd nad oedd y bachgen yn mynd i ymateb, ond yna estynnodd ei law a chyffwrdd â blaen ei bysedd. Gosododd Dela y dortsh fel ei bod yn goleuo'r ffau, a phan drodd yn ôl at y bechgyn gwelodd fod Meical yn syllu'n galed ar Gareth.

Cliriodd Meical ei wddf. 'Be chi moyn?' meddai mewn llais isel, drwgdybus.

Oedodd Dela am eiliad cyn ateb. 'Dwi'n gobeithio y gallwch chi'n helpu ni i ddal llofrudd,' meddai'n syml.

Clywodd ef yn tynnu anadl ddofn, yna ciciodd allan yn sydyn yn erbyn troed Gareth. Ni wnaeth hwnnw ddim ond codi'i ysgwyddau arno.

'Mae Gareth yn gweithio i fi,' meddai Dela'n gyflym. 'Ac i bobol eraill sy'n gwneud ymholiadau i farwolaeth Sali a diflaniad Brenda. Ymholiadau preifat yw'r rhain. Dyna pam y gofynnes iddo fe drefnu cyfarfod mas o'r golwg.'

Edrychodd Meical yn ddrwgdybus o'r naill i'r llall. "Smo i'n gwbod dim,' meddai'n bendant.

'Nac ydych,' cytunodd Dela. 'Ddim am y noswaith arbennig honno, ta beth. Dwi'n sylweddoli hynny. Ond y peth yw, Meical, mae Gareth a fi dan anfantais fawr. Does gyda ni ddim gwybodaeth fanwl o'r ardal hon. 'Sneb yn gwybod mwy na chi am beth sy'n digwydd yn y lle 'ma.'

Nid oedd yr olwg ar wyneb Meical yn datgelu dim, felly aeth Dela yn ei blaen.

'Gofynna i un cwestiwn, a cewch chi farnu faint rydych chi'n ei wybod. Sut oedd Brenda'n gwybod pryd i ddod 'nôl drwy dŷ'r gymdoges pan oedd hi'n arfer mynd mas? Oedd hi'n gallu gweld neu glywed cloc yn rhywle?'

Gafaelodd Meical mewn brigyn a dechrau pilo'r dail oddi arno. 'O'dd wats 'da 'ddi,' meddai'n annisgwyl.

Ceisiodd Dela guddio'i syndod. 'Gafodd hi'r wats yn anrheg?'

'Falle,' atebodd. 'O'dd hi'n cael beth bynnag o'dd hi moyn. Ond wedodd hi taw ei dwcyd hi 'nath hi. Wats aur ddrud o'dd hi, ond yn rhy fowr iddi, ta p'un.'

'Wats menyw, ife?' Arhosodd Dela iddo amneidio'i ben. 'Oes gyda chi unrhyw syniad o ble ddwgodd hi'r wats?'

Cnodd Meical ei wefus ac ystyried am eiliad. "Sda Lil Ddwl ddim arian i brynu wats,' meddai. Cymerodd Dela mai am yr hen gymdoges roedd e'n sôn. 'Wetodd Brenda taw dwcyd y wats wrth yr hen witsh 'nath hi. 'Na beth oedd hi'n galw Sali. O'dd llond lle o stwff 'na, mynte hi.'

'Roedd hynny'n wir,' meddai Dela gan feddwl ei bod yn ddiddorol sut y gwyddai Brenda hynny. 'Mae'r llofftydd yn llawn dillad a phob math o bethau. Ydych chi'n credu y galle Brenda fod wedi dringo i mewn drwy'r twll yn y wal a dwyn y wats o'r tŷ heb i Sali wybod?'

Chwaraeai cysgodion y dail dros wyneb Meical ond gallai Dela ei weld yn chwythu aer o'i fochau.

'Galle'n hawdd,' meddai. 'Ond falle taw Sali roiodd y wats iddi.'

'Mae hynny'n awgrymu eu bod nhw'n siarad â'i gilydd,' atebodd Dela'n feddylgar. 'Rhaid i fi gyfadde, dwi'n ei chael hi yn anodd dychmygu Sali'n gadael i groten fach ei gweld a hithe mor sâl.' Pwysodd ymlaen ryw fymryn. 'Ry'ch chi siŵr o fod wedi clywed bod golwg ofnadwy arni hi.'

Nid atebodd y bachgen am sbel, a meddyliodd Dela ei fod yn pwdu oherwydd ei bod yn amau ei theori. Ond yna cododd ei ben a phlethu'i wefusau.

'Ers i Brenda fynd,' meddai, 'wi weti bod yn meddwl am lot o bethe.'

Arhosodd Dela'n amyneddgar iddo ddweud rhagor.

'Pan ddiflannodd hi, y peth cynta feddylies i o'dd fod Sali wedi cael gafel arni 'ddi. A phan dda'th y plisman 'na mas o'r tŷ a hwdu'i berfedd, o'n i'n siŵr bod Sali wedi lladd Brenda a'i thorri 'ddi'n bisys. Achos 'i bod hi'n witsh, ch'weld.'

Chwarddodd Meical yn sydyn wrth weld yr olwg stwn ar eu hwynebau. ''Na shwd o'dd Brenda'n siarad. O'dd pob un yn witsh neu'n gawr neu'n *monster*, yn cwcan plant mewn crochan a'u byta nhw. Nago'dd hi'n stopo. Ro'dd 'i fel rhwbeth mas o lyfyr o'dd gen i pan o'n i'n fach.'

'Straeon tylwyth teg fel "Hansel a Gretel",' meddai Dela a'i weld yn cytuno. 'Beth arall oedd ganddi i'w ddweud?'

'Lot o hen bethe twp, fel bod y sipsiwn wedi'i dwyn hi'n fabi, a taw tywysoges o'dd 'i. Ac y bydde'i theulu hi'n dod rhyw dd'wrnod a mynd â hi 'nôl i'r palas, lle fydde hi'n gwisgo dillad ffansi a byta'i bwyd oddi ar blate aur. O'dd rhwbeth newydd twpach bob dydd ganddi. Nonsens o'dd e i gyd.' Sychodd law dros ei wyneb. 'Jiawl, wi'n 'i chofio 'ddi'n cael 'i geni! Wi'n cofio'i mam hi'n dod i'n tŷ ni'n hwyr yn y nos yn sgrechen ac yn waed i gyd. Buodd honno farw'n rhoi genedigaeth iddi.'

'Faint oedd dy oedran di bryd hynny?'

'Ambyti pump, falle. Ond weles i'r cyfan o dop y stâr. Ac o'dd Mami ni'n dala llaw mam Brenda pan fuws 'i farw. Hi lapiodd siôl am y babi a'i rhoi hi i Ben. Wi 'di clywed y stori honna ganwaith. Wetes i 'ny wrth Brenda i gau'i phen 'i, ond poerodd hi ata i. Tywysoges, myn yffarn i! Merch blyti Ben Dyrne yw hi. Ma'r un dwylo blewog 'da nhw i gyd. Dylsech chi weld faint o gacenni ma' Barbara'n 'u dwgyd o'r becws – a 'smo 'ddi byth yn siaro nhw 'da neb. Cofiwch, bydde honna'n byta cerrig o'r afon 'sech chi'n rhoi jam arnyn nhw.'

Am rywun na wyddai ddim, meddyliodd Dela, roedd e'n byrlymu â gwybodaeth.

'Druan o Barbara,' meddai'n dawel.

Syllodd Meical arni eto, gyda syndod a drodd yn ddealltwriaeth anfodlon. 'Ie, falle 'ny 'ed. Ma' 'ddi'n styc, on'd yw hi? Wel, o'dd hi'n styc nes i Brenda ddiflannu.' Meddyliodd am eiliad fel petai wedi colli trywydd ei ddadl. 'Ta p'un, ar ôl iddi fynd, dechreues i feddwl am beth o'dd Brenda'n arfer brygowthan yn 'i gylch e. A gofies i fod y siarad mowr weti dechre'n sydyn. Fel 'se rhywun weti gweud yr holl bethe hyn wrthi. A'r unig un rownd ffor' hyn allen i feddwl amdani o'dd Sali. Wi'n cretu bod Brenda'n arfer siarad â'r witsh.'

Ni ddywedodd neb air, a gwelodd Dela fod Gareth yn edrych yn chwilfrydig arni trwy gil ei lygad. Nid oedd e wedi cymeryd unrhyw ran yn yr holi hyd yma.

'So, otych chi'n cretu bo' Brenda'n fyw, 'te?' gofynnodd Meical yn heriol, ond roedd 'na dinc o fraw y tu ôl i'r geiriau.

'Dwi rhwng dau feddwl ynghylch hynny,' atebodd Dela'n onest. 'Weithiau dwi'n credu ei bod hi, ond wedyn, os gwelodd hi'r llofrudd, pam fydde fe'n arbed ei bywyd hi?'

'Beth os na welodd e hi?' holodd Gareth yn sydyn.

'Os felly, pam nad aeth hi adref?'

'Ofon y bydde fe'n dod i'w thŷ hi nesa?' atebodd Gareth.

Ameniodd Meical yn frwd. 'Bydde hynny'n ddigon i neud iddi redeg bant. O'dd hi'n bygwth neud 'ny'n amal. O'dd 'da 'i gynllunie ynghylch ble fydde hi'n mynd a chwbwl.'

'Oedden nhw'n gynlluniau go iawn, neu'n ffantasi fel y gweddill?'

Gwingodd Meical yn anesmwyth. ''Smo i'n gwpod. Nago'n i'n grindo arni hanner yr amser. Ddim ar ôl iddi whare'r tric brwnt 'na arna i.'

'O'n i'n meddwl mai ar eich brawd bach y chwaraeodd hi'r tric.'

'O'dd 'i wastod yn neud rhwbeth,' mwmialodd Mecial dan ei anadl.

'Beth wnaeth hi i chi, 'te?' mynnodd Dela.

Llyfodd yntau ei wefusau cyn siarad. 'Dwgodd hi'r tamed o arian on i'n neud trw' siopa dros Sali.'

'Pryd oedd hyn?'

'Ar ddechre'r haf. Bues i'n neud negeseuon i Sali am sbel hir. O'dd hi'n gatel nodyn moyn miwn pot jam ar stepen y drws cefen. O'n i'n cael hanner coron am fynd. Bydde fe yn y pot jam pan fydden i'n dod â'r bocs 'nôl o'r dre. O'n i'n neud pethe erill drosti 'ed, fel posto llythyron a mofyn arian o'r banc. Weithe bydde'n rhaid i fi fynd i brynu stamps iddi a phapur sgrifennu a phethach. O'dd hi'n talu 'da siec am lot o bethe, wi'n cretu. 'Na beth o'dd yr holl bosto llythyron, ch'weld.'

'Sut dechreuodd hyn, Meical?' gofynnodd Dela. 'Alwodd hi draw i'ch tŷ chi i ofyn i chi?'

'Naddo! O'dd Mami ni wedi'n hala i at y groser rhyw dd'wrnod, ac ro'dd y crwt o'dd arfer mynd yno ar 'i feic yn sâl. Rhoiodd y groser ginog i fi am gario bocs Sali draw ati. O'dd y crwt yn arfer gatel y bocs wrth y drws ffrynt, ond weithe o'dd pobol yn dwyn y stwff cyn i Sali ddod mas i'w mofyn e, so es i ag e rownd i'r bac a'i atel e'n fan 'na, mas o'r golwg. Cnocodd hi ar ffenest y gegin y tro nesa y gwelodd hi fi yn yr ale. O'n i'n meddwl bo' fi'n mynd i ga'l stŵr 'da 'ddi, ond wetyn weles i'r pot jam a'r nodyn yn gweud gelen i hanner coron am fynd.' Chwarddodd yn dawel. 'O'dd e'n ffortiwn i fi!'

'Weloch chi hi erioed tra oeddech chi'n mynd ar neges?'

'Ddim unweth,' atebodd yn bendant. 'Welen i ei llaw hi drw'r ffenest weithe, yn pwynto lawr at y stepen, ond o'dd hi'n cadw'r cyrtens ar gau erbyn 'ny. O'dd hi'n arfer mynd a dod lot pan o'n i'n fach yn whare ar yr hewl. Bydde hi'n gwisgo rhyw anifel ffwr mowr dros 'i hysgwydd a hat ar ochor 'i phen. O'dd hi wastod 'bach yn od.'

'A sut lwyddodd Brenda i ddwyn yr arian?'

'O'dd hynny ddim yn anodd. Gerddodd hi miwn i iard gefen Sali un d'wrnod a mynd ag e. Ma'n rhaid 'i bod hi wedi gweld Sali'n rhoi'r arian yn y pot jam ar ôl i fi fynd ar neges. Dim ond cripad miwn i'r iard o'dd isie.'

'Beth ddigwyddodd wedyn?'

'Dim. O'dd y pot jam yn wag on'd o'dd e? Es i 'nôl dranno'th ond do'dd dim sôn am nodyn na hanner coron na dim byth wedyn. O'n i'n meddwl nago'dd Sali isie i neb fynd ar neges drosti rhagor, ond ddim yn hir ar ôl 'ny, dechreues i weld Brenda'n cario pethe o'r dre 'da rhai o'r plant er'ill. Wete hi ddim byd, ond wetodd y lleill 'u bod nhw'n cael losin am helpu. Dwgodd hi 'mywoliaeth i mor rhwydd â 'na! A betia i nago'dd hi'n rhoi cinog i'w theulu.'

'Ydych chi'n credu bod Sali a Brenda wedi trefnu hyn rhyngddyn nhw?' holodd Dela.

'Odw, nawr,' atebodd Meical. 'O'n i ddim ar y pryd. Ond os o'dd Brenda'n cael losin, gallwch chi fentro taw o *rations* Sali o'n nhw'n dod. O'dd byth losin 'da 'ddi nes iddi ddechre mynd ar neges dros Sali, achos Barbara o'dd yn siopa dros y teulu ac yn byta'r cyfan. So ma'n rhaid bod Sali'n hapus iddi gael ei losin hi. Allwch chi ddim 'u prynu nhw heb gwpon.'

Edmygai Dela allu Meical i resymu, a gwenai Gareth yn gymeradwyol arno. Yng ngolau hyn mentrodd Dela ofyn cwestiwn arall.

'O'dd 'na bobl yn dal i alw arni o bryd i'w gilydd?'

'Dim ond y bachan â'r fasged, ond ar un adeg ro'dd hi'n ofnatw o fisi. Ro'dd hi'n werth bod ar yr hewl pan o'n nhw'n dod mas, 'nenwedig yr Yanks. Gelech chi gwm a losin 'da nhw, ond o'dd hynny wedi hen bennu. Ro'dd pobol yn gweud taw cyn-gwsmer o'dd y bachan â'r fasged ond o'dd Mami ni'n mynd yn grac 'se hi'n 'u clywed nhw. Ro'dd e'n ffrind i'r Tad O'Donnell, mynte hi. Nago'dd e'n Gatholic, ond alle fe ddim help 'ny.' Ystyriodd am eiliad. 'Cofiwch, nagw i mas yn yr ale drw'r amser. Galle rhywun ddod miwn ffor' 'ny.'

'A fuodd neb dieithr yn loetran ger y stryd yn ddiweddar?'

'Hy! Pwy fydde'n ddicon dwl i loetran yn Stryd Ernest?'

'Ond ma' pobol yn defnyddio'r ale er mwyn croesi'r lein on'd y'n nhw?'

'Otyn,' cyfaddefodd Meical. 'Ond ry'n ni'n gyfarwydd â nhw, Sami Slej a'r bachan gwallt cyrls 'na a'i fenwod. 'Sneb arall yn trafferthu.' Sychodd ei drwyn ar gwt ei grys. 'Wi weti meddwl sawl gwaith 'se Mami ni 'di'n gatel ni mas y nosweth honno, falle bydden ni weti gweld rhwbeth. Neu'i stopo fe, hyd 'n oed. Ma' pobol ein hofon ni, ch'mod,' ychwanegodd, gydag arlliw o'i hen agwedd heriol,

'Falle'ch bod chi'n fwy diogel lle'r oeddech chi,' atebodd Dela. 'Maen nhw'n dweud bod lladd rhywun yn haws o lawer ar ôl y tro cyntaf.'

Pennod 22

CERDDODD Y TRI yn ôl i lawr tua'r bont, gyda'r ddau grwt yn y blaen a Dela'n dilyn yn fwy gofalus. Gallai glywed sgwrs aneglur rhyngddynt, ond ni swniai'n anghyfeillgar. Cyn iddynt wahanu, estynnodd Dela'i llaw i Meical eto, a'r tro hwn cymerodd hi heb oedi a'i hysgwyd. Syllodd am eiliad ar yr hanner coron a roddodd Dela iddo a gwenu cyn poeri arno a'i thwhio i'w boced. Gwyliodd y ddau arall ef yn sboncio dros y rheiliau a dringo'r arglawdd cyn mynd ar eu hynt.

'Mae'n drwg 'da fi os ydw i wedi sbwylio dy gymeriad di fel rhywun o'r hôms,' meddai Dela wrth Gareth ar ôl iddynt groesi'r bont. 'Dwi ddim cystal actor â ti, ac o'n i ffaelu gweld sut i ddechrau sôn am Sali a Brenda fel arall.'

'Pidwch â phoeni,' atebodd Gareth. 'Wedd e'n sobor o *impressed* a gweud y gwir.'

'Oedd e? Gwatodd e hynny'n dda.'

'On'd do fe?' Gwenodd yn sydyn. 'Gewch chi weld, bydd e a'r lleill yn whilo am Brenda ddydd a nos nawr. Wedd e isie gwbod shwd o'dd cael jobyn fel fi. 'Na beth wedd yr holl frowlan fel wen ni'n dod lawr o'r allt.'

'A beth ddywedest ti wrtho?'

Gwenodd yn fwy llydan fyth. 'Wedes i bod yn rhaid iddo fod yn bwmtheg fel fi cyn y galle fe ddechre. Wedd hynny'n fwy o sioc iddo na dim. Wedd e'n meddwl taw dim ond douddeg o'n i!' Ciciodd Gareth garreg o'r ffordd a throi at Dela. 'Ond odyn ni'n gwbod mwy nawr?' holodd yn ddifrifol.

'Mae Meical wedi llenwi nifer o fylchau,' atebodd Dela. 'Ond gan fod Sami a Dan yn y dafarn y noson honno, does gyda ni neb newydd yn y pictiwr.'

'Hm. Mae'r stori am y dafarn yn wir, 'te.'

'Mae'n ymddangos felly.'

Rhoddodd Dela fraslun iddo o'i sgwrs ddiddorol gyda Lyndon. Gwthiodd Gareth ei ddwylo i bocedi ei drowsus byr a meddwl.

'Ma' isie i ni holi Dan am y cyfarfod wrth iet yr Arsenal,' meddai. 'Ma' pumpunt yn lot o arian.'

'Dwi'n gwybod,' meddai Dela. 'Ond os af i Gaffi Megan, mae e wastad yno gyda'i fêts.'

'Gallen ni fynd i'w gartre fe,' cynigiodd Gareth. ''Seno fe byth yn dod 'nôl 'sbo'r tafarne 'di cau.'

Syllodd Dela arno mewn anghrediniaeth. 'Fuest ti'n ei ddilyn e? O'r nefoedd! Beth tase fe wedi dy weld di?'

Gwenodd Gareth yn gellweirus. 'Ma' 'da fe ormod ar 'i feddwl i sylwi ar neb na dim. Ma' rŵtin 'da fe. Mae e'n aros i'r gole fynd mas yn y llofft cyn cripan miwn i'r gegin drw'r cefen. Wedyn mae e'n stripo a molchi wrth y sinc. Weloch chi 'rioed shwd sgrwbo â sebon. Yn enwedig y manne pwysig,' meddai gan chwincio arni. 'Mae e'n brwsio'i ddillad 'fyd. 'Seno fe'n mynd lan llofft nes bod popeth yn berffeth.' Sniffiodd yn dawel wrtho'i hun. 'Byddech chi'n meddwl y bydde'i wraig e'n 'i gweld hi'n od 'i fod e'n lanach yn dod gatre na wedd e pan a'th e mas.'

'Oes gobaith i ni ei ddala fe nawr cyn iddo fynd i'r tŷ?' gofynnodd Dela.

"Sena i'n gweld pam lai,' meddai Gareth gan wenu. 'Chewn ni ddim cyfle gwell.'

*

Bu'n rhaid iddynt aros am sbel go dda yn y feidr dywyll cyn i Dan ymddangos. Rhedai Gareth o un pen i'r llall er mwyn iddynt gael rhybudd pan fyddai Dan ar fin cyrraedd. Roedd e wedi diflannu i'r düwch ar y dde pan welodd Dela rywun yn cynnau sigarét o dan y postyn lamp ymhellach i lawr ar y chwith. Symudodd i gysgod y ffens. Tywynnai golau o ffenestr lofft y tŷ. Ni fyddai Dan yn mentro mynd i mewn nes byddai hwnnw wedi'i ddiffodd. Clustfeiniodd Dela yn y gobaith o glywed sŵn esgidiau Gareth yn agosáu dros y llwybr cols lludw, ond ni chlywai ddim ond cerddoriaeth ddawns yn chwarae o bell. Gafaelodd yn dynnach yn ei thorts a cheisio llunio brawddeg agoriadol. A'i chalon yn ei gwddf, gwyliodd y dyn yn taflu'r sigarét i'r llawr a dechrau cerdded tuag ati. Beth os nad Dan oedd e? Bu bron iddi weiddi mewn braw pan deimlodd rywbeth yn cyffwrdd â'i choes.

'Fi sy 'ma,' hisiodd Gareth. "Co fe nawr.' Roedd e'n cyrcydu wrth ei hymyl, fel athletwr ar fin dechrau ras.

'Paid ti â chyffwrdd ag e!' sibrydodd Dela'n daer. 'Nid Sami Slej yw e.'

Ni chymerodd Gareth arno ei fod wedi'i chlywed hi. Roedd ei holl fryd ar y dyn a gerddai'n hamddenol tuag atynt. Stopiodd hwwn'n sydyn pan gamodd Dela o gysgod y ffens. Syllodd arni'n hir ac yna gwenodd.

'Jiw, jiw,' meddai'n dawel. 'Nago'n i'n erfyn y pleser hwn.'

Chwyrnodd Gareth yng nghefn ei wddf ac edrychodd Dan i lawr. Diflannodd y wên. 'I beth o'dd isie i chi ddod â hwn 'da chi?' gofynnodd yn resynus. 'Ody fe dan eich rheolaeth chi heno?'

Gobeithiai Dela y gallai hithau fod yr un mor goeglyd. 'Dim ond i ryw raddau,' atebodd. 'Mae e'n dueddol o ymosod yn ddirybudd, fel y gweloch chi y noswaith o'r blaen, ac mae hynny'n gwneud sŵn sy'n tynnu sylw pobl. Dy'n ni ddim eisiau dihuno neb, odyn ni?'

Gwelodd ef yn edrych i fyny ar ffenestri ei gartref. 'Falle ddim,' cytunodd, ond nid oedd golwg bryderus arno.

'Felly,' meddai Dela, 'dwi ddim yn bwriadu gwrando ar ragor o gelwyddau fel y rhai y buoch chi'n eu rhaffu yng Nghaffi Megan.' Ysgydwodd ei phen fymryn, fel petai wedi'i siomi ynddo. 'Beth oedd y pwynt, dwedwch, o honni nad oeddech chi'n adnabod Sali'n dda, pan fuoch chi'n gyrru cwsmeriaid ati ers blynyddoedd a chael tâl am wneud hynny?'

Cododd Dan ei freichiau mewn ystum amwys. ''Sbosib eich bod chi'n erfyn i fi ddweud 'ny wrthoch chi?' gofynnodd. 'A hithe'n gorff a'r heddlu'n whilo am lofrudd? Otw i'n edrych yn dwp?'

Roedd ganddo bwynt, ond nid oedd Dela am gydnabod hynny. Teimlai Gareth yn symud ei bwysau o un droed i'r llall a gobeithiai fod Dan wedi sylwi ar y symudiad.

'O ble dwi'n sefyll rydych chi'n edrych yn dipyn o ffŵl,' atebodd yn dawel. 'Os galla i ddod o hyd i gymaint â hyn o wybodaeth amdanoch chi mewn byr amser, faint all yr heddlu 'i ganfod?'

O'r olwg ddirmygus ar ei wyneb, roedd yn amlwg nad oedd gan Dan lawer o feddwl o allu'r heddlu. Brysiodd Dela i atgyfnerthu'i geiriau.

'Fyddan nhw ddim yn aros yn gwrtais yn yr ale i chi ddod gartre. Byddan nhw'n mynd yn syth i'r tŷ at eich teulu. Hyd yn oed os na chewch eich cyhuddo o ladd Sali, byddan nhw'n eich rhoi chi yn y cwb am fyw ar enillion anfoesol.'

Tynnodd Dan becyn o sigaréts o'i boced yn hunan-feddiannol a chynnau un arall.

'Wel, os y'ch chi'n gwpod cymint, byddwch chi'n gwpod bo fi'n gweud y gwir ynghylch ble'r o'n i'r nosweth honno,' meddai.

'Un briwsionyn bach o wirionedd yw hwnnw yng nghanol tomen o anwiredd,' atebodd Dela. 'Ond dwi'n fodlon ei dderbyn e ar yr amod 'mod i'n cael clywed y ffeithiau am eich trefniant ariannol chi gyda Sali.'

Chwifiodd Dan ei law'n ddiamynedd. 'Fuodd 'na ddim "trefniant" ers oes pys,' poerodd. 'Ddim ar ôl i'r Yanks gyrraedd. Nago'dd hi moyn neb o rownd ffor' hyn wetyn.'

'Ond cyn hynny, roedd e'n defniant buddiol iawn i chi'ch dau.'

'O'n i'n ffrind da i Sali,' poerodd Dan yn ddig. ''Blaw bo' fi'n hala dynon ati – a nago'n i'n hala pob jiawl oedd isie mynd, cretwch fi – bydde hi 'di bod yn sefyll ar gornel y stryd. Bydde'r heddlu wedi'i harestio 'ddi ganwaith. O'n i'n arbed lot o drafferth iddi.'

'Ac yn gwneud llond dwrn o arian,' cynigiodd Dela. 'Ond doeddech chi ddim bob amser yn ei thalu hi'n brydlon, oeddech chi?'

Edrychodd Dan yn anesmwyth am eiliad. 'Fydde rhai o'r dynon ddim wedi'i thalu 'ddi o gwbwl tasen i heb gymryd yr arian ymlaen llaw,' meddai'n heriol. 'Nago'dd 'i thalu 'ddi'n gyfleus i fi bob tro, wi'n gwpod, ond o'dd hi wastod yn cael 'i harian yn y diwedd.'

'Fel y papur pumpunt gafodd hi 'da chi wrth iet yr Arsenal,' meddai Dela. 'Ydych chi'n cofio'r achlysur hwnnw? Buodd hi'n dadlau gyda chi am sbel.'

Cododd ei aeliau i'r entrychion. 'Papur pumpunt?' meddai'n syn. 'Roies i byth bapur pumpunt iddi! 'Smo i'n cofio rhoi mwy na dwybunt iddi erio'd!' Edrychai'n wirioneddol betrus. 'A fydde hi ddim yn dod i'r Arsenal i ofyn, ta p'un. Ddim gyda *mein Führer* Ioan James â'i lyged ym mhob man.'

'Dwi'n gwybod taw eich dilyn chi rownd y dre y bydde hi fel rheol,' meddai Dela. 'Ond fe ddaeth hi at iet yr Arsenal un noswaith. Roeddech chi'n brysur iawn bryd hynny, tua amser yr ail ffrynt.'

Ysgydwodd ei ben wrth feddwl, a sugno ar ei sigarét. Chwarddodd a dechrau peswch.

'O, jiawl! Otw, wi'n cofio. Ond nage arian o'dd hi moyn bryd 'ny.'

'Beth, felly? Roedd hi'n falch iawn o'i dderbyn e, beth bynnag oedd e.'

'Cyfeiriad rhyw foi o'dd hi weti'i ffansïo,' atebodd, gan chwythu mwg o gornel ei geg. 'O'dd hi 'di gofyn i fi sbel ynghynt amdano fe, ond wetes i nago'dd syniad 'da fi. O'dd hynny'n berffeth wir. Dim ond 'i nabod e o'r ysgol o'n i. Ond wetyn 'ny, digwyddes i weld ffrind iddo ar yr hewl. Wetes i fod y boi 'di gatel rhwbeth ar ôl yn y dafarn, a sgrifennodd y ffrind ei gyfeiriad i fi. Nago'n i moyn ei roi e iddi, a gweud y gwir. O'n i 'i nabod hi'n rhy dda. Bydde hi 'di cwrso ar 'i ôl e fel milgi.'

'Pam aethoch chi i'r drafferth, 'te?' gofynnodd Dela.

'Achos fydde ddim llonydd i ga'l fel arall. A ta p'un, o'n i'n meddwl y bydde'r boi'n itha saff. O'dd e'n mynd dros y môr cyn pen dou ddwrnod.'

'Ydych chi'n cofio'r cyfeiriad?' holodd Dela. 'Neu enw'r dyn?'

'Ma'r cyfeiriad wedi hen fynd,' atebodd Dan. 'Ond wi'n cofio'i enw fe'n net. Arwel.'

*

Wrth orwedd yn y gwely'r noson honno, ceisiodd Dela wneud synnwyr o'r hyn roedd hi wedi'i glywed. I ddechrau, roedd Meical yn byw ar ochr anghywir y stryd i allu gweld beth oedd yn digwydd y tu ôl i'r tai gyferbyn. Roedd yn ddiddorol, serch hynny, ei fod yn credu bod Sali a Brenda'n siarad â'i gilydd. Awgrymai'r losin a'r wats a wisgai Brenda fod cysylltiad agosach rhwng y ddwy nag a fu rhwng Sali a Meical erioed. Ond gallai Brenda fod wedi dwyn y wats, er ei bod hi'n siarad â Sali. Yn ôl pob sôn, roedd Brenda'n ddigon cyfrwys i wneud hynny, a'i chuddio rhag llygaid barus ei theulu. A beth am y ffantasïau? Ai'r plentyn a'u lluniodd o'i phen a'i phastwn ei hun, ynteu rhywun arall oedd wedi eu rhoi yn ei phen? Cofiodd yn sydyn am eiriau Harri ynghylch y pentwr o fagiau a guddiai'r fynedfa i'r twll yn nhŷ Sali. Os dringodd Brenda i mewn drwyddo, roedd rhywun arall wedi mynd i'r drafferth o roi'r pentwr yn ôl yn ei le. Ai Sali wnaeth hynny, tybed?

Ar y llaw arall, gallai'r pentwr dillad o flaen y twll olygu na fu Brenda yn y tŷ o gwbl, a'i bod wedi gadael y wats iddi yn y pot jam gyda'r cwpons i brynu losin. Ochneidiodd Dela mewn anobaith, ond roedd rhywbeth

283

yn pwyso ar ei meddwl. Awgrymai syniadau Brenda am ei gorffennol rhamantus ei bod wedi cynnal sgyrsiau hir, manwl gyda Sali. Ni theimlai fod yng nghartref Brenda adnoddau addas o ran llyfrau na dychymyg fyddai wedi caniatáu iddi lunio'r fath syniadau ei hun. A phetai Sali wedi bod yn siarad gyda Brenda drwy'r drws cefn, doedd bosib na fyddai un o'r giang wedi sylwi ac adrodd yn ôl i Meical? Roedd y siarad wedi digwydd yn nhŷ Sali. Ond sut? Pe bai Brenda wedi gweld ei hwyneb byddai wedi rhedeg am ei bywyd. Ni fyddai wedi mynd ar gyfyl y lle byth eto, heb sôn am fynd ar neges drosti. Felly, nid oedd Brenda wedi ei gweld yn glir . . .

Ceisiodd Dela ddychmygu'r olygfa yn y tŷ. A glywodd Sali symudiadau uwch ei phen – fel y darn o bren dros y twll yn cael ei wthio o'i le, a'r pentwr bagiau'n syrthio – a mynd i sefyll ar waelod y grisiau er mwyn gwrando? Yn llygad ei meddwl gwelodd Dela'r groten fach yn ymddangos yn ei gŵn nos ar y landin, gyda'i gwallt yn sgleinio fel arian byw. Beth fyddai ymateb Sali i hyn? Cuddio? Ceisio siarad â hi? Doedd dim modd gwybod. Yn ei gwendid, gallai ymddangosiad Brenda dlos fod wedi cynrychioli nifer o bethau i Sali. Efallai ei bod yn credu mai tylwythen deg oedd hi, yn yr un modd ag y credai Brenda fod Sali'n wrach. Hwyrach na ddywedodd air o'i phen y tro cyntaf y gwelodd hi Brenda rhag ofn ei dychryn. A chan fod Brenda wedi llwyddo i ddod i'r tŷ heb gael ei dal – ac, o bosib, wedi dod o hyd i'r wats – fe ddaeth yr eildro. Byddai unrhyw berthynas rhyngddynt wedi datblygu dros wythnosau os nad misoedd. Pan soniai Sali wrth Tudful am fynd a dod di-baid, ai am Brenda roedd hi'n siarad? Oedd Brenda yn y tŷ pan laddwyd Sali, a dyna sut gwelodd y llofrudd hi?

Damcaniaethu yn unig oedd hyn ac nid oedd gan Dela unrhyw dystiolaeth. Roedd yr un peth yn wir am Dan. Bu ganddi obaith mawr am arwyddocâd y papur pumpunt fel dolen gyswllt mwy diweddar â Sali, ac roedd ei chalon wedi codi ymhellach pan glywodd taw cyfeiriad rhywun oedd ar y papur, ond nid oedd hyn wedi arwain at unrhyw un y gallai ei ddrwgdybio.

Cododd ar ei heistedd. Doedd arni ddim awydd cysgu, felly llawn cystal iddi godi a gwneud diod. Gwisgodd ei gŵn dros ei choban cyn mentro i lawr y grisiau'n droednoeth. Sleifiodd i'r gegin gan gau'r drws ar ei hôl. Roedd y dŵr yn dal yn boeth yn y tegell a gwnaeth baned o goco llugoer. Roedd yn noson rhy drymaidd i yfed rhywbeth berwedig. Byddai awel ffres yn yr ardd, meddyliodd, a gallai ei yfed yn y fan honno. Dyna pryd y sylwodd fod yr allwedd yn dal yng nghlo'r drws cefn. Agorodd y drws yn araf a gwthio'i phen allan. Deuai sawr baco o gyfeiriad y fainc.

'Be wyt ti'n neud yn sefyll yn fan 'na'n edrach fel draenog?' meddai llais isel Tudful o'r tywyllwch. Roedd cwpan de wrth ei ymyl ar y fainc.

'Yfed coco,' sibrydodd Dela gan ymuno ag ef, heb hidio dim am ei chyrlers.

'A ble'n union fuoch chi'ch dau heno, felly?' gofynnodd Tudful. 'Glywis i chi'n dod 'nôl.'

'I ddechrau, buon ni lan yn y coed uwchben y lein,' atebodd Dela. 'Roedd Gareth wedi trefnu i fi gwrdd ag arweinydd plant y stryd.'

Sugnodd Tudful ar ei getyn. 'Ddaeth o â'i luoedd dieflig efo fo?'

'Naddo,' atebodd Dela gan wenu. 'Rhywsut neu'i gilydd, mae Gareth wedi llwyddo i greu cryn argraff arno.'

'Trwy 'i stwnsio fo fel rwdan, o be glywis i. A chael ei stwnsio yn ei dro.'

'Dwi'n deall bod y sgarmes fawr wedi clirio'r awyr, fel petai.'

'Petha rhyfadd 'di hogia,' meddai Tudful. Cynneuodd fatsien ar y mur cerrig y tu ôl iddo a dechrau ar y broses hirfaith o gadw'i getyn ynghynn. 'Gest ti unrhyw wybodaeth ddefnyddiol?'

Edrychai'n llai lluddedig nag y gwelodd Dela ef ers amser, ac oherwydd hyn mentrodd roi'r manylion angenrheidiol iddo ynghylch ei hymholiadau hyd yma. Oedodd ennyd cyn sôn am stori Lyndon ynghylch y parti lle bu Eifion yn canu'r piano, ond yn y diwedd adroddodd yr holl hanes yn ddi-lol wrtho. Wedi'r cyfan, ni allai stori o'r fath wneud niwed i Eifion nac i Arwel bellach.

Smociodd Tudful yn ddistaw am hydoedd wedi hynny. 'Mi ddaeth Eifion adra, felly,' meddai o'r diwedd, heb emosiwn yn ei lais.

'Do, diolch i'r drefn,' atebodd Dela. 'Ond nid Arwel. Ac roedd Sali wedi'i ffansïo fe.'

''Sgwn i a aeth hi i'w weld o ar ôl cael ei gyfeiriad?' meddai Tudul. 'Mi fasa Dora 'di cael ffit biws.'

Gwenodd Dela wrth feddwl am Sali yn ei ffwr llwynog yn cnocio ar ddrws y tŷ mawreddog ar y bryn.

'Bydde hi wedi cuddio'r llwyau arian, yn bendant. Ond a fydde Sali wedi galw ym Mhen Tyle? Wedi'r cyfan, yn ôl Dan, roedd Arwel ar fin mynd dramor.'

'Mae'n dibynnu a oedd Sali'n gwybod hynny ai peidio,' atebodd Tudful yn rhesymol. 'Ella ei bod hi 'di sgwennu ato – os gwnaeth hi unrhyw beth o gwbl. Roedd 'na elfen gref o fympwy yn ei natur hi. A faint o hogia eraill oedd hi wedi'u ffansïo?'

'Digonedd, dwi'n siŵr.' Meddyliodd am rywbeth yn sydyn. 'Ai cofio Arwel o'i phlentyndod wnaeth hi? Dyna pam y dewisodd hi e?'

'Fydda hi ddim wedi gweld fawr ddim arno fo ers tro,' atebodd Tudful. 'Dwi'n ama a fydda hi wedi'i adnabod o'n oedolyn, a deud y gwir. Roedd o'n gyrls golau i gyd yn hogyn bach, ond mi dywyllodd ei wallt yn nes ymlaen. Thorrodd Dora mo'i wallt o nes iddo fo fynd i'r ysgol. Gin i frith gof amdanyn nhw'n dod yma ar ôl bod yn siop y barbwr, a Dora'n beichio crio yn y gegin efo Nest. Ond doedd 'na ddim amheuaeth mai hogyn oedd o o'r cychwyn cynta, er gwaetha'r gwallt merchetaidd.'

Syllodd Dela ar weddillion ei choco. Ceisiodd gofio'r lluniau a welsai ar y piano yn nhŷ Dora. Nid oedd wedi talu sylw manwl iddynt, ond cofiai weld llun o blentyn â gwallt hir golau yn eistedd ar glustog felfed. Roedd hi wedi cymryd yn ganiataol taw merch fach oedd yn y llun.

'Beth os sgrifennodd Sali at Arwel dro ar ôl tro?' gofynnodd yn synfyfyriol. 'Fyddai Dora wedi anfon y llythyron ymlaen ato?'

'Basa, am wn i,' atebodd Tudful.

'Ac ar ôl iddo gael ei ladd? Beth os oedd y llythyron yn dal i ddod? Falle y bydde hi wedi agor un, er mwyn medru rhoi gwybod i'r llythyrwr.'

Ni ddywedodd Tudful air, ond edrychai'n amheus.

'Wrth gwrs, mae'r amseru'n hollol anghywir,' cyfaddefodd Dela. 'Mae 'na ddwy flynedd ers i Arwel gael ei ladd. A ta beth, alla i ddim gweld Dora'n mynd i Stryd Ernest, rhoi clatsien i Sali a chipio'r plentyn.'

'Na finna.' Pwffiodd Tudful gwmwl o fwg o'i geg.

Ond gwnaiff galar ynfydion o'r calla. Wrth gwrs, ella bod mynychu'r cyfarfodydd efo Nest wedi rhyddhau rhwbath ynddi hi. Dyna'r drwg, 'te? Oedd hi fel tae hi wedi cynhyrfu o gwbl?'

'Ddim o gwbwl. Roedd hi'n eitha sionc, yn enwedig yn y cyfarfod diwethaf.' Yna cofiodd Dela am y salwch rhyfedd oedd wedi taro Dora. Yn sydyn iawn, edrychai'n debycach i gyffro na gwendid. 'Beth os mai'n ddiweddar iawn yr agorodd Dora lythyron Sali?' gofynnodd. 'Rwy'n sicr ei bod hi wedi cadw popeth o eiddo Arwel, ac efallai ei bod hi wedi teimlo'n ddigon cryf i fynd ati i gymoni o'r diwedd. Ond eto, byddai'n rhaid i'r llythyron gynnwys rhyw wybodaeth syfrdanol cyn y bydda hi'n mynd i weld Sali.'

'Gallai hynny fod yn unrhyw beth dan haul,' meddai Tudful. 'Roedd Sali'n byw mewn byd o ffantasi llwyr.'

'Weithiau, roedd hi'n dweud y gwir,' meddai Dela. 'Dwi'n credu bod Brenda'n mynd i dŷ Sali'n rheolaidd. Roedd 'na dipyn o fynd a dod, fel dywedodd hi. A dwi'n sicr ei bod hi'n disgwyl rhywun pwysig y diwrnod y bu farw.' Cliciodd ei bysedd yn ddiamynedd. 'Ond sut gwyddai hi fod rhywun yn dod draw i'w gweld hi? Doedd ganddi ddim ffôn. Mae'n rhaid ei bod hi wedi derbyn llythyr.'

Edrychodd draw ar Tudful, ond roedd e wedi cau ei lygaid.

'Ofynnodd yr heddlu i chi ysgrifennu rhywbeth anarferol, fel pe tasen nhw am gymharu llawysgrifen?' holodd.

Tynnodd Tudful wep sur ac ysgwyd ei ben.

'Soniodd neb air am ddim byd fel 'na. Fuo dim rhaid i mi sgwennu dim 'blaw am dorri f'enw ar ddiwadd rhyw ddatganiad.'

Suddodd calon Dela. Hwyrach fod y llofrudd wedi mynd â'r llythyr gydag ef. Dwrdiodd ei hun am fod mor araf. Gallai fod wedi chwilio cartref Sali amdano, neu ofyn i Harri wneud hynny. Ni fyddai Sali wedi dinistrio'r llythyr. Yn wahanol i unrhyw lythyron damcaniaethol y gallai Sali fod wedi eu hanfon at Arwel, roedd hwn yn rhywbeth pendant. Ond a oedd e mewn gwirionedd? Oni allai'r llofrudd fod wedi trosglwyddo neges trwy law Brenda, er enghraifft? Byddai hynny'n rheswm digonol ynddo'i hun i'w chipio hi.

Cododd Dela ar ei thraed. 'Mae gen i lot o waith meddwl,' meddai.

'Y ddau ohonon ni fel ein gilydd,' atebodd Tudful a chynnau ei getyn unwaith eto.

Pennod 23

GWISGODD DELA'N ofalus y bore wedyn mewn trowsus a blows lân a chymerodd fwy o amser nag arfer gyda'r powdwr a lipstic. Ar ôl bod ar ddihun cyhyd yn y nos, roedd hi wedi cysgu'n hwyr. Clywodd ddrws ystafell Gareth yn agor a chau oriau ynghynt, ond roedd cwsg yn gafael yn rhy dynn ynddi erbyn hynny i adael iddi godi o'r gwely.

Y peth olaf a benderfynodd cyn syrthio i gysgu oedd fod angen iddi fynd i weld Dora. Ni wyddai pa reswm a roddai dros alw heibio, ond hwyrach y gallai feddwl am rywbeth ar y ffordd yno. Roedd hi wedi treulio peth amser cyn mynd i'r gwely'n llunio nodyn i Gareth, yn gofyn iddo i siarad â Meical am yr hyn a gofiai am gyfeiriadau unrhyw lythyron a bostiodd ar ran Sali, a ph'un ai oedd y postmon wedi galw yno'n ddiweddar. Gwthiodd y nodyn dan ddrws ei ystafell gan obeithio cael ateb ganddo cyn mynd draw i Ben Tyle.

I lawr yn y gegin, gwnaeth frecwast iddi'i hun. Gallai glywed y weiarles yn parablu'n dawel yn yr ystafell fyw, ond roedd drws y stydi ar agor. Efallai fod Tudful hefyd wedi cysgu'n hwyr. Canodd cloch y drws ffrynt, a chododd Dela ar ei thraed gan lyncu gweddill ei the. Clywodd gamau cyflym Nest yn croesi'r cyntedd o'r ystafell fyw. Y dyn gwerthu pysgod oedd yno, mwy na thebyg. Pan ymddangosodd Nest wrth ddrws y gegin, meddyliodd Dela ei bod yn dod i mofyn ei phwrs, ond gwelodd yn syth, o'r olwg ar ei hwyneb, fod rhywbeth o'i le.

'Mae'r plisman cas yma,' sibrydodd Nest.

'Gwyn Reynolds?'

Amneidiodd Nest ei phen yn fud a theimlodd Dela'i stumog yn troi.

'Ydych chi eisiau i fi fynd i siarad ag e tra ewch chi i ddihuno Tudful?'

'Nid y fo mae o isio'i weld,' meddai Nest. 'Roedd o'n gofyn amdanat ti.'

Ni wyddai Dela a ddylai deimlo rhyddhad ynteu pryder. Gwenodd yn gysurlon ar Nest a thwtio'i gwallt.

'Reit,' meddai. 'Bant â fi, 'te. Gewn ni weld pa syniadau twp sydd ganddo fe heddiw.'

'Cymer ofal,' sibrydodd Nest, a theimlai Dela ei llygaid arni wrth iddi gamu'n benderfynol i gwrdd â'r gelyn.

*

Pan agorodd ddrws yr ystafell fyw roedd Gwyn Reynolds yn sefyll wrth y pentan a'i gefn ati, yn sychu'i drwyn ar ei hances ac archwilio'r cynnwys. Pesychodd Dela i dynnu'i sylw, a'i weld yn gwthio'r hances yn gyflym i'w boced.

'Bore da, Mr Reynolds,' meddai. 'Wnewch chi ddim eistedd?'

Ysgydwodd ei ben a symud ei het o un llaw i'r llall. 'Golles i chi pwy dd'wrnod lawr yng Nghaerfyrddin,' meddai yn ei ddull swrth arferol.

'Oeddech chi yng Nghaerfyrddin, 'te?' atebodd Dela. 'Beth oeddech chi'n ei wneud yn fan 'na?'

Plethodd Reynolds ei wefusau. 'Gobitho cael rhyw wybodaeth ynghylch eich rhagflaenydd yn yr ysgol, Mr Jones. Ond ro'n i'n rhy hwyr mewn sawl ffordd.' Curai ei het yn rhwystredig yn erbyn ei goes.

'Oeddech chi ddim yn gwybod bod Dafydd Jones yn yr ysbyty yng Nghaerfyrddin?' holodd Dela.

'O'n, wrth gwrs. Ond rhyngt popeth o'dd ddim hast arnon ni i siarad ag e. Nago'n i'n cretu 'i fod e'n mynd i unman, o'n i?'

'Wel, na. Roedd e'n wael iawn.'

'Weloch chi fe, on'd do fe?'

'Dim ond unwaith. Roedd yn brofiad anodd, rhaid cyfaddef.'

'Beth halodd chi lan 'na?'

Roedd meddwl Dela'n rasio, ond atebodd yn llyfn. 'Es i ddim yn unswydd, ond o'n i'n digwydd bod yn y dref.' Ysgydwodd ei phen. 'Ar ôl clywed am y parch oedd gan bobl y pentref ato, profiad ofnadwy o drist oedd gweld ei gyflwr meddyliol a chorfforol.'

Cnodd Gwyn Reynolds ei wefus yn feddylgar. 'Ethoch chi ddim lan 'na i holi am Lena Protheroe, 'te?' gofynnodd.

Ceisiodd Dela gyfleu syndod llwyr yn ei llais a'i hosgo. 'Lena? Jiw, naddo. Pam fydden i'n ei holi fe amdani hi? Cyn belled ag y gwyddwn i bryd hynny, Lena Jones oedd hi, chwaer Dafydd.'

'Ro'ch chi'n ei chredu hi, 'te?'

'Doedd gen i ddim rheswm dros beidio.' Sylweddolodd ei bod yn swnio'n rhy ddiniwed. 'Efallai 'mod i'n ei gweld braidd yn ifanc i fod yn chwaer iddo. Ond gan nad o'n i'n gwybod dim o hanes ei deulu, roedd yn anodd barnu.'

'A fuoch chi ddim yn siarad â'r nyrsys amdani?'

'Ddim tan y diwrnod o'r blaen yn yr angladd. Roedd yn syndod i fi glywed am ei hymweliadau a'r ffordd roedd hi'n ymddwyn yn ei gwmni.'

Croesai Dela ei bysedd yn feddyliol wrth ddweud hyn, gan obeithio'n daer nad oedd y nyrs wedi cofio gormod o'r manylion ynghylch ei hymweliad hi ei hun. Roedd Reynolds fel petai'n ystyried ei hateb, ond roedd ei gwestiwn nesaf yn un annisgwyl.

'O'i weld e, oedd e'n ddigon gwallgof i ymosod ar rywun, yn eich barn chi?'

Atebodd Dela'n syth. 'Dafydd Jones? Sut bydde fe'n cael y cyfle?' Sylweddolodd yn sydyn nad oedd yn ddoeth i amddiffyn Dafydd druan yn ormodol. Ystyriodd am ennyd. 'Wnaeth e ymosod ar rywun yn yr ysbyty, 'te?'

Cododd Reynolds ei ysgwyddau. 'O'dd e'n cael pwle bach gwyllt, yn ôl pob sôn.'

'Dywedodd y nyrs wrtha i ei fod yn gwneud ymdrech i ddianc o bryd i'w gilydd, hefyd.' Teimlai Dela'n euog yn dweud hyn, er bod Dafydd y tu hwnt i bob enllib. Teimlai y dylai ddweud rhywbeth mwy cefnogol.

'Cofiwch, dyw'r plant yn yr ysgol 'rioed wedi sôn amdano'n bwrw neb.'

'Mae pobol yn gallu newid,' meddai'r Arolygydd. Yna sniffiodd yn swnllyd. 'Beth am ar ôl i chi ei weld? Nag o'ch chi'n meddwl bod stori Lena'n od wedyn?'

'Roedd lot o bethau'n od ynghylch Lena,' atebodd Dela gyda gwên fach. 'Ond mae'n rhaid i chi gofio 'mod i'n rhentu tŷ Dafydd oddi wrth yr awdurdod addysg ac yn defnyddio'i gelfi e. Cyn belled ag y gwyddwn i, roedd ganddi hawl i gario'r cyfan o'r lle. Ac os oedd un peth yn fy argyhoeddi ei bod hi'n dweud y gwir, ei gofal am y celfi oedd hynny.'

Gwenodd Reynolds yn faleisus. 'Wel, mae gyda chi broblem arall nawr 'te,' meddai. 'Mae'ch celfi chi'n eiddo i ryw weinidog lawr 'na erbyn hyn. Mae'n debyg, o'r ewyllys, fod hwnnw wedi bod yn ffrind mynwesol i Dafydd Jones.' Gwnaeth ryw sŵn bach dirmygus yn ei wddf. 'Mae'r gweinidogion 'ma'n waeth na meddygon am seboni 'u ffordd miwn i ewyllys. Byddwch chi'n iste ar focsys orenjys cyn i chi droi rownd.'

Celodd Dela ei syndod. 'Galla i wastod fynd i chwilio am gelfi newydd,' meddai. 'Ai rhywbeth diweddar oedd yr ewyllys?'

'Un o'r pethe ola wnaeth e. Roedd y bachan sy'n rhedeg y lle'n un o'r tystion. Er, 'smo i'n gwpod a fydde ewyllys rhywun fel Dafydd Jones yn dala dŵr. Ma' raid i chi fod yn eich pethe – a nago'dd e, o'dd e? Bydde cyfrithwr da yn tynnu'r cyfan yn rhacs mewn dou funud. O'dd Lena Protheroe weti trio'i berswadio fe i neud ewyllys o'i phlaid hi, ond rhoiodd y nyrsys stop ar hynny.'

'Do fe wir? Dwi'n falch o glywed eu bod nhw mor amddiffynnol ohono.'

'Mwy o sens na phennaeth yr ysbyty, weten i. Ond ro'dd 'rhen foi'n benderfynol iawn, ac yn siarad yn gall, mynte hwnnw.'

Amneidiodd Dela'n ddoeth. 'Falle 'u bod nhw'n gobeithio y bydde fe'n dod dros y niwmonia ac yn parhau i wella'n feddyliol hefyd.'

'Ie, 'na beth wetws e. Ma' rhwbeth yn sofft ambiti'r doctoried seiciatrig 'ma. 'Na beth sy'n dod o hala gormod o amser 'da phobl sy off 'u penne.' Chwarddodd iddo'i hun. 'Ond wetyn 'ny, o 'styried y cwmni wi'n ei gatw, falle fod hynny'n golygu 'mod inne ar fy ffordd i'r seilam 'ed – neu'r jâl.'

Disgynnodd tawelwch dros yr ystafell. Yng nghefn meddwl Dela, tyfai amheuaeth mai Huw Richards oedd wrth wraidd yr ewyllys – er nad am yr un rhesymau ag y tybiai'r Arolygydd. Mewn un ffordd roedd yn ddrwg ganddi dros Gwyn Reynolds, ac yn achosion Sali a Brenda, dymunai bob llwyddiant iddo. Tybed a fentrai grybwyll rhywfaint o'i syniadau wrtho? Gwelodd ef yn syllu'n chwilfrydig arni.

'Gyda'r holl achosion sydd dan eich gofal chi ar hyn o bryd, Mr Reynolds,' meddai'n wylaidd, 'dwi'n siŵr fod y straen yn ddychrynllyd. Ac wrth gwrs, mae salwch Sali'n cymhlethu pethau.'

'Shwd 'ny?'

Gwnaeth Dela rhyw ystum bach hunanddifrïol. 'Does gen i ddim profiad o'r fath bethau, wrth reswm, ond mae wedi 'nharo i mor anodd yw i hi i unrhyw un allu dweud i sicrwydd beth oedd ar feddwl Sali'r diwrnod hwnnw.'

Culhaodd ei lygaid ond ni thorrodd ar ei thraws.

'Fe gofiwch 'mod i wedi gweld ei chorff hi,' meddai ac amneidiodd yntau ei ben. 'Y peth yw, ces i'r argraff ei bod hi wedi mynd i gryn drafferth gyda'i gwisg. Yn fwy na hynny, roedd hi wedi ceisio cuddio'r briw ar ei boch. Ydych chi wedi ystyried efallai fod Sali'n disgwyl i rywun arbennig alw y noson y lladdwyd hi? Roedd hi'n gweld Mr Owen bob wythnos, fel y gwyddoch chi, a doedd hi ddim yn cuddio'i hwyneb. Dwi wedi gofyn iddo, a dyw e ddim yn ei chofio hi byth yn gwisgo het na lliwio'i chroen.'

Symudodd Gwyn Reynolds yn anghysurus o un droed i'r llall. 'Fel 'na o'dd hi,' meddai. 'Ma'r cymdogion yn ei chofio 'ddi'n dod mas o'r tŷ fel ffilm star. 'Smo i'n gweld bod lot o wahanieth . . .'

'Falle'n wir,' atebodd Dela'n gyflym. 'Dyna pam mae hi mor anodd gwybod, ontefe? Gallai hi fod wedi penderfynu gwisgo'i dillad gorau a'i holl emwaith ar ryw chwa. Doedd y rhesi o fwclis ddim amdani'n gynharach yn y dydd chwaith, chi'n gweld.' Gwenodd yn fwyn. 'Ac, os oedd hi'n disgwyl rhywun penodol, y broblem yw sut ar y ddaear y cysyllton nhw â hi heblaw drwy lythyr? A fydde unrhyw un wedi sylwi pe bai'r postmon wedi galw yn ei thŷ hi'n ddiweddar? Ac a fydde hi wedi cadw'r llythyr – os yw e'n bodoli?' Gwelodd Dela yr Arolygydd yn dechrau gwgu wrth feddwl. 'Mae'n ddrwg 'da fi – mae'n rhaid eich bod chi wedi cael hen ddigon ar ddamcaniaethau dwl. Gaf i gynnig dishgled o de i chi?'

*

Caeodd Dela'r drws y tu ôl i'r Arolygydd a'i wylio drwy'r ffenest yn gyrru ymaith. Ochneidiodd. Doedd e ddim wedi dangos unrhyw ddiddordeb amlwg yn ei damcaniaeth ond gadawodd yn weddol gyflym ar ôl ei chlywed, ac o leiaf roedd hi wedi llwyddo i droi'r sgwrs o'i chysylltiad â Lena. Trodd yn ôl i'r cyntedd a gweld Tudful yn sefyllian wrth y cloc mawr.

'Be oedd hwnna isio eto fyth?' murmurodd wrth iddi agosáu.

'Dwi ddim yn hollol siŵr,' atebodd Dela. 'Dyw e ddim yn ddyn hawdd i siarad ag e.'

'Duda di,' atebodd Tudful. 'Glywis i chdi'n rhofio llwch i'w lygaid o.' Gwelodd hi'n codi ael arno ac ychwanegu, 'roedd drws yr ystafell yn gil agored. Be wyt ti'n mynd i'w neud rŵan?'

'Mae gen i alwad ffôn i'w gwneud,' atebodd Dela.

*

'Ewyllys?' meddai Huw, fel petai o bellter mawr. 'Be oedd ynddi hi?'

Rhochiodd Dela'n ddiamynedd, ond ailadroddodd eiriau'r Arolygydd, gan ychwanegu: 'Paid ag esgus nad wyt ti'n gwybod. Pwy arall fydde'n cael y fath syniad?'

'Fi? Pam baswn i'n cymell Dafydd i sgwennu'r ffasiwn beth?'

Tapiodd Dela'i throed. Credai ei bod yn gwybod pam – sicrhau bod ganddi ddodrefn yn Nhŷ'r Ysgol – ond roedd yn beth ffôl i'w wneud.

'Dwi ddim yn amau dy gymhelliad di, ond i unrhyw un sy'n ein hadnabod ni, mae'n edrych fel pe tasen ni'n dau wedi bod yn cynllwynio. Beth ddaeth drosot ti? Galla i gael celfi o unrhyw le, wedi'r cyfan. Dwi ddim yn hollol ddiymadferth.'

Bu tawelwch am eiliad. 'Ella nad i chdi mae'r dodrefn, 'sti.'

'O, diolch yn fawr iawn!' meddai'n biwis. Serch hynny, roedd rhywbeth yn ei lais a'i bendroni amlwg yn dechrau cael effaith arni. 'Wyt ti'n siŵr nad ti roddodd y syniad yn ei ben e?' holodd.

'Yn berffaith sicr. Soniodd o 'run gair wrtha i, ond mae'n esbonio rhai o'r pethau ddudodd o. Ar y pryd, ro'n i'n credu bod 'i feddwl o'n crwydro. Gin i ryw syniad nad gadael y dodrefn i mi'n bersonol wnaeth o, Dela, ond 'u rhoi nhw yn fy ngofal.'

*

Roedd Tudful yn eistedd wrth fwrdd y gegin pan ddaeth Dela o'r stydi a dechrau casglu ei phethau at ei gilydd.

'Ar dy ffor' allan wyt ti?' gofynnodd.

'Ie. Bydd angen i fi frysio. Dim ond bob hanner awr mae'r bysys yn mynd.'

'Mi fedret ti ddefnyddio'r car,' meddai Tudful yn dawel. 'Mae 'na betrol ynddo fo.'

Er ei bod gwerthfawrogi ei feddylgarwch, ysgydwodd Dela ei phen.

'Diolch am y cynnig ond does gen i ddim trwydded,' atebodd. 'Roedd hynny'n dderbyniol adeg y rhyfel, ond mae'n rhaid i chi sefyll prawf nawr. A gallwch chi fentro y bydde rhyw blisman yn siŵr o 'ngweld i.'

Meddyliodd Tudful am eiliad. 'Fedri di reidio beic dyn?' gofynnodd.

*

Roedd Dela wedi anghofio cymaint roedd hi'n casáu mynd ar gefn beic. Er bod gwibio i lawr y rhiw i ganol y dref yn iawn, roedd ei choesau'n gwynegu erbyn iddi gyrraedd pen uchaf y stryd serth a arweiniai allan i'r wlad, ac roedd ganddi nifer o fryniau tebyg i'w dringo. Byddai ganddi gyhyrau fel Charles Atlas cyn cyrraedd Pen Tyle! Cysurodd ei hun trwy feddwl am yr amser roedd hi'n ei arbed ac am y ffaith fod Tudful, o'r diwedd, yn dechrau dod allan o'i gragen. Chwarae teg iddo am feddwl am ddull ymarferol i'w helpu gyda'i hymholiadau. Serch hynny, doedd e ddim wedi gofyn i ble roedd hi'n bwriadu mynd. Hwyrach bod ei thaith i'r coed i sgwrsio â Meical wedi codi braw arno, ac mai dyna pam y cynigiodd y car ac yna'r beic, fel bo modd i Dela ddianc yn gyflym pe bai raid.

Yn hynny o beth, credai Dela fod Tudful yn mynd o flaen gofid. Nid oedd hi'n bwriadu gwneud dim ond tipyn o holi diniwed a busnesan o amgylch y lle, os câi gyfle. Ceisiodd feddwl beth i'w ddweud wrth Dora, ond ni fedrai ganolbwyntio ar hynny a chadw'r beic trwm dan reolaeth ar yr un pryd. Pan fu raid iddi ddisgyn am y trydydd tro am nad oedd y beic yn symud o gwbl, waeth pa mor galed y gwthiai'r pedalau, penderfynodd gerdded i ben y bryn hwnnw ac eistedd yn y clawdd i gael hoe.

Ymhen tipyn daeth at gilfach gyda sticil yn arwain at gae, a phwysodd y beic yng nghysgod y clawdd a dyfai'n uchel o bob tu i'r fynedfa. Roedd syched arni, ac ymbalfalodd yn y bag a hongiai'n lletchwith o'r bar llywio am y botel o lemonêd y mynnodd Nest ei rhoi iddi, ynghyd â brechdanau mewn papur menyn. Er mwyn esbonio pam roedd e'n ffysan gyda'r beic, roedd Tudful wedi dweud wrthi bod Dela yn bwriadu mynd am dro i gefn gwlad. Eisteddodd ar ris y sticil a llyncu'r hylif melys yn ddiolchgar. Gwyddai fod ganddi filltir a mwy i deithio eto. Doedd dim golwg o'r dref erbyn hyn, a dim smic o sŵn, heblaw aderyn unig yn canu a cheiliog y rhedyn yn rhwbio'i goesau yn y borfa wrth ymyl yr heol lychlyd. Rhwbiodd Dela ei choesau hithau i'w hystwytho, a meddwl.

Tybed a gafodd Gareth unrhyw lwc gyda'r llythyrau

a anfonodd Sali? A oedd yn ormod i'w obeithio bod Meical wedi sylwi ar gyfeiriadau rhai ohonynt? Heblaw am y ffaith fod Gwyn Reynolds wedi galw a'i hanesmwytho, byddai wedi aros i Gareth ddod adref. O wel, roedd hi wedi gwneud ei gorau glas i berswadio'r heddwas i chwilio tŷ Sali'n drylwyr. Cododd wrth glywed sŵn injan bws yn chwyrnu wrth nesáu, a thynnodd wep wrth sylweddoli nad oedd hi wedi arbed unrhyw amser trwy beidio â'i ddal. Cystal iddi aros i'r bws fynd heibio. Gwell ganddi ei ddilyn o hirbell na gorfod seiclo fel ynfytyn o'i flaen a dangos ei diffyg gallu i'r holl deithwyr.

Aeth y bws heibio'n boenus o araf gan chwydu cwmwl o lwch drewllyd dros bopeth. Cymerodd Dela lymaid arall o bop cyn dringo'n ôl ar y beic. Byddai'n rhaid iddi benderfynu'n fuan beth i'w ddweud wrth Dora. Roedd digwydd pasio heibio wrth fynd am dro ar gefn y beic yn esgus da dros alw, a byddai hynny'n fodd i gychwyn sgwrs ac efallai derbyn cynnig diod oer. Beth pe bai'n gofyn am gael defnyddio'r tŷ bach?

Ni welodd y dyn a guddiai yn y clawdd nes ei bod yn rhy hwyr. Gafaelodd llaw gref yn sydyn ym mar blaen y beic a llithrodd yr olwyn ôl ar y ffordd. Llwyddodd Dela i roi ei throed ar y ddaear ond disgynnodd y beic ar ei ochr, a'r bag i'w ganlyn.

'Beth ydych chi'n ei wneud yma, Miss Arthur?' meddai llais dwfn uwch ei phen.

Syllodd Dela i fyny, gan synnu wrth glywed ei henw. Pan sylweddolodd pwy oedd wedi gafael yn y beic torrodd ton o ryddhad drosti am eiliad, ond yna gwelodd yr olwg ar ei wyneb.

'Gallen i ofyn yr un cwestiwn wrthoch chi, Mr James,' atebodd.

*

Syllodd y ddau ar ei gilydd am eiliad heb ddweud gair. Cododd Dela y beic a chwilio yn y bag i weld sut gyflwr oedd ar y botel bop a'r brechdanau. Gwyliodd Ioan James hi. 'O, da iawn,' meddai'n sarrug. 'Ond bydd yn rhaid i chi feddwl am esgus gwell na mynd am dro bach i'r wlad ar gefn beic.'

'Wn i ddim pam,' atebodd Dela. 'Mae'n rhywbeth rhesymol iawn i'w wneud ar ddiwrnod braf. Ac os digwyddaf fynd heibio i iet Pen Tyle, byddai'n drueni i beidio â galw ar Dora, ar ôl iddi fod yn sâl.'

Gwyddai ei bod yn datgelu'i bwriad trwy ddweud hyn, ond ymresymodd fod Ioan James yn gwybod hyn eisoes. Dyna lle'r oedd yntau'n mynd hefyd, onid e?

'Byddai fory'n well,' atebodd Ioan.

Edrychodd Dela'n galed arno. 'Gallai fory fod yn rhy hwyr,' atebodd. 'Mae bywyd yn y fantol fan hyn.'

Gwelodd ef yn amneidio'i ben yn araf. 'Bydde Dora'n cytuno â chi'n bendant,' meddai'n fyfyriol.

Daliodd Dela'i hanadl am eiliad wrth glywed ei eiriau. Rhywfodd, roedd e wedi llwyddo i ddyfalu beth oedd wedi digwydd. Neu – ac roedd hyn yn wirioneddol frawychus – roedd e'n rhan o'r holl beth. 'Ydyn nhw'n iawn?' gofynnodd yn ofalus.

'Ydyn, yn berffaith iawn!' Gwthiodd ei ddwylo i'w bocedi, fel petai'n ddig ei bod wedi gofyn.

Ef oedd y person olaf y byddai Dela wedi ei amau ond, o ystyried, roedd yn nodweddiadol ohono i ddod o hyd i rywle diogel i Brenda aros. Y cwestiwn oedd, beth wnaeth iddo feddwl am Dora druan? A beth oedd e'n bwriadu ei wneud gyda'r fechan? Cliriodd ei gwddf.

'Ry'ch chi'n sylweddoli na all hyn bara am byth,' meddai'n rhesymol.

'Yn hollol,' atebodd yntau. 'Ond dwi'n credu bod ffordd allan ohoni.' Tynnodd wep resynus. 'Beth bynnag fydd yn digwydd, bydd Dora'n torri'i chalon. Ond os llwydda i, bydd ganddi obaith ar gyfer y dyfodol.'

Tro Dela oedd hi i edrych yn ddig. 'Ym mha ffordd?' gofynnodd. 'Mae'r holl sefyllfa'n drychinebus. Beth ar y ddaear ddaeth drosoch chi?'

'Sut fedrwn i wrthod?' gofynnodd yntau. 'Dwi'n teimlo'n rhannol gyfrifol, er, wrth reswm, doedd dim modd i fi wybod ar y pryd . . .'

Nid oedd hyn yn gwneud synnwyr o unrhyw fath. A oedd hi wedi camddeall yn llwyr? Ai Dora oedd ymwelydd cudd Sali wedi'r cyfan?

'Gofynnwyd am eich help, felly?' Roedd yn amau mai ymgais i ddargyfeirio'i sylw oedd ei eiriau.

'Do. Ges i sioc 'y mywyd. A rhwng popeth, gyda'r dref yn llawn heddlu'n chwilio ym mhob man, mae hwn wedi bod yn gyfnod anodd dros ben.'

'Galla i ddychmygu,' meddai Dela'n sychlyd. 'O leiaf mae Pen Tyle'n anghysbell.'

'Mae i hynny ei anfanteision,' atebodd Ioan. 'Cludiant yw'r broblem fwyaf. Un beic sydd yn y lle, ac mae hwnnw cyn hyned ag Adda. Ond dwi'n credu bydd e'n gwneud y tro nawr.' Rhoddodd rhyw chwerthiniad bach sur. 'Bu'r holl flynyddoedd o weithio mewn ffatri beirianneg o ryw fudd.'

Roedd pen Dela'n dal i chwyrlïo. A oedd e'n ceisio

dweud bod Dora wedi dod ar gefn hen feic ffaeledig i'r dref, a chludo'r groten fach yr holl ffordd yn ôl i'r fan hon? A pha ddefnydd y bwriedid ei wneud o'r beic nawr?

Fel pe bai wedi sylweddoli ei bod hi'n pendroni, ychwanegodd Ioan James, 'Des i â'm beic fy hun gyda fi rhyw ddeuddydd yn ôl a'i adael e 'na.'

'A defnyddio'r bws i fynd yn ôl a 'mlaen?' gofynnodd Dela.

'Ie. Dyna sut y gweles i chi heddiw.'

Nid oedd Dela damaid callach. 'Oes gyda chi ryw fan penodol mewn golwg i fynd iddo?' gofynnodd.

'Mae gen i gysylltiadau,' atebodd yntau. 'Pobl sy yn yr un sefyllfa, neu o leiaf sy'n cydymdeimlo. Rhaid i fi gyfaddef, bydda i'n falch iawn pan fydd hyn i gyd drosodd.'

Dyfnhaodd y dryswch wrth i Dela ystyried hyn. Pa fath o bobl anllad allai fod yn yr un sefyllfa?

'Ydych chi'n bwriadu aros yno?' holodd

'Jiw, nadw. Dim ond y tywysydd ydw i.'

'A beth fydd yn digwydd wedyn?'

'Llong i Ffrainc neu Wlad Belg, dwi'n credu. Mae digon o longau bach yn croesi'r môr gyda chapteiniaid sy'n fodlon cludo nwyddau sydd ddim yn ymddangos ar eu cofrestr.'

Edrychodd arni'n sydyn a gwelodd Dela'r natur benderfynol oedd o dan yr arwyneb hynaws.

'Dwi'n siŵr eich bod chi wedi sylweddoli erbyn hyn na fedra i ganiatáu i chi fynd 'nôl i'r dref nes bod popeth drosodd,' meddai'n ymddiheurol.

*

Petai unrhyw un wedi eu gweld yn cerdded i gyfeiriad Pen Tyle, gyda Ioan James yn gwthio'r beic ag un llaw a Dela'n camu wrth ei ochr, a'i law arall o dan ei phenelin, ni fyddent wedi sylweddoli mai carcharor oedd hi. Ar un lefel, roedd ofn arni. Bob nawr ac yn y man, saethai rhyw gryndod bach drwyddi a theimlai cledrau ei dwylo'n llaith. Ar lefel arall, roedd hi'n dal i gynllunio. Pe na bai Ioan wedi cymryd y beic oddi arni, byddai wedi aros am gyfle, taflu'i choes dros y bar a cheisio dianc. Efallai y deuai rhyw gyfle eto i wneud hynny. Roedd yn dibynnu ar yr hyn a ddigwyddai unwaith iddynt gyrraedd y tŷ. Byddent yn ei rhoi yn rhywle ac yna byddai Ioan yn gadael gyda'r fechan. Dim ond Dora fyddai ar ôl wedyn. Ni ddylai fod y tu hwnt i'w gallu i orchfygu dynes o oedran Nest.

Torrodd llais Ioan drwy ei meddyliau. 'Ry'ch chi'n dawel iawn,' meddai.

'Beth sydd i'w ddweud?' atebodd ar ôl ennyd.

'Byddai gen i ddiddordeb clywed sut y daethoch chi i wybod y gwir,' meddai'n fyfyriol.

Cythruddwyd Dela gan hyn. 'Pam? Er mwyn i chi fedru gwneud yr un peth yr eildro, ond yn well?'

Roedd yn amlwg yn meddwl bod hyn yn ddoniol. 'Credwch chi fi,' meddai Ioan, 'Dyma'r tro cyntaf a'r tro olaf.'

Gwnaeth Dela sŵn anghrediniol yn ei gwddf a gwyrodd Ioan ei ben. Roeddent o fewn golwg i'r iet yn y coed a arweiniai at Ben Tyle.

'Mae'n ddrwg gen i,' meddai. 'Ro'n i wedi anghofio'ch bod wedi colli'ch dyweddi. Ond wedyn, 'sbosib na allwch chi amgyffred teimladau Dora. Oni fyddech chi wedi gwneud yr un peth yn ei sefyllfa hi?'

Caeodd Dela'i llygaid am eiliad. Ai ef neu hi oedd yn wallgof? Ni sylwodd Ioan ar ei distawrwydd y tro hwn.

'Efallai y bydd angen i chi fod yn gefn iddi yn y dyfodol,' meddai. 'Ceisiwch fod yn drugarog.'

Gan fod Dela wedi hen roi'r gorau i geisio deall byrdwn ei sylwadau erbyn hyn, cymerodd eiliad iddi sylweddoli nad oedd yn bwriadu ei lladd. Ceisiodd dynnu cysur o hyn, ond ni fedrai.

*

Er syndod i Dela, nid aeth Ioan drwy'r iet ond yn hytrach cerddodd ymhellach i fyny'r tyle. Nid oedd Dela wedi sylwi ar ei hymweliad cyntaf bod mwy o dir yn perthyn i'r tŷ nag y gellid ei weld o'r ardd ffrynt. Daliai'r coed i dyfu'n drwch y tu ôl i'r wal am lathenni lawer, ond yna gwelodd fwlch rhyngddynt a throdd Ioan i mewn i feidr gul rhwng dwy wal gerrig. Ymestynnai tir anial draw i'r dde, a thyfai coed yn drwchus dros y wal i'r chwith. Teimlodd Ioan yn tynhau ei afael pan arhosodd i wthio'r beic y tu ôl i ganghennau un o'r llwyni hynny. Ni fedrai Dela ddeall pam. Oni fyddai'n gallach i gadw'r beic yn rhywle o'i golwg hi? Tybiodd fod meddwl am y daith o'i flaen yn ei wneud yn esgeulus. Roedd e wedi gwneud camgymeriad yn ei hatal ar yr heol hefyd. Dylai fod wedi brysio i Ben Tyle, rhybuddio Dora, a threfnu iddi agor y drws fel pe na bai dim o'i le. Aeth cryndod drwyddi eto wrth feddwl am y ferch fach yn cael ei throsglwyddo i ddieithriaid ac wedi hynny i ddwylo ysgeler ar y cyfandir. Beth ddigwyddai iddi yno?

Hanner ffordd i lawr y feidr agored, arweiniodd Ioan hi drwy iet arall. Ymestynnai'r ddwy wal am ryw hyd eto cyn cwrdd mewn iet oedd yn agor i mewn i'r tir gwyllt. Rhyfedd na wyddai Nest fod yma ardd gefn, meddyliodd Dela. Yn wahanol i'r terasau blaen, roedd y fan hon wedi datblygu'n rhyw fath o blanhigfa wyllt. Ysgwyddodd Ioan ei ffordd drwy'r mieri gan ei thynnu ar ei ôl. Chwipiai'r canghennau yn erbyn ei ddillad, a thaflodd ei braich dros ei hwyneb pan gydiodd cangen yn ei gwallt. Oherwydd hyn roedd Ioan rhyw gam o'i blaen pan ddaethant allan i'r golau; pan regodd dan ei anadl, meddyliodd Dela ei fod yn rhegi arni hi.

'Beth ar y ddaear wyt ti'n ei wneud?' galwodd, a safodd Dela'n stond.

Eisteddai dyn ar ris y drws cefn, yn llewys ei grys, yn rhoi olew ar gadwyn beic a osodwyd wyneb i lawr o'i flaen. Roedd ganddo wallt tywyll, a chroen a liwiwyd gan yr haul. Wrth ei ymyl gorweddai het olau â chantel lydan. Tynnodd wep ddigrif ar Ioan, ond yna gwelodd Dela a neidiodd ar ei draed gan sarnu'r tun olew. Am eiliad credodd Dela ei fod am redeg i'r tŷ, ond wrth iddynt agosáu ato, newidiodd ei wyneb o ddychryn i ddicter. Pwyntiodd ei fys ati.

'Dwi wedi gweld hon o'r blaen,' meddai'n fygythiol. 'Roedd hi'n loetran tu fas i'ch cartref chi.'

'Oedd. Taset ti wedi aros fan hyn, fel yr awgrymes i, fydde hi ddim wedi dy weld di a gwneud ei syms.'

Edrychodd y dyn arni a'i lygaid yn gul.

'Pwy yw hi?' holodd.

Ni ollyngodd Ioan ei afael arni, dim ond ei thynnu ymlaen rhyw fymryn.

'Miss Dela Arthur yw'r foneddiges fusneslyd hon,' meddai ac wrth weld y llall yn crychu'i dalcen, ychwanegodd, 'dyweddi Eifion Owen.'

Gwelwodd y dyn dan ei liw haul a gwelodd Dela ef yn agor a chau ei ddyrnau.

'Pam ddiawl daethoch chi â hi yma? Beth allwn ni neud â hi?' gofynnodd yn wyllt gan adleisio cwestiwn distaw Dela wrthi'i hun.

Edrychai Ioan braidd yn lletchwith, ond daeth ato'i hun yn gyflym.

'Doedd gyda fi ddim dewis. Roedd hi ar ei ffordd yma nawr i wneud rhagor o ymholiadau. Roedd fy ngreddf yn dweud na ddyle dy fam fod wedi mynd i'r cyfarfod diwethaf 'na yn y Mans.'

Er gwaethaf gwres yr haul, teimlai Dela fel pe bai gwynt rhewllyd yn chwythu trwy'r ardd. Llyncodd gan obeithio y gallai guddio'i syfrdandod. Yng nghefn ei meddwl, fel tiwn gron, canai ei enw, drosodd a throsodd. Roedd Arwel yn fyw. Arwel, fu'n wrthrych dyheadau rhamantus Sali. Arwel, fu'n sefyll yn ei het olau ar ben yr arglawdd y tu ôl i Stryd Ernest pan stopiodd y trên. Ond sut allai e fod yn fyw pan oedd Nest wedi gweld y teligram yn cyhoeddi'i farwolaeth? Na, nid dyna beth ddywedodd hi. Roedd hi wedi gweld y teligram yn dweud ei fod ar goll. Doedd hynny ddim yr un peth. Ni feddyliodd Dela i ofyn a ddilynwyd y teligram gan lythyr cadarnhau ai peidio.

'Cystal i ni fynd i'r tŷ,' meddai Ioan. 'Welodd neb ni, ond 'sdim pwynt peryglu popeth nawr. Bydd angen i ti ddod o hyd i rywle lle gall Miss Arthur aros nes ein bod ni'n ddiogel o'r ffordd.'

Trodd Arwel a gwthio'i law allan i'w hatal. 'Rhowch eiliad i fi egluro wrth Mam,' meddai. 'Bydd hyn yn sioc iddi.'

Diflannodd drwy'r drws cefn a'i gau ar ei ôl.

Ochneidiodd Ioan. 'Mae e'n ofnus,' meddai, wrtho'i hun yn fwy nag wrth Dela. 'Ond wedyn, gallwch chi ddeall pam.'

'Gallaf,' atebodd Dela'n ofalus.

'Fy ngobaith mawr i oedd y bydde fe'n gwneud gyrfa ddisglair iddo'i hun yn y Swyddfa Dramor, ond roedd e wastod yn fachgen gor-sensitif. Gweles i ormod o'i fath e'n rhewi yn wyneb y gelyn yn y Rhyfel Mawr a chael eu saethu fel cŵn. Dylwn inne fod wedi rhedeg o faes y gad. Dyna'r unig ymateb synhwyrol i wallgofrwydd rhyfel. Sut fedrwn i droi fy nghefn ar Arwel, felly?'

Gwnaeth Dela ryw sŵn bach amwys. Roedd ei eiriau cynharach yn gwneud synnwyr nawr. Tywys Arwel i'r arfordir oedd ei fwriad, er mwyn iddo ddianc dramor o afael yr awdurdodau. Parhâi i'w weld fel y mwyaf deallus o'r disgyblion yn ei ddosbarth Almaeneg – efallai taw fe oedd yr unig un ohonynt oedd wedi llwyddo i gael gafael dda ar yr iaith. Roedd e'n arbennig, felly. Nid oedd neb arall wedi dweud bod Arwel yn or-sensitif – i'r gwrthwyneb, a dweud y gwir. Disgrifiwyd ef fel rhywun braidd yn fyrbwyll, yn llawn egni a chastiau. Ni allai waredu'r syniad bod rheswm mwy nag ofn cael ei ddal fel enciliwr wrth wraidd ysfa Arwel i ffoi dros y môr. Roedd yr amseru'n rhy gyfleus o lawer.

'Mae dwy flynedd yn amser hir i fod ar ffo,' meddai hi ar ôl ennyd. 'Beth yw'r gosb i encilwyr o'r lluoedd arfog ar hyn o bryd?'

'Blynyddoedd o garchar,' atebodd Ioan yn chwyrn. 'Fydde fe ddim yn para chwe mis ymysg y dihirod hynny. Fydd 'na ddim amnest am sbel eto.'

Tynnwyd ei sylw gan symudiad yn ffenestr y gegin, a

gwelodd Dela fod Dora'n sefyll yno. Hyd yn oed drwy'r gwydr, edrychai fel pe bai wedi gweld drychiolaeth.

*

Cafodd Dela ei thywys drwy'r gegin heb i neb ddweud gair pellach. Gwasgodd Dora ei hun yn erbyn y sinc heb edrych arni, a cheisiodd Dela daflu cipolwg o gwmpas y lle. Roedd platiau a dysglau ar y bwrdd draenio wrth benelin Dora, a cheisiodd Dela eu cyfrif yn gyflym. Dau blât ond tair dysgl. Fel pe bai hi'n gwybod beth roedd Dela'n ei wneud, cipiodd Dora ddyrnaid o gyllyll a ffyrc, a syrthiodd llwy fach ar y llawr. Plygodd i'w chodi wrth i Dela fynd heibio, ei hwyneb yn goch. Yna gollyngodd nhw i gyd i'r fowlen, gan droi'r tapiau a gwneud sioe fawr o'u golchi. Tair dysgl bwdin, meddyliodd Dela, ond dim golwg o gwpanau a soseri. Roedd rhywun wedi bwyta'u pwdin gyda llwy fach. Nid oedd hyn yn profi dim, ond ynghyd ag ymateb Dora, roedd yn arwyddocaol, serch hynny.

Arhosai Arwel amdanynt o flaen drws o dan y grisiau llydan a arweiniai i'r llofft. Edrychodd Dela i fyny a gweld landin eang uwch ei phen a rhes o ddrysau ar gau.

'Oes 'ma stafell wely â chlo ar y drws?' gofynnodd Ioan.

Ysgwyd ei ben yn frysiog wnaeth Arwel. 'Dim ond y seler,' atebodd yn gyflym.

'Fydd hynny ddim yn gysurus iawn,' meddai Ioan gan grychu'i drwyn.

Cododd Arwel ei ysgwyddau. 'Mae cwpwl o hen gadeiriau lawr 'na. Bydd hi'n iawn.'

Agorodd follt y drws a'i wthio ar agor. Gwelodd Dela risiau pren yn disgyn i'r tywyllwch.

'Beth os bydd angen iddi fynd i'r tŷ bach?' gofynnodd Ioan. 'Bydd hi'n nosi erbyn i fi ddod 'nôl.'

Cododd Arwel fwced oddi ar y llawr. Rhoddwyd potel o ddŵr ynddi ac, o bopeth, afal.

'Pob cyfleuster,' meddai'n wawdlyd. 'Bwyd a diod a phot siambar. Cystal â'r gwesty gorau.'

'Dyw e ddim yn gwybod, ody e?' meddai Dela'n dawel.

Gwgodd Arwel arni mewn fflach o dymer a'i thynnu at ddrws y seler. Agorodd ef a thaflu'r bwced i mewn.

'Gwybod beth?' gofynnodd Ioan, ond erbyn hyn roedd Arwel wedi gwthio Dela'n gyflym drwy'r agorfa a chau'r drws yn glep ar ei hôl. Diflannodd pob smicyn o olau, a chlywodd Dela'r bollt yn rhygnu'n ôl i'w le y tu ôl iddi. Prin y gallai weld ei llaw o flaen ei hwyneb. Ymbalfalodd yn wyllt yn y düwch am y wal agosaf i'w hatal rhag disgyn yn bendramwnwgl i lawr y grisiau. Yna curodd yn galed â'i dwy law ar y drws.

'Chwiliwch am y plentyn, Mr James!' galwodd nerth ei phen.

Ond ni ddaeth unrhyw sŵn o'r ochr arall.

Pennod 24

EISTEDDODD DELA ar lawr y gofod bach gydag un llaw ar y bwced a'i chlust yn erbyn y drws. Gallai dyngu nad oedd neb arall yn y tŷ o gwbl. Ni threiddiai sŵn traed na llais neb drwy'r drws pren. Teimlodd ef â blaenau'i bysedd. Rhaid bod arno glicied o ryw fath er mwyn ei agor o'r tu mewn. Ond gyda'r bollt wedi'i dynnu ar draws y drws, nid oedd canfod y bwlyn o unrhyw fudd iddi. Nid oedd bwlch rhwng y drws a'r ffram, oherwydd seliwyd hwnnw trwy hoelio stribedi o ffelt trwchus drosto. Tynnodd ar ymyl y ffelt ar waelod y drws, a chododd hwnnw ryw hanner modfedd. Pe medrai rwygo'r holl ffelt i ffwrdd, efallai y gallai weld a chlywed tipyn mwy. Chwiliodd ym mhocedi blaen ei throwsus, ond nid oedd dim byd yno heblaw am hances boced ac arian mân. Roedd hi wedi gadael ei bag llaw, a ddaliai ei blwch matsys, yn y Mans, ond byddai Arwel wedi ei gymryd oddi wrthi ta beth.

Teimlodd ymyl pisyn hanner coron yn ei bysedd, a'i dynnu allan. Efallai fod y metel yn ddigon cryf iddi fedru ei ddefnyddio fel lefar i godi'r hoelion o'r ffelt. Chwiliodd am gornel isaf y ffelt, gan weithio'r darn arian oddi tano. Symudodd y dacsen agosaf, ac er na ddaeth allan o'r pren aeth ei phen drwy'r ffelt gan ryddhau ryw chwe modfedd ohono. Ymhen pum munud roedd dwy droedfedd ohono wedi'i weindio o amgylch ei llaw o ymyl isaf y drws, a thywynnai hanner modfedd o olau dydd i mewn i'w charchar drwy'r bwlch rhwng y drws a'r llawr. Nid oedd yn ddigon iddi weld beth a orweddai ar waelod y grisiau o'i blaen, ond roedd yn well o lawer na'r düwch blaenorol. Am y tro cyntaf gwelodd gysgod traed yn brysio heibio tua'r gegin. Pryd oeddent yn bwriadu gadael? Arhosodd yn ei hunfan am amser maith gan geisio dirnad pwrpas pob sŵn troed a gwrando'n astud.

Beth ddigwyddai, tybed, pan ddeuai Ioan James yn ôl o'i orchwyl? Gwnâi ei gorau glas i beidio â bod yno bryd hynny, ond nid oedd unrhyw bwynt ceisio dianc o'r seler gyda'r ddeuddyn yn dal yn y tŷ. Gwell cadw'n dawel a rhoi'r argraff o fod wedi danto. Ticiodd y munudau heibio. Canfu'r botel ddŵr a thynnu'r corcyn. Arogleuodd ef ac yfed cegaid fach cyn bwyta'r afal. Chafodd Arwel ddim amser i roi unrhyw beth arall yn y botel. Dychmygodd ef yn rhuthro drwy'r lle'n chwilio am y bwced, y botel ddŵr a'r afal. Doedd e ddim yn dwp o bell ffordd. Gwyddai na fyddai Dora'n medru gwrthsefyll dynes hanner ei hoed, felly ceisiodd sicrhau na fyddai'n rhaid iddi agor drws y seler nes i Ioan ddychwelyd. Ond nid oedd problemau Dora ar ben, hyd yn oed gydag Arwel yn ddiogel ar y cyfandir. Os oedd Brenda wedi'i chuddio yn y tŷ, beth oedd Arwel yn disgwyl i'w fam wneud â hi ? Gallai blynyddoedd fynd heibio cyn iddi fod yn ddiogel iddo ddod adref. O feddwl, roedd yr holl beth yn wallgof. A oedd Brenda yno mewn gwirionedd? A laddwyd y plentyn ers dyddiau? Syllodd i'r tywyllwch ar waelod y grisiau a chnoi ei gwefus. Ni wnâi pendroni unrhyw les ac ni welodd gysgodion traed ers rhai munudau. Os oedd hi'n mynd i ddianc o'r seler roedd angen iddi fynd i lawr y grisiau a gweld beth oedd yno. Efallai y deuai o hyd i rywbeth a fyddai'n galluogi iddi agor y drws. Neu – a llamodd ei chalon am eiliad wrth feddwl am hyn – gallai ffenestr neu agorfa arall fodoli, ac Arwel wedi anghofio amdanynt. Wyddech chi fyth.

Tywyllodd popeth yn sydyn, a sylweddolodd Dela fod o leiaf un, os nad dau berson yn sefyll yn y cyntedd. Hwyrach na fedrent weld bod y ffelt wedi'i dynnu o waelod y drws gan fod y seler yn dywyll, ond rhoddodd ef yn ôl yn llac rhag ofn. Nid oedd wiw iddynt sylwi ar ei hymdrechion a phenderfynu ei chlymu. Ni fyddai gobaith dianc wedyn. Clywodd sibrwd isel, maith ond ni allai ddirnad beth a ddywedwyd. Yna symudodd y traed i ffwrdd a chlywodd ddrws yn cau'n glep. Arhosodd gan wrando, ond disgynnodd tawelwch mawr dros bob man. Reit, meddyliodd, a thynnu'r ffelt yn ôl cyn codi ar ei thraed.

Teimlodd bob gris dan ei throed yn gyntaf wrth ddisgyn a gafaelodd yn y canllaw â'i llaw rydd. Siglai'r canllaw hwnnw'n frawychus, i'r fath raddau nes bod Dela ar fin eistedd a dod i lawr ar ei phen ôl, pan deimlodd ansawdd gwahanol â blaen ei hesgid. Llawr pridd oedd i'r seler, wedi'i ddamsiel yn galed fel haearn ar waelod y grisiau ond yn meddalu rhywfaint wrth iddi gamu ymlaen yn ofalus. Aroglai'r seler yn llaith. Ni allai weld dim, ond bob nawr ac yn y man trawai ei llaw neu ei throed yn erbyn rhywbeth caled, a phob tro y digwyddodd hynny, teimlodd y gwrthrych i weld beth ydoedd. Hen fwrdd simsan. Stôl deirgoes â'i sedd o gyrs yn un twll mawr. Blwch llawn pethau metel. Twriodd drwy hwnnw, gan ganfod tebot, a adnabu o'i big. Parhaodd i dwrio, gan dybio taw cynnyrch yr ymgyrch casglu metel yn ystod y rhyfel oedd cynnwys y blwch.

Ddaeth neb i'w mofyn am fod y tŷ mor anghysbell. Pan ddaeth ar draws lletwad anferth, drom, chwifiodd hi yn yr awyr yn fuddugoliaethus. Byddai ei choes yn ddelfrydol i'w gwthio rhwng y drws â'r lintel. Efallai y gallai hollti'r pren a amgylchynai'r bollt trwy wneud hynny. Palodd ymlaen, gan deimlo fymryn yn well. Wedi'r cyfan, os na fedrai wneud dim arall, gallai roi clatsien dda i rywun gyda'r pen arall.

Er gwaethaf y düwch, synhwyrodd fod y seler yn eang. Ar y chwith teimlodd wal arw o frics, a wyngalchwyd ryw dro, mae'n rhaid, oherwydd deuai fflawiau bach oddi arno. Pan gyffyrddodd ag ymyl y wal a chael gofod gwag y tu hwnt iddi, sylweddolodd fod mwy nag un ystafell yma. Rhaid fod y seler yn ymestyn dan yr holl dŷ. A oedd mynedfa arall yn rhywle? Yn y gorffennol, defnyddid selerydd at bwrpasau fel cadw glo – ond heb olau, roedd mor anodd gwybod beth oedd yma. Sychodd ei llaw ar ei throwsus i waredu'r fflawiau gwyngalch, a theimlo rhywbeth caled yn ei phoced ôl. Daliodd ei hanadl a'i dynnu allan. Blwch matsys. Siglodd ef a chlywed y prennau bach yn rhincial. Gyda bysedd lletchwith, tynnodd fatsien a'i tharo yn erbyn ymyl y blwch, ond ni chynneuai. Rhegodd. Chwiliodd â'i bysedd am fricsen arwach na'r lleill ar y mur. Llwyddodd i gynnau'r fatsien ar y trydydd cynnig, a goleuodd rywfaint ar y lle. Gwelodd hen frws â blew hir yn gorwedd yn erbyn y mur, ac ar ôl straffaglu am sbel, a gwastraffu sawl matsien, llwyddodd Dela i gynnau'r blew gan daflu goleuni gwan dros ei charchar. Fel y tybiodd, roedd yna ystafell arall, ac adeiladwyd mynedfa fwaog iddi o'r brif seler, gyda chardifeins yr oesau'n gorwedd yn erbyn y waliau bob ochr. Teimlai grensian dan ei thraed, a chyrcydodd, gan ddal y brws ar ongl i weld beth oedd yno. Gwenodd Dela wrth sylweddoli ei bod wedi dyfalu'n gywir. Buont yn cadw glo yma rhyw dro, er na allai ddychmygu neb yn cario sacheidi o lo drwy'r tŷ crand. Roedd yn fwy tebygol fod yna ddrws bach yng nghefn y tŷ ar lefel y ddaear, a llithren i arllwys y glo i mewn o'r tu allan. Efallai fod y drws bach yn dal yno. Canolbwyntiodd Dela ar wal chwith yr ystafell fewnol gan obeithio nad oedd ei synnwyr cyfeiriad yn anghywir. Ond siom a gafodd wrth weld brics llyfnach, mwy newydd, mewn un rhan o'r wal a sylweddoli bod y gagendor wedi'i lenwi i mewn. Diawliodd wrthi'i hun. Roedd hi wedi rhoi ei bryd ar ddringo allan a dianc heb orfod wynebu neb. Nid oedd dim amdani nawr ond ceisio agor y drws.

Roedd blew y brws bron wedi llosgi'n llwyr erbyn hyn. Nid oedd Dela wedi disgwyl iddo bara am byth, ond nid oedd awydd arni gael ei dal ym mhen pellaf y seler heb ei olau cysurlon chwaith. Cariodd bopeth yn ôl i waelod y grisiau, ond pan edrychodd i fyny, cafodd sioc – doedd dim stribed o olau'n dangos o dan y drws. Gan chwythu ar y brws, ewyllysiodd ef i ddal i dywynnu wrth iddi ddringo'r grisiau simsan. Yn sydyn, clywodd sŵn rhywbeth yn taro yn erbyn y drws. Safodd yn stond. A ddylai weiddi? Diffoddodd y brws yn llwyr yr eiliad honno, gan adael dim ond arogl a mwg. Gwasgodd Dela ei chlust yn erbyn y bwlch. A oedd Arwel ac Ioan yn dal yn y tŷ, tybed? Gwthiodd ei bys i'r bwlch ar hyd gwaelod y drws a theimlo ymyl pren yr ochr arall. Bellach, safai rhyw ddodrefnyn yn erbyn y drws. Beth oedd e, a phwy a'i symudodd? Wrth wastraffu amser yn chwilio am fynedfa'r glo, ni chlywodd y gweithgarwch yn y cyntedd.

Aeth ati unwaith eto i dynnu'r ffelt oddi ar weddill y drws – dylai fod wedi gwneud hynny yn y lle cyntaf, meddyliodd, pan ddatgelwyd stribed arall o olau. Gwyddai nawr nad oedd y dodrefnyn yn gorchuddio'r drws cyfan. Gweithiodd yn ddyfal nes bod golau i'w weld ar hyd top y drws ac i lawr y ddwy ochr hyd at ryw ddwy droedfedd o'r llawr. Yn is na hynny, ni wnâi tynnu'r ffelt unrhyw wahaniaeth i'r golau.

Gwthiodd Dela goes y lletwad i'r bwlch fymryn uwchben y bollt. Gallai weld ei amlinell yn glir fel bys du. Ei nod oedd gwneud twll digon mawr i fedru rhoi ei llaw drwyddo a thynnu'r bollt yn ei ôl. Aeth ati'n ddycnach fyth, gan hyrddio'r lletwad i bob cyfeiriad dan yr haen er mwyn llacio'r hoelion. O bryd i'w gilydd simsanai ei throed ar y grisiau uchaf a phwyllai, gan ofni cwympo. Arhosodd eiliad i sychu ei dwylo chwyslyd ar ei throwsus. Bu'n gwneud sŵn byddarol nawr ers munudau ond ni chlywodd ddim o'r tu allan. A oedd Dora wedi ei baglyd hi hefyd? Ond sut y gallai wneud hynny gyda Brenda? Byddai unrhyw yrrwr bws neu dacsi lleol yn adnabod y plentyn yn syth. Disgynnodd amheuaeth drosti fel cwmwl. Efallai ei bod wedi gweld arwyddocâd lle nad oedd yr un. A oedd unrhyw gysylltiad o gwbl rhwng angen Arwel i ddianc, marwolaeth Sali a diflaniad Brenda?

Ysgydwodd Dela'i hun, a bwrw ati unwaith eto i geisio dianc. Ysgyrnygodd ei dannedd a chledro'r ddwy gornel arall yn galed. Syrthiodd panel o'i le â chlec, ac mewn amrantiad roedd Dela'n medru gwthio'i braich drwy'r twll a gafael yn y bollt. Symudodd y drws rhyw fodfedd ond roedd y gist yn bwysau marw y tu ôl iddo. Gosododd ei hysgwydd yn erbyn y drws a gwthio, ond dim ond siglo'n ôl ac ymlaen wnaeth y gist. Eisteddodd ar y llawr a cheisio defnyddio'i hysgwydd, ond roedd hynny'n anobeithiol. Gorweddodd ar ei chefn a rhoi cynnig arall arni. Yn araf bach, symudodd y gist o'r ffordd ac roedd Dela'n chwys botsh, ond o'r diwedd roedd gobaith ganddi i ddianc. Gwasgodd ei hun yn boenus drwy'r bwlch cul, gan ddisgwyl clywed gwaedd unrhyw eiliad. Safodd yn y cyntedd gwag a gwrando. Doedd dim i'w glywed. Gwthiodd y gist yn ôl i'w lle ac ailosod y panel yn y drws. Efallai y byddai hynny'n rhoi rhyw fantais fach iddi.

Pipodd trwy ddrws y gegin, ond roedd yn wag. Edrychodd i fyny ar y landin. Oni ddylai fynd drwy bob ystafell? Cafodd ei hun, yn hytrach, yn cripian at y drws cefn. Trodd yr allwedd yn dawel a chamu allan i'r heulwen. Yn y pellter, clywodd sŵn injan yn peswch. Cyn y gallai newid ei meddwl, rhedodd Dela i gyfeiriad y ffordd. Cyrhaeddodd yno mewn pryd i weld y bws yn dod a chwifiodd ei breichiau arno. Gwgodd y gyrrwr arni ac arafu'n anfodlon. Gwthiodd Dela'r drws ar agor â'i gwynt yn ei dwrn.

'Ble chi moyn mynd?' arthiodd y gyrrwr.

'Dwi ddim isie mynd i unman,' meddai Dela. 'Pan aethoch chi i gyfeiriad y dre y tro diwethaf, a ddaeth menyw â gwallt gwyn i mewn i'r bws o'r arhosfan lawr y ffordd?'

'Mrs King?' gofynnodd. 'Do. Pam y'ch chi moyn gwpod?'

Gorfu i Dela feddwl am reswm. 'Ro'n i'n ofni ei bod hi'n sâl, a dechreues i bryderu pan ffaeles i gael ateb yn y tŷ,' atebodd.

''Smo 'ddi'n sâl. O'dd hast y jiawl arni 'ddi, ond 'smo hynny'n ddim byd newydd.'

'Ac roedd hi ar ei phen ei hunan?'

'Wel, o'dd wrth gwrs.'

Diolchodd Dela iddo cyn troi'n ôl i lawr y feidr. Gwelodd yn sydyn, wrth fynd heibio, nad oedd neb wedi cyffwrdd â'i beic, a oedd yn dal i sefyll lle rhoddodd Ioan e o dan y canghennau. Nid oedd wedi disgwyl iddo fod yno o hyd. A adawyd e'n fwriadol tybed? Ceisiodd ddirnad teithi meddwl Arwel. Pam anfonodd e ei fam i'r dref? Daeth yr ateb yn ddigymell – er mwyn rhoi alibi iddi. Pe bai Dela'n mynd at yr heddlu, gallai Dora honni nad oedd hi yno drwy'r prynhawn. Aeth Dela i sefyll draw wrth yr iet a edrychai dros y tir anial. Oedd y fechan wedi'i chladdu yma? Neu wedi'i chuddio yn rhywle gerllaw? A fu hi yma erioed? Gwyddai Dela un peth, sef nad oedd yn bwriadu gadael nes iddi gael ateb i'r cwestiynau hynny.

Aeth yn ôl drwy'r drysni, ond y tro hwn edrychodd dan y llwyni a gwthio drwy'r mieri i ffwrdd o'r llwybr aneglur. Dyna pryd y gwelodd y goeden dal, a symudodd ati er mwyn ei chofio. Roedd crafiadau dwfn yn y rhisgl. Roedd llythyren yma, penderfynodd, sef 'K'. Gallai gredu bod Arwel wedi torri'i enw ar goeden yn grwtyn, ond roedd y llythyren hon yn ffres. Ac roedd rhywun wedi ceisio torri llythyren mwy crwn wrth ei hochr. Ai 'B' oedd hi? Ond pwy oedd 'BK'? Gwelodd Dela rywbeth yn sgleinio ar lawr – llwy fach arian, wedi'i chrafu'n druenus, ac yn frwnt i gyd. Teimlodd Dela'i chalon yn curo. Brenda King? Ond Jones oedd ei chyfenw hi. Rhoddodd Dela'r llwy yn ei phoced ac edrych ar ei wats. Roedd yn tynnu am chwech o'r gloch. Byddai'r siopau yn y dref wedi cau erbyn hyn. Roedd yn hen bryd iddi fynd drwy'r tŷ.

Pennod 25

HYD YN OED gyda'r llwy fach fel talismon yn ei meddiant, bu'n rhaid i Dela ymwroli cyn camu drwy'r drws. Aeth i'r ystafell fyw, ond ni allai weld unrhyw guddfannau. Roedd yr un peth yn wir am yr ystafell fwyta, er iddi agor y cwpwrdd tridarn a gwthio'i llaw rhwng y llieiniau bwrdd. Dringodd y grisiau i'r llofft, a dechrau chwilio yn hen ystafell Arwel. Edrychai'r dillad yn y drorau a'r wardrob yn hen, ond cawsant eu hongian a'u plygu'n daclus. Roedd Dela'n amau na fyddai Dora'n medru dioddef eu gwaredu, ac yn sicr buont yn ddefnyddiol i'r Arwel atgyfodedig. Ond hyd yn oed os cadwodd Dora unrhyw lythyron gan Sali, a fyddai Arwel wedi bod mor barchus ohonynt ag o'i hen ddillad? Roedd ar ei phengliniau'n edrych dan y gwely pan sylweddolodd fod drôr fawr arall o dan ddrysau'r wardrob. Agorodd hi ag anhawster a gweld ei bod yn llawn geriach ieuenctid. Wrth iddi wthio'r drôr yn ôl i'w lle, gwelodd Dela dystysgrif. Roedd Arwel King wedi ennill y wobr Junior Victor Ludorum ym mabolgampau'r ysgol ar ddiwedd y dauddegau. Syllodd Dela'n sur ar y papur, a gweld llawysgrifen fuddugoliaethus ar y cefn: 'King yw'r Brenin!' Doedd e ddim mymryn yn fwy dymunol yn grwt, felly, meddyliodd.

Aeth i'r ystafell nesaf. Arwel King, Brenin y Mabolgampau, mwmialodd, wrth syllu o amgylch yr ystafell wely fwyaf, gyda'i dodrefn tywyll, trwm. Dyma ble fyddai gwesteion yn arfer aros. Ni fyddent wedi rhoi Brenda i gysgu yma, ond rhaid iddi chwilio, serch hynny. Aeth drwy'r wardrob wag, a'r gist ddrorau, a chodi'r fatras. Wrth ei gollwng yn ôl i'w lle, cwympodd y cwrlid i'r lawr a chododd Dela ef yn awtomatig. Pan gododd ei llaw, gwelodd fod blewyn o wallt wedi glynu wrth ei bysedd – blewyn hir a golau iawn. Roedd gan Dora wallt gwyn, syth mewn bỳn ar gefn ei phen, ond sgleiniai hwn fel metel wrth gyrlio'n ysgafn o amgylch ei bys. Bu Brenda'n gorwedd ar y gwely fan yma. Pam? Daeth geiriau Meical i feddwl Dela; credai Brenda mai tywysoges oedd hi – a beth ydy hynny ond merch y Brenin? Ai dyna glywodd hi gan Sali, ei bod mewn gwirionedd yn ferch i Arwel King? Ai dyna ystyr y llythrennau 'BK'? Byddai hynny'n freuddwyd i blentyn a fagwyd yn Stryd Ernest. Byddai hi wedi crwydro drwy'r tŷ mawreddog, gan redeg ei bysedd dros y dodrefn a gorwedd ar y gwely mawr, gan feddwl taw dyma'r palas a addawyd iddi. Ai dyna fyrdwn y llythyr a anfonodd Sali at Arwel ar ôl cael ei gyfeiriad? Oedd hi'n honni iddi gael ei blentyn? Os felly, awgrymai taw'r olaf mewn cyfres o ymweliadau â hi oedd yr un ar ôl i Arwel fod yn y dafarn gydag Eifion. Brysiodd Dela i'r ystafell olaf ac agor y drws i ystafell gwbl ddi-nod. Doedd dim cynfasau ar y gwely, nac unrhyw awgrym fod unrhyw un wedi cysgu yma ers sbel, er mawr siom iddi.

Edrychodd drwy'r ffenestr ar yr ardd wyllt. Ceisiodd weld y mur a redai ar hyd ochr chwith cefn y tŷ, ond dim ond tyfiant oedd i'w weld. Gan deimlo amser yn prinhau, taranodd Dela i lawr y grisiau ac allan drwy'r drws cefn. Plymiodd i ddyfnderoedd y drain ac anelu'n syth am y goeden fawr. Yna gwthiodd drwy'r llwyni i'r chwith yn fwy pwyllog. Yn sydyn, gwelodd wal garreg o'i blaen. Hoffai fod wedi medru dilyn y wal i gefn yr ardd, ond tyfai'r meiri'n rhy drwchus, a sylweddolodd Dela y byddai'n rhaid iddi ei dringo.

Ar ei phengliniau ar ben y wal, difarodd cyn cripian llath. Chwipiai'r canghennau hi o'r dde, tyfai drain pigog dros wyneb y mur gan ddal ym mrethyn ei throwsus, ac ni feiddiai edrych i lawr rhag ofn cael y bendro. A hithau ar fin rhoi'r gorau iddi, daliodd rhywbeth lygad Dela. Rhyw ddegllath o'i blaen roedd to – cwt y garddwr yn y dyddiau a fu, meddyliodd. Ymlwybrodd yn ôl a neidio i lawr gynted ag y gallai hi i chwilio am lwybr at y cwt. Edrychodd ar ei wats. Aethai awr arall heibio. Plygodd i ryddhau draenen ystyfnig o'i throed, a gweld llwybr o fath. Dilynodd e nes iddi weld y cwt ymysg y tyfiant, yna cyrcydodd. Roedd mewn cyflwr gweddol o ystyried ei fod wedi'i orchuddio bron yn gyfan gwbl gan y llwyni. Cripiodd Dela ar ei phedwar rownd y gornel a sefyll yn araf. Deuai siffrwd o rhywle. Ceisiodd weld drwy'r gwydr o gil ei llygad. O dan y ffenestr, gwelai fwrdd sgwâr ac arno bentwr o luniau bach lliwgar. Tynnodd yn ôl yn sydyn wrth glywed sŵn pren yn rhygnu, ond yn rhy hwyr. Llamodd rhywun dros y trothwy yn dal pastwn cyntefig cyn troi a'i hwynebu. Roedd yr ymdrech i gadw'r pastwn dros ei phen wedi camffurfio'i gwedd, ond roedd y gwallt mor syfrdanol ag erioed.

'Brenda?' gofynnodd Dela gan geisio gwenu. Hyd yn oed yn nwylo plentyn roedd pastwn yn arf.

Gwgodd Brenda, ond nid atebodd. Syllodd y ddwy ar ei gilydd am eiliad. Sylwodd Dela fod rhywun wedi gwnïo ffrog fach binc ddel i Brenda, gyda phocedi ar y tu blaen, a nicer o'r un defnydd oddi tani. Gwisgai fwclis am ei gwddf a nifer o freichledi tsiep. Rhaid mai Dora oedd yr wniadwraig a pherchennog y gemwaith.

'Ffrog bert,' mentrodd Dela eto. 'Ydi hi'n newydd?'

Amneidiodd y plentyn ei phen. 'Mrs King wnaeth hi,' atebodd yn anfodlon. 'O'n i moyn un las, 'run lliw â'n llyged i.'

'Mae defnydd yn anodd ei gael,' meddai Dela.

'Ddyle fe ddim bod,' grwgnachodd Brenda. 'Dylech chi fod yn gallu cael stwff yr un lliw â'ch llyged.'

'Fydde hynny ddim lot o werth i fi,' meddai Dela. 'Bydden i'n gorfod gwisgo dillad tywyll iawn drwy'r amser.'

Edrychodd y fechan arni â rhywbeth tebyg i drueni yn ei llygaid. Gostyngodd y pastwn ryw fymryn a rhwbio un droed sandalog yn erbyn y goes arall.

'Weles i chi ar ben y wal,' meddai'n heriol. 'O'ch chi ofon cwmpo.'

'O'n,' cytunodd Dela. 'Ond gan fod y tŷ'n wag, roedd yn rhaid i fi edrych yn yr ardd.'

'Pam?'

Meddyliodd Dela'n gyflym a dewis pob gair yn ofalus.

'Wel, fyddai Mrs King ddim yn hapus iawn pe bawn i heb roi'r neges i chi,' meddai. Âi'n groes i'r graen i alw plentyn saith oed yn 'chi', ond synhwyrai Dela fod y byd ffantasïol y trigai Brenda ynddo wedi dod yn fwy real ers iddi gael ei chipio.

'Nage Mrs King sy'n trefnu pethe man hyn,' meddai Brenda'n bwdlyd. 'Y King sy'n dweud shwd ma' pethe i fod.'

Gwyrodd Dela ei phen, fel pe bai wedi clywed enw'r Hollalluog.

'Wrth gwrs. Ond buodd raid iddo adael ar frys, gyda negesydd arall.'

''Rhen Ioan,' meddai Brenda. Rhoddodd rhyw amnaid fach bwysig. 'Mae e'n ffyddlon iawn, whare teg.' Swniai fel pe bai'n ailadrodd geiriau rhywun arall.

'Welodd e mohonoch chi, gobeithio?' meddai Dela gan ffugio pryder.

Ysgydwodd y plentyn ei phen yn frwd. 'Naddo. 'Sdim iws i bobol fy ngweld i.' Culhaodd ei llygaid am eiliad. 'Buoch chi 'ma o'r blaen. 'Da hen fenyw. Weles i chi'n dod lan yr ardd ffrynt.'

'Do. Fe gawson ni orchymyn i ddod â llysiau ffres a chacenni.'

'Dylech chi fod wedi dod yn amlach,' meddai Brenda. 'Dwi i fod i gael cacen bob dydd. Ac orenjys hefyd. A losin.' Tynnodd wep. ''Smo Mrs King wastod yn dod â'r rheiny o'r dre.'

Am y tro cyntaf ers tro, teimlodd Dela drueni dros Dora.

'Beth yw'r neges, 'te?' gofynnodd Brenda'n siarp.

'I ddweud wrthoch chi bod y cynllun wedi newid,' meddai Dela. Edrychodd i fyw llygaid Brenda gan chwilio am unrhyw ddrwgdybiaeth ynddynt. Syllent yn ôl arni'n las a diniwed. 'Y cynllun gwreiddiol oedd i'r King fynd dros y môr ac yna dod yn ôl i'ch mofyn chi pan oedd popeth yn ddiogel.' Dyfalu oedd hi, ond amheuai – hyd yn oed os nad dyna'n union a ddywedwyd wrthi Brenda – taw dyna oedd ei gobaith. 'Roedd 'Rhen Ioan yn mynd i'w arwain at long. Roedden nhw'n credu mai dim ond lle i un oedd 'na, ond nawr maen nhw wedi dod o hyd i le i chi hefyd. Gallwch chi fynd gyda fe.'

Roedd hi'n falch o weld Brenda'n rhoi'r pastwn i lawr, ond crychodd y plentyn ei thalcen.

'Shwd ddaeth y neges?' holodd.

'Dros y ffôn o'r harbwr – roedden nhw wedi trefnu i ffonio er mwyn dweud eu bod wedi cyrraedd yn ddiogel. Dyna pam aeth Mrs King i'r dref. 'Sdim blwch ffôn yn agos i'r tŷ. Ffoniodd hi fi wedyn, a gofyn i fi fynd â chi lawr at y llong.'

'Oes car 'da chi 'te?'

Ysgydwodd Dela ei phen yn drist. 'Mae'n ddrwg gen i, nac oes,' meddai'n wylaidd. 'Ond mae gen i feic.'

Roedd y dirmyg agored ar wyneb y plentyn yn werth ei weld.

'Beic?' poerodd. 'Ffor' ma'n nhw'n erfyn i'r ddwy 'non ni fynd ar gefen beic?'

Heblaw fod y sefyllfa mor argyfyngus, hoffai Dela fod wedi'i hysgwyd hi.

'Dywedodd Mrs King y gallen ni glymu clustog i'r bar blaen, neu i'r sedd. Byddwch chi'n eitha cysurus. Ond mae'n rhaid i ni frysio nawr – mae'r llong yn hwylio gyda'r llanw ac mae amser yn brin.'

Meddyliodd Brenda am eiliad. 'Dwi isie mynd â bwyd a lemonêd gyda fi,' datganodd. 'Cerwch i'r tŷ i'w mofyn nhw.'

'Bydd raid i chi ddangos i fi ble mae popeth,' meddai Dela, a rhoi ochenaid ddistaw o ryddhad pan drodd y plentyn a dechrau gwthio drwy'r llwyni'n ôl i gyfeiriad y tŷ.

Gan gadw un llygad ar y cloc ar wal y gegin, torrodd Dela frechdanau'n gyflym. Gallai glywed Brenda'n rhedeg o un ystafell i'r llall yn casglu pethau at ei gilydd. Roedd hi eisoes wedi ymddangos unwaith wrth ddrws y gegin a gosod bag ar y bwrdd. Gwthiodd Dela'r brechdanau i mewn iddo a sylwi ar nifer o bethau roedd yn sicr na fyddai Dora'n hapus o'u colli. Y llun mewn ffrâm arian o Arwel yn fabi â llond pen o gyrls golau oedd un ohonynt. Hwyrach bod Brenda'n credu mai llun ohoni hi oedd e. Rhoddodd ef yn ôl yn y bag yn gyflym wrth i Brenda agosáu ar hyd y cyntedd. Roedd ganddi siôl fawr eddïog amdani nawr, a mwy o fwclis o amgylch ei gwddf.

'Neis iawn,' meddai Dela.

'Gwrach o'dd biau hon,' meddai Brenda'n hunan-fodlon. 'O'dd lot o bethe neis 'da 'i.'

'Buoch chi'n lwcus i ddianc heb iddi'ch dal chi,' cynigiodd Dela'n ddifynegiant.

Wfftiodd Brenda hynny. 'Mae'n hawdd twyllo gwrachod,' atebodd. ''Smo nhw'n gallu diodde'r gole, ch'weld.'

Cododd Dela'r bag oddi ar y bwrdd ac agor y drws cefn. Martsiodd Brenda allan. 'Dwi isie mynd â'n llyfr sgrap gyda fi,' meddai. 'Mae e yn y cwt.'

'Iawn,' atebodd Dela. 'Rhaid i minne mofyn clustog hefyd.'

Gwyliodd Dela hi'n ymnyddu'n ystwyth rhwng y mieri, gan obeithio nad tric oedd hyn er mwyn iddi fynd i guddio. Brysiodd i'r ystafell fyw a chipio clustog oddi ar un o'r cadeiriau. Daeth o hyd i belen o linyn mewn drôr ac roedd hi'n ceisio torri darn hir ohono â chyllell i glymu'r glustog wrth y beic, pan glywodd allwedd yn troi yn y drws ffrynt. Symudodd o'r golwg y tu ôl i ddrws y gegin.

Pipodd drwy'r bwlch rhwng y drws a'i golfachau a gweld Dora'n gwthio'i phen yn ofalus i mewn i'r cyntedd. Diolchodd i'r drefn ei bod wedi rhoi'r gist yn ôl yn ei lle o flaen drws y seler. Nid edrychodd Dora ar y dodrefnyn, dim ond gosod ei basged ar lawr y cyntedd a hongian ei siaced ar fwlyn y grisiau. Yna cerddodd yn syth i mewn i'r gegin. Gorfu i Dela godi'i llaw rhag i'r drws ei tharo. Siglodd y drws yn ôl a gwelodd gefn Dora'n sythu. Adlewyrchwyd y ddwy ohonynt yn y ffenestr a sylweddolodd Dela nad oedd hi wedi rhoi'r gyllell i lawr. Gafaelodd Dora yn ymyl y sinc a chrymodd ei gwar fel pe bai'n disgwyl cael ei thrywanu.

'Does gen i ddim bwriad eich 'nafu chi, Dora,' meddai Dela.

Trodd y ddynes yn araf. 'Shwd ar y ddaear . . . ?' sibrydodd. 'Dywedodd Arwel nad oedd unrhyw siawns y byddech chi'n dianc.'

Gwenodd Dela'n sychlyd. 'Mae'n rhyfeddol beth allwch chi ei wneud pan fo'n rhaid,' meddai. 'Ond dyw hynny ddim yn newyddion i chi, ody e, ar ôl y dyddiau diwethaf hyn? Beth mae e'n bwriadu i chi 'i wneud gyda Brenda, gwedwch? Ydi e'n wirioneddol yn credu y gallwch chi ei chadw hi yma am amser heb i neb wybod?'

Ni ddangosodd Dora unrhyw syndod wrth glywed enw'r plentyn. Gwnaeth rhyw ystum bach anobeithiol â'i llaw.

'Dwi i fod i fynd â hi bant i rywle yng ngogledd Lloegr. Heno. Ar ôl i Ioan alw,' meddai.

Edrychodd Dela arni'n ddryslyd. 'Odych chi i fod i gerdded yno? Mae pawb yn gwybod sut un yw Brenda erbyn hyn.'

'Dwi i fod i liwio'i gwallt hi'n frown yn gyntaf. Dwi wedi cerdded ar hyd y dref drwy'r prynhawn yn chwilio am liw gwallt.'

'Fydd Brenda ddim yn hoffi hynny.'

'Dwi'n gwbod! Gwnes i 'ngore i esbonio hynny wrth Arwel,' sibrydodd Dora. 'Ond mae gyda fe syniad y bydd hynny'n datrys y broblem yn llwyr. Wedyn dwi i fod i ddod 'nôl 'mhen rhai wythnosau gan ddweud taw merch i gyfnither yw hi, sy'n rhy ddélicet i fynd i'r ysgol. Mae e'n credu y bydd hi'n iawn yma wedyn nes iddo ddod adre eto. Ond fydd hi ddim. Does dim modd rhesymu 'da hi.'

'Wel, nac oes. Pan fo pen plentyn yn cael ei stwffio â ffantasïau, ac yna mae'n ymddangos iddi hi eu bod nhw'n cael eu gwireddu, pa ddisgwyl sydd iddi fod yn rhesymol? Mae hi'n credu mai tywysoges yw hi.'

'Tywysoges!' meddai Dora'n sur. 'Plentyn hwren o'r slyms yw hi. Roedd hi yno, yn y tŷ, ch'weld, pan ddigwyddodd y ddamwain – pan gwympodd Sali. Ac mae hi 'run sbit ag e.'

'Felly mae Arwel yn credu ei bod hi'n ferch iddo. Ydych chi'n credu hynny hefyd?'

Am eiliad, gwibiodd nifer o emosiynau gwahanol ar draws wyneb Dora.

'Pa ddewis oedd gen i?' atebodd. 'Do'n i ddim eisiau credu'r peth, ond roedd llythyrau Sali mor fanwl. Gwerth blynyddoedd ohonyn nhw'n disgrifio'i babandod a'i phlentyndod hi.'

Llyncodd Dela'r wybodaeth hon yn feddylgar. Nid oedd wedi dod o hyd i unrhyw lythyr o'r fath. Rhaid bod Arwel wedi'u llosgi bob un.

'Beth am y ffaith ei bod hi'n byw gyda theulu Ben Dyrne? Sut esboniodd Sali hynny?'

Tynnodd Dora wep ddiflas. 'Dywedodd hi ei bod hi'n talu iddyn nhw ofalu am y plentyn. Ond soniodd hi 'run gair fod mam y teulu wedi marw. Gweles i hynny yn y papur newydd.'

'Doeddech chi ac Arwel ddim yn gweld hynny'n arwyddocaol?'

'Ro'n i'n meddwl ei fod e'n od,' cyfaddefodd Dora. 'Ond roedd e mor siŵr.'

Roedd yn hen bryd rhoi'r farwol i'r stori. Tynnodd Dela anadl ddofn. 'Dylech chi gael gwybod bod cymdogion yn yr ystafell drwy gydol genedigaeth Brenda,' meddai. 'Gwraig Ben Dyrne oedd ei mam. Nid plentyn Sali yw hi. Mae hynny'n ffaith. Celwydd noeth oedd y llythyron.'

Llanwodd llygaid Dora â dagrau. 'O'n i'n gwybod bod rheswm pam na allwn i gymryd ati,' meddai. 'Ond beth alla i 'i 'neud nawr?'

'Gallen i fynd â hi'n ôl at ei theulu,' meddai Dela, gan synhwyro na fyddai Dora'n gwrthwynebu. 'Bydd Arwel wedi diflannu dros y môr cyn i unrhyw ymholiadau gael eu rhoi ar waith. Ond bydd raid i chi fod yn barod i wynebu beth bynnag fydd yn digwydd wedyn.'

''Sdim ots am hynny,' atebodd Dora'n fwy hyderus. 'Galla i wynebu unrhyw beth cyn belled â bod Arwel yn ddiogel.' Gwenodd yn drist.

*

Caeodd Dela'r drws cefn ar ei hôl gan obeithio y byddai Dora'n cadw'i haddewid i guddio yn y llofft nes eu bod wedi mynd. Camodd yn drwsgl drwy'r blanhigfa, gan groesi'i bysedd nad oedd y plentyn wedi penderfynu diflannu. Er mawr rhyddhad iddi, roedd Brenda'n aros amdani wrth y goeden fawr.

'Ble fuoch chi mor hir?' gofynnodd yn swrth.

'Yn gwneud yn siŵr bod popeth yn iawn,' atebodd Dela dan ei hanadl gan adael i'r plentyn gerdded o'i blaen i gyfeiriad yr iet.

Pennod 26

Os OEDD yn anodd rheoli'r beic ar y ffordd o'r dref, roedd hi ganwaith gwaeth ar y ffordd yn ôl. Gwingai Brenda'n ddi-baid ar y bar blaen, a bu'n rhaid i Dela gnoi ei thafod rhag ei siarsio i gadw'n llonydd. Roedd y ffordd yn wag, a diolchodd Dela i'r drefn nad oedd gan bobl ddigon o betrol i deithio. Roedd yn gyfleus yn hynny o beth fod Brenda'n dal i lynu wrth y syniad na ddylai neb gael ei gweld. Y peth olaf a ddymunai Dela oedd cael ei chyhuddo o fod wedi'i herwgipio hi. Ar y llaw arall, byddai wedi bod yn falch o allu gofyn i rywun am help, ond amheuai y byddai Brenda'n ei baglyd hi yr eiliad y sylweddolai wir bwrpas y daith. Felly, rhaid parhau i chwarae'r gêm.

Treiglai chwys i lawr ei chefn ac o'i gwallt i'w llygaid. Mor araf y machludai'r haul ar y gorwel. O bryd i'w gilydd bu'n rhaid iddynt ddisgyn, er mwyn i Dela wthio'r beic i fyny rhyw dyle amhosibl o serth, er nad oedd Brenda'n hapus iawn â hynny. Roedd Dela'n falch o weld goleuadau'n dechrau ymddangos yn y pellter. Ni fyddai wedi nosi'n llwyr erbyn iddynt gyrraedd cyrion y dref, ond gobeithiai y byddai'n ddigon tywyll i Brenda beidio â sylweddoli eu bod yn anelu am ei chartref. Gwyddai fod ffordd yn arwain i lawr o'r topiau ar yr ochr honno o'r dref, ond pan gyrhaeddent o fewn milltir i'r stryd, byddai Brenda'n debygol o adnabod yr ardal.

'Beth am gael hoe fach fan hyn am funud?' gofynnodd Dela, wrth weld mynediad agored i gae. 'Ry'ch chi siŵr o fod yn barod am frechdan a diod o lemonêd.'

*

Eisteddodd y ddwy ar y glaswellt a gwyliodd Dela'r plentyn yn bochio. Am faint, tybed, y gallai ymestyn yr 'hoe fach'? Edrychodd yn llechwraidd ar ei wats. Roedd yn tynnu am naw, a'r golau dydd heb bylu'n llwyr. Gwnaeth sioe fawr o archwilio cadwyn y beic a phwmpio'r teiars, gan obeithio ennill chwarter awr.

'Weles i chi ar y lein,' meddai'r plentyn yn sydyn. 'O'n i'n gwpod bo fi 'di'ch gweld chi cyn i chi a'r hen fenyw ddod i'r tŷ, ond o'n i'n ffulu cofio ble.'

'Pan ddaliodd y crwt bach ei droed, ife?'

'Ie. Twpsyn!' Gwenodd yn ddirgel iddi'i hun. 'Ethoch chi lan y clawdd wedyn 'ny 'da'r dyn 'na o'dd arfer mynd i weld y witsh. Beth o'ch chi'n neud 'na?'

'Cadw llygad ar bethe,' meddai Dela'n amwys. 'Roedd y King yno hefyd. Weloch chi fe?'

'Do. O'n i ddim yn gwpod taw fe o'dd y King i ddachre. Ond 'nabyddodd e fi. Wetodd e bydde fe weti'n nabod i yn unrhyw le.' Chwaraeodd â defnyn o'i gwallt a sgleiniai'n rhyfedd yn y gwyll.

'Ddywedodd e bydde fe'n dod i'ch mofyn chi?'

'Wetodd e wrtha i i roi gwpod i'r witsh 'i fod e'n dod.' Chwarddodd gan wneud sŵn fel clychau. 'O'dd hi'n dawnso pan glywodd hi. O'dd shwd olwg dwp arni.'

Plygodd Dela dros y beic i guddio'i hwyneb. Doedd dim llythyr oddi wrth Arwel, felly. Ni fyddai dim yn nhŷ Sali i'r Arolygydd ddod o hyd iddo. Efallai na fyddai

Dora ym Mhen Tyle chwaith erbyn i'r awdurdodau gyrraedd. A fyddai'n gallach mynd â Brenda'n syth i orsaf yr heddlu, tybed? Golygai hynny y byddai'n rhaid iddi seiclo trwy ganol y dref ac ni fyddai modd twyllo'r plentyn eu bod yn anelu at yr arfordir. Hwyrach taw ei chynllun gwreiddiol oedd yr un gorau.

'Bant â ni, 'te,' meddai.

Dringodd ar y beic a helpu Brenda i eistedd yn ei lle arferol. Dylyfodd honno'i gên wrth iddynt gychwyn, a meddyliodd Dela y byddai'n ddelfrydol pe bai'n syrthio i gysgu. Ceisiodd bedalu'n fwy llyfn, gan osgoi'r tyllau yn wyneb yr heol, ac o dipyn i beth sylwodd fod Brenda'n pendwmpian ac yn pwyso'n ôl arni.

Roedd wedi tywyllu cryn dipyn nawr a theimlai Dela'n llai ofnus, er i un car yrru heibio o'r tu ôl iddynt. Pan ddaeth Dela at groesffordd, disgynnai'r rhiw olaf cyn y dref yn sýth o'i blaen, a gallai weld tai yn y pellter. Rhoddodd ei throed i lawr ar y ddaear am eiliad a meddwl. Chwyrnai Brenda'n ysgafn yn ei siôl, ac achubodd Dela ar y cyfle i lapio'r ymylon yn dynnach amdani a'u clymu wrth y bar blaen. Gan fod y plentyn yn cysgu'n sownd, a feiddiai wibio i lawr y rhiw a draw i Stryd Ernest ar hyd heolydd cyfarwydd? Penderfynodd y byddai'n fwy diogel i beidio â mynd drwy'r dref a throi i'r dde. Roedd y ffordd serth hon yn dywyllach, er yn gulach a choediog ar bob tu, ac roedd llai o berygl i rywun eu gweld. Cododd ei chalon o weld y coed, gan wybod ei bod wedi dewis y troad cywir.

Golygai hyn, fodd bynnag, fod yn rhaid i Dela ganolbwyntio ar ffordd anghyfarwydd yn ogystal ag osgoi'r tyllau gwaethaf rhag dihuno'r fechan. Oherwydd hynny, ni sylwodd Dela ar y llaw'n ymddangos o blygiadau'r siôl a gafael yn y bar blaen. Y peth cyntaf a deimlodd oedd pen Brenda'n ei tharo o dan ei gên. Gwnaeth iddi gnoi ei thafod yn boenus a thynnu'i chorff yn ôl. Gyda'r newid yn y cydbwysedd, cododd yr olwyn flaen a llithrodd yr olwyn ôl rhwng ei choesau. Disgynasant yn swp ar y llwybr gyda Dela ar ei chefn a'r plentyn a'i siôl yn dal ynghlwm wrth y beic yn gorwedd ar ei thraws. Gorweddodd Dela gan geisio cael ei gwynt ati, ond roedd Brenda wedi diosg y siôl mewn eiliad, a chan blannu'i dwy benelin i fol Dela gwthiodd ei hun yn rhydd. Gwnaeth Dela ymdrech i eistedd. Gwgodd Brenda arni.

'Beth y'n ni'n neud 'ma?' gofynnodd yn ddig. 'Nage man hyn ma'r llong!'

Cododd Dela'n araf, gan flasu gwaed yn ei cheg.

'Glywoch chi ddim ohono i'n dweud bod sbel gyda ni i fynd eto? Dyma'r ffordd gyflymaf,' meddai.

'Chi'n 'ôples!' hisiodd y plentyn. 'Ry'ch chi fod i ofalu amdana i. Wetodd y King fod rhaid i bobol ofalu amdana i achos y gelynion.'

'Ddywedodd e pwy oedd y gelynion?' gofynnodd Dela er mwyn prynu amser.

'Y witsh i ddachre!' meddai Brenda.

'Mae'r wrach wedi marw,' atebodd Dela'n dawel.

'Wi'n gwpod 'ny, w!' meddai Brenda'n ddiamynedd. 'Laddodd y King 'ddi. Weles i fe. Ro'dd hi'n trio rhoi swyn arno fe.' Taflodd y siôl yn ôl a rhoi clatsien galed i'r aer. 'Fel 'na laddodd e hi. Achos bydde fe 'di mynd i gysgu am byth 'se hi 'di cyffwrdd ynddo fe.'

Tra'r oedd hi'n siarad, ceisiodd Dela godi'r beic. Roedd Arwel wedi dweud celwydd wrth ei fam, felly. Nid trwy ddamwain y lladdwyd Sali. Cymerodd gam neu ddau i lawr y ffordd.

'Pwy yw'r gelynion eraill?' gofynnodd yn sgyrsiol.

'Y bobis. Ond mae pawb yn gwpod 'ny.'

Roedd Brenda'n camu dros y tyllau yn y llwybr yn haws o lawer nag a wnâi Dela gyda'r beic trwm, ond llwyddodd hithau i gadw cam wrth gam â'r plentyn er mwyn medru gafael ynddi pe bai hi'n sylweddoli ble roedden nhw. Dechreuodd Brenda fwmian canu dan ei hanadl a llamu bob yn ail gam. Yna distawodd am eiliad.

'Ma' tyle fel hyn tu ôl i'n hen stryd i,' meddai'n sydyn.

'Oes e?' atebodd Dela, gan geisio meddwl am rywbeth i dynnu'i sylw. 'Mae'n beth da eich bod chi wedi dod â'ch llyfr sgrap. Bydd e'n rhywbeth i'ch cadw'n brysur ar y llong.'

Edrychodd arni a'i gweld yn gwenu. Roedd hi wedi gwthio'i llaw dde i boced ei ffrog. Llusgai'r siôl ar y ddaear y tu ôl iddi.

'Feddylies i am 'ny cyn chi,' atebodd. 'Byddech chi wedi dod heb fwyd na dim.'

'Bydden. Lwcus i chi gofio.'

Wrth iddi yngan y geiriau, clywodd sŵn brigau'n torri draw yn y coed. 'Cwningod,' meddai'n dawel, ond roedd Brenda'n sefyll yn ei hunfan yn edrych o'i hamgylch.

Oddi tanynt, suodd y gwynt drwy'r canghennau gan gario sŵn digamsyniol trên yn pwffian gydag ef. Stampiodd y plentyn ei throed yn ddig.

''Ma' le y'n ni!' hisiodd. 'Nag o'ch chi i fod i ddod â fi man hyn!'

Roedd hi'n crynu mewn dicter. Gadawodd Dela i'r beic lithro i'r ddaear a cheisiodd afael yn ei braich.

'Nagwy'n mynd 'nôl!' sgrechiodd Brenda. 'Nagwy byth yn mynd 'nôl! Wetodd y King.'

Teimlodd Dela bedal y beic yn sgathru ei phigwrn wrth iddi ragwth ymlaen, a daliodd ei throed yn y bar blaen. Neidiodd Brenda drwy'r bwlch agosaf a diflannu. Daliodd Dela'i breichiau dros ei hwyneb a phlymio i'r coed ar ei hôl. Baglodd dros dyweirch a mieri, ond gwthiodd yn ei blaen. Sglefriai ei hesgidiau ar y carped o nodwyddau pin a dail, a chwympodd fwy nag unwaith, gan lithro'n boenus am lathenni. Cofiodd yn sydyn am y guddfan ble cyfarfu â'r bechgyn. Byddai hwnnw'n llecyn da i Brenda guddio ynddo. Daeth o hyd i'r lloches o'r diwedd ac aros ennyd cyn gwthio'r canghennau i'r naill ochr. Roedd yn wag.

Safodd Dela a rhegi mewn cyfyng gyngor. I ble'r âi nesa? Gan ei bod wedi methu â dychwelyd Brenda at ei theulu ar ei phen ei hun, a oedd hi'n bryd iddi ofyn i rywun am help? Doedd Stryd Ernest ond tafliad carreg i ffwrdd ar draws y lein. Penderfynodd fynd draw yno i mofyn Meical.

Wrth iddi gamu i lawr y llethr, gan wasgu'i sodlau i'r pridd i geisio osgoi cwympo eto, clywodd sŵn cwympo a chri dawel a fygwyd ar unwaith. Llithrodd Dela ar ei hunion i'r cyfeiriad hwnnw, a gweld Brenda'n sownd mewn swmp cas o fieri, ac yn ceisio rhyddhau'r siôl o'u gafael. Âi'n fwy ac yn fwy rhwystredig wrth i'r siôl gael ei chafflo'n dynnach mwyaf i gyd roedd hi'n ei thynnu. Gallai Dela ei chlywed yn snwffian wylo, ac am y tro cyntaf, gwelodd hi fel plentyn bach truenus.

Dynesodd ati'n dawel, gan aros am unrhyw arwydd ei bod am lamu ymaith, ond daliai i blycio'n aneffeithiol ar y siôl. Cyrcydodd Dela er mwyn peidio ag ymddangos yn fygythiol.

'Dere,' meddai'n dawel. 'Gad i fi roi cynnig arni.'

Tynnodd y siôl o afael y mieri a gwyliodd Brenda hi heb ddweud gair.

'Rwyt ti siŵr o fod wedi blino'n shwps,' murmurodd Dela'n gysurlon gan gwtsio'n agosach ati.

Sychodd y plentyn ei thrwyn â'i llaw ac ysgwyd ei phen yn flinedig.

''Smo i'n mynd 'nôl,' meddai mewn llais bach.

'Fydd dim rhaid i ti aros 'na am byth,' meddai Dela, gan afael amdani. 'Ond am nawr, 'sdim unman arall y galli di fynd. A ti'n gwbod, mae dy deulu di wedi bod yn chwilio amdanat ti ddydd a nos ac yn pryderu'n ofnadwy amdanat ti.'

Cododd Brenda ei phen yn sydyn a gwingo o afael Dela.

'Tric yw e!' sgrechiodd. 'Tric yw e i gyd!'

Estynnodd Dela ei llaw ati, ond roedd y plentyn yn ymbalfalu'n wyllt yn ei phoced. Gwelodd Dela rywbeth miniog yn sgleinio yng ngolau'r lloer cyn i'r plentyn godi'i llaw dde a dod â hi i lawr â'i holl nerth. Teimlodd Dela boen erchyll yn ei chlun ger ei harffed, ac ar yr un pryd clywodd sŵn traed yn nesáu. Edrychodd i fyny. Yno, yn dal cangen fel arf, doedd Sami ond llathen i ffwrdd. Yn yr eiliad cyn iddo godi'r gangen a'i tharo gwaeddodd:

'Rheda, Brenda!'

Disgynnodd y gangen ar ei phen dro ar ôl tro a syrthiodd Dela ymlaen ar ei hwyneb. Y peth diwethaf a deimlodd oedd y boen yn ei chlun wrth i'r llafn suddo'n ddyfnach iddi.

*

Roedd e'n ei llusgo ar ei bol gerfydd ei breichiau pan gliriodd y düwch yn raddol. Roedd beth bynnag oedd yn ei choes yn cydio ym mhob pant a thywarchen. Chwydodd Dela'n ddireolaeth, a gollyngodd Sami ei breichiau.

'Ych!' meddai.

Plygodd a'i fflipio ar ei chefn cyn gafael ynddi dan ei cheseiliau a'i thynnu am lathen neu ddwy cyn ei gollwng yn swp yn hanner eistedd yn erbyn bonyn coeden. Sychodd ei ddwylo ar ei drowsus yn feddylgar. Gwrandawodd Dela arno'n anadlu. Treiglai gwaed yn araf i lawr o'i gwallt i'w cheg. Cododd ei llaw a chwilio am garn y llafn yn ei choes. Cyffyrddodd ei bysedd â dau gylch. Siswrn, meddyliodd. Trywanodd Brenda fi â'r siswrn bach siarp oedd ganddi ar gyfer y llyfr sgrap. Yn sydyn, disgynnodd Sami ar ei benkliniau wrth ei hymyl. Gwelodd ei ddwylo budron yn ymestyn am falog ei throwsus. Ceisiodd eu gwthio ymaith ond doedd ganddi ddim nerth.

'Ww!' meddai Sami'n sydyn a gwenu arni.

Gafaelodd yn ei choes ag un llaw, gwthio bysedd y llaw arall i ddolenni'r siswrn a thynnu. Daeth y siswrn allan o'i choes â sŵn sugno a syllodd Sami'n ddwys arno. Daliai i sgleinio er gwaethaf y gwaed a'r meinwe rhwng ei lafnau. Pistylliodd gwaed o'r archoll i wyneb Sami, gan beri iddo weiddi a neidio oddi arni. Edrychodd Dela ar ei llaw, a gweld ei lliw'n newid wrth i'r gwaed chwistrellu rhwng ei bysedd. Ceisiodd gau ei llaw dros y clwyf a gwasgu, ond daliai'r hylif i bwmpio gyda churiad ei chalon. Gyda'r owns olaf o gryfder yn ei meddiant, gwthiodd Dela ei bawd i'r twll yn ei choes a'i deimlo'n

suddo'n ddwfn i'r cynhesrwydd gwlyb. Disgynnodd y
düwch unwaith eto.

*

'Miss Arthur! Ydych chi'n fyw? Beth ddigwyddodd?
Dywedwch rywbeth, er mwyn popeth!'

Agorodd Dela'i llygaid ac yna'i cheg, ond ni allai
ddweud gair. Roedd golau llachar yn dod o rywle, a
theimlodd ddwylo'n gafael yn ei hysgwyddau. Edrychodd
i fyny i wyneb a nofiai fel adlewyrchiad mewn dŵr.

'Coes,' sibrydodd o'r diwedd.

'Beth? O, jiawl!'

Clywodd sŵn llithro, a theimlodd law yn codi'i
choes. Tywynnodd y golau o'r dortsh a orweddai ar y
ddaear yn ei hymyl ar dei streipiog, a dwylo anferth yn
ei glymu'n dynn uwchben y clwyf yn ei choes. Adnabu'r
dwylo a'r llais yn sydyn – Ioan James.

'Pwy wnaeth hyn? Pwy? Siaradwch â fi!'

Trodd Ioan hi i orwedd ar ei chefn, gan godi'i choes
a'i gosod i fyny yn erbyn boncyff coeden gyfagos.

'Sami,' sibrydodd Dela. 'Sami Slej. Brenda.'

'Y groten fach? Ydi hi yma?'

Amneidiodd Dela'i phen yn araf. 'Twyllodd Arwel
chi. Ro'n i'n ceisio dweud . . . yn nhŷ Dora. Brenda'n
cuddio yn y cwt yn yr ardd.'

Clywodd ef yn ochneidio'n drwm. 'Ddywedodd Dora
ddim byd ond eich bod chi wedi dianc,' meddai. 'Ro'n i'n
ofni y byddech chi'n mynd at yr heddlu am ein bod ni
wedi'ch cau yn y seler. Dod i chwilio amdanoch chi i
egluro o'n i pan ddigwyddais i weld eich beic yn troi ar y

groesffordd. Pam ar y ddaear oedd y ferch fach ym Mhen Tyle?'

'Arwel. Credu ei bod hi'n ferch iddo. Llythyron wrth Sali. Rhaid i chi ddod o hyd iddi. Yma yn y coed. Sami. Cuddio. Ddim isie mynd gartre.'

Anelodd Ioan oleuni'r dortsh i'r gwyrddni o'u cwmpas, yna cododd ar ei draed. Syllodd yn wyllt o'i amgylch. 'Ro'n i'n mynd i'ch rhyddhau chi,' meddai'n ymbilgar, bron. 'Fydden i fyth wedi'ch gadael chi yno. Byth.' Anadlai'n gyflym. 'Doed a ddelo. Gadawes i Arwel yn aros am y llanw. Dyw e ddim yn troi tan dri y bore. Mae'n rhaid i fi mofyn rhywun i'ch helpu chi.'

Teimlai Dela'n oer, a dechreuodd ei dannedd sgrytian. Brwydrodd i siarad.

'Chwiliwch am Brenda'n gyntaf,' meddai eto ond roedd y byd yn araf dywyllu o'i chwmpas.

Clywodd ef yn rhedeg i lawr y llethr a gwelai olau'r dorts yn chwincian a diflannu bob yn ail cyn iddo ddiflannu'n llwyr. Brwydrodd i gadw'i llygaid ar agor, ond mynnai ei hamrannau gau. Roedd golau a sŵn arall yn nesáu eto, rhywbeth mawr, grymus, gan godi o'r gwaelodion fel ton. Sgubodd drosti am eiliad cyn mynd yn ei flaen a chlywodd, cyn i'w llygaid gau, sŵn rhygnu metel a sgrechian diddiwedd brêcs.

Pennod 27

O'I GWELY, a osodwyd o flaen y ffenestri Ffrengig, syllodd Dela dros y lawntiau a dilyn trywydd dwy nyrs yn eu clogynnau'n camu drwy'r gerddi at yr iet uchel, goeth. Daliai i deimlo fel pe bai'n gwylio'r holl fyd drwy wydr trwchus. Tynnwyd y bandej mawr oddi ar ei phen y diwrnod cynt, a'r caets dros ei choes glwyfus. Er bod y meddygon a'r nyrsys wedi ei llongyfarch droeon ar ei gwellhad, ni theimlai ddim ond blinder anhygoel. Wyddai hi ddim am ba hyd y bu yno, ond fyddai ddim ots ganddi gysgu am byth. Roedd y *morphine* yn help ar gyfer y boen, ond doedd dim yn stopio'r hunllefau. Dihunai dro ar ôl tro, weithiau'n clywed dail yn sisial mewn düwch, weithiau'n gweld golau mawr gwyn yn dod yn nes ac yn nes a chlywed sgrechian metel yn rhwygo. Ni wyddai am ba hyd y gorweddodd wrth fonyn y goeden, ond cofiai glywed y trên yn dod, yr hŵter yn canu a'r brêcs yn sgrialu. Roedd hi wedi pendroni llawer am beth yn union a ddigwyddodd, ond chynigiodd neb lenwi'r bylchau.

Gwyddai fod Nest a Tudful wedi bod yn eistedd wrth erchwyn ei gwely am oriau bwygilydd. Dihunodd un tro a gweld Gwyn Reynolds yn sefyll wrth ddrws ei hystafell, ond gyrrwyd ef oddi yno gan y nyrs â'r gwallt coch a'i hamddiffynnai fel teigres. Roedd pobl eraill wedi galw i'w gweld hefyd, ond ni chofiai Dela fwy na rhyw ffurfiau aneglur a'r golau'n ei dallu. Caeodd ei llygaid a suddo'n ôl i gwsg di-hunllef am unwaith.

Dihunodd sbel yn ddiweddarach, pan oedd mwy o fynd a dod ar hyd y lawnt. Amser ymweld, meddyliodd, ac am y tro cyntaf pendronodd tybed pwy fyddai'n galw heibio. Efallai fod hynny'n arwydd ei bod yn gwella. Gallai arogli mwg baco'n dod o'r feranda eang y tu allan i'r ffenestri.

'Tudful?' galwodd yn isel. 'Peidiwch â gadael i'r nyrsys eich dal chi'n 'smygu.'

Clywodd rywun yn symud a chododd ei hun fymryn ar y gobennydd. Daeth trwyn pinc i'r golwg ac yna gweddill wyneb yr Arolygydd Gwyn Reynolds.

'Chi ar ddihun 'te,' meddai gan guddio'i sigarét yng nghledr ei law.

'Ry'ch chi wedi bod 'ma o'r blaen,' meddai Dela'n ddryslyd.

'Do. Sawl gwaith. Ond ches i ddim dod yn agos.'

'Dwi ddim yn synnu. 'Sdim iws i chi weiddi arnyn nhw.'

Sniffiodd yn ei ddull dihafal ei hun. 'Falch o weld nagyw'r wanad 'na gethoch chi wedi 'ffeithio ar eich tafod chi,' meddai. 'Mae'n rhaid bod pen fel coconyt 'da chi. Ond o'dd hi'n *touch and go*, sa'ch 'ny. Wi 'di anghofio sawl peint o wa'd buodd yn rhaid iddyn nhw bwmpo miwn i chi.' Caeodd Dela ei llygaid am eiliad wrth gofio am y gwaed a bistylliodd rhwng ei bysedd yn y goedwig dywyll.

'Beth halodd chi i Ben Tyle?' gofynnodd Reynolds yn ddisymwth.

'Digwydd galw heibio,' atebodd hi'n ofalus.

'Cerwch o 'ma,' meddai'r Arolygydd. ''Smo chi byth yn "digwydd" neud dim.'

'Sut wyddech chi am Ben Tyle, felly?' gofynnodd Dela.

'Cyrhaeddodd rhyw brosesiwn orsaf yr heddlu marce deg y noswaith ddigwyddodd popeth. Y Parchedig Owen a dou grwt drwg.'

'Gareth a Meical?'

'Fwy na thebyg. Ond o'n nhw'n pallu mynd o 'na, ta p'un. Ro'n nhw moyn i fi drefnu criw i whilo amdanoch chi.' Chwythodd aer drwy'i ddannedd.

'Wnaethoch chi?'

Gwibiodd golwg rhywbeth tebyg i gywilydd dros ei wyneb caled. 'Naddo. Ond o'n nhw'n gwpod rhwbeth, wedyn dechreues i ofyn cwestiyne. Ac ro'dd hynny fel tynnu dannedd. Ro'dd Pen Tyle'n bwysig, weles i gymint â 'ny. O'n i'n stwn pan glywes i am y llythyron buodd Sali'n eu hala i'r tŷ 'na ers blynyddo'dd! A'r crwt pryd gole 'na'n eu postio nhw drosti! Beth wnaeth i chi feddwl am 'ny?'

Ceisiodd Dela ysgwyd ei phen, ond roedd yn rhy boenus.

'Do'n i ddim yn siŵr,' cyfaddefodd. 'Ddim tan y diwedd. Ond r'on i wedi bod yn meddwl sut roedd Sali'n gallu byw heb fynd o'r tŷ. Rhaid bod rhywun yn mynd ar negeseuon a mynd i'r post drosti.'

Meddyliodd yr Arolygydd am eiliad. 'Ac roedd hynny'n arwain at shwd o'dd hi'n gwpod bod rhywun yn mynd i alw'r noswaith laddwyd hi. 'Na pam haloch chi fi i whilo'r tŷ pw' dd'wrnod.'

'Hales i mohonoch chi, Mr Reynolds. Chi welodd arwyddocâd y peth. Cymerodd amser maith i fi sylweddoli hynny, felly does dim bai arnoch chi am beidio â holi ynghylch ei gwisg ryfedd chwaith.'

Gwyrodd ei ben i gydnabod hynny.

'Ond shwd gawsoch chi berswâd ar y jiawl bach – Meical, ife? – i siarad â chi? Pan ethon ni rownd y tai, o'dd 'i fam e'n tyngu nad o'dd y plant yn gwbod dim.'

'Nid fi oedd yn gyfrifol am hynny, ond Gareth, y bachgen arall. Mae e'n gyn-ddisgybl i fi o Sir Benfro, ac yn ystyried ymuno â'r heddlu.'

'Yffach gols,' meddai'r Arolygydd a chelodd Dela wên wrth iddo balu ymlaen. 'Ond shwd lwyddoch chi i gysylltu Sali â mab Pen Tyle?'

'Trwy siarad â phobol. Roedd ei enw'n codi dro ar ôl tro. Ond ro'n i'n credu ei fod wedi cael ei ladd yn y Rhyfel. Ac wedi'r cyfan, roedd gan Sali ddwsinau o gwsmeriaid.'

'Pidwch â sôn! Ma' hanner dyn'on y dre 'di bod yn 'whysu'n aros i ni gnoco ar 'u dryse.'

Caeodd Dela ei llygaid eto. Roedd yr ymdrech o feddwl a siarad yn ei blino, ond dymunai wybod nifer o bethau eraill.

'Roedd gen i fantais arall,' meddai. 'A lwc pur oedd hynny. Digwyddes i gwrdd â Ioan James.'

'Lwc? Chi'n galw hynny'n lwc?' wfftiodd Reynolds. 'Ar ôl beth wnaeth e i chi?'

'Beth wnaeth e, heblaw am adael i Arwel fy nghloi yn y seler? Roedd e'n bwriadu dod 'nôl i fy rhyddhau i.'

Gwgodd yr Arolygydd.

'Weloch chi ddim ohono fe'n eich bwrw chi, 'te?' Yna ysgydwodd ei ben. 'Nid bod ots nawr, ond ro'dd e yng nghanol y cyfan. Dilynodd e chi a'r plentyn. Trio cael gafael arni 'to o'dd e.'

Torrodd Dela ar ei draws, gan deimlo arswyd yn swmp ar ei stumog yn sydyn. 'Pam nad oes ots nawr, Mr Reynolds?' holodd.

'Achos ro'dd e yn y twnnel pan ddaeth y trên.'

Rhewodd Dela o glywed hyn. Roedd arswyd go iawn ynghlwm â sŵn ysgeler y brêcs a glywai yn ei phen o hyd, felly. Daeth ton o dristwch drosti, a methodd ddweud gair am rai eiliadau. Chwibanodd yr Arolygydd dan ei anadl.

'Wetodd neb wrthoch chi?'

'Naddo. A beth am Brenda?'

'Jengodd hi.'

'A ble mae hi nawr?'

'Gatre. Yn strancs ac yn 'sterics i gyd, 'nôl pob sôn. Yn gweud bod Arwel King yn mynd i ddod i'w moyn hi o 'na. Dim hôps caneri melyn.'

Pwysodd Dela'n ôl ar y gobennydd. Roedd tyndra yn ei brest wrth feddwl y gallai hi fod yn rhannol gyfrifol am farwolaeth Ioan James. Ei unig fai e oedd ceisio achub Arwel rhag yr awdurdodau. Syllai'r Arolygydd yn bryderus arni, a gwnaeth ymdrech aruthrol i'w rheoli ei hun.

'Wyddai Ioan James ddim byd am Brenda nes i fi ddweud wrtho,' meddai. 'Dwi'n berffaith siŵr o hynny, Mr Reynolds.'

'Ma' Dora King yn dweud yn wahanol,' meddai'n sychlyd.

'Lwyddodd hi ddim i ddianc, felly?'

Sniffiodd yr Arolygydd eto a chrafu'i ben.

'O'dd hi'n gwneud paratoade i fynd pan gyrhaeddon ni. Lliwo'i gwallt, os allwch chi gretu 'ny. Menyw yn 'i hoedran hi!'

'Ar gyfer Brenda oedd y lliw gwallt yn wreiddiol. Syniad Arwel oedd e, fel bod ei fam yn cadw Brenda o sylw pawb. Wrth gwrs bod Dora'n awyddus i daflu cymaint o'r bai ag y gall hi ar Ioan James. Cafodd e ei ddefnyddio'n warthus gan y fam a'r mab. Dywedwch i mi – oedd Arwel yn enciliwr o'r fyddin?'

''Sneb yn fo'lon gweud,' meddai'r Arolygydd yn sur. 'Sy'n awgrymu nag o'dd e. Ond os na chaf i afel ar y cythrel, chewn ni ddim gwpod.'

Dechreuodd siglo'n ôl ac ymlaen ar ei sodlau. 'Os nad Ioan James gledrodd chi, pwy wnaeth?' gofynnodd o'r diwedd. 'A shwd gafoch chi'r anaf ofnadw' 'na yn eich coes?'

Oedodd Dela'n hir cyn ateb. Nid oedd pwynt celu'r gwir mwyach. 'Brenda drywanodd fi â siswrn bach arian roedd hi wedi'i ddwyn o'r tŷ,' meddai'n araf. 'Fe ddyfalodd hi 'mod i'n bwriadu mynd â hi 'nôl at ei theulu. Nes i ni gyrraedd y coed, ro'n i wedi llwyddo i'w pherswadio hi ei bod am deithio ar y llong i'r cyfandir gydag Arwel. Doedd hi ddim eisiau mynd gartre. Dihangodd hi, ond des i o hyd iddi a dyna pryd drywanodd hi fi. Yn anffodus, gwelodd dyn o'r enw Sami ni, ac ymosod arnon ni. Mae Sami'n treulio llawer o amser yn y coed yn gwylio cariadon. Doedd ganddo ddim diddordeb yn Brenda, diolch i'r drefn.'

Edrychodd ar wyneb ei holwr. Yn sydyn roedd e'n llonydd iawn.

'Mae pobol yn dweud bod Sami'n shimpil, ac efallai 'i fod e i raddau. Ta beth, gwelodd e rywbeth yn sgleinio yn fy nghoes a'i dynnu allan. Ond digwyddodd Brenda daro prif wythïen, a phan ddechreuodd y gwaed chwistrellu dros bob man, cafodd e fraw a diflannu. Pe bai e ond wedi gadael y siswrn yn ei le, falle y gallwn i fod wedi helpu Ioan i chwilio am y groten fach . . .'

'Ond shwd lwyddoch chi i glymu rhwbeth am eich coes?' holodd yr Arolygydd ar ôl tawelwch hir.

'Nid y fi wnaeth hynny ond Ioan James, gan ddefnyddio'i dei. Roedd e'n ddyn da, Mr Reynolds. Dyw e ddim yn haeddu cael ei bardduo.'

Y tu ôl i'r gwely, clywodd sŵn traed yn dynesu ac ymsythodd yr Arolygydd. Cododd ei ddwy law'n amddiffynnol. Roedd y deigres wedi'i weld.

'Iawn, iawn, dwi mas o 'ma,' meddai. 'Wela i chi 'to, Miss Arthur.'

'Ddim os wela i chi'n gyntaf,' meddai'r deigres.

*

Bob tro y dihunodd Dela wedi hynny, disgwyliai ei weld – ond dim ond y nyrsys oedd yno, neu Nest. Treiglodd amser heibio'n ddiarwybod iddi. Weithiau roedd y gwely yn erbyn y wal a'r ffenestri mawr ynghau, weithiau roedd e'n wynebu'r lawnt. Daeth i adnabod y patrwm ar y llenni, a chysgodion yr haul yn symud dros y glaswellt. Gwyddai ei bod yn gwella, ond ni symudwyd hi i ward gyffredinol. Doedd hi ddim yn unig ar ei phen ei hun. Yn aml, rhwng cwsg ac effro, gwelai ei hun yn sefyll ar iard yr ysgol yn ystod amser chwarae, yn yfed cwpanaid o de ac yn gwylio'r plant. Tybed pwy ddaeth i gymryd ei lle? Rhywun caredig, gobeithio.

'Miss Arthur?'

Agorodd ei llygaid. Roedd yn nos, a deuai'r unig olau o'r lamp uwchben y gwely a dywynnai dros yr ystafell. Plygai'r deigres drosti. 'Shwd y'ch chi'n twmlo?' holodd.

'Iawn.'

''Na beth y'ch chi wastod yn gweud. Otych chi'n twmlo'n ddicon da i gael fisiters? 'Smo i isie'ch 'styrbo chi

346

os nad y'ch chi'n ddicon cryf. Ac mae hi'n hwyr iawn. 'Sdim sens, a gweud y gwir.'

Gwelodd Dela'n syllu'n chwilfrydig arni, a chwarddodd yn harti.

'Ma' 'da fi ddou grwt ewn ofnatw' mas fan 'na sy'n mynnu cael gair 'da chi. Lwcus bod Metron heb 'u gweld nhw . . !'

Tynnodd Dela'i hun i fyny ar ei heistedd. 'Halwch nhw i mewn,' meddai.

*

Camodd Gareth a Meical yn betrus i mewn i'r ystafell. Yn amlwg, cawsai'r siars glywadwy a roddodd y nyrs iddynt yn y coridor ryw effaith.

'Olreit 'te, Miss?' meddai Gareth.

Safai Meical y tu ôl iddo, gan syllu'n fud o'i amgylch.

'Ydw, diolch,' atebodd Dela. 'Ond ry'ch chi wedi hala ofn ar bawb drwy gyrraedd yn ddirybudd ganol nos.'

'*Surprise attack,*' meddai Gareth. Yna amneidiodd ar Meical i ddod ymlaen a gwnaeth 'stumiau arno nes iddo dynnu oren o'i boced a'i hestyn i Dela fel consuriwr.

'Presant,' meddai'n swil, gan ychwanegu, 'dalon ni amdani 'ddi.'

'Dwi'n falch o glywed. Diolch yn fawr. Ma' golwg ofnadw' arna i, on'd oes e?' meddai. Gallai Dela weld eu bod yn anesmwyth.

Nodiodd y ddau yn awtomatig, cyn i Gareth ddod ato'i hun.

'Ddim cynddrwg ag o'n i'n 'i ddisgwyl,' meddai. ''Sdim tiwbs na dim byd.' Swniai bron yn siomedig.

347

'Buodd yr Arolygydd Reynolds yma,' meddai Dela. 'Glywes i eich bod chi wedi ymosod ar orsaf yr heddlu hefyd.'

Gwenodd y ddau ar ei gilydd am y tro cyntaf, ac ymlacio'n weladwy.

'Fydde fe ddim 'di grindo arnon ni 'blaw bod Mr Owen 'na,' meddai Meical. 'Ac wedd hi'n beth mowr iddo fe ddod 'da ni,' cytunodd Gareth, gyda'i grebwyll cynhenid. 'Allen i ddim â'i feio fe tase fe byth isie gweld y lle 'to.'

Ameniodd Meical yn frwd.

'Ond pallodd y Reynolds 'na atel i ni fynd i Ben Tyle. Lwcus i'r newyddion am y ddamwen yn y twnnel ddod cyn i ni fynd gatre.' Gallai Dela eu dychmygu'n loetran ar y stryd yn cynllwynio. 'Felly aethoch chi lawr i'r rheilffordd i weld,' meddai.

'Do,' atebodd Gareth. 'Gyda Mr Owen yn twthian ar ein hôl ni. Wedd e ddim isie mynd i fan 'na chwaith, ond o'n i'n meddwl 'i fod e'n ormod o gyd-ddigwyddiad. A ta beth, o'dd Meical yn poeni am 'i frodyr, rhag ofon 'u bod nhw mas 'na. Ond yr un gynta welon ni o'dd Brenda.'

'*Typical*!' meddai Meical o dan ei anadl. 'Buodd raid i Harri John ddala yndi 'ddi yn y diwedd. O'dd hi'n ein sgramo ni fel cath wyllt.'

'Pwy ddaeth o hyd i fi?' gofynnodd Dela.

'Pwy sy wastod yn dod o hyd i chi? Fi, wrth gwrs,' atebodd Gareth, a gwelwodd yn sydyn. Yna ysgydwodd ei hun. 'O'n i'n siŵr os wedd Brenda bwti'r lle, byddech chi 'na'n rhwle. Tra o'n nhw'n potsian yn y twnnel, groeses i'r lein a mynd i whilo.' Gwelodd ei fysedd yn tynhau o amgylch barrau metel troed y gwely. 'Wen i'n meddwl 'i bod hi ar ben arnoch chi.' Syllodd yn ddig arni am eiliad. 'Pam 'sech chi'n aros i fi ddod 'nôl cyn mynd i Ben Tyle?'

'Dylen i fod wedi gwneud,' cytunodd Dela'n ymddiheurol.

'Dylech sownd!' atebodd, ond heb edrych mor grac. Pesychodd Meical yn ysgafn. 'O ie,' meddai Gareth, 'ma' rhwbeth arall 'fyd. Ch'mod y llythyron halodd Sali at Arwel King?'

Amneidiodd Dela'i phen. Gwendid mwyaf yr achos yn erbyn Arwel oedd y diffyg tystiolaeth bendant y byddai'r llythron wedi'i darparu.

'Wel, buon ni'n siarad 'da Harri. Ma'r heddlu 'di cael gafael arnyn nhw.'

Roedd Dela'n gegrwth. 'Ble'r oedden nhw?' gofynnodd yn syn, gan feddwl ei bod wedi chwilio'r tŷ'n drylwyr.

'Yn y piano,' atebodd Gareth. 'Wedodd Harri taw fe dda'th o hyd iddyn nhw, ond 'sena i'n 'i gredu fe. Ond ma' dicon yndyn nhw i grogi Arwel King, medde fe. Wrth gwrs, y peth cynta 'naethon nhw oedd tsieco'r post-mortem i weld a wedd Sali wedi ca'l plentyn.' Siaradai fel hen law.

'Oedd hi?'

Ysgydwodd ei ben, a thaflu cipolwg ar Meical. Dim ond sgwffio'i draed wnaeth ef.

'Sali ddychmygodd y cyfan,' meddai Dela'n drist.

'Wel, ie a nage.' Daliai Gareth i syllu ar ei ffrind. 'Gwêd wrth Miss, 'ychan!'

Pan na ddaeth ymateb, ochneidiodd a phalu ymlaen. 'Reit-o 'te. Mae'r stryd i gyd yn gwbod bod Sali wedi ysgrifennu at Arwel yn gweud 'i bod hi wedi ca'l 'i blentyn e.'

'Glywodd Mami ni ddou blisman yn clecan mas y bac pan o'dd hi draw 'da Lil Ddwl,' meddai Meical, ond yna caeodd ei geg yn sydyn.

'Ac wrth gwrs, trw' bod dy fam 'na pan gafodd Brenda'i geni, wedd hi'n gwbod taw celwydd wedd e,' meddai Gareth yn galonogol.

Llyncodd Meical ei boer. 'Y peth yw, 'smo hynny'n golygu nag yw Arwel King yn dad i Brenda.'

Agorodd Dela ei llygaid yn fawr.

'Wetodd Mami ni bo sboner 'da mam Brenda ar ddachre'r rhyfel,' meddai Meical. Plethodd ei wefusau a chodi'i aeliau. 'Glywes i 'ddi'n siarad 'da'r fenyw drws nesa. O'dd honno'n cofio fe, 'ed. Ac wetyn halodd hi fi mas i byrnu papur newydd. O'dd pictiwr o Arwel yn hwnnw, ac o'dd y ddwy 'no nhw weti'i weld e. Nag o'n nhw'n beio mam Brenda, cofiwch. Hen un cas yw Ben Dyrne.'

'Ydyn nhw'n bwriadu dweud rhywbeth?' gofynnodd Dela.

'Dwi'n ame 'ny. 'Sdim ots nawr, o's e?'

'Beth os wnaiff yr heddlu ddal Arwel?'

Cafodd sŵn anghrediniol yn ateb. Gwelodd Dela wyneb y deigres drwy'r gwydr yn y drws, a dilynodd Gareth gyfeiriad ei hedrychiad.

'Ewn ni nawr,' meddai e. 'Ond wen ni'n meddwl y dylech chi wbod.'

'Diolch. Ond mae Meical yn iawn. 'Sdim ots nawr.'

''Sena i mor siŵr am 'ny,' meddai Gareth, heb ymhelaethu.

Y peth diwethaf welodd Dela cyn iddi ddiffodd y golau oedd Gareth a'r deigres yn trafod yn daer yn y coridor. Credodd taw cael tafodaid arall am ddod mor hwyr roedd e, ond dihunodd ddwywaith y noson honno a gweld wyneb y nyrs walltgoch yn pipo'n bryderus arni wrth wneud yn siŵr bod y ffenestri mawr yn dal ynghlo.

*

'Mae dy byrm di'n ffluwch,' meddai Tudful wrthi pan alwodd i'w gweld y bore wedyn. Taflodd gwdyn papur ar y gwely. 'Mae Agnes yn deud ella bydd hwn o ryw werth i chdi.'

Nid oedd Dela wedi cael cyfle i edrych mewn drych ers peth amser, ac roedd yn amau bod y nyrsys wedi trefnu hynny'n fwriadol. Gwyddai eu bod wedi gorfod siafio peth o'i gwallt er mwyn pwytho'i briwiau. Agorodd y pecyn a gweld twrban coch llachar. Gosododd ef ar ei phen a gweld Tudful yn celu gwên.

'Cofiwch ddiolch i Agnes,' meddai'n sychlyd.

Camodd Tudful at y ffenestri gan droi'r bwlyn, ond gwrthodent agor. 'Be wnest ti?' meddai dros ei ysgwydd. 'Ceisio dianc? Mae rhywun 'di 'u cloi nhw a thynnu'r goriad.'

Cododd Dela ei hysgwyddau. Roedd Nest wedi rhoi ei lipstic coch yn y cwdyn papur yn ogystal ac roedd hi'n brysur rhoi mymryn ohono ar ei gwefusau.

'Ydi hynna'n edrych yn well?' gofynnodd.

'Fatha Joan Crawford yn union,' atebodd Tudful.

'Dwi'n sylwi 'mod i'n bellach i lawr rhestr yr *Hollywood Lovelies*.'

'Wythnos yn ôl roeddat ti'n debycach i Charles Laughton yn chwara rhan Quasimodo.'

351

Roedd hynny'n ganmoliaeth o ryw fath. Gwenodd Dela arno.

'Glywist ti am yr holl helbul efo'r hogia, yndo?' gofynnodd Tudful. Nid arhosodd am ateb, ond ysgydwodd ei ben. 'Dwn i'm o ble mae Gareth yn cael ei egni a'i hyfdra. Ac mae'r Meical 'na cynddrwg ag o bob tamaid.'

'A chithau'n gorfod bod yn reffarî yng ngorsaf yr heddlu. Roedden nhw'n gwerthfawrogi'ch dewrder chi wrth fynd 'nôl yno.' Wrth weld yr olwg anghrediniol ar ei wyneb, ychwanegodd, 'Wir nawr, Tudful. A finne hefyd, o ran hynny.'

Syllodd Tudful allan ar y lawnt. 'Dydw i ddim yn ddewr, 'sti,' meddai, heb edrych arni. 'Ddim yng ngwir ystyr y gair. Ro'n i'n credu 'mod i, ond tydw i ddim. Ac felly, 'sgin i'm hawl i ddisgwyl i bobol er'ill fod yn ddewr chwaith.'

'Pwy'n benodol?' holodd Dela.

Bu tawelwch am ennyd cyn i Tudful ateb. 'Eifion,' meddai o'r diwedd. 'Dwi wedi bod yn rhoi fy hun yn 'i le fo, 'sti, ac yn perswadio fy hun y baswn i wedi ymladd yn galetach nag y gwnaeth o er mwyn goroesi'r Rhyfel. Ro'n i'n ei feio fo am ada'l iddyn nhw 'i ladd o. Ond dwi'n sylweddoli rŵan, ar ôl cael fy rhoi yn y ddalfa am un noson fer, y baswn inna wedi rhoi'r gorau iddi ar faes y gad.' Taflodd gipolwg sydyn arni. 'Fasat ti ddim. Na Gareth. Ond dwi ddim mymryn mwy o frwydrwr nag oedd fy mab, druan â fo.'

'Ond Tudful, beth oedd mynd i ymweld â Sali am fisoedd lawer ond dewrder llwyr?'

Ni chymerodd arno ei fod wedi clywed gair. 'Ro'n i'n credu mai mab i'w fam oedd Eifion,' meddai. 'Ond mab i mi oedd o wedi'r cyfan, efo fy holl wendidau i. Chdi 'di'r plentyn y dylwn i fod wedi'i gael. Mi faswn i wedi medru bod yn dad gwell i chdi nag o'n i iddo fo.'

*

Y prynhawn hwnnw, ymhell ar ôl i Tudful adael, gorweddodd Dela yn ei gwely'n gwylio bysedd y cloc ar y mur yn llusgo fel pe bai crydcymalau arnynt. Nid y deigres oedd ar ddyletswydd heddiw, ond merch ifanc iawn, mewn gwisg myfyrwraig. Am chwarter i ddau agorwyd y drws ac ymddangosodd hi gan wthio cadair olwyn. Aeth at y ffenestri a'u hagor ag allwedd a gariai ar ei gwregys, a llifodd arogl glaswellt newydd ei dorri i mewn i'r ystafell.

'Wi'n mynd i'ch rhoi chi mas ar y feranda,' meddai wrth Dela.

Trefnodd hi'n daclus yn y gadair gyda blanced dros ei choesau a'i gwthio allan i'r awyr iach.

''Na welliant,' meddai. 'Ry'ch chi'n barod am unrhyw beth nawr.'

A hithau ar fin gadael, trodd a theimlo ym mhoced ei ffedog. 'Anghofies i,' meddai'n ddryslyd. 'Gadawyd hwn i chi gan y gŵr bonheddig oedd yma'r bore 'ma. Dylech chi ei agor e heddiw, medde fe.'

Estynnodd barsel cyfarwydd yr olwg iddi cyn brysio ymaith. Nest oedd wrth wraidd hyn, ac ynghyd â'r twrban a'r lipstic, golygai un peth yn unig – roedd Huw ar ei ffordd i'w gweld. Ond sut gwyddai Nest am y parsel? Bu'n gorwedd yn anhysbys ar y bwrdd bach wrth ei gwely am hydoedd. Trodd ef yn ei dwylo a gweld ei ysgrifen pitw yn y gornel – 'Bon voyage!' Gwenodd yn gam ar yr eironi. O wel, cystal iddi agor y parsel a gweld pa gyfrol sych oedd ynddo. Tynnodd y papur yn araf, gan synnu pa mor wan oedd ei dwylo. Pan welodd y llyfr, ni wyddai a ddylai chwerthin neu wylo. Argraffiad drud o oes Fictoria o un o ddramâu William Shakespeare oedd e. Roedd y lledr yn ddilychwin a'r geiriau ar y clawr mewn aur – 'The Taming of the Shrew'. Pwysodd ef yn ei llaw, yn barod i'w daflu dros y balwstrad addurniedig o'i blaen. Wrth iddi anelu'n lletchwith, syrthiodd llyfryn bach allan o'r canol ar ei harffed. Rhoddodd y gyfrol wawdlyd i lawr er mwyn edrych arno.

Llyfryn Cymraeg oedd hwn – cyfrol gofiant i filwr a laddwyd yn y Rhyfel Mawr. Roedd ôl bysedd arno ac roedd y corneli wedi dechrau plygu. Doedd ei enw'n golygu dim i Dela, ond syllodd ar ei ddyddiadau geni a marw a thristáu mor fyr fu ei fywyd. Ar y dudalen olaf, gwelodd eiriau hoff emyn y bachgen – 'Dyma gariad fel y moroedd'. Pendronodd arwyddocâd hyn, a cheisio dyfalu pam y byddai Huw wedi bod eisiau iddi weld y geiriau. Go brin mai cyd-ddigwyddiad oedd e. Roedd Huw yn rhy ofalus o lawer i hynny fod yn wir. Cofiodd Olwen yn dweud bod Huw'n 'sioc i'r system'. Ai oherwydd eu bod ill dau wedi dewis partneriaid gwannach na nhw'r tro cyntaf? Ac er eu bod yn ymladd fel ci a hwch, roedd dealltwriaeth digamsyniol rhyngddynt.

Syllodd Dela dros y lawntiau braf wrth geisio datrys y pos. Dechreuodd ymwelwyr y prynhawn gyrraedd. Gobeithiai nad oedd hi'n rhy weladwy yn ei thwrban. Tybed a welai Huw'n dod? Dychmygodd ef yn hercian yn benderfynol ar draws y borfa, gan anwybyddu'r arwyddion gwahardd. Symudodd y ffenestr fawr tu ôl iddi ar ei cholfachau, gan wneud i'w chysgod grynu.

Braf ei chael ar agor wedi iddi fod ynghlo cyhyd, meddyliodd Dela. Cofiodd y deigres y noson gynt yn gwneud yn siŵr bod ei drws wedi'i gloi'n dynn. Nid oedd wedi gwneud hynny o'r blaen. Yn llygad ei meddwl, gwelodd Gareth a'r nyrs bengoch yn dadlau. Ai ef a fynnodd fod y ffenestri'n cael eu cloi? Ac os felly, pam? Gwawriodd arni'n ddisymwth – roedd Gareth yn ofni y byddai rhywun yn dod i mewn i'w hystafell.

Ond pwy? Arwel? Roedd e wedi hen ffoi i geisio dianc rhag ei droseddau. A pham y deuai ar ei hôl hi? Gwyddai Arwel o'r dechrau taw ffantasïau oedd llythyron Sali, o'r eiliad y soniodd hi fod 'eu' plentyn yng ngofal teulu Ben Dyrne. Ond yn amlwg, roedd meddwl am ehangu llinach y King wedi magu mwy o ego ynddo nag erioed, os oedd hynny'n bosibl. Cofiodd Dela'r geiriau: 'King yw'r Brenin!' ar y tystysgrif o adeg ei blentyndod. Aeth cryndod drwyddi wrth iddi sylweddoli mai hi ddaethai i chwalu'r rhith o deulu, er mor wyrdroëdig, a oedd wedi esblygu ym mhen Arwel. Gwyddai y byddai hi'n mynd at yr heddlu petai'n cael ei rhyddhau o'r seler.

Eisteddodd yn fwy talsyth yn y gadair. Fe soniodd Ioan rywbeth ynghylch ei rhyddhau. Roedd e wedi mynnu'n daer y byddai e wedi gwneud hynny, ond cofiai Dela ef yn ysgwyd ei ben fel petai rhywbeth nad oedd yn ei ddeall. A oedd Arwel wedi awgrymu na ddylid ei rhyddhau hi o gwbl? Ni châi wybod bellach. Roedd y llif ymwelwyr yn cynyddu, a gwelodd rhywrai'n syllu'n chwilfrydig arni wrth basio. Daeth ysfa i ddianc o'r golwg dros Dela, ac er ei bod am weld Huw yn cyrraedd, gwyddai fod yn rhaid iddi fynd i mewn.

Sut medrai hi alw ar rywun i helpu? Ceisiodd symud y gadair, ond roedd yn rhy drwm. Tybed a allai gerdded wedi cyfnod cyhyd yn ei gwely? Gwthiodd y flanced i'r naill ochr a thynnu ei hun i fyny. Safodd yn ei hunfan gan grynu gyda'r ymdrech. Nofiai'r byd o'i hamgylch, a chanolbwyntiodd ar yr iet yn y pellter nes i bopeth setlo. Dyna pryd y gwelodd yr het olau â'r cantel lydan. Caeodd ei llygaid a'u hagor yn gyflym. Doedd hi ddim yno nawr. Oedd hi'n drysu? Edrychodd eto, a gweld yr het olau'n dynesu y tu ôl i griw o ymwelwyr ifanc, yn diflannu ac ailymddangos wrth i'r criw symud ar hyd y llwybr.

Trodd Dela a gafael ym mraich y gadair ag un llaw, ac yna'r ffenestr â'r llaw arall. Pefriai'r chwys o'i thalcen, ac ni allai reoli ei choes glwyfedig. Llusgodd ei hun i mewn i'r ystafell dan lach yr ofn, yna disgynnodd yn swp ar y llawr. Ni allai wneud mwy. Clywodd y drws o'r coridor yn agor megis o bellter, a fferru.

'O'r nefoedd!'

Rhuthrodd y nyrs ifanc ati, a'r tu ôl iddi gwelodd Dela bâr o goesau dyn. Cododd ei phen fymryn ond roedd y dyn wedi mynd at y feranda. Erbyn iddo ddychwelyd roedd y nyrs yn ymdrechu i'w chodi. Clywodd olwynion y gadair yn gwichian wrth iddi gael ei gwthio'n ôl i'r ystafell, a'r nyrs yn dwrdio dan ei hanadl.

'Pam 'sech chi'n galw? 'Smo chi i fod i roi pwyse ar eich coes. Beth 'sech chi 'di agor y clwyf?'

Llwyddwyd o'r diwedd i'w chodi i'r gadair, gyda'r dyn yn sefyll y tu ôl iddi a'i ddwylo dan ei cheseiliau.

'Diolch,' murmurodd Dela'n awtomatig.

'Af i i mofyn Doctor Perkins, rhag ofon,' meddai'r nyrs a brysio allan.

Disgynnodd tawelwch ar ôl iddi fynd. Anadlodd Dela'n fas ac yn ofnus. Pwy oedd y dyn? Teimlodd

356

symudiad y tu ôl y gadair, ac o gil ei llygad gwelodd adlewyrchiad het olau â chantel lydan yng ngwydr y ffenestr. Stopiodd ei chalon am eiliad gyfan. Doedd ganddi ddim gobaith o'i wrthsefyll. Yna gosodwyd y ddau lyfr yn ysgafn ar ei harffed.

'Mi agorist ti'r parsel, felly,' meddai llais cyfarwydd. 'Dwi'n synnu gweld bod y Shakespeare yn dal yn un darn.'

Dechreuodd ei chalon guro unwaith eto. Chwiliodd am ei llais, a phan ddaeth o hyd iddo, roedd yn gryg. 'Tynna'r het 'na, er mwyn popeth,' meddai.

Edrychodd Huw arni'n feddylgar ond ufuddhaodd iddi.

'Beth sy'n bod ar yr het? Mae'n newydd sbon. Nid ti yw'r unig sy'n medru bod yn ffasiynol, 'sti.'

'Het llofrudd yw hi,' sibrydodd Dela. 'O'n i'n credu bod Arwel King wedi dod i chwilio amdana i.'

Cariodd Huw y gadair galed o gornel yr ystafell ac eistedd gyferbyn â hi. 'Beth oeddat ti'n bwriadu 'i wneud iddo fo? Ei ddychryn o efo'r twrban?'

'Tasen i wedi cael amser i feddwl, bydden i wedi taflu dy lyfr di ato.'

Pwysodd Huw ymlaen. Cyffyrddodd â chefn ei llaw ag un bys a ffurfio cylch araf dros y croen. Syllodd yn hir i fyw ei llygaid.

'Ddaw o ddim,' meddai'n dawel. 'Mae popeth yn rhy gyhoeddus rŵan. Mae 'i lun o ym mhob papur newydd. Ac mi fydd y ffenestri wedi'u cloi o hyn ymlaen nes i ti adael yr ysbyty.'

Gwenodd Dela'n flinedig. Dylai fod wedi sylweddoli y byddai Gareth wedi dweud y cyfan wrtho am linach go iawn Brenda. Roedd ganddi amddiffynwyr craff, wedi'r cyfan.

'Mae'n hen bryd i fi ddod gartre i Nant-yr-eithin,' meddai, a'i weld yn codi ael yn obeithiol.

'Er mwyn cael rhagor o wersi gyrru?' gofynnodd Huw.

Er mwyn dianc a chuddio, meddyliodd Dela, ond ni ddywedodd hynny. Yn hytrach, estynnodd ei llaw arall a sgubo'r cudyn o wallt a ddisgynnai dros ei dalcen o'r ffordd. Caeodd yntau ei lygaid ac anadlu'n ddwfn.

Gwrandawodd Dela ar yr awel yn suo drwy'r llenni hir a chau ei llygaid hithau.